W0015100

Charlotte Richter

Die Muschelsammlerin

Deine Bestimmung wartet

Charlotte Richter

Die Muschelsammlerin

Deine Bestimmung wartet

Arena

Für Hanna, Leon und Eliot

1. Auflage 2019

Umschlaggestaltung: Carolin Liepins,
unter Verwendung einer Illustration von Anna Dittmann
Gesamtherstellung: Westermann Druck Zwickau GmbH
ISBN 978-3-401-60435-0

Besuche uns unter:
www.arena-verlag.de
www.twitter.com/arenaverlag
www.facebook.com/arenaverlagfans

1

Er kommt.

Ein Wiehern klingt durch die Nacht. In der Dunkelheit erkenne ich den Goldfuchs mit der Silbermähne – *sein* Pferd. Er selbst ist kaum mehr als ein Schatten. Langsam steigt er ab und kommt über die Planke an Bord. Ich taste nach der Schiffslaterne, doch er legt seine Hand über meine.

»Aber ich will dich endlich *sehen«*, flüstere ich.

»Bald«, murmelt er und zieht mich an sich. Seine Augen glitzern im Dunkeln. »Bald kommt unsere Zeit, Mariel.«

Seine Lippen berühren meine, erst sanft, dann fester. Ich schließe die Augen. Meine Hand gleitet zu seinem Nacken. Die Wärme seiner Haut schmilzt in mich hinein, so dass ich ein wenig Angst bekomme.

»Willst du?«, flüstert er.

»Was? Wie? Ja. Nein. Ich weiß nicht«, piepse ich.

Da wiehert an der Mole sein Pferd. Es klingt schrill und panisch. Ich spüre, wie sich etwas nähert. In der Ferne heult der Wind – ist das Wind? Ich klammere mich an den Mann, dessen Gesicht ich nicht sehe, das Heulen nähert sich wie ein riesiger Vogel, weicht zurück, zieht eine Schleife, bis es uns umzingelt.

»Halt mich fest«, flüstert er.

Ich umschlinge seinen Körper, doch er wird mir mit einem Ruck entrissen.

»Du musst mich suchen, Mariel!«, ruft seine entschwindende Stimme. »Du musst –«

»Die Bibliothek schließt in zehn Minuten.«

Was?

Ich öffne die Augen.

Über mir leuchtet der Abendhimmel. Die Wolken sehen aus wie riesige Orchideenblüten. In der Ferne rauscht das Meer. Meine Hängematte schwingt sachte hin und her.

»Liebe Götter, ich dachte, wir kriegen dich überhaupt nicht mehr wach.« Meine Schwester Asta blickt strahlend auf mich herunter. »Tammo meint, er hätte dich beim Turnier vermisst – und jetzt willst du dich auch noch vor dem Abschied drücken?«

Ich erröte bis zu den Haarwurzeln. Asta hat gut reden. Turnier, Abschied ... Sie hat diese dämlichen Rituale vor zwei Jahren hinter sich gebracht und ist seither glücklich mit dem ihr Bestimmten vereint. Ich schaue zu Anneus, dessen Hände auf ihren Hüften ruhen. Sollte man sich nicht mit der Zeit an den Anblick der Bestimmten gewöhnen? Mir will das nicht recht gelingen. Anneus ist ein Traum von einem Mann – und die Spiegelseele meiner Schwester, der Mensch, der sie vollkommen ergänzt.

Ich rappele mich aus der Hängematte hoch; prompt poltert das Buch zu Boden, das auf meinem Bauch gelegen hat. Asta hebt es auf. *»Die ersten Tage von Amlon.«* Sie kraust die Nase. »Alle waren beim Turnier, nur du nicht, weil du lieber ein Geschichtsbuch gelesen hast?«

»Nun, äh ... ja.« Trotzig füge ich hinzu: »Das Turnier ist keine Pflicht.«

»Alle Solitäre nehmen daran teil, Mariel«, erwidert Anneus mit seiner dunkel vibrierenden Stimme, bei der mir immer ein Schauer über den Rücken läuft.

»Tja, dann waren es in diesem Jahr eben alle minus eine.« Ich habe Angst vor Pferden und im Bogenschießen bin ich eine Niete, warum also sollte ich an einer Veranstaltung teilnehmen, bei der man von einem Pferderücken aus auf Zielscheiben schießt?

Asta kräuselt die Augenbrauen und wie so oft bilden sich Sorgenfalten auf ihrer Stirn. Als ob ich das nicht gesehen hätte, begräbt sie ihre bekümmerte Miene schnell unter einem weichen Lächeln. »Ich verstehe dich ja, kleine Schwester«, meint sie liebevoll. »Hier ist es sicher und warm. Aber schau doch.« Sie deutet über die Brüstung des Dachgartens und hinaus aufs Meer, auf die Korallenriffe und Strände, die im späten Licht leuchten, die großen und kleinen Inseln von Amlon. »Da draußen ist das Leben, Mariel. Da sind Menschen. Deine Freunde. Wenn du nicht immer in deinen Büchern ...« Sie bricht ab und ich tue so, als hätte ich den schmerzlichen Zug um ihren Mund nicht gesehen.

»Wisst ihr, was? Nächste Woche machen wir einen Ausflug in die Berge. Oder lasst uns wenigstens ins Theater gehen«, füllt Anneus das peinliche Schweigen zwischen Asta und mir. Aufmunternd zwinkert er mir zu. »Komm schon. Vielleicht mag dein Bestimmter so was.«

Mein Bestimmter. Zum Glück ist außer uns niemand auf dem Dach der Bibliothek, ich muss wie ein Äffchen aussehen, so breit, wie ich plötzlich vor mich hin lächele. Morgen werde ich ihn kennenlernen. Dann werden keine Träume mehr nötig sein. Die Umarmungen, die Küsse – morgen wird das alles Wirklichkeit. Der Abschied ist einfach nur das letzte Hindernis, das ich auf meinem Weg zu ihm nehmen muss. Also los.

Hinter Asta und Anneus stapfe ich durch den Dachgarten, vorbei an Hibiskussträuchern und Oleanderbäumen. So weit das Auge reicht, glitzern die Inseln unter uns wie Diamanten, manche sind durch Brücken verbunden, andere durch Wasserstraßen, auf denen mit Blumen geschmückte Sonnenkraftboote kreuzen, alle mit demselben Ziel: Talymar, die größte von Amlons zweiundfünfzig Inseln, auf der es neben meinem Elternhaus und tausend Quadratmeilen Lorbeerwald, Orangenhainen, Magnolientälern, malerischen Dörfern und herrlichen Badebuchten auch den Strandpalast gibt, was ich weniger herrlich finde; zumindest im Moment. Während die anderen Achtzehnjährigen von Amlon es wohl kaum erwarten können, sich heute dort einzufinden und ihre letzte Nacht als Solitäre zu genießen, würde ich liebend gern auf den Abschied verzichten.

Asta und Anneus sind die Außentreppe schon halb hinunter, als ich einen Zwischenstopp einlege.

»Mariel!«, ruft Asta und legt die Hände um ihren runden Bauch. »Bin ich im achten Monat oder du?«

»Augenblick.«

In einer Pfütze, die nach dem letzten Regen auf einer Stufe zurückgeblieben ist, schwimmt ein Sonnenblatt. Die schillernd grünen Flügel des Schmetterlings haben sich über das Wasser gebreitet. Vorsichtig halte ich ihm einen Finger hin. Er kriecht hinauf und ich puste ihn behutsam trocken.

»Mariel ...«

Es kitzelt, als das Tierchen auf meinen Handteller krabbelt. Kurz verharrt es, dann entfaltet es seine Flügel und fliegt davon. Das Abendlicht verwandelt den kleinen Schmetterling in einen Smaragd. Ich wende den Kopf, folge seinem Flug – und schrecke zurück.

Wie eine Reihe abgebrochener Zähne ragt fern am Horizont der Ring aus schwarzem Fels aus dem Meer. Mein Gesicht, mein Nacken, alles wird kalt. Xerax. Die Insel der Sonderbaren. Der Unvollständigen.

Ich habe mir geschworen, heute nicht an Xerax zu denken.

Oder an den Tag vor zehn Jahren, an dem meine Tante Irina uns verließ.

Eilig wende ich mich ab und folge Asta und Anneus die Treppe hinunter.

Orangerot wie eine Beere, die in schmelzendem Eis versinkt, taucht die Sonne ins Meer. Geräuschlos fährt unser Sonnenkraftboot am Ufer entlang dem Strandpalast entgegen. Von allen Seiten nähern sich weitere Boote, lachend winken die Insassen einander zu.

Im Palasthafen ankern wir und gehen das letzte Stück zu Fuß. Der Strand füllt sich zusehends. Viele Gesichter kenne ich aus der Schule – kaum zu fassen, dass ich noch gestern in der Aula saß und der Abschiedsrede unserer Rektorin lauschte, die sich übrigens kaum von ihrer Begrüßungsrede an unserem ersten Schultag vor zwölf Jahren unterschied. Bis auf die letzten Sätze: »Amlon und Nurnen gehören zusammen wie zwei Seiten einer Medaille. Übermorgen, am Tag der Verbindung, wird sich das Tor zwischen beiden Welten öffnen und die Priester werden eure Seelenpartner willkommen heißen – jene Menschen, die euch von jeher bestimmt sind. Auf jeden von euch wartet eine große Liebesgeschichte.«

Dann sprach die Rektorin von den Göttern, die uns diesen Partner schicken, und, ja, ich bin froh, dass der Gott und die Göttin jedem von uns diese eine große Liebe schenken; ich selbst wäre wohl viel zu ungeschickt und schüchtern, um mir einen passenden Partner zu suchen. Aber so kann ich, keine vierundzwanzig Stunden von meiner großen Liebe entfernt, ganz unbeschwert über den Strand wandern.

Na ja. So unbeschwert wie möglich.

Im Rauschen der Brandung überhöre ich fast die Stimmen,

die sich von hinten nähern: Tammo und Yelin, Jasemin und Sasched, meine Freunde aus unserem Dorf. Und Mervis. Kein Freund. Sein von der Sonne hellblond gebleichtes Haar fällt bis auf die Schultern. Eine Haut wie Karamell, Augen wie Saphire, Muskeln wie ... Muskeln eben. Ihm will ich lieber nicht begegnen.

»Geht ihr schon mal vor?«, bitte ich Asta und Anneus. »Ich, äh, muss noch was erledigen.«

Meine Schwester mustert mich zweifelnd. Da sind sie wieder, die Fältchen auf ihrer Stirn, dieser Widerspruch aus Sorge und Liebe, der sich so oft auf ihrem Gesicht spiegelt. »Abhauen zum Beispiel?«

Ich bücke mich nach den Muscheln im Sand. »Natürlich nicht.«

Asta ringt sich ein Lächeln ab, doch ich höre den bedrückten Unterton. »Wieder einen Mutanten entdeckt?«

»Keine Ahnung, was du meinst«, erwidere ich ruhig.

»Alle Muscheln, die du aufhebst, sind Mutanten, Mariel. Und ich will gar nicht wissen, warum sie dich so faszinieren«, fügt sie mit bemüht fröhlicher Stimme hinzu.

Ist auch besser so, denke ich. Du würdest mich unverzüglich zu einem Heiler schleifen.

Anneus zieht sie mit. »Komm, lass ihr den Moment.«

»Spätestens in einer halben Stunde sehen wir uns im Strandpalast!«, ruft Asta über die Schulter. »Ich warne dich! Sonst sammele ich dich persönlich ein.«

Tammo und die anderen nähern sich. Schnell drehe ich mich weg und tue so, als würde ich unter den Muscheln ein besonders schönes Exemplar suchen.

Auf jeden von euch wartet eine große Liebesgeschichte.

Das Verrückte ist, dass ich ziemlich genau weiß, was unsere Rektorin meint. Ausgerechnet ich ... Das ist schon ein Kunststück, wenn man bedenkt, dass ich noch nie mit einem Jungen zusammen war. Zu verdanken habe ich das meinen Träumen – und in gewisser Weise Mervis und seinem Geburtstag. Damals war ich sechs und er hatte mich eingeladen, genau wie alle anderen Mädchen aus dem Dorf. Und genau wie alle anderen Mädchen war ich unsterblich in ihn verliebt. Während der Feier beachtete er mich nicht, was mir nicht viel ausmachte, zunächst genügten mir die Tische voller Kuchen, die seine Eltern am Strand aufgebaut hatten. Seine Geschwister organisierten die Spiele, und als es mit dem Bogenschießen zu Pferd – oder vielmehr auf fetten kleinen Ponys – losging, verkrümelte ich mich unter einen knorrigen Olivenbaum. Dort fand ich das Silberkehlchen. Es war ein alter Vogel, der im Sterben lag.

Niemand möchte allein in den Tod gehen. Das hatte mir wenige Wochen zuvor meine Tante Irina erklärt, als die Sterbenacht meiner Katze Floh angebrochen war. Eigentlich habe ich mir ja geschworen, heute nicht mehr an Irina zu denken, doch nun lasse ich die Erinnerung trotzdem zu und spüre wieder, wie sie sanft meine Schulter drückt, rieche ihren Duft nach Zitrone und Vanille, höre sie flüstern: *Sei einfach bei ihr, Mariel. Niemand möchte allein in den Tod gehen.*

Auch damals unter dem Olivenbaum hörte ich ihre Stimme. Das Silberkehlchen kämpfte noch gegen den Tod und hatte mit seinem hilflosen Geflatter eine Kuhle in den Sand gefegt. Ich hob es auf und barg es in meiner Hand und wie meine Katze Floh wurde es ruhig. Aus den Augenwinkeln sah ich, dass Mervis mich beobachtete. Nach einer Weile kam er herüber und setzte sich neben mich. Niemand störte uns. Schweigend schauten wir zu, wie die Bewegungen des Vogels schwächer wurden. Wir waren eingeschlossen in einen magischen Kreis und das Herz des Silberkehlchens pochte gegen meine Hand. Bald konnte ich das Pochen kaum noch spüren. Dann hörte es auf. Ich strich über das Gefieder des Vögelchens, legte es zurück in die Kuhle und bedeckte es mit Sand. Mervis verschränkte seine Finger mit meinen. Ich war traurig, doch zugleich war es der schönste Augenblick meines Lebens. Ich wusste: So würde es sein, wenn mein Seelenpartner käme, meine Spiegelseele; immer würde es dann so sein und nicht nur die eine Viertelstunde, bis das hübscheste Mädchen aus unserem Dorf entschied, dass Mervis meine Hand lang genug gehalten hatte. Die beiden zogen davon, die schönste Viertelstunde wurde von der elendsten abgelöst, trotzdem hatte ich einen Moment des Glücks erlebt.

Mit einem Ruck kehre ich in die Gegenwart und zu dem zurück, was vor mir liegt: jede Menge Muscheln. Die Gruppe aus meinem Dorf ist jetzt auf einer Höhe mit mir. Tammo schaut kurz herüber. Spürt er, dass ich für mich bleiben will? Auf jeden Fall geht er weiter. Jasemin mit dem Goldhaar und Sasched, der älteste Sohn des Schmieds, haben einander die Arme um die Hüften gelegt. Mervis turtelt mit einem Mädchen. Natürlich. Was auch sonst?

Dass wir uns morgen mit den uns Bestimmten verbinden, bedeutet nicht, dass es vorher keine Liebesgeschichten geben darf, es ist sogar erwünscht, dass wir Erfahrungen sammeln. *Den Edelstein schleifen,* wie es heißt. Weniger erwünscht sind Schwangerschaften, das ist auch der Grund, aus dem wir Solitäre einmal im Monat den *Nektar* schlucken müssen. Doch damit ist ab morgen ebenfalls Schluss.

Sie ziehen vorbei. Gerade will ich ihnen in einigem Abstand folgen, als ich eine höchst eigenartige Muschel entdecke, orangerot wie der Sonnenuntergang, wunderschön – doch am unteren Ende bildet sie einen wurmförmigen Auswuchs, der ihre Vollkommenheit wohl für jeden in etwas Beunruhigendes verwandelt. Der Auswuchs irritiert, er ist wie ein Haken, der den Blick anzieht und bannt. Während sich andere davon sicher abgestoßen fühlen, fasziniert mich diese ganz eigene Schönheit der Muschel. Behutsam umschließe ich sie mit meiner Hand.

2

Allmählich steigt mir der Geruch der Grillfeuer in die Nase. Ich straffe mich und betrete den Palastgarten. Aus offenen Fenstern dringen Musik und Gelächter – da donnert von hinten ein Pulk von Reitern heran, Leute, die es sich nicht nehmen lassen, zu Pferd beim Abschied aufzukreuzen. Das vorderste rast direkt auf mich zu. Im letzten Augenblick reißt die Reiterin an den Zügeln, schlitternd kommt der Rappe zum Stehen und bäumt sich fünf Zentimeter vor meiner Nasenspitze auf. Als ich mich mit einem Sprung in Sicherheit bringen will, verheddere ich mich im Saum meines Kleides und schlage der Länge nach in den Sand.

»Hey, nicht so stürmisch«, höhnt die Reiterin.

»Verdammt, pass doch auf!« Es klingt wie: *Vmpuf.* Ich spucke einen Mundvoll Sand aus.

Tora Nerwad beugt sich zu mir herunter. Ihr geschminkter Mund glänzt wie eine Blutlache. Unter stoppeligem rotem Haar blitzen meerblaue Augen hervor. Zwölf Jahre haben wir dieselbe Schule besucht, wenn auch glücklicherweise nicht dieselbe Klasse. Entweder man rückt nah an sie heran oder man hält sich von ihr fern. Schon als Kind hat sie in jeder Pause einen anderen Jungen verprügelt, vorzugsweise jene, die stärker waren als sie. Noch heute geht sie keiner Rauferei aus dem Weg.

»Was?« Sie legt eine Hand hinter ihr Ohr. »Ich hör dich so schlecht da unten.« Ihre Gefolgsleute kichern.

»Wahnsinnig witzig«, knurre ich.

Tora mustert mich. Erinnert sie sich an mich? Während unserer Schulzeit haben wir nur einmal miteinander gesprochen. Vielmehr *sie* mit mir. Warum oder wobei ich ihr im Weg war, ist mir bis heute nicht klar, ich weiß nur, dass ich auf dem Schulhof einen Schubs in den Rücken erhielt und Tora brüllte: *Platz da, Puddingmädchen!* Der ganze Schulhof lachte. Na ja, ehrlich gesagt lachten nur zwei oder drei Leute, aber das machte keinen Unterschied.

»Und? Wie viele Kamelien staubst du heute Nacht ab?« Toras Stimme dröhnt so laut, dass man sie wahrscheinlich in ganz Amlon hört. Ich spüre, wie mein Gesicht rosa anläuft. Tora grinst, als könnte sie meine Gedanken lesen.

Keine einzige.

»Hast du dir wehgetan?« Eine sanfte Berührung lässt mich zusammenfahren. Ich blicke nach oben und schaue in ein vertrautes Augenpaar.

»Mir geht's gut«, murmele ich.

Tammo wendet sich an Tora. »Schön, du bist die Größte hier, wir haben verstanden. Du kannst weiterreiten.«

Zu meiner Erleichterung tut sie das tatsächlich. Ihre Bande folgt ihr. »Bis bald, Kamelienmädchen!«, ruft sie.

Gepruste, Gekicher, danke schön, auf Wiedersehen.

Ich hocke noch immer auf dem Boden, auch wenn ich lieber darin versinken würde. Zornig spucke ich weiteren Sand aus und wische mir ein paar Haarsträhnen aus der Stirn. Na wunderbar. Meine Frisur ist nur noch eine Erinnerung.

»Tora Nerwad. Die Frau ist die Pest.« Tammo mustert mich kritisch. »Geht's dir gut, Muschelsammlerin?«

Meine Linke schließt sich zur Faust, wenigstens habe ich die Muschel nicht fallen lassen. Tammo hält mir eine Hand hin und ich lasse mich von ihm auf die Füße ziehen.

»Äh, wo sind denn die anderen?« Dass sie von dem Zwischenfall nichts mitbekommen haben, wäre wohl zu viel verlangt.

»Im Palast.« Er lächelt. »Konnten es wohl nicht mehr erwarten.«

»Und du?«

»Ich wollte verhindern, dass du dich in letzter Sekunde vom Abschied verabschiedest.«

Ich schenke ihm mein unschuldigstes Lächeln. »Warum sollte ich?«

Er gibt mir einen Stups. »Willst du mir gerade weismachen, dass du Lust auf den Abschied hast?«

Fantastisch. Kaum angekommen und schon werde ich verdächtigt, nicht hier sein zu wollen.

»Sehe ich aus, als hätte ich was anderes vor?« Ich taste nach dem wirren Gebilde auf meinem Kopf, das einmal meine Frisur war. Tammo lacht und ich kann nicht anders, ich muss mit ihm lachen.

»Nicht in diesem Kleid.« Er mustert mich. Meine Wangen werden warm, aber wenigstens nicht rot, das hoffe ich jedenfalls. Tammo und ich sind seit Kindertagen befreundet. Wahrscheinlich klappt es so problemlos mit uns, weil wir nie ineinander verliebt waren. Eine Zeit lang war Tammo mit Yelin zusammen, darum wird er auch heute Nacht wenigstens eine Kamelie einheimsen.

»Nur schade«, er zögert, »dass es wieder so ein Wallegewand ist.«

Ich schaue an mir herunter. »Wieso schade?«

Seine Hände streichen durch die Luft, als würden sie die Konturen eines Stundenglases nachzeichnen. »Weil du locker etwas Figurbetontes tragen könntest.«

Jetzt sind meine Wangen rot. Garantiert. »Oh. Also. Ja.« Nur schnell das Thema wechseln. »Morgen.« Ich knuffe ihn in die Seite. »Morgen ist es so weit.«

»Hab davon gehört.«

»Freust du dich denn gar nicht?«

»Eigentlich gefällt mir mein Leben ganz gut, wie es ist. Keine Ahnung, ob ich diese Verbindung wirklich will.«

»Spinnst du?« Ich starre ihn an. »Was willst du denn?«

»Mir selbst einen Mann aussuchen?«

Ich muss lächeln. »Tust du doch. Deine Seele tut es.«

»Und wenn meine Seele eine falsche Entscheidung trifft? Was, wenn sie keine Ahnung hat, was ich will?«

Ich streiche ihm über die Wange. »Deine Seele macht keinen Fehler. Vertrau ihr. Vertrau *dir.«*

»Aber mir geht's gerade gut mit mir allein.«

Ich stemme die Fäuste in die Hüften. »Du hast dich vor vier Monaten von Yelin getrennt. Vier Monate! Du hast keine Ahnung, was Alleinsein bedeutet.« Meine Stimme bebt vor unterdrücktem Zorn. »Wenn es nicht aufhört. Wenn du siehst, wie alle anderen ...« Ich beiße mir auf die Lippe und atme aus. »Niemand will allein sein, Tammo, glaub mir. Dafür sind Menschen nicht gemacht.«

Schweigend stapfen wir weiter auf den weiß schimmernden Strandpalast zu.

»Weißt du, warum ich mir Yelin damals rausgepickt habe? Weil alle mit irgendwem zusammen waren. Ich wollte dazugehören.« Tammos Hände ballen sich zu Fäusten. »Aber vor allem wollte ich beweisen, dass man sogar mich lieben kann. Dass ich es wert bin, geliebt zu werden, obwohl ...«

»Natürlich bist du es wert«, unterbreche ich ihn leise.

Seine Stimme klingt hohl. »Mein Vater sieht das anders.«

Sein Vater. Der beste Beweis, dass ein Seelenpartner – und

das war er für Tammos Mutter – nicht unbedingt ein Geschenk für den Rest der Menschheit ist. Zum Glück ist Tammo vor zwei Jahren zu seiner Tante gezogen, weg von diesem grässlichen Mann.

»Ich habe es immer bewundert, wie du all die Jahre allein zurechtgekommen bist«, meint Tammo.

Das nennt man wohl einen Themenwechsel.

»Morgens aufstehen, abends schlafen legen, zwischendurch das Atmen nicht vergessen«, erwidere ich knapp, ich will jetzt nicht darüber reden. In vierundzwanzig Stunden ist sowieso Schluss damit, dann beginnt endlich das Leben, nach dem ich mich so sehne. Meine Freunde, meine Familie – sie sind mir wichtig. Doch etwas fehlt immerzu, als wäre ich nie ganz vollständig. Unwillkürlich schaue ich zu den Kokons, die überall in den Bäumen hängen und aus denen, wenn ihre Zeit kommt, schillernde Schmetterlinge schlüpfen, so groß wie meine Hände. Langsam bewege ich die Finger. Morgen wird der mir Bestimmte den Kokon aufbrechen, in dem ich stecke – und eine neue, ganz andere Mariel wird zum Vorschein kommen. An der Seite meines Seelenpartners werde ich endlich ich selbst sein können. Kein Grund mehr, mich zu verstecken.

»Jasemin hat beim Turnier die ganze Zeit geheult«, reißt mich Tammo aus meinen Gedanken. »Sie behauptet, sie kann sich nicht vorstellen, ab morgen mit einem anderen zusammen zu sein als mit Sasched. Übrigens habe ich dich beim Turnier vermisst.«

Diesen letzten Satz überhöre ich mal und erwidere nur: »Tja, Jasemin wäre nicht die Erste, deren angeblich unsterbliche Liebe sich in Luft auflöst, sobald der Seelenpartner auftaucht.«

»Sie meint, ihr Herz gehöre Sasched für immer und ewig. Und sie hat Angst, dass darum keiner aus Nurnen zu ihr kommt. Dass sie zu denen gehört, die ... übrig bleiben.«

Mein Mund wird trocken. Niemand denkt gern über so etwas nach – und da droht immer die Erinnerung an jenen schwarzen Tag vor zehn Jahren ...

»Was, wenn ich auch übrig bleibe, Mariel?«, redet Tammo weiter. »Wenn sich keine Spiegelseele mit mir verbinden will und ich ein Unvollständiger werde, ein Sonderbarer? Ich kann nicht nach Xerax gehen. Mein Leben ist hier. Und auf Xerax ist nichts. Weißt du, wie ich mir die Insel vorstelle? Karg. Grau. Eine Wüste. Eine Welt ohne Liebe.«

»Lass das, Tammo. Hör auf.« Meine Stimme klingt ganz hoch und piepsig. »Niemand bleibt morgen übrig.«

»Hast du in Geschichte nicht aufgepasst?«

Habe ich.

»Vor bald tausend Jahren haben der Gott und die Göttin das Tor zwischen Amlon und Nurnen geöffnet ...«, lege ich los, doch Tammo unterbricht mich:

»Genau. Seit tausend Jahren bleiben Menschen übrig – und inzwischen passiert es *regelmäßig.* Die Zahl der Unvollständigen steigt und steigt. Letztes Jahr mussten schon fünfzehn nach Xerax gehen. Fünfzehn!«

»Und *du* hast in Religion nicht aufgepasst«, schieße ich zurück. »Es trifft diejenigen, die an den Göttern zweifeln und deren Glaube nicht stark genug ist. Der Gott und die Göttin wollen, dass wir glücklich sind, Tammo. Solange wir an sie glauben, kann uns nichts passieren.« Ich hole tief Luft. »Egal was dein Vater dir eingeredet hat: Die Götter lieben dich. Der Gedanke, dass du übrig bleibst, ist lächerlich.« Spontan drücke ich ihm die Muschel in die Hand und schließe seine Finger darum. »Der dir Bestimmte kommt. Für Jasemin gilt das genauso. Und für mich. Keiner von uns geht nach Xerax. Klar?«

Tammo nimmt mich fest in die Arme. »Klar. Und egal, wie sehr wir unsere Spiegelseelen lieben, wir bleiben Freunde«, flüstert er. »Allerbeste Freunde. Auch klar?«

Ich schlucke an dem Kloß in meiner Kehle. »Sonnenklar«, krächze ich.

»So. Und jetzt kümmern wir uns um deine Frisur.« Tammo zieht mich an den Parkplätzen für die Sonnenkraftmobile vorbei und weiter zu den Rondells, in denen die berittenen Gäste ihre Pferde unterbringen. Seine Schritte federn, Cocktailgang nennen wir das, obwohl Tammo gar keine Cocktails mag. *Da kann ich auch Obstsalat essen,* meint er immer. Aber ich schätze, er hat während des Turniers irgendwas getrunken oder inhaliert, so frech, wie er nun eine Muschelkette aus den Zöpfen von Toras Rappen zieht.

»Tammo, du kannst nicht ...«

»An dem armen Tier hängen genug Klunkern, das bricht doch fast zusammen.« Er tätschelt dem Pferd den Hals und zeigt mir die Kette. Muscheln wie diese habe ich noch nie gesehen. Sie sind makellos, ganz anders als die Muscheln meiner Sammlung, und sie glühen in einem tiefen, fast schwarzen Rot. Mit ihren drei Zacken erinnern sie an halbe Sterne. Wunderschön. Und ... gefährlich.

»Still halten.« Tammo stellt irgendetwas mit meinen Haaren an. Dann drückt er mir einen Kuss auf die Wange. »Jetzt passt die Frisur wieder zum Rest. Bereit?«

Ich taste nach meinem Haar. Fühlt sich gut an. Lächelnd schiebe ich meine Hand in seine. »Bereit.«

Das Palasttor ähnelt dem Eingang zu einer Grotte. Auch dahinter bleibt der Eindruck bestehen – schummriges Licht, geheimnisvolle Schatten, angestrahlt werden nur die Skulpturen und Bilder an den Wänden: Pferde mit wallender Mähne, eng umschlungene Liebespaare, Tiger in majestätischer Pose ... Kunstwerke der Solitäre, die heute ihren Abschied feiern. Tammos Bild – ein schwarzes Schiff, das in einer Neumondnacht in einem lichtlosen Hafen ankert – wurde abgelehnt; die Malerei ist nicht sein größtes Talent. Dagegen hängt mein Bild – nackte Frau galoppiert auf weißem Hengst durch die Brandung – im Zentrum, womit ich auch gerechnet habe.

»Ziemlich gut«, findet Tammo.

Ich zucke die Schultern. »Angucken, schön finden, vergessen.«

Er runzelt die Stirn. »Es ist ein tolles Bild, Mariel.«

Jaja, fabelhaft. Nach Amlons künstlerischen Maßstäben. Zum Glück weiß niemand von meinen *richtigen* Bildern – den Bildern unter der losen Diele in meinem Zimmer. Man würde mich für verrückt erklären.

Weiter geht es in die große Halle. Der Name ist etwas ungenau, der Kameliensaal im Kellergewölbe ist deutlich größer, aber an den will ich noch nicht denken. Der Lärm nimmt mir den Atem. Die Musik dröhnt, die Bässe vibrieren in meiner Brust, im Bauch und in jedem Knochen meines Körpers. Die Silhouetten der Tanzenden zucken im flackernden Licht. Weiter hinten drängen sich die Gäste um das Buffet. Jasemin hält ihr Glas unter einen Springbrunnen, aus dem ein feuerrotes Getränk sprudelt. Sasched bedient sich an einer mit Früchten bestückten Pagode, die fast bis zur Decke ragt. Der Duft von gegrilltem Fisch, Knoblauchgarnelen und Orangenkuchen zieht mir in die Nase. Alles funkelt und glüht, sämtliche Gegenstände scheinen vergoldet zu sein, einschließlich des Fischs und der Zykler, in denen unverzüglich jedes Müllfitzelchen landet und in kostbaren Kompost verwandelt wird.

Tammo will tanzen, also trennen wir uns. Ich winke Jasemin und Sasched zu, plaudere mit Tammos alter Liebe Yelin und schlendere in den Innenhof, wo sich weitere Gäste in den Pools tummeln. Gitarrenmusik perlt durch die Nacht. Unter einem Baldachin mache ich es mir auf einem Kissenlager bequem und beschließe, dass ich den Abschied doch mag. Von meinem Platz aus kann ich ein tiefer gelegenes Areal einsehen, wo mehrere Leute den Sieger des Turniers beglückwünschen. Mervis. Wer auch sonst? Ich muss mich zwingen, ihn nicht anzustarren. Im Bogenschießen war er der König unserer Schule, was neben seinem Aussehen entscheidend dazu beitrug, dass er jederzeit ein Dutzend Verehrerinnen an jedem Finger hängen hatte. Gut, dass ich ihn mir nach unserem ersten Purpurfest endgültig abgeschminkt habe. Ich war sechzehn, das Alter, in dem wir das erste Mal ein Purpurfest besuchen dürfen, und obwohl ich vor Angst fast starb, wollte ich unbedingt hingehen, weil ich wusste, dass Mervis da sein würde. Er war der Erste, der mir im Dämmerlicht des Purpursaals über den Weg lief, was mindestens ein Wink der Götter sein musste. Also nahm ich meinen ganzen Mut zusammen und zwitscherte: »Erinnerst du dich an das Silberkehlchen?«

»Äh ... kennen wir uns?«, fragte er.

»Ich arbeite daran«, seufzte ich, forderte ihn zum Tanzen auf und schaffte es sogar, ihm kein einziges Mal auf die Füße zu treten. Nach dem Tanz meinte er trotzdem sofort: »Oh, dahinten sind meine Freunde, da muss ich mal kurz ...« Wahnsinnig originell. Wenig später verschwand er mit einem Mädchen in einem Purpurzimmer. Ich tat so, als mache mir das nichts aus. Doch es schmerzte. Und es nahm mir ziemlich den Wind aus den Segeln. Einen anderen Jungen auffordern? Die Leckereien, die in einem Nebenraum auf uns warteten, schienen mir verlockender. Als meine Eltern mich am nächsten Morgen nach meiner ersten *Erfahrung* fragten, berichtete ich von dem höchst interessanten Buffet: Austern in Petersilienbutter, Sellerie-Chili, Schokoladen-Vanille-Suppe ...

Meine Mutter lächelte gezwungen. »Diese Gerichte sollen euch stimulieren, Mariel.«

Ich sei ihr regelrecht unheimlich, fügte sie nach meinem zweiten Purpurfest hinzu: ein junges Mädchen, das lieber aß, statt Erfahrungen zu sammeln. Sie bot mir an, gemeinsam mit ihr einen Plan zu entwickeln, der mich um ein paar Pfunde erleichtern würde. Warum? *Ich* fand meine Figur ganz in Ordnung. Meistens jedenfalls. Doch sie hörte mir gar nicht zu, richtig nett würde ich dann aussehen, mit meinen braungrünen Augen, dem braunen Haar und diesen waaahnsinnig langen Wimpern, die meinen Blick so geheimnisvoll umschleierten; nur anlächeln müsste ich die Jungen, der Rest würde sich schon finden. Also lebte ich eine Zeit lang von Obst- und Gemüsescheibchen, die meine Mutter für mich zurechtschnitzelte. Alles nach Plan. Zumindest, bis ich nachts in die Küche pirschte, um dort Pralinenorgien zu feiern.

»Ich glaube, Pläne sind nichts für mich«, gestand ich ihr. »Aber das mit dem Lächeln kann ich gerne versuchen.«

Und so lächelte ich bei meinem nächsten Purpurfest, bis ich

Lippenkrämpfe bekam. Angesprochen wurde ich trotzdem nicht. Sprach ich meinerseits jemanden an, war spätestens nach zwei Tänzen Schluss. Während die Paare in den Purpurzimmern verschwanden, sann ich darüber nach, ob ich noch weitere Jungen auffordern sollte, schließlich hatten auch andere Mädchen nicht beim ersten, zweiten, fünften Mal Glück. Nur – wozu? Um zu tanzen? Mich von Mervis abzulenken? Doch in einem Purpurzimmer zu landen – den Edelstein zu schleifen?

Und wenn ich einfach der Edelstein blieb, der ich war, mit allen Ecken und Kanten?

Ein Junge beobachtete mich, ich kannte ihn aus der Schule, keine Schönheit wie Mervis, er hatte ein kleines, aber klares Gesicht und sein Lächeln schien sich darin wohlzufühlen. Als ich ihm verlegen zunickte, schlenderte er zu mir herüber. »Du hast eine tolle Haltung.«

»Was?«

»Deine Haltung. So aufrecht. Bestimmt tanzt du richtig gut.«

Sofort sackten meine Schultern nach vorn. Ich rang nach Worten. Er wartete.

»Nein, ich, äh, ich bin eine miserable Tänzerin«, stammelte ich.

»Ich könnte es dir beibringen.«

Wollte ich? Und – wollte er? Oder hatte er beschlossen, einfach irgendein Mädchen aufzufordern, bevor er leer ausging?

»Ich ... ich ... nein. Vielen Dank. Ich möchte nicht tanzen«, murmelte ich.

Er lächelte weiter, doch dieses Lächeln fühlte sich nicht mehr wohl. »Na, dann noch viel Spaß hier.« Mit steifem Rücken ging er davon. Mein Gesicht stand in Flammen. Wenig später verließ ich die Party.

Nach diesem Purpurfest weigerte ich mich, auch noch das nächste zu besuchen. Ich wusste ja, in wen ich mich schließlich verlieben würde, anders als die anderen kannte ich ihn aus meinen Träumen.

»Und wie willst du dann Erfahrungen sammeln?«, fragte meine Mutter.

»Gar nicht«, erwiderte ich ruhig.

Mein Vater hielt sich raus, meine Mutter gab mit Tränen in den Augen nach. Eine Tochter mit üppigem Liebesleben und weniger üppiger Taille hätte sie sehr erleichtert, aber man kriegt eben nicht immer, was man will. Sie selbst ist natürlich mit einer Traumfigur gesegnet, wie fast alle Seelenpartner. Ich komme eher nach meinem Vater: dunkles Haar, rundliche Statur, die Tammo wohl als *kurvig* bezeichnen würde, weil er nun einmal Tammo und mein bester Freund ist. Meine Schwester Asta dagegen ist eine jüngere Ausgabe meiner Mutter und entspricht ganz dem Schönheitsideal von Amlon: eine Figur wie eine Elfe, Haare wie Honig, ein Teint wie Karamell, zum Reinbeißen. Noch dazu ist sie ein Ass im Muscheltauchen, während mir schon beim Gedanken, den Kopf unter Wasser zu tunken, schwindelig wird. Umgekehrt würde Asta nie in der Bibliothek herumhängen oder stundenlang mit dem fünfjährigen Mondo von nebenan Bilder malen und ihm dabei selbst erfundene Geschichten erzählen. Vor ihrem Abschied hatte sie etliche Liebhaber und sicher keinen Bauchschmerz beim Gedanken an das Kamelienritual.

Prompt wandert mein Blick zur Stirnseite des Innenhofs und zu dem wie eine Kamelie geformten Tor.

Eigentlich ist nicht der Abschied mein Problem. Es ist das verdammte Kamelienritual. Alle werden sehen, dass ich anders bin. Kein geschliffener Diamant. Wie muss das für meine Eltern sein? Werden sie sich schämen, während um sie herum lauter stolze Mütter und Väter sitzen?

Bei dem Gedanken zieht sich mein Herz zusammen. Warum kann ich für sie keine Tochter wie Asta sein, ein Diamant, der leuchtet und strahlt?

4

Asta kommt auf mich zugetänzelt, ihr Fruchtcocktail ist über und über mit Melone und Ananas garniert. »Da bist du ja. Und – hui! Du hast eine andere Frisur.« Sie setzt sich neben mich. »Wie hast du das so schnell hingekriegt?«

»Öhm ...«

Mit Kennermiene mustert sie die Kette in meinem Haar; der Schmuck, den sie in ihrer Werkstatt herstellt, ist in ganz Amlon berühmt. »Solche Muscheln habe ich noch nie gesehen.«

»Ähm ...«

»Willst du nicht doch bei mir in die Lehre gehen?«, lächelt sie. »Warum musst du das mit dem Dienst unbedingt durchziehen?«

Der Dienst war in den letzten Monaten *das* Thema in unserer Familie. Geld verdienen muss natürlich keiner, in Amlon ist für alle gesorgt. Die meisten Menschen wollen ihre Persönlichkeit trotzdem in einem Beruf entfalten, sei es als Heiler oder Handwerker, als Architekt, Biologe – oder Künstler.

»Ich denke, der Dienst ist erst mal das Beste«, murmele ich.

»Die Götter haben dir ein Talent geschenkt, Mariel. Das darfst du nicht einfach verschleudern.«

»Bilder von Pferden mit Wallemähne sind nicht gerade eine Lebensaufgabe.«

»Und der Dienst schon? Du bist verrückt«, lässt meine Schwester mich wissen.

Weißt du, was du richtig verrückt fändest, Asta? Die Bilder unter der Bodendiele. Und für vollends wahnsinnig würdest du mich halten, wenn du wüsstest, dass ich die *Mutanten,* wie du sie nennst, sogar sammle: Sie inspirieren mich zu diesen Bildern.

Die Muscheln, die Bilder – und meine Träume. Sie sind mein drittes Geheimnis. Manchmal denke ich, ich bin überhaupt die Einzige, die sich an ihre Träume erinnert und nichts dagegen unternimmt. Träume gelten, genau wie beängstigende Erinnerungen, als gefährlich und werden mit einem Heilrauch behandelt: dem Atem der Götter. Doch ich will meine Träume behalten. Ohne sie und meine Muscheln blieben mir wirklich nur nackte Frauen auf weißen Pferden.

Anneus setzt sich zu uns, was Asta glücklicherweise von meiner beruflichen Zukunft ablenkt. Seine strahlend blauen Augen mustern mich. »Wie fühlst du dich?«

»Fantastisch«, versichere ich. Er schaut mich weiter fragend an. »Mir ist schlecht«, bekenne ich dann.

»Völlig normal.« Asta streichelt meine Hand. »Vor meinem Tag der Verbindung habe ich praktisch durchgehend gekotzt. Ach, Mariel, es wird wunderbar. In den ersten Wochen lädt man euch überallhin ein, man wird Feste zu euren Ehren feiern, Konzerte geben, alle wollen euch kennenlernen, ihr bekommt ein eigenes Haus ...« Ihre Augen glitzern. »Wie er wohl aussieht?«

Ist es nicht wichtiger, dass wir einander lieben? Asta scheint nicht zu bemerken, dass ich zusammenzucke – oder sie ignoriert es, damit nicht gleich wieder etwas zwischen uns steht.

»Und was er wohl kann? Wenn er auch malt, eröffnet ihr eine Kunstschule, ja?« Hoffnungsvoll blinzelt sie mich an.

»Im letzten Jahr waren ein paar richtig gute Künstler unter den Bestimmten«, meint Anneus.

»Und im Jahr davor ein toller Politiker.« Asta beugt sich vor und küsst ihn auf den Mund.

Das ist auch eines der Wunder, die die Götter bewirken: Ohne Erinnerung an Nurnen treffen die Bestimmten in Amlon ein – und stecken doch voller Begabungen und tiefer Gefühle.

»Mariel liebäugelt übrigens noch immer mit dem Dienst«, klärt meine Schwester ihren Bestimmten auf.

»Welcher Dienst genau?«, fragt mich Anneus. »Auf den Plantagen arbeiten? Aufräumen nach den großen Stürmen? Ein Pflegedienst?«

»Ich könnte mich um die Kinder kümmern.«

Anneus überlegt. »Kinderbetreuung, da haben wir in der letzten Parlamentssitzung auf fünfzehn Wochenstunden aufgestockt. Bei der Müllsortierung kommst du billiger weg, da musst du nur fünf Stunden arbeiten.«

»Müll sortieren, iiih.« Asta schüttelt sich.

Anneus runzelt die Stirn. »Sie muss nur die Sortiermaschine bedienen, das ist weder anstrengend noch iiih.«

Aber öde. Da bändige ich lieber ein paar Stunden am Tag eine Horde Vierjähriger.

Asta beugt sich vor und berührt die Kette in meinem Haar. »Das sind wirklich außergewöhnlich schöne Muscheln. Aber warte erst, wenn du morgen das Haus der Wandlung verlässt – dein Seelenpartner wird umfallen, wenn er dich sieht. Nach der Schönheitskur dort fällt der eine oder andere Makel gar nicht mehr auf. Natürlich wäre es toll, wenn du bis dahin die Schokolade weglässt ... Ach, mach dir keine Sorgen, auch nicht wegen deines Teints, das kriegen die alles in den Griff.« Sie tätschelt meine linke Schulter und mir wird noch mulmiger zumute.

Danke, Schwesterherz, und falls ich bisher keine Probleme mit meinem Aussehen gehabt hätte, hätte ich sie spätestens jetzt.

»Was wollt ihr eigentlich alle?«, frage ich leise. »Wollt ihr mich oder eine Elfe mit Puppengesicht?« Trotzdem kann ich nicht anders – wie Asta so dasitzt und mich anstrahlt, muss ich einfach lächeln. Zumindest bis mein Blick zurück zum Kamelientor huscht.

Anneus beugt sich zu mir. »Du machst dir immer noch Sorgen.«

Einfühlsame Männer können ganz schön anstrengend sein.

»Öhm, ja«, stammele ich – und platze heraus: »Was, wenn Tammo morgen übrig bleibt?«

Asta hebt die Augenbrauen. »Das ist doch Blödsinn, Mariel. Du weißt, dass allein sein Glaube an den Gott und die Göttin darüber entscheidet. Und ich kenne niemanden mit tiefer verwurzeltem Glauben als Tammo.«

»Und wenn es trotzdem passiert?« Jetzt klinge ich schon wie er. »Wenn sein Glaube zu schwach ist? Vielleicht hat er nicht genug gebetet, vielleicht ...«

Asta stupst mich in die Seite. »Es geht nicht ums Beten. Denk an den alten Zerbatt. Hast du den je in einem Tempel gesehen? Und sogar der hat eine Seelenpartnerin abbekommen. Schade eigentlich. Ich hätte nichts dagegen gehabt, wenn sie ihn nach Xerax verfrachtet hätten.«

Trotz allem muss ich kichern. Zerbatt wohnt in unserer Straße und beschwert sich mindestens fünfmal täglich über die Futterstelle für die Papageien in unserem Garten, weil die Vögel im Landeanflug sein Sonnenmobil vollkacken.

»Tammo bleibt nicht übrig.« Asta drückt meine Hand. »Er muss morgen einfach er selbst sein. Genau wie du.«

Und da ist er, der Schatten von Sorge in ihrem Blick. Ich beruhige mich damit, dass mein Seelenpartner ganz sicher kommt, so oft, wie ich schon von ihm geträumt habe. Nur darf Asta von diesen Träumen nichts wissen, sie müssen mein Geheimnis bleiben.

Sei einfach du selbst, so lautet übrigens auch der Rat meiner Mutter. Doch was sie wohl eigentlich meint ist: *Lass die Schokolade, Schatz, lass das Lesen, geh in die Wälder, spring ins Meer, tauche tief, schwimm zum nächsten Purpurfest, such das Abenteuer, sammle Erfahrungen, schleife den Edelstein, du bist nur einmal jung* ... Das Verrückte ist, dass sie mit Ratschlägen für eine geglückte Jugend um sich wirft, selbst aber nichts mehr über ihre Zeit als junges Mädchen weiß. Sicher hat sie es schon damals geliebt, Menschen um sich zu versammeln. In Amlon hat sie daraus einen Beruf gemacht: Turniere im Bogenschießen, Picknicks am Strand, es gibt nichts, was sie nicht organisiert.

»Wir fangen heute Abend mit der Party an, um Mitternacht ist Feuerwerk und wer will, kommt bei Sonnenaufgang mit zum Silberberg, beeil dich mit dem Frühstück«, habe ich sie unzählige Male auf unserer Veranda meinem Vater zurufen hören, »du musst noch Mangotörtchen für das Ponyreitfest backen, deine sind einfach die besten, und du«, wandte sie sich an mich, während ich wahrscheinlich in einer Hängematte las, am Frühstückstisch ein Geschichtsreferat vorbereitete oder in einer verborgenen Ecke heimlich eine Skizze anfertigte, »kannst ein paar Muschelgirlanden basteln. Oder hast du Lust, den Kletterwettbewerb zu organisieren? Es haben sich so nette junge Männer angemeldet.«

»Mama«, stöhnte ich.

Mein Vater zwinkerte mir zu und brummte in Richtung meiner Mutter: »Du machst deine Sachen, lass Mariel ihre machen.« Dann gab er ihr einen Kuss. Kein Zweifel: Sie ist die Frau, die sein ruhiges Naturell perfekt ergänzt und die er sich genau so gewünscht hat.

Wenn es um unsere Seelenpartner geht, haben wir wohl alle unsere Vorstellungen. Asta wollte einen Mann, der sich auf

Küsse ohne nennenswerte Atempausen versteht und gern Parfum benutzt, dazu einfühlsames Zuhören und ein Händchen für Kinder. In wenigen Wochen kommt ihr erstes Baby. Ich freue mich riesig auf den Familienzuwachs und meine Eltern können ihren ersten Enkel sowieso kaum erwarten. Sie zanken sich schon jetzt, wer das Kleine wickeln darf, wenn sie es mal hüten müssen. »Setzen wir auf Zwillinge«, murmelt Asta in solchen Situationen nur.

Was mich betrifft: Ich hoffe auf einen Mann, der auf keinen Fall so schüchtern ist wie ich. Dazu kinderlieb wie Anneus; ich wünsche mir Gespräche, die in die Tiefe gehen, dass er mich versteht, leidenschaftlich ist ... Wer weiß, vielleicht lerne ich an seiner Seite sogar das Muscheltauchen.

Man könnte ja meinen, dass sich alle so einen Partner wünschen, außer vielleicht diejenigen, die schon tauchen können, aber Sanja von nebenan will einen Mann, der Pferde liebt und mindestens fünf Jahre älter ist als sie, dazu Haare auf der Brust, Oberlippenbärtchen und saubere Fingernägel. Gut, gegen letztere habe ich auch nichts, mich wundert es nur, wie genau die meisten über das Aussehen ihrer Spiegelseelen Bescheid wissen, obwohl sie diese ja nicht einmal aus ihren Träumen kennen.

Sanja kann es jedenfalls kaum erwarten, ihren Pferdemann zu treffen, und rudert oft nach Merilon. Dort, auf der Pferdeinsel, sucht sie sich schon mal einen Schimmelhengst aus, den ihr Liebster dann für sie trainieren darf. Bis es so weit ist, schläft sie mit Yelin, der auch seine Wünsche hat: Er will eine Rothaarige mit schneeweißer Haut, die zwar schlau ist, aber nicht so schlau wie er. Das hat er mir während einer Übung im Empathieunterricht anvertraut. Tammo dagegen möchte einen blonden Mann mit dunklen Augen; Yelin, mit dem er ein paar Monate zusammen war, bevor der zu Sanja wechselte, hat immerhin braune Augen, ist aber nicht blond. Doch was Tammo aus meiner Sicht vor allem braucht, ist ein Mann, mit dem er über seine Vergangenheit sprechen kann.

Als hätten meine Gedanken ihn herbeigerufen, gesellt sich Tammo zu uns, in der einen Hand einen Cocktail für mich, in der anderen einen bunten Mischmasch für sich selbst.

Anneus berichtet von der letzten Debatte im Parlament: Soll man der Grundversorgung ein paar weitere Posten hinzufügen?

»Wir haben doch alles«, meint Tammo.

»Jeder Bürger Amlons könnte neben einem Sonnenmobil auch ein eigenes Sonnenboot bekommen.«

Mir fällt ein Satz ein, den ich heute in *Die ersten Tage von Amlon* gelesen habe: »Der Besitz ersetzte ihnen die Liebe.«

Anneus runzelt die Stirn. »Wie bitte?«

»Das war in den alten Zeiten. Als die ersten Siedler die Außenwelt verlassen haben und dem Ruf der Götter übers Meer gefolgt sind. Das wisst ihr doch alles. Sie kamen in Amlon an, das heißt erst mal auf Xerax, und nach den ersten paar Hundert Jahren lief es überhaupt nicht mehr gut.« Ich krame in meinem Gedächtnis. »Keine Grundversorgung. Arbeiten und Geld verdienen, das war für die meisten Menschen der Mittelpunkt, dem sie alles unterordneten. Und außerdem lebten sie in richtig schwierigen Verbindungen. Oder schlimmer.«

Anneus hebt fragend eine Augenbraue.

»Sie lebten *allein*. Und erst als die Götter am Ende des Ersten Zeitalters das Tor zwischen Amlon und Nurnen öffneten, waren Geld und Besitz nicht mehr so wichtig«, schließe ich.

»Die Götter schenken uns immer, was wir brauchen«, stimmt Anneus zu.

»Schenken sie uns auch genug Leute, die Lust haben, die Sonnenboote zu bauen, die ihr so großzügig verteilen wollt?«, erkundigt sich Tammo freundlich.

»Keine Sorge«, lacht Anneus und wiederholt: »Die Götter schenken uns immer, was wir brauchen. Denk an die Kraft der Sonne, unser fruchtbares Land, die Bodenschätze oder die Urtinktur, die jeden Müll in Kompost verwandelt. Wichtig ist allein, dass wir sorgsam mit den Geschenken der Götter umgehen – und manchen Ideen einen Riegel vorschieben.«

Er erzählt von einer Gruppe, die ein neues Kommunikationskonzept entwickeln will. Irgendwas mit Metalldrähten.

»Miteinander reden, ohne dass man dem anderen *begegnet?«* Tammo prustet los.

»Immerhin könnten diese Leute die Wahlbeteiligung aufmöbeln. Zwanzig Prozent zuletzt.« Anneus seufzt. »Wer alles hat, wird politisch träge. Demokratie braucht Opposition! Da wünscht man sich fast jemanden, der das ganze System anzweifelt ...«

Asta legt die Hände wie einen Schild auf ihren Bauch, als müsse sie ihr Kind schützen, und wirft ihrem Mann einen strengen Blick zu.

»Frag auf Xerax an, da wirst du sicher fündig«, murmelt Tammo.

Es wird ganz still.

Asta räuspert sich und tippt auf Tammos Hand, die mit der orangeroten Muschel spielt. »Darf ich mal?«

Er reicht ihr die Muschel.

Mit dem, was sie sieht, hat sie wohl nicht gerechnet.

»Liebe Götter, ist die *hässlich.«* Damit wirft sie die Muschel in den Zykler neben unserem Kissenlager.

»He, spinnst du?«, brause ich auf. »Das war ein Geschenk für Tammo!«

»Lass nur.« Er legt seine Hand auf meine. »Schwangere sind so. Du findest eine bessere Muschel.«

Anneus bringt uns neue Getränke, was die Gemüter besänftigt. Asta entschuldigt sich und lässt mich das Baby fühlen, das meiner Hand einen Stups versetzt. Dann verstummt die Musik. Ein Gong ertönt.

Ich erstarre. »Ist denn schon Mitternacht?«

Von überall strömen Menschen in den Innenhof. Wer noch nicht steht, erhebt sich. Meine Knie zittern wie Austerngelee.

»Kopf hoch, Brust raus«, flüstert Asta – und nimmt mich in die Arme. »Es ist nur ein Ritual. Nur das letzte Hindernis.«

Das letzte Hindernis. Ich straffe die Schultern und hebe das Kinn. An Tammos Seite gehe ich auf das Kamelientor zu, das sich wie von Zauberhand öffnet. Asta und Anneus sind irgendwo hinter uns. Als wir die breite Treppe hinuntersteigen, schaue ich mich kurz nach ihnen um. Sie winken uns zu, dann wenden sie sich nach links in Richtung Zuschauerränge. Auch meine Eltern müssen dort irgendwo sein, was diesen Gang noch schwerer macht. Aber kein Angehöriger lässt sich das Kamelienritual entgehen.

Außer natürlich Tammos Vater.

5

Die Treppe führt uns in eine kreisförmige Arena. An den Wänden glühen rote Lichtampeln, der Marmorboden schimmert schwarz. In der Mitte öffnet sich eine Grube, um deren Rand sich Berge von schwarzen Kamelien türmen.

Während sich die Zuschauer ihre Plätze suchen, stellen wir Solitäre uns am Rand der Arena auf. Wie viele wir sind? Sicher ein paar Hundert. Alle Achtzehnjährigen von allen zweiundfünfzig Inseln Amlons, bereit, das Kamelienritual zu vollziehen. Mit einer Ausnahme. Sie heißt Mariel und würde liebend gern verzichten.

Jasemin drückt sich an Sasched und umklammert seine Hand so fest, als wollte sie ihm die Finger brechen. Ihre Haarflut wirkt leicht derangiert, vermutlich kommen sie gerade aus einem Purpurzimmer, wo sie sich ein letztes Mal geliebt haben. Jasemin weint nicht, aber ihr Kinn zittert so heftig, dass ich es gern festhalten würde. Nur wenige sind so ergriffen – der Sinn aller Liebesgeschichten, die der *großen Liebesgeschichte* vorausgehen, ist ja, dass wir die Höhen, aber vor allem die Tiefen gewöhnlicher Verbindungen kennenlernen: Aus Verliebtheit wird Vertrautheit wird Gewohnheit wird Langeweile ...

Das habe ich mir zumindest sagen lassen.

Mein Blick fällt auf Tora. Lässig lehnt sie an der Wand. Mit den buschigen Augenbrauen, dem roten Stoppelhaar und ihrem in einem kleinen Lächeln nach oben gebogenen Mund sieht sie auf eigenwillige Weise gut aus.

»Die räumt garantiert ab«, flüstere ich Tammo zu.

Er drückt meine Schulter. »Das heißt nicht, dass sie liebenswerter ist als du.«

»Ich kann nicht!«, ruft Jasemin schrill und wirft sich Sasched an die Brust. »Geh mit mir fort, lass uns fliehen, lass uns ...«

Die Zuschauer beugen sich vor. Sasched errötet bis unter die Haarwurzeln, legt hastig die Arme um Jasemin und raunt ihr etwas zu.

»Ich brauche keinen Seelenpartner«, heult sie, »ich will nur dich ...« Schluchzend bricht sie in seinen Armen zusammen.

»Liebe Götter«, murmelt Tammo.

Der Gong ertönt zum zweiten Mal. Hier unten dröhnt er so laut, dass mir fast die Ohren wegfliegen. Die Zuschauer erheben sich. Obwohl die Angst wie ein Sturm in mir wühlt, stehe ich ganz still.

Der dritte Gongschlag erschallt.

»Volk von Amlon. Solitäre.« Die Stimme des Zeremonienmeisters wird von den Wänden zurückgeworfen. Das Publikum bricht in Jubel aus. Nach einer Weile hebt der Meister die Hand und Stille tritt ein. »Willkommen beim Kamelienritual.«

In stummem Protest verschränke ich die Arme vor der Brust. Ich will diesen Mist nicht mitmachen.

Aber ich muss.

Das Ritual folgt festen Regeln, nur die einführenden Worte denkt sich der Zeremonienmeister jedes Jahr neu aus. »Seit nahezu tausend Jahren feiern wir das Kamelienritual«, beginnt er heute. »Diesmal möchte ich an unsere Vorfahren erinnern, die aus einem Kriegsgebiet kamen: der Außenwelt. Menschen fügten anderen Menschen unsägliches Leid zu – wie auch der Natur. Orkane, Überflutungen, Dürrekatastrophen, das Elend war unvorstellbar. Und doch verließen nur wenige die Außenwelt, als die Götter sie riefen; nur wenige reisten über das Meer und wollten eine neue und bessere Welt aufbauen: die Welt, in der wir heute leben.«

Noch schöner fände ich diese Welt ohne Kamelienritual.

»Unsere Vorfahren kehrten dem Alten den Rücken. Sie wussten nicht, was kommen würde, doch sie vertrauten den Göttern. Damit sollen sie unseren Solitären ein Vorbild sein, die heute ihre Vergangenheit hinter sich lassen.«

Wie mag sie inzwischen aussehen, diese Außenwelt? Nach so langer Zeit gibt es dort vielleicht gar keine Kriege mehr, sonst würden doch weiterhin Flüchtlinge ankommen. Im Epilog von *Die ersten Tage von Amlon* steht, dass möglicherweise noch immer Menschen den weiten Weg übers Meer ins Unbekannte wagen, dass aber keiner die Reise überlebt hat. Jedenfalls ist seit jenen ersten Tagen niemand mehr aus der Außenwelt eingetroffen.

»Solitäre. Seid ihr bereit, das Ritual zu vollziehen?«, schmettert der Meister.

Mein Nein versinkt in einem Ja aus vielen Hundert Kehlen.

»Dann möge das Ritual beginnen.«

Niemand rührt sich.

Hoppla. Bin ich etwa nicht die Einzige ohne Erfahrung?

Der erste Solitär bewegt sich. Schwarzer Zopf, üppig eingeölt und kunstvoll geflochten. Mit vorgewölbter Brust schreitet er in Richtung Grube und hebt eine Kamelie auf. Zackig kehrt er um und stolziert die Reihe der Solitäre ab. Vor einem aschblonden Mädchen bleibt er stehen. In ihrem über und über mit Muscheln bestickten Kleid sieht sie wunderschön aus. Doch was mir vor allem gefällt, ist der kleine Höcker auf ihrer Nase, den außer mir vermutlich niemand bemerkt. Er stört die Harmonie ihrer ebenmäßigen Züge und ist zugleich das, was ihr Gesicht für mich unverwechselbar macht. Der Ölzopf überreicht ihr die

Kamelie, zum Zeichen, dass ihre Körper und Seelen miteinander verbunden waren und sie eine *Erfahrung* geteilt haben. So kurz, wie der vorgeschriebene Abschiedskuss ausfällt, kann ich nur vermuten, dass sich die beiden entweder schon vor Monaten getrennt haben oder es ohnehin nur eine Purpurfestverbindung war; die dauern selten länger als eine Nacht.

Was mich betrifft, so habe ich es nicht einmal bis zu einem Kuss gebracht, abgesehen von einem Erlebnis vor etwa elf Jahren, als Tammo mir erklärte, was es mit dem Küssen auf sich hat:

»Man steckt sich gegenseitig die Zunge in den Mund.«

»Die *Zunge?«*

»Hab ich bei meinen Eltern gesehen. Das geht so.« Er presste seine Lippen auf meine.

Ich quetschte einen Entsetzenslaut hervor, woraufhin er mir vor Schreck in die Lippe biss.

Erst Wochen später konnten wir wieder unbefangen miteinander umgehen. Irgendwann merkte Tammo dann ohnehin, dass er lieber Jungen küsst.

Das Mädchen im Muschelkleid überreicht dem Ölzopf seinerseits eine Kamelie, die Ruhe im Saal ist dahin, das Publikum feuert uns an: *»Komm schon, Silva, hast du das Wochenende mit Menelas vergessen?«*

»Oliva und Cocca? Ich fass es nicht.«

»Und? Habe ich gewusst, dass Wolgas etwas mit Jenni hatte, oder hab ich's nicht gewusst?«

Mervis hält schon dreißig Kamelien im Arm, vorsichtig geschätzt. Übertrumpft wird er nur von Tora. Ihr Gesicht ist hinter dem Strauß kaum noch zu sehen, was ich durchaus begrüße. Ich mag sie nicht, fürchte mich sogar vor ihr – und muss dennoch immer wieder zu ihr hinüberlinsen. Das rote Stoppelhaar, ihre ruppige Art; sie ist anders als alle und das zeigt sie ganz unverblümt.

Jasemin liegt schluchzend in Sascheds Armen, beide mit nur einer einzigen Kamelie in der Hand. Und ich? Mehr und mehr Leute starren mich an. Es ist noch beschämender, als ich dachte. Offenbar bin ich wirklich die einzige kamelienfreie Achtzehnjährige im Saal. In der Zuschauermenge entdecke ich meine Mutter. Ich sehe, wie sie um ein Lächeln ringt. *Macht nichts, Schatz, ich liebe dich trotzdem.* Das glaube ich ihr sogar, aber ich lese auch die Sorge in ihrem Gesicht: *Und wenn meine Tochter morgen übrig bleibt?* Beruhigend lächele ich zu ihr hoch. *Keine Angst, Mama. Er kommt. In meinen Träumen ist er schon da.* Ein Bündel Kamelien würde sie trotzdem stolz machen. Sicher hat sie heimlich gehofft, ich hätte ihr meine Liebesabenteuer nur verschwiegen. Mariel, das stille Wasser.

Aber ich war immer ein offenes Buch.

Irgendwie schaffe ich es, die Augen von meiner Mutter zu lösen, und sehe, dass ein Solitär mich beobachtet. Schmales Gesicht, borkenbraunes, äußerst flüchtig gekämmtes Haar. Auch um seine Kleidung hat er sich keine großen Gedanken gemacht: ein gewöhnliches cremefarbenes Hemd und schwarze Hosen. Ich kenne ihn nicht, trotzdem habe ich das Gefühl, ihm schon begegnet zu sein. Neben den vielen sonnengebräunten und durchtrainierten Solitären, die sich im Saal tummeln, wirkt er so schmal und blass, als hätte er sein Leben vorzugsweise in geschlossenen Räumen verbracht. Und da fällt mir ein, wo ich ihn gesehen habe: in der Bibliothek, im letzten Sommer – oder war es im vorletzten? In verknoteter Haltung saß er zwischen den Abteilungen *Romantik* und *Abenteuer* an einem Pult und kritzelte ein Notenheft voll.

Er beobachtet mich weiter. Seine Augen stehen etwas schief,

was mich eigenartig fasziniert. Er hält keine einzige Kamelie in der Hand. Genau wie ich.

Das Folgende ist eher ein Reflex als eine gut durchdachte Tat. Ich gehe zu der Grube, hebe eine Kamelie auf und mache mich auf den Weg. Eigentlich ist das, was ich tue, verboten. Wir kennen uns nicht einmal; es ist ein klarer Verstoß gegen die Regeln.

Ich bleibe vor ihm stehen und halte ihm die Kamelie hin. Seine Nase zuckt, als würde die Blume seltsam riechen. Oder ich.

»Ich kenne nicht mal deinen Namen«, meint er und jetzt zucken auch seine Mundwinkel. Ich glaube, er lächelt.

Obwohl mir das Herz bis zum Hals klopft, lege ich so viel Fröhlichkeit wie möglich in meine Stimme. »Mariel.«

»Hallo, Mariel.«

Ich warte auf seinen Namen.

»Wir waren nicht verbunden«, flüstert er.

»Ich weiß.« Und dann platze ich heraus: »Lass doch mal deine Fantasie spielen.«

Wieder huscht ein Lächeln über sein Gesicht. »Fantasie. Das ist interessant.« Er legt den Kopf schief. »Hilf mir auf die Sprünge. Wann haben wir uns kennengelernt?«

»Letzten Sommer.«

»Wo?«

»Purpurfest.« Ich merke, wie ich rot anlaufe. »Am Buffet. Du hast mich mit Chilisoße bespritzt.«

»Würde ich nie tun.«

»Also schön, ich habe dich mit Soße bekleckert und ... äh ...«

»Sehr fantasievoll.« Er lächelt immer noch. »Klingt romantisch.«

»Ja. Ich meine ... nein. Es war überhaupt nicht romantisch. Wir haben noch in derselben Nacht gemerkt, dass wir nicht zueinanderpassen.«

»Das ist alles?«

Ich straffe die Schultern. »Ja.«

»Kann es sein, dass du den spannenden Teil weggelassen hast?«

»Romantische Geschichten sind nicht gerade meine Stärke«, hüstele ich.

Die Kamelie nimmt er trotzdem, wofür ich ihm dankbar bin. Er zwinkert. »Dann brauchst du jetzt auch eine, ja?«

»Äh, ja.«

»Küssen! Küssen!«, ruft jemand von den Zuschauerrängen.

Ach herrje. Der Abschiedskuss. Den hatte ich nicht einkalkuliert. Fragend sieht er mich an.

»Ich weiß nicht, wie man küsst«, murmele ich.

Er lächelt schon wieder. »Dann streng mal deine Fantasie an.«

Ich atme tief ein und beuge mich ihm entgegen. In seiner linken Iris schimmert ein winziger Silberfleck. Wie ein Splitter sieht er aus; der Perlmuttsplitter einer Muschel. Inzwischen spielt mein Herz ziemlich verrückt, ich wusste gar nicht, dass man seine Schläge in den Fingerspitzen und sogar im Mund spüren kann. Ich schließe die Augen und schürze die Lippen. Ist es so richtig? Nichts passiert. Gerade als ich vorsichtig gucken will, berührt etwas meinen Mund so sacht, als würde mich ein Schmetterlingsflügel streifen. Meine Lippen öffnen sich leicht, sie glühen, dann breitet sich Wärme überall in mir aus. Es ist wie in meiner Fantasie. Nein. Besser. Es ist unbeschreiblich.

Und da kommt sie: die Angst. Ich weiß nicht einmal, wovor. Ich öffne die Augen und weiche zurück.

»Fantasie hast du jedenfalls«, meint er ruhig.

Ich bringe keinen Ton heraus.

Er holt eine Kamelie und überreicht sie mir. Weil niemand im Publikum auf einem zweiten Abschiedskuss besteht, lässt er diese Kleinigkeit beiseite, was ich ein bisschen schade finde.

»Ich habe dich letzten Sommer in der Bibliothek gesehen«, murmele ich verlegen.

»Ich dachte, am Buffet?«

»Nein, ich meine, ich habe dich wirklich gesehen.«

»Du bist mir gar nicht aufgefallen.«

Also schön, dann eben nicht. »Ja, du warst bis über beide Ohren in deine Kompositionen vertieft oder was das war«, erwidere ich würdevoll. So freundlich ist sein Lächeln auch wieder nicht. Unter seinen Augen liegen dunkle Schatten, seine Haut ist zu blass und gut küssen können sicher viele.

Er guckt noch immer, lächelt noch immer sein seltsames Lächeln. »Ich heiße Sander.«

»Äh, ja, gut. Sander.«

Sein Lächeln wird eine Spur breiter. »Hast du morgen auch was Außerplanmäßiges vor?«

»Wie bitte?«

»Willst du die Regeln noch einmal brechen? Das fände ich ziemlich spannend.«

»Nein, ich fürchte, dafür fehlt es mir gerade an Fantasie.«

Ich bin völlig durcheinander – ausgerechnet ich als Regelbrecherin ... Aber irgendwie ist es auch ... aufregend.

»Schade. Also, bis morgen, Mariel.«

Als ich an meinen Platz zurückkehre, sind Tammos Augen groß wie Spiegeleier. »Du?!«

»Purpurfest«, antworte ich knapp und erröte.

»Davon hast du mir gar nichts erzählt«, meint er vorwurfsvoll.

Ich werfe einen schrägen Blick auf sein Kameliensträußchen. »Hast du mir alles anvertraut?«

Er grinst verlegen. »Ich wollte halt auch mal was ausprobieren. Übrigens kenne ich ihn. Sander, richtig? Er hat vor ein paar Jahren beim großen Konzert mitgespielt.«

Die jährlichen Musik-, Theater- und Vorlesefestivals, auf denen besonders talentierte Kinder und Jugendliche ihr Können präsentieren, sind in Amlon sehr beliebt, auch ich habe sie schon oft besucht und einmal sogar teilgenommen. Das Konzert, von dem Tammo spricht, muss ich allerdings verpasst haben.

»Er hat dort ganz schön für Aufruhr gesorgt«, fügt Tammo hinzu.

Ich horche auf. »Inwiefern?«

Doch er ist in Gedanken schon woanders. »War da nicht was mit seiner Mutter?« Er reibt sich die Stirn. »Yelin hat mir so was erzählt. Sie ist gestorben und angeblich hatte Sander irgendwas mit ihrem Tod zu tun ...« Er bricht ab. Seine Lippen sehen blass aus. Auch ich muss an den Tod denken, mit dem *er* etwas zu tun hatte: den Tod seiner Schwester Nersil. Obwohl es ein Unfall war, fühlt sich Tammo offenbar noch immer schuldig, weil Nersil verunglückt ist.

Gibt es in Sanders Vergangenheit einen ähnlichen dunklen Fleck?

»Und was war mit dem Konzert, auf dem Sander gespielt hat?«, kehre ich behutsam zum Thema zurück.

Tammo blinzelt. »Er hat was Selbstkomponiertes vorgetragen. Ein Lied. Kein Ton hat zum anderen gepasst, keine Spur von Harmonie, nicht mal Text, nur diese unheimlichen Laute. Es war gruselig. Erst als jemand auf die Bühne gekommen ist und Sander was ins Ohr geflüstert hat, hat er aufgehört.« Tammo schüttelt den Kopf. »So was hab ich noch nie gehört. *Niemand* im Publikum hat so was je gehört. Das Lied war ... *anders.*«

Meine Augen wandern zurück zu Sander und ich kann nicht anders: Ich muss lächeln.

6

Wieder dröhnt der Gong zum Zeichen, dass es weitergeht. Jasemin löst sich unter Tränen von Sasched. Wir stellen uns um die Grube auf. Viele tragen große Kameliensträuße in den Armen, eine einzelne Blume haben nur wenige vorzuweisen.

Zwei Männer und zwei Frauen, von Kopf bis Fuß in schwarze Gewänder gehüllt, nähern sich unserem Kreis. Sie tragen Fackeln, die ihre Gesichter unheimlich beleuchten. Wir machen ihnen Platz. Ohne uns eines Blickes zu würdigen, werfen sie ihre Fackeln in die Grube. Das Holz dort unten muss reichlich in Öl getränkt sein, die Feuerzungen schlagen sofort dramatisch empor.

»Solitäre«, wabert die Stimme des Zeremonienmeisters durch den Saal. »Die Zeit ist gekommen, euch von eurem alten Leben, euren alten Verbindungen zu verabschieden.«

Die ersten Kamelien fliegen in die Grube. Jubel und Pfiffe belohnen die Werfer. Auch Tammo übergibt sein Sträußchen dem Feuer. Meine Augen suchen den Kreis der Solitäre ab. Da drüben steht er. Sander. Noch hält er seine Kamelie in der Hand. Unsere Blicke treffen sich. Glaube ich jedenfalls. Erkennen kann ich es nicht, die Flammen tauchen sein Gesicht von unten in ein feuriges Glühen. Schatten zucken über seine Wangen. Er nickt mir zu. Lächelt – und lässt seine Kamelie ins Feuer fallen. Meine Kamelie folgt. Erleichtert, aber auch ein wenig traurig schaue ich zu, wie unsere Lüge von den Flammen verzehrt wird.

Nur eine hält ihren Strauß weiter umklammert. Ein Riesenstrauß.

Tora.

»Übergib deine Kamelien dem Feuer«, wendet sich der Zeremonienmeister an sie.

Nichts passiert. Man kann hören, wie der Meister die Luft einzieht. »Lass das Vergangene los.«

Langsam wendet sich Tora ihm zu. Ihre Stimme schneidet durch die Stille. »Nein.«

Jemand hustet. Der Meister öffnet und schließt den Mund wie ein Fisch auf dem Trockenen. »Du weigerst dich?«

»Genau.«

»Sie weigert sich«, teilt er uns mit, als hätte Tora in einer fremden Sprache gesprochen. »Nun, das ist lange nicht vorgekommen. Du musst es dennoch tun«, wendet er sich wieder an Tora. »Das Heilige Gesetz verlangt es von dir.«

Alle Blicke sind auf Tora gerichtet, die ihrerseits niemanden anschaut. »Darf ich die Fackelträger bitten?«, fragt der Meister mit ausgesuchter Höflichkeit.

»Bleibt, wo ihr seid«, bellt Tora, als sich zwei der schwarz Gewandeten – ein Mann und eine Frau – auf sie zubewegen. Die beiden halten tatsächlich inne. »Ich mach diesen Mist nicht mit!«, ruft sie. »Ihr könnt mich gleich nach Xerax verfrachten, da kann ich wenigstens tun, was ich will und mit wem ich will, mit zehn, fünfzig, hundert Kerlen. Und meine Kamelien nehme ich mit!«, sie schreit jetzt, vermutlich, um die Fackelträger zu verwirren. »Fasst mich ja nicht an!« Sie fuchtelt mit ihrem Strauß durch die Luft, als wollte sie einen Mückenschwarm verscheuchen. Gelassen setzt sich die Fackelfrau wieder in Bewegung, offenbar macht sie das nicht zum ersten Mal. Ruhig streckt sie eine Hand aus – und presst ein würgendes Geräusch hervor. Tora hat ihr mit aller Kraft in den Magen geboxt.

»Liebe Götter«, murmelt Tammo.

Angewidert weiche ich einen halben Schritt zurück. Wie kann Tora nur so brutal sein?

Die Fackelfrau kniet auf dem Boden und drückt beide Hände auf ihren Bauch. Im Saal ist es vollkommen still. Auch ich halte den Atem an.

Der Fackelmann geht langsam auf Tora zu. »Ho-ho«, macht er, als müsse er ein scheuendes Pferd besänftigen, und legt eine Hand auf ihre Schulter. Sie krallt die Fingernägel in seinen Unterarm und hinterlässt vier feuerrote Striemen. »Au-o«, kreischt er.

Jetzt wird es unruhig auf den Rängen. Der Fackelmann will Toras Handgelenk packen, ihre Faust kommt geflogen und würde ungebremst auf seine Nase krachen, wäre nicht in dieser Sekunde ein Wächter zur Stelle. Blitzschnell greift er nach ihrem Arm und dreht ihn ihr auf den Rücken. Ein zweiter Wächter taucht von irgendwoher auf und schnappt sich den anderen Arm, was schwierig ist: Tora windet sich wie ein Wurm am Haken. Als sie nach ihm schlagen will, lässt sie ihre Kamelien fallen. Mit vereinten Kräften halten die beiden Männer die wild um sich Tretende fest. Ich gehe zu der Fackelfrau, die sich zu einer Kugel zusammengerollt hat. Nicht dass ich gut finde, was sie getan hat, doch sie braucht offensichtlich Hilfe. Behutsam stütze ich sie, während sie sich auf die Knie und dann auf die Füße hochrappelt. Die Platzwunde an ihrer Schläfe leuchtet wie eine rote Blüte.

»Danke«, keucht sie und greift sich Toras Kamelienstrauß, verzieht den Mund und wirft ihn ins Feuer.

Tora brüllt los. »Nein! Meine Kamelien!«, heult sie.

Ein junger Mann mit meerblauen Augen springt über die Bande, die Zuschauerränge und Arena trennt, und kommt eilig auf Tora zu. Seine buschigen Augenbrauen legen nahe, dass er ihr

Bruder ist. Leise redet er auf sie ein. Mit einem Mal scheint ihr die Luft auszugehen, wie ein Lappen hängt sie zwischen den Wächtern. Die beiden führen sie hinaus, gefolgt von dem blauäugigen Bruder. Als Tora an mir vorbeikommt, treffen sich unsere Blicke. In meiner Magengrube meldet sich ein ungutes Ziehen.

»Hallo, Kamelienmädchen«, krächzt sie. »Großartige Nacht. Wunderschöne Frisur.«

»Was?«

»Hübsche Muscheln.«

»Oh«, äußere ich wahnsinnig geistesgegenwärtig und taste wie der letzte Trottel nach der Muschelkette in meinem Haar. »Du kannst sie wiederhaben.«

Tora grinst so breit, dass ihre Mundwinkel fast die Ohrläppchen berühren. »Behalte sie. Auf Xerax bastele ich mir eine neue.« Jetzt sind ihre Mundwinkel wirklich fast bei den Ohrläppchen angekommen. »Warum wird Diebstahl eigentlich nicht mit ein paar Monaten Xerax bestraft?«

Die Wächter ziehen sie weiter. Stocksteif blicke ich Tora nach. Von hinten legt sich eine Hand auf meine Schulter. Ich fahre herum.

Obwohl kein Wort über seine Lippen kommt, weiß ich, was Tammo denkt.

Sind das die Leute, die übrig bleiben, Mariel?

Das Feuer in der Grube ist längst verglüht, die Lichter im Strandpalast sind erloschen. Wir sitzen auf unserer Veranda, mein Vater hat unsere Gläser mit Eistee gefüllt. Trotz Silberfäden im dunklen Haar wirkt er kaum älter als fünfunddreißig. Auf den Bartschatten und die Kerbe im Kinn war er schon immer stolz. Rein äußerlich könnte er als Bauer oder Handwerker durchgehen, dabei führt er eine Konditorei, die von Menschen aus ganz Amlon besucht wird. Seine Pralinen sind Kunstwerke aus Schokolade und Sahne und seine Mangotörtchen schmecken so gut, dass man sie nur langsam essen kann – oder viel zu schnell verschlingen muss.

Ich trinke in kleinen Schlucken und lausche dem Quietschen, mit dem er in seinem Schaukelstuhl vor- und zurückwippt. Wie immer beruhigt mich dieses Geräusch.

Nach einigen Minuten flüstert meine Mutter: »Es tut mir so leid, Mariel.«

Ich blicke von meinem Glas auf. »Was denn?«

»Dass ich immer wieder an dir gezweifelt und mir Sorgen gemacht habe.« Sie streckt eine Hand aus und drückt meine Finger. Ihre Stimme zittert leicht. »Ich freue mich so für dich, dass du diese eine Erfahrung machen konntest.«

Wie gern würde ich ihr die Wahrheit gestehen, doch meine Kehle ist wie zugefroren.

»Und *ich* freue mich, dass ich eine Tochter wie dich habe – und keine Tora«, brummt mein Vater und steht auf. »Ab ins Bett mit uns. Vor uns liegt ein langer Tag.« Er streicht mir übers Haar, berührt die Muschelkette, beugt sich herunter und küsst mich auf den Scheitel. »Deine letzte Nacht unter unserem Dach.« Seine Stimme klingt belegt.

Wenn ich ihm jetzt antworte, heule ich los, also stehe ich nur auf und gebe den beiden einen Kuss. Sie umarmen mich ganz fest. Das Mondlicht spiegelt sich in ihren Augen. Als sie im Haus verschwinden, schaue ich ihnen lange nach. Schließlich hebe ich die Hände, löse die Muschelkette aus meinem Haar und gehe ebenfalls hinein.

Lange sitze ich auf meinem Bett. Das Fenster steht offen. Wolken jagen über den Mond. Die Bougainvilleen unten im Garten rascheln. Ein Nachtvogel schreit. Ich lasse die Muschelkette durch meine Finger gleiten. Dunkelrotes Glühen, lockend und gefährlich. Vorsichtig streiche ich über meine Lippen. Mein erster Kuss. Ich dachte, der eine, der mir bestimmt ist, würde ihn mir geben; nun ist es anders gekommen. Ich schließe die Augen. Sanders Gesicht taucht vor mir auf. Züge von Mervis mischen sich hinein: der straffe Mund, die hohen Wangenknochen. Doch der silbrige Splitter in der Iris gehört zu Sander. Ich weiß nicht, was ich fühlen soll. Die Muschelkette gleitet weiter durch meine Finger, klick-klick-klick.

Ich öffne die Augen und sehe sie, die eine Muschel. Auf den ersten Blick gleicht sie ihren Geschwistern. Schaut man genauer hin, bemerkt man den winzigen Makel, einen wulstigen Auswuchs wie ein zu Kalk erstarrtes Blutgerinnsel. Lange Zeit betrachte ich ihn. Dann stehe ich auf und gehe zu meiner Staffelei.

Wie immer, wenn eine Muschel den Impuls auslöst, merke ich kaum, was ich male. Als das Bild nach zwei Stunden fertig ist, trete ich einen Schritt zurück. Ich sehe einen Mann von etwa vierzig Jahren vor mir, gekleidet in das bronzefarbene Hemd und die bronzefarbenen Hosen der Waffenträger. Ich kenne ihn nicht, trotzdem wirkt sein gut geschnittenes Gesicht vertraut. Die vollen Lippen lächeln. Blonde Locken fallen ihm in die Stirn. Auf den ersten Blick wirkt er freundlich und zugewandt, auf den zweiten öffnet sich in seinen Augen ein Abgrund. Ich beuge mich vor. In jede Pupille habe ich eine winzige Hand gemalt, die zu Klauen gekrümmten Finger sind blutig rot.

Mein Herz rast. Ich kenne diesen Mann. Ich kenne ihn. Doch ich kann mich absolut nicht erinnern, wann und wo ich ihm begegnet bin. Oder was die blutigen Hände bedeuten.

7

Dong-dong-dong ...

Eine laue Brise trägt Oleanderduft und das Lachen der Kinder durchs offene Fenster. In den Häusern der Wandlung, in denen wir für unsere große Nacht herausgeputzt werden, und in den umgebenden Gärten herrscht Hochbetrieb. Während man uns Solitäre auf die Begegnung mit unseren Bestimmten vorbereitet, nehmen unsere Angehörigen unter Palmen kleine Häppchen und andere Erfrischungen zu sich, vergnügen sich in den Pools und warten auf das Ergebnis der Verschönerungsprozedur.

Dong-dong-dong ...

Auf einem Bett in Form einer Riesenblüte liege ich im Raum der Erneuerung und habe einen Brei aus Ziegenquark, Seetang und ungefähr zehn weiteren Zutaten im Gesicht, der meine Haut wie eine Perle schimmern lassen soll.

Dong-dong-dong ...

Auf meinen Augen liegen Gurkenscheiben, meine Lippen sind mit Honig bepinselt, meine Hände baden in Stutenmilch.

Dong-dong-dong.

Der zwölfte Glockenschlag verklingt. Die Sonne hat den Zenit erreicht. Es ist so weit. Auf Ningatta, der Heiligen Insel, begeben sich die Priester nun zum Tor zwischen Amlon und Nurnen und empfangen unsere Seelenpartner. Oft habe ich mir ausgemalt, wie die Bestimmten das Tor durchschreiten: Mal sehe ich sie aus der Luft treten, dann wieder lösen sie sich aus Nebelwolken. Nur die Priester wissen, was wirklich geschieht, nur sie dürfen die

Ankunft der Spiegelseelen bezeugen. Wir, die Solitäre, müssen bis heute Nacht warten.

Jemand drückt meine Schulter. Ich stoße einen Schrei aus und werfe vor Schreck ein Milchwännchen um.

»Jetzt kommt er, Mariel«, raunt Fiona, deren Aufgabe es ist, mich für die Begegnung mit meinem Seelenpartner zu verschönen.

»M-m-m.«

Mit einem Tuch wischt sie den Honig von meinen Lippen. »Schade, dass ich mich nicht mehr an meine eigene Ankunft erinnere«, murmelt sie. »Oder an Nurnen. Das ist alles wie ausgelöscht.« Sie atmet tief ein. »Das Tor ist mir für immer versperrt.«

Das klingt ein bisschen, als würde sie sich wünschen, dass man das Tor nach Belieben auf- und zumachen könnte. In meinem Kopf entsteht ein Bild vom Obersten Priester, der einen Schlüssel aus der Hosentasche zieht und das Tor öffnet und schließt wie eine Schranktür. Bei der Vorstellung muss ich lächeln.

Fiona pflückt mir die Gurkenscheiben von den Lidern und rubbelt die Seetangpaste von meinem Gesicht.

»Weißt du wirklich nichts mehr über Nurnen, Fiona?«

Sie hält inne.

»Gar nichts?«, frage ich behutsam. Als sie weiter schweigt, strecke ich eine Hand aus und berühre ganz zart ihren Arm. »Wie ist es in Nurnen, wie hast du dort gelebt? Ich würde es so gern wissen.«

Sie lächelt schwach. »In meiner ersten Zeit in Amlon war da ein Gefühl«, zögernd wischt sie weiter, ihre Stimme klingt nun weit weg, »als hätte ich etwas zurückgelassen. Oder ... jemanden.« Sie spricht so leise, dass ich sie kaum noch verstehe. »In Amlon wurde ich mit Sirion verbunden. Von Anfang an liebte ich ihn über alles – und trotzdem war da ein Schmerz in mir, eine ... Leere.« Ihre Augen wirken dunkler als zuvor. Trauriger. »Einmal bin ich nachts davongeschlichen und ...« Sie bricht ab, schaut benommen vor sich hin.

»Und?«, flüstere ich erschrocken.

Sie fährt sich mit der Hand über die Stirn und blickt so erstaunt auf mich herunter, als würde sie mich erst jetzt wieder wahrnehmen. »Und? Nichts und. Himmel, der Seetang muss schleunigst runter, der klebt ja schon fest. Du willst deinem Bestimmten doch nicht mit grünem Gesicht gegenübertreten.« Heftig rubbelt sie über meine Wangen. »Nun guck nicht so betroffen. Ich liebe Sirion wie wahnsinnig, damals war ich einfach nur verwirrt. Bei manchen Spiegelseelen ist das in der ersten Zeit eben so. Wenn man von einer Sekunde auf die andere eine neue Welt betritt, kann einen das schon durcheinanderbringen. Aber ich bin froh, dass ich hier bin. Amlon ist tausendmal schöner als das Spiegelreich.«

»Woher weißt du das?«

»Sonst würde ich mich doch an Nurnen erinnern. Das Schöne vergisst man nicht.«

Und das Schlimme? Ich denke an die Lücke, die es in *meiner* Erinnerung gibt, die Leerstelle an dem Tag vor zehn Jahren, als meine Tante ...

Nein. Stopp.

Ich muss meine Gedanken verwandeln. In der Schule haben wir das in *Glück und Gemeinschaft* tausendmal geübt: Konzentrier dich auf das Gute in deinem Leben, nicht auf das Schlechte ...

In wenigen Stunden wird mir mein Seelenpartner gegenüberstehen. Ob auch er im Spiegelreich eine andere Liebe hatte? Könnte ich es aushalten, mit anzusehen, wie er sich nachts davonschleicht, in Gedanken an den Menschen, der zurückgeblieben ist? Wie schwierig muss es für Fiona gewesen sein. Und wie gut, dass Sirion ihr helfen konnte. Würde mir das bei meinem Bestimmten gelingen? Was, wenn ich ihm nicht genüge? In meinem Kopf höre ich ihn voller Enttäuschung fragen: *Du?*

Die Kehle wird mir eng. All die Jahre habe ich mir etwas aus ganzem Herzen gewünscht und nun, wo sich mein Wunsch erfüllen soll, steigen die Zweifel in mir auf wie schwarzes Wasser.

Schluss damit!

Ich konzentriere mich auf meinen Atem, wie ich es gelernt habe. Lass die Gedanken ziehen wie Wolken ... In *Glück und Gemeinschaft* habe ich das immer hinbekommen, verdammt ... Wolken ... Vor mir türmt sich eine Gewitterwand auf ... Funktioniert ja fabelhaft.

»Alles in Ordnung?«, fragt Fiona.

Ich zucke zusammen. »Was? Ja, sicher.«

Sie wischt die letzten Reste von meinem Gesicht und führt mich zu einer Marmorwanne. Bevor ich in das von Rosenblättern bedeckte Wasser steige, fällt mein Blick in den Spiegel. Mein Gesicht glänzt wie ein Butterbrot. Auch das noch.

Fiona tätschelt meine Schulter. »Immer schön den Mut behalten.«

»Wie hat Sirion das gemacht?«, platze ich heraus. »Wie hat er dir geholfen, als es dir schlecht ging?«

Die Hand auf meiner Schulter wird still.

»Er ...« Fiona stockt. »Er ... war einfach da.«

Ich möchte sie nicht weiter quälen und deute hastig in das Badewasser. »Das muss ja wahnsinnig viel Arbeit gemacht haben, all die Rosenblüten zu pflücken.«

Sie lächelt stolz. »Die sind ganz frisch. Diamantrosen. Ich ziehe sie selbst.«

Im warmen Wasser beruhige ich mich allmählich. Fiona bestreicht mein Gesicht mit einer kühlenden Creme. Nach dem Bad trocknet sie mein Haar und massiert ein Öl in meine Haut, dessen Duft genau zu mir passen soll. Eine Wolke aus Lavendel und Neroli hüllt mich ein. Dann geht es zum Schminktisch.

»Diese Wimpern«, schwärmt Fiona und pinselt drauflos. Sie ist so ganz und gar eins mit sich und ihrer Arbeit, dass ich kaum glauben kann, was sie mir erzählt hat. Offenbar hat sie den Schmerz von damals wirklich überwunden. In mir wächst die Neugier auf das Werk, das sie an meinem Gesicht vollbracht hat, doch als ich einen Blick in den Spiegel werfen will, ergreift sie meine Hand und zieht mich mit sich fort. »Nichts da, in den Spiegel guckst du erst später.«

Dann drückt sie mich in einen Frisierstuhl. Ich sinke in die puddingweichen Polster. Es fühlt sich an wie ... wie ... damals ... und ich spüre, wie ich langsam einnicke ...

Es ist so weit. Tante Irina, Papas jüngste Schwester, wird für ihren großen Tag schön gemacht – und wir sind alle dabei. In einem Garten voller Schaukeln und Kletterbäume kriegen wir Saft und Törtchen. Eine Frau kommt und winkt Irina ins Haus. Und mich, mich winkt sie auch rein. Nur mich.

»Deine Haare«, lächelt die Frau, »mit denen müssen wir dringend etwas anstellen. Heute ist doch der große Tag deiner Tante, da willst du bestimmt so hübsch aussehen wie die anderen Mädchen.«

Was? Ich schaue zu ihr hoch. Bin ich denn nicht hübsch?

Irina legt sich in eine Wanne. Der süße Duft von Vanille wabert durch den Raum und die Frangipaniblüten auf dem Wasser verbreiten ihr betörendes Aroma. Die Frau setzt mich auf einen Stuhl, in dem ich versinke wie in einer Schüssel Pudding. Sie kämmt mich, dann schnippelt sie los und ich kann gar nicht so schnell gucken, wie es passiert. Plötzlich stehen meine Haare in klebrigen Zuckergusslocken vom Kopf ab. Und ... ich habe Stirnfransen wie Zerbatt, unser schrecklicher Nachbar. Alles Mögliche schaut mir aus dem Spiegel entgegen: Zerbatt, ein Zuckergussmädchen – nur nicht ich. Ich breche in Tränen aus, rutsche vom Stuhl und will aus dem Zimmer rennen, aber Irina hüpft aus der Wanne und nimmt mich in die Arme.

»Mariel«, flüstert sie, »Mariel, das kriegen wir wieder hin.«

Ich rieche Frangipaniblüten, doch da ist auch Irinas eigener Duft nach Zitrone und Vanille. Ihre Hand streicht über meinen Kopf, wischt die Tränen weg, verspricht, dass alles gut wird ...

Ich schrecke hoch, blinzele und schaue mich um. Ich liege im Raum der Erneuerung, nicht damals, sondern heute, zehn Jahre später. Doch die Erinnerung ist so frisch, als wäre es gestern passiert.

Fiona fasst in mein Haar, macht »Oje«, zwirbelt eine Strähne und zieht sie in die Höhe. »Das ist ganz schön fusselig«, sie lächelt meinem Spiegelbild zu, »aber das haben wir gleich.«

»Bitte keine Stirnfransen«, flehe ich.

Sie lacht, öffnet eine Schatulle und kramt eine Kette heraus. Die Muscheln schimmern golden. Während sie das Schmuckstück geschickt in mein Haar flicht, muss ich an Toras Kette denken, die noch immer in meinem Zimmer liegt. Morgen gebe ich sie ihr zurück – falls Tora dann noch da ist und nicht auf dem Weg nach Xerax.

Als ich in den Spiegel gucken darf und Fiona mich über meine Schulter anstrahlt, lächele ich tapfer zurück, dabei würde ich am liebsten weinen. Meine Pausbacken hat sie in eine konturierte Wangenpartie verwandelt und die etwas zu groß geratene Nase sieht auf einmal schmal und schnurgerade aus. Die Lippen wirken voll, die Augen größer und die Augenbrauen, von denen eine immer tiefer stand als die andere, sind völlig symmetrisch. Ich blicke in das Gesicht einer schönen jungen Frau. Nur – das ist nicht mein Gesicht.

Fiona führt mich ins Ankleidezimmer. Kaum allein, eile ich zum Spiegel. Wenigstens meine Augenbrauen will ich wiederhaben. Hastig wische ich die Farbe ab, ehe sich die Tür erneut öffnet. Es gehört zum Ritual, dass die Solitäre von einem Familienmitglied angekleidet werden. Leider darf das Familienmitglied auch bestimmen, was wir tragen. Ich habe schon die irrsinnigsten Kreationen gesehen: Umhänge aus Fischschuppen, Mieder aus Kokosschalen ... In Unterwäsche und voll böser Ahnungen sehe ich meinem Schicksal entgegen. Es betritt das Zimmer in Gestalt meiner Schwester.

»Schau an, schau an.« Asta umkreist mich. Ihre Augen leuchten. »Du siehst unglaublich schön aus.«

Ich spüre einen ziehenden Schmerz in der Brust. Genau. Unglaublich. Und wenn all dieser unglaubliche Aufwand nötig ist, damit ich so werde, wie sie mich haben wollen, will ich keine Schönheit sein.

»Halt, warte.« Asta eilt hinaus, kehrt mit einem Kohlestift zurück und beginnt, an meinen Augenbrauen herumzustricheln.

»Asta, bitte.« Ich drehe mich von ihr weg – und sehe das Kleid, das sie auf einem Stuhl abgelegt hat. Keine Kokosnüsse, keine Fischschuppen, wenigstens das. Schimmernde Seide. Das Problem ist die Farbe.

»Es ist rot«, stelle ich fest.

»Echt?« Asta mustert das Kleid. »Liebe Götter – du hast recht.«

Wir müssen beide lachen. Sie hilft mir beim Anziehen und führt mich zum Spiegel. Das Kleid lässt mich noch fremder wirken. Ich trete näher heran und kann es kaum glauben: Die paar

Pfunde, die ich mehr auf den Rippen habe, sehen in dem Kleid ... gut aus. Mit einem Mal – und zum ersten Mal in meinem Leben – fühle ich mich wirklich *schön.*

»Danke, Asta«, flüstere ich.

Sie umarmt mich. »Es wird die beste Nacht deines Lebens«, haucht sie und drückt einen Kuss auf mein Haar.

8

Die Sonne neigt sich dem Horizont zu. Vor dem Haus der Wandlung nehmen mich meine Eltern in Empfang. Mit jedem Schritt, den ich in ihre Richtung mache, wird das Lächeln meiner Mutter etwas breiter.

»Meine Tochter.« Sie zieht mich in ihre Arme und hält mich lange fest. *»Das* ist endlich meine Tochter. Meine Mariel.«

Mein Vater tritt zu uns und streicht mit einem Finger über meine Wange. »Geht's dir gut?«

»Ein bisschen durcheinander.«

»War ich damals auch.« Seine Stimme klingt ruhig, trotzdem höre ich das Beben darin. »Erinnerst du dich an unseren Ausflug zur Pferdeinsel?«

Die Frage lässt meine Augen brennen, als wäre Sand hineingeraten. Wie könnte ich den vergessen? Für mich war es ein ganz besonderer Tag, den er nur mit mir verbrachte. Vor Sonnenaufgang kam er in mein Zimmer und weckte mich mit einem gemurmelten »Auf, auf, mein starkes Fohlen«. Wie liebte ich es, wenn er mich so nannte! Wir schulterten unsere Rucksäcke mit den Brötchen, die er gebacken, und dem Obst, das ich gepflückt hatte, stiegen in unser Boot und fuhren nach Merilon. Dort streiften wir den ganzen Tag durch die Täler, umgeben vom Duft eines Blütenmeers und dem Geruch der Pferde. Ich fühlte mich wie eine richtige Abenteurerin und war doch sicher und geborgen an der Seite meines Vaters.

»Das war der schönste Ausflug meines Lebens«, flüstere ich.

»Wie bist du nur so schnell so groß geworden?« Er atmet tief ein. »Jetzt hör mich sentimentalen Kerl bloß reden. Wir verlieren dich ja nicht, wir gewinnen jemanden dazu.«

Ich lehne mich kurz an ihn und senke den Kopf, weil meine Lippen zittern und ich nicht will, dass er es sieht.

Zwischen meinen Eltern – so verlangt es der Ablauf – gehe ich auf die Kutschen zu, die vor den Häusern der Wandlung warten und uns Solitäre zum Tarla Theater bringen sollen. Kinder springen umher, zeigen mit den Fingern auf uns und jauchzen:

»Guck, da drüben, da ist mein Onkel.«

»... meine Schwester ist viel schöner als deine ...«

»So ein Kleid will ich auch.«

Manche interessieren sich allerdings mehr für die Kutschpferde – sie sind ja selten im Einsatz, Sonnenmobile sind im Alltag natürlich praktischer.

Tammo, der ein Stück vor mir geht, hält so viel Abstand wie möglich zu seinem Vater. Bevor er in die Kutsche steigt, küsst er seine Mutter und schaut kurz zu ihm hinüber. Der Mistkerl tut so, als wäre er völlig gebannt vom Anblick der Pferdeäpfel, die einer der vorgespannten Schimmel gerade fallen lässt.

Dagegen hat mein Vater Tränen in den Augen. »Wenn wir uns wiedersehen, bist du nicht mehr allein.« Seine Stimme klingt rau. »Du wirst dich endlich vollständig fühlen. Und er auch.«

Meine Mutter öffnet den Mund, als wolle sie etwas hinzufügen. Dass es nicht bei allen Paaren von Anfang an so läuft? Dass es Spiegelseelen wie Fiona gibt, die in Nurnen jemanden zurücklassen?

Und du, Mama? Warst du vom ersten Tag an glücklich?

Was weiß ich eigentlich von ihr – oder meinem Vater? Und was wissen sie von mir?

Ein letztes Mal schließt meine Mutter mich in die Arme. »Du wirst eine wunderbare Nacht erleben, Schatz«, flüstert sie.

Ich drücke sie an mich. »Bestimmt.«

Mein Vater hilft mir in die Kutsche. Als ich mich neben Tammo setze, hebt er eine Augenbraue. »Endlich ein passendes Kleid.«

Ich knuffe ihn in die Seite. »Willst du damit andeuten, Asta hätte mehr Geschmack als ich?«

Er lacht.

»Du siehst übrigens auch sehr nett aus«, füge ich huldvoll hinzu.

Sein ältester Cousin hat ein türkisfarbenes Oberteil für ihn ausgesucht, das seine eindrucksvollen Armmuskeln betont, dazu trägt er seitlich geschnürte Hosen. Er ist geschminkt, aber so dezent, dass es kaum auffällt. Seine Locken schimmern wie schwarzes Glas.

Ich schaue mich nach meinen anderen Freunden um. Dort drüben sitzen Yelin und Jasemin und ...

Und wo ist Sander?

Moment. Er gehört nicht zu meinen Freunden. Zu sehen ist er nirgends, offenbar fährt er mit einer anderen Kutsche zum Tarla Theater.

Was er heute wohl trägt?

Jetzt klettert ein anderer, der auch nicht mein Freund ist, zu uns in die Kutsche. In seinem goldfarbenen Einteiler mit dem Muschelgürtel, der in allen Farben schillert, sieht Mervis großartig aus. Sein Blick wandert über mich hinweg – und kehrt zu mir zurück. Fragend runzelt er die Stirn, als wüsste er nicht, wer da mit ihm in der Kutsche sitzt.

Ich lächele unsicher; wenn ich ehrlich bin, weiß ich es auch nicht so genau.

Die Pferde ziehen an und fallen in einen kurzen Trab. Die

Abendsonne sprenkelt Licht auf die Palmen und betupft den Sand mit roten Funken. Von uns ist nur hier und da ein Räuspern zu hören. Mein Herz klopft so stark, dass der Stoff des Kleides über meiner Brust vibriert.

Am Fuß des Tarlahügels halten wir zwischen den Kutschen, die bereits aus anderen Häusern eingetroffen sind. Die Schatten um uns werden tiefer, während wir die Stufen zum Gipfel des Hügels erklimmen. Vor uns erhebt sich das Tarla Theater, ein Koloss, der mir mit seinen gemauerten Bögen und den in den Himmel ragenden Eisenstreben jedes Mal den Atem nimmt. Hunderte von Jahren ist es her, seit das Volk von Amlon das Theater errichtete. Es ist das größte Gebäude des Inselreichs, nur der Tempel auf der Heiligen Insel soll größer sein, aber das kann ich mir kaum vorstellen. Über den Zuschauerrängen und dem Halbrund der Arena blähen sich gewaltige Segel. Im Meereswind bewegen sie sich wie die Flügel träger Riesenschmetterlinge.

Durch einen Gang, der unter der Tribüne hindurchführt, betreten wir das Theater. Myriaden von Blüten bedecken den Boden. Saphirblau, Sonnengelb, Pfirsichrosa – die Farben flimmern im Licht der Scheinwerfer, als würden Wellen darüberstreichen.

Auf den Tribünen drängen sich Männer, Frauen und Kinder, ihre Kleider schillern, kaum jemand lässt sich den höchsten Festtag Amlons entgehen. Alle reden und lachen. Die Solitäre, die schon eingetroffen sind, stehen in Gruppen beieinander. Während ich neben Tammo durch die Arena gehe, spüre ich die Blicke Tausender auf mir. Tammo ruft mir etwas ins Ohr, doch der Lärm schluckt seine Stimme. Ich umarme ihn und spüre sein Herz schlagen, als wolle es aus seiner Brust in meine springen.

Dann sehe ich Tora. Ganz allein steht sie da. Lippen und Augen sind schwarz geschminkt, ihr Gesicht gleicht einer Totenmaske. Etwas Bedrohliches geht von ihr aus. Unsere Blicke treffen sich. Ein Lächeln erscheint auf ihrem Totengesicht. Sie hebt eine Hand und deutet auf die Muschelkette in meinem Haar. Ich muss mich mit aller Kraft zwingen, nicht wegzuschauen. Mit einem Zwinkern wendet sie sich ab.

Meine Nachbarin Sanja löst sich aus einer Gruppe von Solitären und kommt auf Tammo und mich zugetänzelt. »Wo bleiben die Priester?« Ihre Stimme überschlägt sich vor Aufregung, sicher kann sie es kaum noch erwarten, sich ihrem Pferdemann an die haarige Brust zu werfen.

Auch Jasemin und Sasched stehen in der Nähe. Jasemins Lippen zucken. Sasched streicht mit einem Finger über ihre Wange, beide können die Tränen offenbar nur mühsam zurückhalten.

Weitere Solitäre treffen ein. Und dann sehe ich ihn. Sander. Er trägt ein schlichtes schwarzes Hemd, dazu gleichfarbige Hosen und Sandalen aus weichem Leder. Während er durch das Blütenmeer geht, changiert das Schwarz seiner Kleider in einem dunklen Grün wie die Flügel eines Rabenfalters. Bei der Erinnerung an unseren Kuss steigt Wärme in mir auf, doch er blickt kein einziges Mal in meine Richtung. Was gestern passierte, ist für ihn wahrscheinlich schon in weite Ferne gerückt. Ich sollte jetzt auch nicht mehr daran denken. Entschlossen wende ich mich ab und stoße fast mit Mervis zusammen, der hinter mich getreten ist. Er lächelt. »Wir kennen uns, oder?«

Fast dieselbe Frage hat er mir schon einmal gestellt.

»Kennen ist übertrieben.« Ich spüre, wie ich unter der Schminke blutrot anlaufe.

Er neigt sich vor. »Verrätst du mir, wie du heißt?«

Was tut er da? Und warum? Warum jetzt?

»Ma...« Wenn mein Herz nur nicht so albern schlagen würde, ich bringe ja kaum einen Ton heraus. Ich räuspere mich. »Mariel. Mariel mit dem Silberkehlchen.« Ich wende mich ab und stolziere so würdevoll wie möglich davon. Mein Herz wummert noch immer wild.

Inzwischen ist es dunkel geworden. Jetzt werden auch die Scheinwerfer heruntergedimmt. Trommelmusik setzt ein, für uns das Zeichen, uns aufzustellen. Auf der einen Seite der Arena stehen wir, die Solitäre, auf der anderen befindet sich das Portal. Ob es mit seinen Marmorsäulen dem Tor auf der Heiligen Insel ähnelt, durch das die Seelenpartner heute Mittag Amlon betreten haben? Gebannt starre ich auf die geschlossenen Flügel. Dort werden sie erscheinen. Gleich, gleich ... Die Musik schwillt an, die Trommeln dröhnen, in Bronzeschalen werden Weihrauch und Sandelholz entzündet. Der betörende Duft umweht uns und überdeckt den Geruch von Fruchtsäften und Gegrilltem, der von den Zuschauerrängen herüberweht. Ich fühle mich benommen und zugleich hellwach.

Die Flügel des Portals öffnen sich. Aus der Dunkelheit lösen sich mehrere in perlmuttfarbene Gewänder gehüllte Gestalten: die Priester von Amlon. Die Zuschauer springen von ihren Sitzen hoch. Beifall brandet auf, unter begeistertem Jubel betreten die Priester das Tarla Theater. Eine Woge des Glücks überflutet mich, auch ich falle in den Jubel ein. Dann werden erste Rufe laut:

»Alban!«

»Wo ist Alban?«

Jetzt sehe ich es auch. Ein Priester fehlt.

Nicht irgendeiner. Alban, der Oberste Priester von Amlon, ist nicht gekommen.

Still wie Statuen stehen die übrigen elf Priester vor dem Portal: Melissa, Dashna, Gerlot, Wega, Daiman, Erata, Thalios, Sichoria, Hymnatus, Paidros. Elvin, der unbeliebteste Priester in

Amlon, knetet seine überlangen Finger und schießt zornige Blicke Richtung Publikum ab. Er mag die Menschen dort so wenig wie sie ihn.

Wenn wir den ganzen Tag auf den Knien herumrutschen und die grässlichen Lobpreisungen singen würden, die er komponiert, das würde ihm gefallen, hat mein Vater einmal gesagt. Sie hätten ihm niemals die priesterlichen Weihen erteilen dürfen, und wenn er hundertmal der Heiligen Blutlinie entstammt.

Melissa, nach Alban die Älteste in der Priesterschaft, tritt vor. Das schwarz gesträhnte Silberhaar wallt ihr bis auf die Hüften. Die Menge verstummt.

»Volk von Amlon.« Ihre Stimme zittert leicht. »Es ist Albans Wunsch, dass ich heute Nacht an seiner Stelle zu euch spreche.«

Was soll das, wo steckt der Oberste Priester? Erneutes Gemurmel, sogar Gemurre. Erst als Melissa die Hände hebt, tritt Stille ein.

»Über tausend Jahre ist es her, seit der Gott und die Göttin das Tor zwischen Amlon und Nurnen öffneten.« Melissa räuspert sich, nun hallt ihre Stimme klar und kraftvoll durch das Theater. »Sie taten es aus Liebe und um den Menschen zu helfen, die der Außenwelt so mutig den Rücken gekehrt hatten und erneut zu scheitern drohten. Denn Amlons Erstes Zeitalter war geprägt von denselben Fehlern, die in der Außenwelt zu Tod und Vernichtung führten.«

Der Besitz ersetzte ihnen die Liebe. Die Worte, die ich gestern in der Bibliothek gelesen habe, kommen mir in den Sinn. Wie gut, dass unsere Welt heute eine andere ist.

»Die Götter öffneten das Tor, bevor Hass und Habgier erneut die Oberhand gewannen. So begann das Zweite Zeitalter von Amlon. Eine Zeit des Glaubens, der Hoffnung, des Glücks. Seither versammeln wir uns Jahr für Jahr, damit die Götter ihr Geschenk an uns erneuern können: das Geschenk der Liebe. Wenn das Herz eines Menschen von Liebe erfüllt ist, erschafft er eine gute Welt. Solitäre!« Sie wendet sich jetzt direkt an uns. »Heute beginnt euer Leben in Verbundenheit. Zwei Menschen, die in ihrem Denken, Fühlen und Handeln füreinander bestimmt sind, reichen sich die Hand. Aus zwei Welten kommend werdet ihr auf einem gemeinsamen Weg weitergehen. Das Band der Liebe, das euch führt, wird niemals reißen. Einer wird sich im anderen geborgen fühlen.«

Die Stimmen der Zuschauer erheben sich zu den vorgeschriebenen Worten: *»Vereinige dich mit deiner Spiegelseele und werde du selbst. Indem sich eins mit dem anderen verbindet, wird ein Ganzes entstehen.«*

Die Priester geben das Portal frei. Ich blicke in die dahinter liegende Dunkelheit. In meinen Schläfen pocht es. Ich schwitze wie in heißer Mittagsglut.

Aus dem Dunkel nähert sich ein schwaches Leuchten.

»Sie kommen, Tammo«, höre ich mich flüstern und mache einen Schritt nach vorn.

»Bleib stehen«, zischt Tammo.

Ich bin zu aufgeregt, um mir noch Gedanken um die Regeln der Zeremonie zu machen, doch meinem besten Freund gehorche ich.

Die Priester stimmen den rituellen Gesang an. Ein einzelner, betörend klarer Tenor erhebt sich über ihren Chor – die Stimme von Priester Elvin, deren Klang sich harmonisch mit der Melodie der anderen verbindet. Er ist ein Ekel, aber singen kann er.

Die ersten uns Bestimmten treten aus dem Portal. Etwas wie Mondlicht liegt auf ihrer Haut, ein letzter Abglanz von Nurnen, der in den nächsten Stunden verblassen wird. Die Priester verstummen. Mein Atem steckt in meiner Kehle fest.

Sie nähern sich. Ihre weißen Gewänder knistern, ihre Füße bewegen sich raschelnd durch das Blütenmeer. Jetzt kann ich die Gesichter der ersten Seelenpartner erkennen. Einige lächeln, andere blicken ernst und gesammelt. Alle sind sie wunderschön.

»Wenn er dich ansieht«, hat meine Schwester Asta geflüstert, »trifft es dich wie ein Blitz.«

Mein Blick sucht und sucht, begegnet dem Blick eines Jungen mit weißblondem Haar, der in meine Richtung schaut. Mein Herz galoppiert los. Er lächelt. Ich muss mich irgendwo abstützen, so sehr zittere ich. Aber da ist nichts, worauf ich meine Hände legen könnte, ich werde umkippen, ihm vor die Füße fallen ... Er wendet sich leicht nach rechts, sein Blick gleitet weiter, weg von mir.

Ich war nicht gemeint.

Weitere Spiegelseelen bewegen sich in meine Richtung – und wenden sich jemand anderem zu, bevor sie mich erreichen. Verstohlen schaue ich nach rechts und links. Immer mehr Solitäre finden ihren Seelenpartner. Manche Paare stehen voreinander und schauen sich an, als könnten sie nicht fassen, was ihnen gerade widerfährt, andere haben die Hände ihres Partners ergriffen, wieder andere umarmen sich. Jasemin, die sich nicht vorstellen konnte, je einen anderen zu lieben als Sasched, hebt ihr Gesicht einem hochgewachsenen Dunkelhaarigen entgegen und versinkt in einen innigen Kuss.

Aus den Augenwinkeln schaue ich zu Tammo, auch er ist noch allein. Unruhe flackert in seinem Blick. »Keine Angst, Tammo«, forme ich mit den Lippen, »er kommt.«

Weitere Paare finden sich. Dann ist niemand aus dem Spiegelreich mehr übrig. Ich blinzele. Das kann nicht sein. Es ist völlig unmöglich. Hier muss ein Irrtum vorliegen, ein schreckliches Missverständnis.

Mein Herz fühlt sich an wie ein ängstlich in sein Nest geducktes Tierchen. Kaum merklich schüttelt Tammo den Kopf. Wie zur Antwort werden meine Knie weich. Ich muss auf den Beinen bleiben – einatmen, ausatmen, automatisch läuft die Lektion aus *Glück und Gemeinschaft* in mir ab: *Ich bin sicher in meinem Körper, spüre den Boden unter meinen Füßen, stehe fest verwurzelt auf der Erde, bin ruhig und geborgen und von Liebe umgeben* ... Nein. Das hier war im Plan nicht vorgesehen.

Ich halte mich. Irgendwie. Doch währenddessen zerbricht etwas. Der Kokon, aus dem die neue Mariel schlüpfen sollte, ein bunt schillernder Schmetterling, ist leer. Innen hohl.

»Mariel«, höre ich Tammo neben mir. Seine Stimme klingt nicht ungläubig. Auch nicht verzweifelt. Sie klingt tot. »Mariel, verdammt, was machen wir denn jetzt?«

Ich greife nach seiner Hand. Seine Finger zittern. Oder sind es meine? Das hier kann nicht wahr sein.

Aber es passiert wirklich.

Es ist unsere Wirklichkeit.

Wie Kinder stehen Tammo und ich in dem Blütenmeer. Verloren. Allein.

Übrig geblieben.

9

Eine Hand legt sich von hinten auf meine Schulter. Unwillkürlich spanne ich die Muskeln an. Als ich mich umdrehe, blicken zwei hellblaue Augen in meine. Obwohl das schwarze, zu einem Zopf geflochtene Haar an den Schläfen schon dünn wird, sehe ich keine einzige Falte in Elvins Gesicht. Seine Haut scheint das Licht zu verschlucken und gleichzeitig zu reflektieren wie das Innere einer Muschel. Seine Hand, die in einen schwarzen Handschuh gehüllt ist, gleitet von mir ab. »Wie heißt du?«

Die Worte klingen gepresst, als steckten sie hinter seinem Adamsapfel fest. Wie kann eine so unglaublich zerquetschte Stimme so unglaublich schön singen? Und warum denke ich jetzt über so einen Mist wie Elvins Gesangskünste nach?

»Wie heißt du?«, wiederholt er grob. Nie zuvor hat mich jemand so barsch angesprochen.

»Mariel«, krächze ich.

»Dann komm mit, Mariel.«

Auch wenn mein Herz gegen meine Rippen flattert, als hätte sich ein Silberkehlchen in meiner Brust verfangen, soll mir niemand meine Furcht anmerken. Mit hocherhobenem Kopf folge ich Elvin durch das Blütenmeer, vorbei an Paaren, Paaren, Paaren. Meine Nachbarin Sanja schaut zu einem jungen Mann auf, dem dunkles Brusthaar aus dem Kragen quillt. Ihr Gesicht leuchtet. Seines auch. Gesichter voller Erwartung und Zukunft.

In diesem Augenblick wird mir bewusst, was ich verloren habe.

Es dauert eine Weile, bis Elvin die Sonderbaren des Jahres – und wir sind viele – in der Nähe des Tunnels versammelt hat, durch den wir das Theater betreten haben. Das ist kaum zwei Stunden her – und ist doch in einem anderen Leben geschehen. Wie Elvin vorhin legt Tammo eine Hand auf meine Schulter. Seine Berührung ist warm und vertraut. Es ist eigennützig von mir, so zu denken, aber ich bin froh, dass er bei mir ist.

Wo ist er, mein Reiter auf dem Goldfuchs mit der Silbermähne, der Traummann, dessen Gesicht ich nie sah, obwohl ich so oft in seinen Armen lag? Warum ist er nicht gekommen?

Zu gern möchte ich glauben, dass alles ein dummer Zufall ist. Dass es nichts mit mir zu tun hat. Doch diese Vorstellung ist absurd. Die Götter haben entschieden, dass ich eines Lebens in Amlon nicht würdig bin. Aber ich bin keine Ungläubige! Ich habe den Gott und die Göttin von Herzen geliebt.

Oder?

Oder nicht?

Am liebsten würde ich mich in Tammos Arme werfen, doch dann würde der Damm brechen und ich in Tränen zerfließen. Das kommt nicht infrage. Ich will nicht, dass mich das Publikum weinen sieht. Das Raunen von den Tribünen ist schlimm genug. Alle betrachten uns voller Mitleid, aber ich spüre noch etwas anderes.

Verachtung.

Einige von uns gucken fassungslos zum Portal, als hofften sie, ihr Seelenpartner käme doch noch hereingestolpert und würde sich für die Verspätung entschuldigen. Die meisten starren auf das Blütenmeer, das im Licht des Vollmonds und der heruntergedimmten Scheinwerfer schimmernd vor uns liegt. Nur eine schaut mich an. Unwillkürlich weiche ich einen Schritt zurück. Als ich es merke, trete ich wieder vor.

Tora lächelt nicht, sie guckt nur. Selbst als sich einer der Übriggebliebenen zwischen uns stellt, fühlt es sich an, als würde ihr Blick durch ihn hindurch auf mich treffen. Der Junge sieht verwirrt aus, als wüsste er nicht recht, wo oder wer er ist. Über seiner Stirn wellt sich karottenrotes Haar zu einer Tolle. Ein schwammiger Körper, die Haut wie Grieß. Er wendet sich Elvin zu und meint mit leiser, aber fester Stimme: »Ich gehe den Weg der Reinigung.«

Alle sehen ihn an. Der Weg der Reinigung ist uns noch versperrt, das muss er doch wissen.

Elvin macht einen Schritt auf den Rotschopf zu. Strategisch scheint mir das wenig günstig. Er ist kein Winzling, aber der Rothaarige überragt ihn um mehrere Zentimeter. Doch Elvin strahlt eine Autorität aus, die sein Gegenüber schrumpfen lässt. »Mund halten, Perselos.«

»Ich ...«

»Halt den Mund.«

Und Perselos gehorcht.

Weiter hinten schluchzt ein Mädchen. Mit ihrem silberblonden Haar und der Porzellanhaut sieht sie einfach zauberhaft aus, die Tränen machen sie sogar noch hübscher. Von den Zuschauerrängen erhebt sich Gemurmel. Jemand schiebt mich sanft beiseite. Geschmeidig wie eine Katze nähert sich eine schmale Gestalt der Silberblonden und legt die Arme um sie.

Sander. Ihn hat es also auch getroffen.

Sofort ist Elvin zur Stelle, schließt seine behandschuhte Rechte um den Arm der Silberblonden und zieht sie von Sander weg.

»Hör auf zu heulen«, blafft er sie an.

Das Mädchen ist so geschockt, dass seine Tränen tatsächlich versiegen. Sanders schräg stehende Augen sind unverwandt auf den Priester gerichtet. Jetzt macht er doch tatsächlich einen Schritt auf ihn zu. Ist er verrückt?

»Keine Gefühle zeigen, nicht wahr?«, fragt er ruhig. »Damit uns die anderen leichter vergessen.« Seine Stimme senkt sich um eine Nuance, auf einmal klingt sie richtig bedrohlich. »Darum geht's. Um das Vergessen.« Er schaut kurz zu der Silberblonden. »Vielleicht hat jemand sie geliebt.« Sein Blick wandert zu den Paaren in der Arena. »Aber jetzt vergisst er sie schon.« Er wendet sich wieder Elvin zu. »Er hat eine *Bessere* gefunden.«

Die Hände des Priesters ballen sich zu Fäusten. Seine Wangen glühen, auf seiner Stirn pocht eine Ader. Keine Ahnung, was da gerade zwischen den beiden läuft. *Dass* etwas läuft, sehe ich genau.

»Sei still, Junge«, zischt Elvin.

»Ich heiße Sander.«

»Ich weiß, wie du heißt. Ich erinnere mich sehr gut an dich. Offenbar ist dein Mundwerk genauso übel wie deine Musik. Also sei still.«

Sanders Miene gefriert. Der Vollmond über uns teilt sein Gesicht in Licht und Schatten. Es ist ein unheimliches Bild. Mit einem Ruck wendet er sich ab und verschwindet zwischen den anderen Sonderbaren.

Bebend vor Zorn führt Elvin uns durch den Tunnel, weg von den Blicken der Zuschauer, öffnet eine Tür zu seiner Rechten und winkt uns in eine Kammer unter den Tribünen. Sie ist so klein, dass wir kaum hineinpassen. Ich zähle schnell durch, zähle ungläubig noch einmal – dreißig Sonderbare. Doppelt so viele wie im letzten Jahr.

Im hinteren Teil der Kammer, dort, wo die Schatten so dunkel sind, dass man kaum etwas erkennt, glaube ich einen Moment lang, eine bekannte Gestalt auszumachen. Ich blinzele. Mervis?

Das kann nicht sein. Ich schaue noch einmal hin, doch jetzt haben sich drei weitere Sonderbare dazwischengeschoben. Meine Fantasie muss mir einen Streich gespielt haben.

Sogar hier unten rieche ich noch den Weihrauch und das Sandelholz, doch der Duft wird schnell vom Geruch unseres Schweißes überlagert. Elvin deutet knapp auf den blanken Beton. Tammo setzt sich neben mich. Als er meine Hand sanft von meinem Mund nimmt, merke ich, dass ich an meiner Nagelhaut herumbeiße. Ein Finger blutet bereits.

Elvin baut sich vor uns auf und mäßigt sein zornrotes Gesicht mit sichtlicher Mühe zu einer ernsten Miene. »Bevor ihr ins Haus der Sonderbaren gebracht werdet, habe ich euch einiges zu sagen.«

»Glaub's oder glaub's nicht, das haben wir uns gedacht«, murmelt Tammo. Obwohl mir selten weniger nach Lachen zumute war, kann ich ein Kichern kaum unterdrücken.

»Xerax.« Elvin legt eine bedeutungsvolle Pause ein. Jemand schnieft, wahrscheinlich die Silberblonde. »Ein neues Zuhause erwartet euch. Das gilt für die meisten jungen Menschen. Man verlässt seine Heimat und findet einen neuen Ort.« Er zwingt ein Lächeln auf sein Gesicht. »Auf Xerax seid ihr nicht anders, dort lebt ihr unter euresgleichen. Auf Xerax könnt ihr glücklich werden.«

Soll das ein Witz sein?

»Das Volk von Amlon sorgt für euch, solange ihr lebt.«

In der Kammer wird es mit jedem Wort kälter, die Sätze gefrieren, ich will sie nicht hören, will mein Zuhause nicht verlieren – aber bleiben? Würde ich es aushalten, als Sonderbare auf Amlon zu leben, täglich das Glück der anderen zu sehen, ihre mitleidigen Blicke zu spüren, wenn sie glauben, man schaue nicht hin, ihr Bemühen um Freundlichkeit, während sie einem gleichzeitig unter fadenscheinigen Vorwänden aus dem Weg gehen, als wäre man ein böses Omen oder eine Krankheit? Das alles ist mir nicht fremd, es reicht ja schon, bizarre Muscheln zu mögen, um als merkwürdig zu gelten, und ich habe wirklich die Nase voll davon.

»Xerax«, fährt Elvin fort, »ist ein besonderer Ort. Dort kamen die ersten Menschen an, nachdem sie aus der Außenwelt geflohen und dem Ruf der Götter übers Meer gefolgt waren.«

Als hätten wir das in Geschichte nicht hundertmal durchgekaut.

»Xerax war die kostbarste aller Inseln, voller Bodenschätze, fruchtbarer Täler und reicher Fischgründe. Die Menschen nahmen von der Insel, was sie brauchten – und mehr. Viel mehr. Sie waren aus der Außenwelt geflohen, doch auf Xerax erschufen sie eine zweite Außenwelt, regiert von der Gier nach Besitz und Macht. Nachdem man die Insel beinahe bis zu ihrer Vernichtung ausgebeutet hatte, begannen die Kämpfe um das, was noch blieb. Das war die Zeit, als die Götter ein zweites Mal ihren Willen offenbarten und das Tor zwischen Amlon und Nurnen öffneten ...« Elvins Stimme bröckelt weg. Leer blickt er vor sich hin. Was ist los mit ihm? Jemand hustet, er zuckt zusammen, runzelt die Stirn, kommt zu sich. Kälter denn je klirren seine Worte in der Stille. »Die Götter sandten den Menschen die Seelenpartner und das Zweite Zeitalter begann. Die Liebe verlieh den Menschen den Mut, Xerax zu verlassen und auf Amlons übrigen Inseln eine neue Welt zu errichten. Eine Welt, die geprägt war von dieser Liebe.«

Liebe, Liebe ... Ich will mir die Ohren zuhalten. Elvins hellblaue Augen huschen lauernd umher, Ohren zuhalten gibt es in der Kammer nicht.

»Die Götter haben den Menschen ein großes Geschenk gemacht. Aber nicht jeder hat es ihnen gedankt, ja, manche zweifelten sogar, dass der Gott und die Göttin überhaupt existierten. Und die Götter können nur denen einen Seelenpartner schenken, deren Glaube stark und tief ist. So wurden die Zweifler zu Sonderbaren.«

»Ja, und all die glücklichen Paare haben garantiert ordentlich auf den Übriggebliebenen rumgehackt«, knurrt Tora leise. Doch Elvin hat scharfe Ohren.

»Genau umgekehrt«, zischt er, nun gar nicht mehr priesterlich. Er sieht ungeheuer wütend aus, beherrscht sich aber. Unverwandt starrt er uns an. »Alle wünschten sich ein friedliches Zusammenleben.«

In *Die ersten Tage von Amlon* habe ich etwas anderes gelesen. Dort heißt es, die Sonderbaren hätten Zorn und Missgunst verbreitetet, sich in Selbstmitleid und Schwermut gewälzt, Rauschmitteln und Alkohol zugesprochen und sich in ziemlich fieser Weise gegen die zusammengerottet, denen sie das Glück neideten. Und je mehr Sonderbare übrig blieben, desto mehr drohte sich Amlon abermals in eine von Konflikten zerrissene Welt zu verwandeln.

»Obwohl man sich um sie bemühte, fühlten sich die Sonderbaren an den Rand gedrängt«, fasst Elvin das knapp zusammen. »Die Priester baten die Götter um Rat und diese offenbarten zum dritten Mal ihren Willen. Sie verkündeten den Priestern, man solle den Sonderbaren und der Insel Xerax neues Leben schenken. So begann das Dritte Zeitalter.« Wenn Elvin lächelt, sieht er noch schrecklicher aus. »Seit dreihundert Jahren ist Xerax wieder besiedelt. Die Götter haben euch erwählt. Sie haben euch Xerax geschenkt, damit die Insel gemeinsam mit euch zu neuem Leben erblüht.«

Von den Göttern erwählt? Zweite Wahl in jedem Fall. Soll ich mich jetzt besser fühlen? Ich fühle mich nicht besser. Ich fühle mich mies. Und ich will das Xerax-Geschenk nicht.

Klar, ich bin ja auch ein undankbares Geschöpf und eine Zweiflerin ...

»Seither ist das Leben in Amlon ein besseres geworden. Für die Familien, die einen Sohn oder eine Tochter an Xerax abgeben, ist es hart, doch die Gemeinschaft und die Götter helfen ihnen, den Schmerz zu überwinden. Immer haben sie die nötige Stärke gezeigt und ihr Schicksal angenommen. Diese Stärke erwarten wir auch von euch.« Elvin macht die Augen schmal und mustert den rothaarigen Perselos. »Wer aber meint, ein Dasein auf Xerax nicht zu ertragen, dem eröffnen die Götter in ihrer Liebe und Barmherzigkeit den Weg der Reinigung.«

Der Weg der Reinigung. Die Reise nach Nurnen, um selbst nach dem Seelenpartner zu suchen, der nicht gekommen ist. Alle halten den Atem an.

Ich lecke mir über die trockenen Lippen. Es gibt ein Gerücht in Amlon. Auf den Inseln erzählt man sich hinter vorgehaltener Hand, die Reise ins Spiegelreich sei hochgefährlich, wenn nicht tödlich. Denn nur die Seele könne den Weg nach Nurnen finden. Bleibt sie zu lange dort, stirbt der Körper.

Ob das stimmt? Und wie ist eine solche Reise überhaupt möglich?

Wenn die Kinder die Erwachsenen danach fragen, heißt es: »Das ist dummes Gerede.« Auch meine Eltern haben mir nichts darüber erzählt. Und wenn jemand die Priester darauf anspricht, lächeln sie nur und meinen freundlich, die Wege der Götter seien unergründlich. So huscht das Gerücht weiter raunend von Insel zu Insel und verbreitet Angst.

Gemurmel erhebt sich. Elvins Blicke zucken hin und her, treffen uns wie scharfe Pfeilspitzen. Wir verstummen.

»Morgen«, sein Gesicht verzieht sich zu einer dramatischen Miene, »beginnen die Priester, die Gnade der Götter zu erbitten, damit sie euch den Zugang nach Nurnen öffnen. Wenn es so weit ist, dürfen diejenigen von euch, die es wünschen, die Insel Xerax verlassen und ins Spiegelreich reisen.«

Beklommen wechseln Tammo und ich einen Blick. Von allen Sonderbaren, die das in den letzten dreihundert Jahren wagten – und es müssen einige gewesen sein –, haben nur fünf die Reise ins Spiegelreich überlebt und sind von dort zurückgekehrt. Was ihnen in Nurnen widerfuhr, ist nicht überliefert. Sie vergaßen es, so wie ja auch die Bestimmten Nurnen vergessen, sobald sie Amlon erreichen.

»Es können Wochen vergehen, bevor die Götter euch ihre Gnade erweisen.« Kalt blickt Elvin den Rotschopf an. »So lange müsst ihr euch auf Xerax gedulden. Bei Sonnenaufgang legt euer Schiff ab. Bis dahin steht ihr unter Aufsicht des Hauses der Sonderbaren.«

Man wird uns nicht mehr aus den Augen lassen, in früheren Zeiten haben sich zu viele Sonderbare vor ihrer Abreise davongestohlen. Manche wollten sich auf einer der zweiundfünfzig Inseln verstecken, doch die meisten flohen mithilfe eines Messers, eines Stricks oder eines giftigen Tranks.

»Mögen die Götter eure Fahrt segnen.« Elvins letzte Worte hallen wie Hohn in meinen Ohren wider.

Wir verlassen die Kammer. Die Wächter erwarten uns bereits. Hinter ihnen stehen unsere Familien. Meine Schwester kann ich nirgends entdecken – und ich kann ihr nicht mal verübeln, dass sie nicht gekommen ist. Sonderbar zu sein, ist keine Krankheit, doch wenn ich an ihrer Stelle und schwanger wäre, würde ich mich auch fernhalten.

Meine Mutter löst sich aus der Gruppe der Wartenden und

kommt auf mich zu, Tränen stehen in ihren Augen. Ein Wächter streckt einen Arm aus und schiebt sie behutsam zurück. Ich bin nicht nur sonderbar, von jetzt an gelte ich auch als unrein. Wer die Handschuhe trägt, die auf der Heiligen Insel gesegnet wurden, darf uns berühren, für alle anderen sind wir tabu. In diesem Augenblick kann ich ohnehin nur Tammos Hand ertragen. Als er einen Arm um mich legt, lehne ich den Kopf an seine Schulter.

»Alles in Ordnung?«, flüstert er.

Ich versuche nicht einmal zu lächeln. »Nein. Nicht mehr.«

Er zieht mich an sich. »Wir stehen das durch. Egal was passiert, wir bleiben Freunde. Allerbeste Freunde. Klar?«

Das hat er schon einmal zu mir gesagt. Gestern, auf dem Weg zum Strandpalast. Ich lege meine Hand in seinen Nacken, auf seinen widerspenstigen Haarwirbel, und ich gebe ihm dieselbe Antwort wie gestern, auch wenn sie kaum zu hören ist: »Klar.«

Im Haus der Sonderbaren, einem flachen Gebäude in der Nähe des Sternenhafens, weist mir eine Wächterin ein Zimmer zu. Hier werde ich zum letzten Mal meine Familie sehen, hier werde ich meine letzte Nacht in Amlon verbringen. Ich setze mich auf das Bett. Die Wächterin nimmt auf einem Stuhl Platz, offenbar wird sie die Zusammenkunft mit meiner Familie überwachen. Mein Herz krampft sich zusammen. Wir sprechen kein Wort, während wir warten. Der Gedanke, dass ich mich nicht mehr von Asta verabschieden kann, tut furchtbar weh. Oder wird sich meine Schwester umentscheiden? Ich hoffe es so sehr.

Der Blick hat wenig Platz zum Wandern. Das Bett, auf dem ich sitze, eine Bank, die Wächterin auf ihrem Stuhl, ein Waschtisch, darüber ein angeknackster Spiegel.

Und ein Fenster mit Gittern.

Meine Eltern und Anneus treten ein und lassen sich stumm auf der Bank nieder. Die Luft knistert wie vor einem Gewitter. Weil es sich anfühlt, als stehe mein Haar elektrisch aufgeladen in alle Richtungen ab, streiche ich mir über den Kopf. Meine Frisur fällt endgültig auseinander. Die Muschelkette rasselt zu Boden. Die Wächterin bückt sich und hebt sie auf.

Mein Vater räuspert sich. Mühsam bringe ich ein Lächeln zustande. Die Mundwinkel meines Vaters zucken, als versuche er, das Lächeln zu erwidern. Oder als müsse er gleich weinen. Mir ist schwindelig. Nicht ohnmächtig werden, Mariel. Nicht vom Bett rutschen. Stark und tapfer sein, das ist jetzt gefragt.

»Mariel.« Meine Mutter streckt eine Hand aus. Die Wächterin räuspert sich und die Hand zuckt zurück.

Ich stehe auf. Die Wächterin macht eine Bewegung, doch ehe sie mich festhalten kann, sitze ich schon neben meiner Mutter.

»Ich hab dich so lieb, Kind«, flüstert sie und legt die Arme um mich. Ich schließe die Augen und drücke mich an sie. Mein Vater streichelt meinen Rücken.

»Ich hab dich auch lieb, Mama. Euch alle.«

Die Hand der Wächterin umschließt meinen Oberarm. Behutsam zieht sie uns auseinander, führt mich zurück zum Bett und drückt mich auf die Matratze. Wie betäubt lasse ich es geschehen. Meine Mutter schaut mich auf eine Art an, wie ich es noch nie gesehen habe. Hilflos. Verzweifelt. Still beginnt sie zu weinen. Meine Ohren rauschen. Die Tränen meiner Mutter könnte ich schon unter normalen Umständen kaum ertragen.

»Warum?« Mein Vater vergräbt das Gesicht in den Händen. »Reicht es nicht, dass Irina gehen musste? Wofür werden wir bestraft?«

Der schwarze Tag. Acht Jahre war ich alt. Jetzt, zehn Jahre später, steht mir dieser Tag noch immer deutlich vor Augen. Zumindest bis meine Erinnerung unvermittelt abbricht. Da klafft ein Loch, eine Leerstelle, die ich nicht füllen kann ...

... Sonnenlicht flirrt in der Morgenluft, Papageien ziehen in bunten Wolken über den Himmel. Der Hibiskus blüht. Der Geruch von Kokos und Bananen mischt sich mit einer Brise vom Meer und mit dem Vanille- und Zitronenduft meiner Tante. Wir haben uns im Sternenhafen versammelt. An der Mole wartet das Graue Schiff, auf dem die Sonderbaren nach Xerax reisen – das größte Sonnenkraftschiff, das ich je gesehen habe. Meine Tante kommt auf mich zu und bleibt vor mir stehen. Ihr vertrauter

Geruch hüllt mich ein wie ein weiches Tuch. Mein Blick verschwimmt. Dann reißt der Erinnerungsfaden und es wird dunkel. Irinas Duft entschwindet und mit ihm das Gefühl von Geborgenheit, das mir ihre Nähe gibt. Im nächsten Bild, das ich in meiner Erinnerung abrufen kann, ist meine Tante bereits auf dem Grauen Schiff verschwunden. Ein Junge, der gerade über die Rampe an Bord gehen soll, will davonstürzen. Die Waffenträger packen ihn und zerren ihn die Rampe hinauf. Er schreit und schlägt wild um sich, doch zuletzt wird er wie ein Gepäckstück an Deck geworfen. Sehen kann ich den Tobenden jetzt nicht mehr, aber ich höre ihn. Wie Messerklingen schneiden seine Schreie in mein Trommelfell.

An jenem hellen Morgen vor zehn Jahren schenkte mir Irina zum Abschied eine Muschel, blassgelb wie die Sonne an einem kühlen Tag. Ich habe sie unter meinem Kopfkissen versteckt und mir einen Traum gewünscht, in dem ich Irinas Seelenpartner begegnete und ihm erklären konnte, wie dringend er zu ihr kommen müsse. Auf Knien wollte ich ihn anbetteln, doch ich träumte überhaupt nichts. Am nächsten Morgen lag die zarte Muschel zerbrochen unter meinem Kissen. Die blassgelben Splitter kamen mir vor wie eine Botschaft: *Du hast versagt, Mariel.*

Wieder und wieder betete ich mir vor, dass ich ihren Seelenpartner unmöglich nach Xerax bringen konnte, wo sie jetzt lebt. Das Gefühl der Schuld setzte sich trotzdem fest. Ich wollte die Muschelstücke zusammenkleben, doch es gelang mir nicht, also bettete ich die Splitter in ein Kästchen aus Bambusholz, das ich unter der Bodendiele versteckte. Später kamen andere Muscheln hinzu, alle mit einem Makel versehen. Und die Bilder. Meine Schätze liegen noch immer dort, in einem Zimmer, das nicht mehr mein Zimmer ist.

Wofür wird unsere Familie bestraft?

Eine Strafe. Das bin ich jetzt. Ein Makel, ein Schandfleck. Sonderbar. Unvollständig. Als hätte ich es tief im Herzen nicht immer gewusst. Ich, Mariel, das Mädchen, das anders ist als die anderen.

All meine Schwächen fallen mir ein. Träumen statt tanzen. Hängematte statt Wildwasserfahrt. Muscheln sammeln statt Bogenschießen.

Hätte ich mich mehr anstrengen müssen? Weniger essen, mehr glauben? Weniger lesen, mehr beten? Den Göttern mehr vertrauen? Aber misstraut habe ich ihnen doch nicht.

Hätte es etwas geändert?

Erschrocken sehe ich, dass meine Mutter schon wieder mit den Tränen kämpft.

»Dir wird es auf Xerax an nichts fehlen.« Sie versucht es mit einem Lächeln. »Amlon versorgt euch mit allem, was ... was ...« Sie bricht ab.

»Ich kehre zurück«, höre ich mich mit einer hohen, mir ganz fremden Stimme krächzen. »Ich gehe nach Nurnen und ...«

Mein Vater lehnt sich vor. »Nein.« Das Wort dröhnt durch das Zimmer, vor Schreck lässt die Wächterin die Muschelkette fallen. »Das kommt nicht infrage.«

»Mariel«, flüstert meine Mutter, »das darfst du nicht.«

Alle reden gleichzeitig auf mich ein.

»Nurnen ist keine Abenteuergeschichte aus deinen Büchern.« Anneus schlägt mit der Faust in seine Handfläche, Zorn blitzt in seinen Augen auf. »Das Spiegelreich existiert und es ist gefährlich. Tödlich.«

»Das weiß ich«, murmele ich.

»Versprich uns, dass du nicht nach Nurnen gehst.« Ich wundere mich, wie flehend meine Mutter klingen kann. »Versprich es.«

»Du musst dein Schicksal annehmen, Mariel.« Mein Vater blickt auf seine gefalteten Hände. »Versuch es wenigstens.«

»Wir beten für dich.« Anneus' Faust öffnet sich. »Sagt es ihr«, wendet er sich an meine Eltern.

»O ja, Mariel, wir beten für dich«, tönt es wie aus einem Mund.

Langsam werde ich wirklich wütend, was sich für eine Sonderbare nicht gehört. Demut, Scham, Schuld, das ja. Aber Wut? Doch ich kann nicht anders. »Und was nützen mir Gebete?«, schreie ich.

Alle starren mich an. Mein Vater fasst sich zuerst. »Sei vernünftig, Kind. Der Weg der Reinigung ist keine Option.«

Weg der Reinigung. Zum ersten Mal geht mir auf, wie hübsch das klingt. Viel netter als *Weg des Todes.* Hier hast du Seife und heißes Wasser, jetzt wasch den Schmutzfleck aus deinem Kleid. Nur die Priester wissen, wie viele Sonderbare den Weg der Reinigung einschlugen; wie viele zurückkehrten, wissen alle: fünf. Fünf Sonderbare in dreihundert Jahren. Ich schätze, das ist eine miese Erfolgsquote.

Anneus hat recht. Sie alle haben recht. Ich bin Mariel, eine Leserin, Träumerin, Malerin, Muschelsammlerin. Keine Heldin. Warum sollte ausgerechnet jemand wie ich die tödliche Reise ins Spiegelreich überleben?

Mein Vater redet laut und deutlich, als wolle er sichergehen, dass sich mir jedes Wort einprägt. »Versprich uns, dass du auf Xerax bleibst.«

»Ich verspreche es.«

»Du wirst auch dort ein Leben haben, Mariel. Ein Zuhause. Freunde«, meint Anneus.

»Das wird bestimmt großartig«, murmele ich.

»Viele finden sogar einen Partner«, bemüht sich nun meine Mutter, mich zu beschwichtigen.

»Und was ist mit Liebe?«, frage ich. »Findet man die auch auf Xerax?«

»Sicher.« Ich höre das Zögern in der Stimme meines Vaters. »Eine andere Art von Liebe.«

Eine Frage stelle ich ihnen nicht: Werde ich Kinder haben? Von Geburt an wären sie unrein. Mit der Schuld aller Sonderbaren beladen. Möchte ich Kinder bekommen, die mein Schicksal teilen müssten?

Der Moment ist da, ich breche auseinander, ich löse mich auf. Seitlich rutsche ich vom Bett, falle zu Boden, rolle mich zusammen und weine, nein, ich heule wie ein verwundetes Tier. Jemand schiebt einen Arm unter meine Achseln und hebt mich hoch. Verschwommen erkenne ich das Gesicht der Wächterin. Ich sehe auch meine Mutter, die sich an meinen Vater klammert. Die Wächterin legt mich auf mein Bett und deckt mich zu. Eine zweite kommt und hält mir einen Becher an die Lippen. Ich trinke. Die Milch schmeckt bitter, wahrscheinlich haben sie ein Beruhigungsmittel hineingemischt.

Meine Mutter kniet neben mir nieder. »Mariel«, flüstert sie, als wäre ich viel jünger als achtzehn. In diesem Augenblick bin ich das wirklich.

Erschöpft schließe ich die Augen.

Das Mondlicht, das ins Zimmer strahlt, weckt mich. Jemand hat mir ein Nachthemd übergezogen, der dünne Stoff klebt an meiner schweißnassen Haut. Ich stehe auf und tappe zum Waschtisch. Auf einem Hocker liegt das graue Zeug, das ich morgen tragen werde. Mein rotes Kleid ist verschwunden. Haben meine Eltern es mitgenommen?

Für einen Moment sehe ich in den Spiegel und betrachte meine dramatisch geschminkten Augen und die glutrot bepinselten Lippen. Dann streife ich das Nachthemd ab, wasche mich und rubbele mir mit einem Schwamm die letzten Spuren meiner großen Nacht vom Gesicht. Wie gern würde ich auch die Mariel wegschrubben, die ich jetzt bin. Unrein. Sonderbar.

Allein.

Nackt gehe ich zu dem Gitterfenster und schaue hinaus. Der Mangobaum vor dem Haus der Sonderbaren ist beinahe so groß wie der in unserem Garten. Wenn Irina uns damals zu Hause besuchte, ging sie mit mir zu dem Baum und wir legten unsere Hände auf den *Knubbel,* schichteten eine über die andere, klein, groß, klein, groß. Diese Verformung, die der Baumstamm auf halber Höhe bildete, hat mich schon immer fasziniert. An manchen Tagen glich sie dem fröhlichen Gesicht eines Äffchens, an anderen Tagen sah sie wie eine Dämonenfratze aus. Irina nannte es *Die Knubbelkraft wecken.* Danach setzten wir uns an den Tisch unter dem Baum und malten los. Immer wieder schielte ich zu den Fantasiewesen, die Irina zeichnete und die mich genauso faszinierten wie der Knubbel. Meine eigenen Bilder sahen einfach nur langweilig aus.

»Was?«, fragte Irina, als ich eines Tages mein neuestes Strandbild entnervt von mir schob.

»Ich hab keine Lust mehr.«

Sie beugte sich über mein Bild. »Das ist ein wunderbarer Strand. Und so schöne Muscheln.«

»Er ist doof.«

Sie lachte. »Dann mal einen Haufen Pferdeäpfel hinein.« Lange musterte sie das Bild. »Pflanze einen schwarzen Strunk zwischen die Palmen. Du könntest auch das Skelett eines Vogels in den Sand legen.«

Aufmerksam betrachtete ich sie von der Seite. »Das Skelett eines Silberkehlchens?«

Sie nickte. »Oder vielleicht findet sich an dem Strand ein Stein, den du mal umdrehen solltest.«

»Warum?«

»Darunter könnte es interessant sein; dort könnte es zum Beispiel von Würmern und Asseln wimmeln.«

Kichernd schüttelte ich mich. »Warum soll ich so was malen?«

»Weil es immer eine andere Seite gibt. Auf einem *richtig* guten Bild sieht man diese Seite. Nicht immer auf den ersten Blick, aber man sieht sie. Ein richtig gutes Bild zeigt etwas Wahres, das man tief in sich spürt, und nicht nur das, was andere Leute schön finden.«

Ich schaute mein Bild an, dann pinselte ich in einem Schwung eine weitere Muschel zwischen all die perfekten rosagelben. Sie war runzelig und grau und sah wie ein zusammengerolltes Tierchen aus. Eine Kellerassel vielleicht. Die Muschel gruselte mich, aber sie gefiel mir auch.

Irina deutete auf das Muscheltier. »Wovon träumt es?«, fragte sie leise.

Ratlos zuckte ich die Schultern. Und hörte mich wispern: »Von einem anderen Strand.«

Meine Mutter hatte sich hinter uns gestellt. Sie beugte sich über mein Bild, richtete sich pfeilgerade auf. »Bring ihr nicht so was bei, Irina!« Sie deutete auf ein anderes Bild von mir, ein Pferd mit langer Mähne und bewimperten Augen. »Das ist ein schönes Bild. Aber jetzt habt ihr genug gemalt, das Kinderfest unten am Strand fängt gleich an, ich habe Ponyreiten und Bogenschießen organisiert ...«

Ich griff nach meinem Pinsel und zog das Pferdebild zu mir herüber. »Später.«

Seufzend schwirrte meine Mutter ab, während ich schon eifrig an der Mähne des Pferdes herumstrichelte und ein zweites Pferd zwischen seine goldenen Locken malte, ein schwarzes, struppiges mit zornigen Augen.

»Es wohnt in ihm drin«, erklärte ich Irina. Die Mähne des kleinen Rappen flatterte wie Bänder in einem Sturm. »Es will da raus, es will nicht schön sein. Es will frei sein.«

Das war es, was meine Tante mir sagen wollte: Die Bilder zeigten, dass nirgends nur die Sonne scheint. In allem Schönen gibt es einen Riss. Man kann ihn übertünchen – oder ihn zeigen.

Aber inzwischen frage ich mich, ob es nicht falsch war, diese Bilder zu malen. Haben sie meine Zweifel an den Göttern genährt, die irgendwo tief verborgen in mir wohnen müssen? Ich habe alles verloren. Der Garten und der Mangobaum, die Muschelsammlung und die Bilder unter der Bodendiele – sie gehören nicht mehr zu meinem Leben. Genauso wenig wie der Fremde aus meinen Träumen.

Dann wird mir schlagartig etwas klar: Auf Xerax werde ich meine Tante Irina wiedersehen. Und das ist wenigstens ein Trost.

Aus der Ferne wehen Trommelmusik und Gesang herüber. Am Horizont schimmert der Himmel vom Widerschein der Feuer, die man überall im Tarla Theater entzündet hat. Die Menschen singen, während andere bestimmt so eng umschlungen tanzen, dass kein Millimeter Luft mehr zwischen sie passt. Solitäre, die keine Solitäre mehr sind. In Liebe verbunden.

Wie eine Fontäne schießt die Wut in mir hoch, ich möchte schreien und um mich schlagen, ich möchte jemandem wehtun, im Zweifelsfall mir selbst. Mit einem Ruck wende ich mich ab und trete mit aller Kraft gegen den Waschtisch, reiße den Spiegel von der Wand und schmettere ihn auf den Boden. Doch das dumme Ding will nicht zerbrechen.

»Ruhe da drüben!«, brüllt es von nebenan.

»Selber Ruhe!«, schreie ich zurück und wische mir die Tränen aus dem Gesicht.

Während ich dumpf zu dem Spiegel hinabschaue, wird mir klar, warum er aus extrahartem Glas gefertigt wurde. Scherben könnten mir Fluchtwege eröffnen, die nicht erwünscht sind.

Diese Erkenntnis führt auch nicht dazu, dass ich mich besser fühle.

Ich rolle mich auf dem Bett zusammen und schließe die Augen. Ich wollte doch nur glücklich sein.

Zum ersten Mal kommt mir der Gedanke, dass das ziemlich viel verlangt ist.

11

In den Strahlen der Morgensonne kreist eine Möwe. Der Duft von Frangipaniblüten steigt mir so schwer in die Nase, dass mir ein wenig übel wird. Es kommt mir vor, als müsse mein Körper die Luft bei jeder Bewegung wie einen feuchten Schleier beiseiteschieben. Unter den Oleanderbäumen liegen bräunliche und an den Rändern aufgerollte Blätter.

In grauen Kitteln und Hosen aus grobem Tuch stehen wir Sonderbaren in einem von Tauen umspannten Rondell, bewacht von zehn Männern und Frauen, die ihre Betäubungsgewehre locker über der Schulter tragen. Einige von ihnen sitzen auf Pferden, was sie noch riesiger erscheinen lässt.

Unsere Familien warten in der Nähe eines ebenfalls mit Tauen abgespannten Ganges, der von dem Rondell zur Rampe des Grauen Schiffes führt. Mit seinen fünf Sonnenkraftsegeln und dem gewaltigen Frachtraum ragt es wie eine Bergwand hinter der Mole auf. Gepäck wird heute keines verladen; die einzige Fracht sind wir.

Nur wenige Angehörige sind dem Sternenhafen ferngeblieben. Meine Schwester zum Beispiel. Auf den Terrassen der nahen Kaffeehäuser sitzen Freunde und Bekannte, nippen an ihren Getränken und knabbern Gebäck, als ob nichts geschehen wäre. Noch halten sie sich im Hintergrund. Nach unserer Abreise werden sie sich um unsere Familien kümmern. Wenigstens damit kann ich mich trösten: Niemand wird meine Eltern mit Verachtung strafen oder gar aus der Gemeinschaft ausschließen. Nachdem Irina uns verlassen hatte, brachten die Nachbarn wochenlang Aufläufe und Suppen vorbei, luden uns zu Bootsfahrten und Ausflügen ein. Und als vor drei Jahren ein Cousin von Mervis nach Xerax reisen musste, tat dies seiner Beliebtheit keinen Abbruch, im Gegenteil, Scharen von Mädchen fühlten sich berufen, ihn zu trösten und ihm beizustehen.

Neben mir steht Tammo; wie Kinder halten wir einander an den Händen. Immer wieder schaut er zu seiner Mutter und seinen Brüdern. Sein Vater ist nicht zum Hafen gekommen. Der junge Mann mit den buschigen Augenbrauen, der Tora aus dem Kameliensaal geführt hat, ist auch da – und vier weitere mit dunklen Brauen bewehrte junge Männer, die wahrscheinlich Toras Geschwister sind. Der bullige Kerl mit dem schwarzen Bart dürfte ihr Vater sein. Von einer Mutter ist nichts zu sehen. Tora grinst und winkt ihrer Familie zu, als Einzige im Sternenhafen ist sie guter Laune.

Hinter mir höre ich ein Schniefen. Der Sonderbare mit dem roten Haar, der schon gestern den Weg der Reinigung antreten wollte, wischt sich mit dem Zeigefinger unter der Nase entlang. Parlas? Ponalos? Seine Familie – der roten Haare wegen nehme ich an, dass es seine Familie ist – steht so nah beim Rondell, wie die Waffenträger es zulassen. Obwohl sie verweint und müde aussehen, sind sie wunderschön anzuschauen, vor allem die junge Frau mit den Locken, die ihren Kopf wie Flammen umzüngeln. Im Vergleich zu ihr wirkt ihr blasser Bruder – Perselos, das war sein Name – wie eine Bleistiftskizze.

Jetzt tritt Perselos einen Schritt beiseite und ich sehe, wer hinter ihm steht.

Ich erstarre. Blinzele. Schaue noch einmal hin und kann es doch nicht fassen. Blondes Haar, von der Sonne gebräunte Arme, doch das Gesicht wirkt bleicher als sonst. Seine Augen leuchten nicht mehr und haben ihren forschenden Blick verloren, der immer die Blicke anderer Menschen suchte. *Weiblicher* Menschen. Nicht zu fassen.

Mervis ist einer von uns.

Ein Sonnenmobil gleitet die Promenade herauf. Der Fahrer bremst, steigt aus und hilft Priesterin Melissa aus dem Wagen. Umwogt von ihrem perlmuttfarbenen Gewand schreitet sie von einer Familie zur anderen, spendet Trost, spricht Mut zu. Sobald das Graue Schiff hinter dem Horizont verschwunden ist, wird sie sich mit ihnen zu einem Gottesdienst zusammenfinden.

Plötzlich hasse ich sie.

Auf dem Schiff ertönt eine Glocke. Die Waffenträger winken uns in den Gang. Meine Eltern und Anneus blicken mir entgegen. Wie soll ich an ihnen vorbeigehen, wie soll ich das schaffen? Das hier ist der Schnitt, der vollzogen werden muss. Bis heute habe ich das nie hinterfragt. Jetzt bin ich mir nicht sicher, ob ich den Schnitt überleben werde.

Als ich auf einer Höhe mit ihnen bin, streckt mein Vater seine Hand aus. Toras Muschelkette liegt darin, er muss sie auf meinem Nachttisch gefunden haben. Wahrscheinlich glaubt er, sie gehöre mir.

Die Panik kommt unvermittelt. Als rote Woge schießt sie in mir hoch und spült mich in die Zeit vor zehn Jahren, zurück zu jenem Tag, als Irina durch diesen Gang gehen musste, ich stehe hinter der Absperrung und sehe, wie sie auf mich zukommt, dann auf einer Höhe mit mir ist, ihre Hand streckt sich mir entgegen, eine Muschel liegt darin, eine Muschel für mich und ... und ... Der Erinnerungsfaden reißt. Zurück bleibt das schwarze Loch. Die Leerstelle. Die Panik. Mein Herz rast.

Meine Hand schnellt vor, greift nach der Muschelkette, entreißt sie meinem Vater beinahe. Kurz berühren sich unsere Finger, seine Hand streicht über meine, dann lasse ich die Kette in meinem Kittel verschwinden. Jetzt streckt auch meine Mutter eine Hand nach mir aus. Einer der Waffenträger wird auf uns aufmerksam und kommt zu uns herüber. Zögernd fasst er meine Mutter am Arm und schiebt sie von mir weg. Sie öffnet den Mund; mit einem Ruck wende ich mich ab und stolpere weiter. Wenn ich jetzt höre, wie ihre Stimme mich beim Namen nennt, fange ich an zu schreien, und ich weiß nicht, ob ich dann je wieder damit aufhöre. Mit steifem Rücken folge ich den anderen. Hinter mir schluchzt jemand auf. Meine Mutter? Nicht zurückschauen. Ich muss das hier schaffen. Wenn ich zurückschaue, drehe ich durch.

Die Waffenträger winken uns auf die Rampe. Tora stürmt los wie ein Pferd auf dem Weg zur Tränke. Fehlt nur noch, dass sie »Juhu!« schreit. Wir anderen rücken langsam nach. Vor mir betritt die Silberblonde, die gestern so schlimm geweint hat, die Rampe. Dann bin ich an der Reihe. Ich setze meinen Fuß auf das schimmernde Metall. Mein anderer Fuß will sich nicht vom Boden lösen. Alles an mir zittert. Ich kann nicht ... kann nicht ...

Eine Waffenträgerin nähert sich. Ich balle die Fäuste, denke an *Glück und Gemeinschaft:* Atmen, Wolken ziehen lassen, beweg dich, Mariel, lass nicht zu, dass sie dich packt.

Jemand legt mir von hinten eine Hand auf den Rücken und schiebt mich sanft nach vorn. An der Art der Berührung merke ich, dass es Tammo sein muss. Ich mache einen großen Schritt und gehe weiter die Rampe hinauf. Die ganze Zeit spüre ich Tammos Hand auf meinem Rücken. Als ich endlich an Bord bin, wende ich den Kopf.

Es ist nicht Tammo.

Mervis zuckt leicht mit den Schultern. In seinen Augen liegt etwas unendlich Trauriges.

Auf Holzbänken sitzen wir einander gegenüber. Im Stillen hatte ich gehofft, Mervis würde bei mir bleiben, doch nachdem wir an Bord gegangen sind, hat er sich von mir abgewandt und sich auf die gegenüberliegende Bank zurückgezogen. Dort, ganz am Ende, sitzt auch Sander. Wenn er sich noch an mich oder unseren Kuss erinnert, versteckt er es gut.

Die Waffenträger richten sich im Bug ein und behalten uns scharf im Auge. Tammos Oberschenkel zittert an meinem. Seit das Schiff abgelegt hat, zwinge ich mich, nicht zurückzuschauen. Ich will nicht sehen, wie mein altes Leben hinter mir verschwindet, wie es von mir abfällt wie ein Kokon. Statt eines Schmetterlings ist eine graue Raupe herausgekrochen.

Stur starre ich aufs Meer. Das Sonnenlicht verwandelt das Wasser in einen goldenen Teppich. Als ich den Kopf doch wende, ist der Sternenhafen nur noch ein Fleck am Horizont. Viele meiner Mitreisenden schluchzen leise vor sich hin. Die Silberblonde hat ihren Kopf an die Schulter eines anderen Sonderbaren gelehnt. Er ist der Einzige auf dem Schiff, der mit einem Mal glücklich aussieht.

»Nicht weinen, Cassia«, murmelt er, während er ihren Rücken streichelt. »Alles wird gut.«

»Dann sag mir, wann«, schnieft sie. »Komm schon, sag mir, wann alles gut wird, Lex.« Doch Lex bleibt die Antwort darauf schuldig.

Unwillkürlich schaue ich zu Mervis. Als er merkt, dass ich ihn ansehe, lächelt er. Ich lächele zurück, doch er hat sich schon wieder dem Horizont zugewandt, wo der Sternenhafen im Meer versunken ist. Auch Sander guckt weiter unverwandt in diese Richtung.

Erst höre ich nur einzelne Töne. Der Wind. Oder ein ferner Seevogel. Oder … Ich beuge mich vor.

Sander summt eine Melodie. Na ja, sofern man das eine Melodie nennen kann. Es klingt unheimlich. Aber auch schön.

Der blonde Bulle, der neben ihm sitzt, ist da offenbar anderer Meinung. Er rutscht hin und her, bläst die Backen auf und blafft: »He, Musikmann.«

Keine Reaktion.

Mit einer Hand wedelt er vor Sanders Gesicht herum. »Musikmann!«

Sander fährt zusammen. »Was?«

»Dieses Gesumme. Kannst du das lassen?«

Sander blinzelt. Mit einem Mal sieht er etwas erschrocken aus. »Ja, klar. Entschuldige.« Er dreht sich weg, starrt wieder aufs Meer. Blass ist er geworden – nur weil jemand seine Musik gehört hat? Na und?

»Will jemand was abhaben?« Tora zieht ein Schinkenbrot aus ihrem Kittel.

»Liebe Götter.« Die Silberblonde – Cassia – schüttelt den Kopf. »Das hier ist kein Picknickausflug.«

Mervis wendet ihr das Gesicht zu und lächelt kurz. Lex, der das sieht, drückt Cassia fester an sich.

Tora beißt nur herzhaft in ihr Brot und lehnt sich lässig gegen die Reling. »Stimmt. Das hier ist besser. Unsere Reise Richtung Freiheit.«

»Für den Fall, dass dir ein wichtiges Detail entgangen ist: Wir fahren nach Xerax«, weist Cassia sie frostig zurecht.

»Eben.«

»Und was fängst du dort mit deiner *Freiheit* an?«, knurrt der Bulle.

»Ich suche mir einen Kerl. Oder zwei oder drei.« Sie zwinkert ihm zu. »Wie heißt du eigentlich?«

Er läuft knallrot an. Dann lächelt er. »Kewat.«

»Schöne Freiheit«, murmele ich, was ein Fehler ist.

Sofort wendet sich Tora mir zu: »Und was suchst du, Kamelienmädchen? Muscheln, die dir nicht gehören?«

»Hör mal«, schaltet sich Tammo ein, »erstens habe ich deine Muscheln geklaut und zweitens heißt sie Mariel.«

Ich greife in meinen Kittel und halte Tora die Kette hin. Zum ersten Mal, seit wir das Graue Schiff betreten haben, huscht ein Schatten über ihr Gesicht. »Ich trag so was nicht. Fino hat sie getragen. Und der ist in Amlon.«

»Dein Pferd?«

Statt einer Antwort gräbt sie die Zähne in ihr Schinkenbrot. Noch immer halte ich ihr die Kette hin.

»Steck sie endlich weg. Oder schmeiß sie meinetwegen über Bord«, schnauzt sie und schleudert ihr Brot über die Reling. Platschend versinkt es im Meer.

Mit dem Gefühl, Tora etwas zu schulden, stecke ich die Kette wieder ein.

Mervis lehnt sich vor. »Dir steht sie sowieso besser«, raunt er und meine Wangen werden heiß, obwohl ich mich über seine Worte freue.

Sichtlich bemüht, ihre gute Laune wiederzufinden, schaut Tora in die Runde. »Strandparty heute Abend? Wir müssen doch unsere Ankunft feiern. Wer sorgt für die Musik?«

Cassia verdreht die Augen. Lex, der womöglich noch dichter an sie herangerückt ist, tut es ihr nach. Sander wendet sich langsam vom Meer ab und betrachtet Tora. Auch Kewat, der Bulle, schaut sie an; sein Blick klebt förmlich an ihr, doch sie beugt sich zu Sander. Ich richte mich auf.

»Also, wie wär's?«, fragt sie mit etwas rauerer Stimme.

Sander schaut sie lange an. Dann schüttelt er den Kopf. »Nein danke.«

»Und du?« Ihre meerblauen Augen funkeln, als sie Mervis anlächelt. Ich mag sie nicht, aber ich muss zugeben, dass sie in diesem Moment umwerfend aussieht.

Er lacht. »Ich mache mal von meiner neuen Freiheit Gebrauch und lehne dein Angebot ab.«

Tora zuckt die Schultern, schiebt sich auf der Bank nach vorn und nimmt Tammo ins Visier. Doch bevor sie überhaupt fragen kann, sagt er schon: »Danke, verzichte.«

Tora atmet mit einem Seufzer aus. »Müsst ihr alle um sechs zu Hause sein oder was?«

»Es wäre schön«, Tammos Finger umklammern den Rand der Bank, »wenn du aufhören könntest, so zu tun, als wäre das hier das Abenteuer des Jahres.«

Tora grinst. »Es *ist* das Abenteuer des Jahres. Dafür werde ich sorgen. Falls du lieber an Langeweile sterben willst, bitte sehr. Aber du verpasst was. Dein Leben zum Beispiel.«

Tammo, der schon die ganze Zeit vor Anspannung vibriert, glüht jetzt, die Hitze scheint ihm aus allen Poren zu dringen. »Hast du noch ein Brot dabei? Dann stopf es dir bitte in den Mund, damit wir diesen Scheiß nicht mehr hören müssen«, knurrt er. »Hat deine Mutter dir nicht beigebracht, wann du besser die Klappe hältst?«

Mit geballten Fäusten springt Tora auf. Tammo ist genauso schnell. Und die beiden Waffenträger auch. »Hinsetzen«, poltert der eine.

Tammo lässt sich zurück auf die Bank sinken.

»He, komm schon«, lächelt Tora zuckersüß, »jetzt, wo es gerade lustig ...«

»Halt den Mund und setz dich«, donnert der andere.

»Man darf ja wohl noch ...«

Der Mann baut sich vor Tora auf, das Gesicht so nah an ihrem, dass sich ihre Nasenspitzen fast berühren. »Hinsetzen«, zischt er. Spucketröpfchen benetzen Toras Wangen. »Ich will nichts mehr hören. Keine Silbe. Verstanden?«

Selbst das Schiff scheint den Atem anzuhalten. Tora sieht den Mann an. Und setzt sich. Ihre Lippen zucken. Ihre Kiefer mahlen. Doch aus ihrem Mund kommt kein Wort.

Genau so verläuft der Rest unserer Reise: schweigend.

12

Gegen Abend erreichen wir den Felsenring, der Xerax umschließt. Weit entfernt von allen Inseln Amlons erhebt er sich aus dem Meer. Immer haben wir ihn am Horizont gesehen, jetzt wirkt er fremd wie eine unbekannte Welt.

Durch eine Öffnung zwischen den Felsen gleitet das Graue Schiff in das Innere des Rings. Nebel hängt über dem Wasser, als hätten sich die Wolken in einem Kessel verfangen. In der dunstigen Luft werden meine Haare feucht.

»Hoch mit dir, Mariel.« Tammo zieht mich am Arm nach oben. Die anderen stehen schon an der Reling, auch die Waffenträger beobachten, wie Xerax näher rückt.

Die silberhaarige Cassia jammert: »Warum ist es hier so dunkel? Das kommt doch nicht nur davon, dass die Sonne hinter dem Felsenring verschwunden ist. Ich friere.« Lex nutzt die Gelegenheit und zieht sie noch enger an sich.

Ich sehe Urwald. Dichten, undurchdringlichen Dschungel. So hätte ich mir Xerax niemals vorgestellt. Nicht als diese grüne Hölle, die sich hinter dem so kargen schwarzen Felsenring verbirgt. Dann tauchen einzelne Gebäude auf.

Perselos schiebt sich nach vorn. »Was machen denn die ganzen Leute am Kai? Ist hier ein Feiertag?«

»Die warten auf euch«, meint eine Waffenträgerin. »Wie am Tag der Verbindung.«

Macht sie Witze? Doch sie lächelt uns nur freundlich zu.

Kinderlachen dringt zu uns herüber. Das Graue Schiff legt an, jetzt kommt Bewegung in die Menge. Die Kinder klatschen in die Hände.

»He!«, ruft ein kleines Mädchen. »Hallo!«

Weitere Stimmen werden laut:

»So viele in diesem Jahr?«

»Was ist passiert?«

»Warum ...«

Die Rampe wird ausgefahren. Wieder ist Tora die Erste. Unbeeindruckt von den Blicken der Menge tänzelt sie winkend an Land. »Hallo, feiert ihr gerade eine Runde? Gibt's was zu trinken?« Alle starren sie an.

Dann setze auch ich meinen Fuß auf die Insel.

Eine pummelige Frau, deren grauer Kittel sich wie ein Zelt um ihren Körper spannt, nimmt uns in Empfang. »Ich bin Jolande. Kommt mit.«

Wir folgen Jolande wie eine Schar verängstigter Hühner. Bis auf Tora natürlich, ihr Haarschopf leuchtet wie der Kamm eines kampflustigen Hahns.

In einem Gebäude, das sich Depot nennt, teilt uns Jolande unsere Kleidung zu. Zur Wahl stehen drei Farben: Mausgrau, Staubgrau, Steingrau. Dann holt sie eine Handvoll Umschläge aus ihrem Kittel und drückt denen, die vorne stehen, einen in die Hand, auch Tammo und mir. Die weiter hinten gehen leer aus.

»So viele neue Bewohner haben wir nicht erwartet«, seufzt sie. »Am besten teilt ihr auf, was ihr in den Umschlägen findet.«

Ich rechne mit ein paar Geldscheinen, wie wir sie aus Amlon kennen, fische aber nur einen gefalteten Zettel aus meinem Umschlag: *Acker, Süßkartoffeln.* Darunter eine Skizze, wo *Acker, Süßkartoffeln* zu finden ist.

Ich schiele auf Tammos Zettel. *Fischkooperative, Hafen.*

Ratlos blicken wir uns an.

»Morgen um sieben geht's an die Arbeit«, erklärt Jolande. »Wer keinen Umschlag abbekommen hat, kann sich denen anschließen, für die wir etwas gefunden haben. Nächste Woche müsst ihr euch dann selbst um Arbeit kümmern. Anbauflächen gibt's auf Xerax kaum, da werden nur selten Leute gebraucht. Im Hafen oder in der Krankenstation sieht es schon anders aus. Und einmal wöchentlich legt das Graue Schiff an, da gibt's reichlich zu tun. Die Hilfslieferungen müssen abgeladen werden. Und das Schlachtvieh.«

Ich zucke zusammen. Natürlich weiß ich, dass gewisse Arbeiten in Amlon als unrein gelten und von den Sonderbaren auf Xerax erledigt werden. Leder gerben. Das Schlachten der Tiere. Aber nie hätte ich erwartet, dass ich diese Arbeiten selbst verrichten soll. Ich werde keinem Schaf die Kehle durchschneiden. Ich werde keiner Kuh die Haut abziehen. Lieber sterbe ich.

»Müssen ... müssen wir das tun?«, stottert Cassia. »Tiere schlachten, meine ich?«

»Niemand muss«, antwortet Jolande ruhig. »Für die Schlachtarbeit finden sich immer Freiwillige, sie wird von Amlons Regierung gut bezahlt. *Jede* Arbeit wird bezahlt, nur manche besser als andere.« Lächelnd schaut sie in die Runde. »Die erste Zeit auf Xerax kommt euch vielleicht schwierig vor. Lasst euch davon nicht entmutigen. Ihr werdet euch bald einleben. Freunde finden. Vielleicht einen Partner. Ihr werdet ankommen.«

Tora hält Jolande ihren Zettel hin. »Brauche ich nicht. Ich will nicht arbeiten.«

»Überleg's dir lieber. Umsonst ist nur das Korn aus den Hilfslieferungen. Wenn du etwas anderes essen willst als den allseits beliebten Getreidebrei, brauchst du Geld. Außerdem tut es gut, wenn man sich mit einer Aufgabe beschäftigt.«

Doch Tora hat ihren Zettel schon Cassia in die Hand gedrückt. Jolande runzelt die Stirn, dann wendet sie sich wieder allen zu. »Was jetzt kommt, ist der inoffizielle Teil. Ich verteile hier Kleider und Arbeit, aber vor allem bereiten ich und ein paar andere Leute diejenigen von euch vor, die ins Spiegelreich reisen wollen. Niemand weiß, was euch in Nurnen erwartet, doch ihr solltet körperlich auf der Höhe sein und vor allem euren Glauben an die Götter erneuern. Nur wer seine Zweifel an den Göttern besiegt, hat eine Chance zurückzukehren.« Sie verschränkt die Arme vor der Brust. »Das erste Gesetz der Insel lautet: Niemand, der nicht auf Xerax lebt, darf von dem Training erfahren. Nicht die Priester, keiner vom Grauen Schiff, nicht die Waffenträger. Wer trotzdem redet, kriegt Ärger. Klar?«

Wir nicken erschrocken.

»Ich bin dabei.« Perselos fährt sich durch das karottenrote Haar. »Warum tun Sie das für uns? Ich dachte ...« Er bricht ab, doch ich weiß, was er sagen will: *Ich dachte, auf Xerax denkt jeder nur an sich.*

»Ich tue es, weil mir damals der Mut fehlte, nach Nurnen zu reisen.« Jolande löst die verschränkten Arme und seufzt. »Ich hatte Angst, den Weg der Reinigung zu gehen. Heute bereue ich das. Auf Xerax habe ich kein schlechtes Leben. Aber ich wäre gern ein Mensch geworden, der sich der Götter und ihrer Liebe als würdig erweist. Das hätte ich wenigstens versuchen sollen.« Sie blickt in die Runde. »Wer ist noch dabei?«

»Kann ich auch mitmachen, wenn ich auf Xerax bleiben will?«, fragt Tora.

»Jeder ist willkommen.« Jolande lächelt. »Vielleicht können wir dich ja umstimmen.«

»Wohl kaum.«

Etwa ein Dutzend melden sich, darunter auch Kewat, der Bulle. Cassia ist nicht dabei, genauso wenig wie Lex; er hat die Frau seiner Träume gefunden – oder zumindest jemanden, der seinem Ideal nahekommt. Tammo und ich verzichten ebenfalls. Xerax ist mir Herausforderung genug, außerdem habe ich meiner Familie versprochen, dass ich mich von Nurnen fernhalte. Und Tammo braucht kein Training. Ich kenne niemanden, der so stark ist wie er – und der zugleich so klar denken kann. Kurz schaue ich zu Sander. Auch seine Hand bleibt unten. Obwohl ich es mir kaum eingestehen mag, freue ich mich darüber. Mervis dagegen meldet sich zum Training, was mir einen kleinen Stich versetzt.

»Kommen wir zum zweiten Gesetz.« Jolande sieht auf einmal furchtbar ernst aus. »Manche von euch sehen ihr Leben jetzt als verpfuscht und sich selbst als wertlos an. Und dann geht's in der Nacht auf eine Klippe.« Es ist ganz still im Depot. »Viele Gründe können einen Menschen zum Äußersten treiben.« Ruhig blickt sie in die Runde. »Ich will nur eins: Bevor ihr auf die Klippe steigt, kommt zu mir. Das ist das zweite Gesetz der Insel. Und nun verteile ich euch auf eure Hütten.«

Leicht verstört von ihrem letzten Hinweis folgen wir Jolande durch den Hafenort.

»In diesem Jahr seid ihr so viele, dass es leider schwierig mit den Hütten wird.« Sie schreitet zügig aus, wirbelt Staub auf. »Einige von euch müssen sich mit Behausungen begnügen, die schon ewig leer stehen.«

Wir begegnen jetzt nur noch wenigen Menschen, der Ort wirkt, als hätte man ihm einen starken Beruhigungstrank verabreicht. Ein kleines Mädchen, das eine Stoffkatze an sich drückt, schaut mit großen Augen zu uns auf.

»Hallo. Wir sind die Neuen.« Ich winke ihr zu.

»Die Neuen«, singt das Mädchen und hopst um mich herum. »Hallo Neue, Neue, Neue.«

Bald sind wir von einer Kinderschar umringt, die eine Weile neben uns herzieht; also findet sich doch Leben in diesen Straßen. Allerdings dringen weder Gesang noch Gelächter aus Kaffeehäusern, was auch daran liegen mag, dass es hier keine Kaffeehäuser gibt. Dafür kommen wir an einer Art Scheune vorbei, aus der uns zweifelhafte Gerüche entgegenwehen. *Towalu* steht über der Eingangstür. An der Außenwand hängen Zettel über Zettel.

Sander löst sich aus unserer Gruppe und studiert einen davon. *»Ich suche einen klugen, schönen und zärtlichen Mann, für den ich das Wichtigste im Leben bin«,* liest er vor. »Was ist das?«, fragt er Jolande.

Sie kraust die Nase. »Der Platz für alle, die glauben, man bräuchte für sein Glück unbedingt einen Partner.«

»Nur einen?«, meint Tora trocken. »Wie langweilig.«

Ich fasse mir ein Herz und trete neben Sander, lese ebenfalls ein paar Zettel.

»Ich wünsche mir einen ehrlichen Partner, der bei mir bleibt, egal was kommt«, zitiert er mit einem spöttischen Lächeln. Er wendet den Kopf und schaut mich an. »Hier halten manche offenbar mehr von Treue als auf Amlon.«

Eine Frau mit graublondem Haar tritt aus dem Towalu, schiebt sich zwischen uns und pinnt einen weiteren Zettel an die Wand. Ich lehne mich näher heran und lese: *»Jung gebliebene Schönheit sucht ihr männliches Gegenstück. Wenn du keine Angst vor einer aufregenden und romantischen Beziehung hast, schau im Towalu vorbei.«*

Verstohlen mustere ich die *Schönheit.* Ihre Augen sehen müde aus, die Haut um ihre Lippen ist knitterig wie Papier, das man zerknüllt und wieder glatt gestrichen hat. Umgekehrt werden auch wir von der Graublonden beäugt, wenn auch keineswegs verstohlen. An der silberhaarigen Cassia bleibt ihr Blick hängen. »Mädchen«, ruft sie, »Lust, für mich zu arbeiten?«

»Wie bitte?«, fragt Cassia.

»Mir gehört der Laden. Ich bin Larena.« Sie streckt Cassia eine Hand entgegen. »Hübsche Helfer hinter dem Tresen sind mir immer willkommen.«

»Wie bitte?«, fragt Cassia noch einmal.

»Überleg's dir«, grinst Larena, wackelt zum Abschied mit den Fingern und verschwindet im Towalu.

»Larena ist in Ordnung«, meint Jolande schnell. »Sie gehört auch zu denen, die euch beim Training unterstützen.«

Wir biegen in ein Sträßchen ein, das sich einen Hang hinaufwindet und auf einem von Hütten umzingelten Platz endet.

Hier ist es.

Mein neues Zuhause.

Ich habe Glück, Jolande teilt mir die Hütte neben Tammo zu. Trotzdem bin ich entsetzt: *Hier* soll ich wohnen? Die Tür hängt schief in den Angeln. Das Dach hat ein Loch und der tote Mangobaum vor dem Eingang macht die Sache auch nicht besser. Mit einem schmerzlichen Zucken muss ich an den Baum im Garten meiner Eltern denken.

Irina – vor lauter Neuem habe ich sie völlig vergessen. Mein Herz klopft schneller, als ich mich an Jolande wende. »Kennst du eine Irina?«

»Verwandte von dir?«

»Meine Tante. Sie muss vor zehn Jahren in Xerax angekommen sein.«

»Nein, tut mir leid. Geh am besten morgen in die Bibliothek und frag Reno, er kennt fast jeden auf der Insel.«

Aus einer Kiste wird ein Stuhl und aus zwei Kisten sogar ein Tisch. Die Matratze auf dem Bett ist mit Stroh gefüllt. Wenigstens ist das Fenster nicht vergittert. Ich kann bis zum Ortsende schauen. Dahinter wuchert dichter Urwald. Ein Streifen am Rand ist gerodet, verkohlte Baumstümpfe recken sich flehend dem Himmel entgegen. Der Anblick ist so deprimierend, dass ich mich zu Tammo flüchte.

»Kann ich bei dir schlafen?«

Er hilft mir, die Matratze herüberzuholen. Als wir zusammengerollt unter unseren Decken liegen, frage ich leise: »Und?«

Er schweigt so lange, dass ich schon glaube, er sei eingeschlafen.

»Wir müssen uns daran gewöhnen, Mariel. Eine andere Wahl haben wir nicht.«

Der erste Tag auf dem Süßkartoffelfeld – ein halb vom Urwald zurückerobertes Stück Matsch – ist hart. Ich habe Perselos mitgenommen, der keine Arbeit gefunden hat. Wir sind beide nicht daran gewöhnt, stundenlang körperlich zu arbeiten, und dankbar für jede Pause.

»Der Scheißurwald hat die Insel völlig zugewuchert.« Keit, der Vorarbeiter, wischt sich den Schweiß von der Stirn. »Der ist eine Bestie. Verschlingt alles und wehrt sich wie wild, wenn man ihm zu Leibe rückt.«

»Ich dachte, die ersten Siedler hätten auf Xerax nur totes Land hinterlassen.« So habe ich es jedenfalls in *Die ersten Tage von Amlon* gelesen.

Keit zuckt die Schultern. »Ja, damals hat der Raubbau die Insel fast umgebracht, aber als die Leute nach Amlon weitergezogen sind, hat sich die Natur zurückgeholt, was ihr gehört.« Böse schaut er zu der grünen Wand aus Bäumen und Schlingpflanzen, durch die kaum Licht dringt. »Hier wachsen nicht mal Kokospalmen oder Bananenstauden. In diesem Dschungel bekommen sie nicht genug Sonne ab oder dieses grüne Wucherzeug erwürgt sie. Früchte und Gemüse sind etwas Seltenes hier, und weil es an Weideflächen mangelt, gibt es auch kaum Milch und noch weniger Fleisch.«

»Und was essen wir?«, fragt Perselos.

Keits Lächeln verrutscht. »Schon vom allseits beliebten Getreidebrei gehört?«

Perselos hat sich den Rücken verrenkt, trotzdem bedankt er sich schon zum dritten Mal, dass ich ihn mitgenommen habe, was mich irgendwie rührt. Er ist ein netter Kerl, nur ein bisschen in sich gekehrt, aber wer könnte das besser verstehen als ich. Während wir zurück in den Hafenort humpeln, bringt er kaum ein Wort heraus. Erst als wir vor seiner Hütte ankommen, stößt er hervor: »Ich hab dich vor ein paar Jahren bei einem Vorlesewettbewerb gehört. *Die Felsenfrau.*« Auf seinen Wangen glühen rote Flecken. »Deine Geschichte hat mein ganzes Leben umgekrempelt.«

Die Felsenfrau. An die denke ich gar nicht gern zurück. Auf Geheiß meiner Lehrerin musste ich den Text so stark verändern, bis ich ihn nur noch grauenvoll fand. Aber jetzt bin ich doch neugierig. »Ach was? Inwiefern denn umgekrempelt?«

Er starrt auf seine ineinandergekrampften Finger, schüttelt den Kopf und murmelt noch einmal: »Danke, dass du mich mitgenommen hast«, dann verschwindet er ohne ein weiteres Wort in seiner Hütte.

Verdutzt schaue ich auf die geschlossene Tür und mache mich auf den Weg zur Bibliothek. Auch wenn ich mich vor Erschöpfung kaum noch auf den Beinen halten kann, ich muss diesen Reno sprechen.

Bibliothek? Eine Hütte, ein Regal, ein paar zerlesene Bücher – mehr ist es nicht. Der Bibliothekar ist in den Fünfzigern. Sein struppiger Silberbart sträubt sich, als er mich freundlich anlächelt.

»Ich suche ...«, beginne ich – und halte inne.

Auf den ersten Blick ist das Bild hinter der Ausleihtheke nur ein Bild, wie ich sie zu Hunderten kenne. Ein romantischer Garten, man riecht förmlich den Duft der Orchideen. Unter einem Mangobaum, dessen Rinde sich zu einem lustigen Affengesicht knüllt, stehen ein Tisch und zwei Stühle. Dann kippt der Blick. Wie ein Schatten verbirgt sich in dem Baum ein zweiter. Nein. Ein Baumgerippe. Auch seine Rinde knüllt sich zu einem Gesicht. Kein Äffchen. Eine Dämonenfratze. Mein Blick kippt zurück, ich sehe wieder den blühenden Mangobaum. Ich kenne ihn; und ich kenne das Äffchengesicht.

»Wer hat das gemalt?«, frage ich rau.

»Ah.« Der Silberbart nickt. »Viele Leute sprechen mich auf das Bild an. Sie finden, ich soll es abhängen, was ich natürlich niemals tun werde. Sie hat nur wenige Wochen auf Xerax gelebt, aber sie hat ihre Zeit genutzt.«

»Irina«, flüstere ich.

Seine Augen weiten sich. »Du kanntest sie?«

»Sie ist meine Tante.« Dann begreife ich, was seine Worte bedeuten. *Nur wenige Wochen auf Xerax*. Mir wird kalt. »Hat sie sich das Leben genommen?«

»Sie ist nach Nurnen gereist.«

Ich starre ihn an.

»Sie ist wohl nicht zu euch zurückgekehrt?« Er senkt den Kopf. »Ich habe so sehr gehofft, dass sie es schafft. Kein Sonderbarer, der in den letzten Jahren hier eingetroffen ist, konnte mir von einer Malerin berichten, die aus Nurnen heimgekehrt ist. Und trotzdem habe ich es gehofft.«

Ich fühle mich leer. Meine Tante ist tot.

»Sie hat über den schönen Schein hinausgesehen.« Nachdenklich schaut er mich an. »In ihrem Kopf waren die Farben und Formen anders gemischt als bei anderen Künstlern. Das, was man in Amlon *Künstler* nennt.« Er spricht das Wort aus, als würde es nach Fischabfällen schmecken. »Übrigens, ich heiße Reno.« Er streckt mir eine Hand entgegen. »Freut mich, dich kennenzulernen. Ich erzähle dir gern von deiner Tante. Aber heute bist du zu kaputt, das sieht man. Besuch mich morgen Abend, hast du Lust?«

»Gern. Darf ich einen Freund mitbringen?«

Auf dem Tisch vor Renos Hütte liegt ein Brot, das er in einem selbst gebauten Ofen gebacken hat. Tammo schneidet es in hauchdünne Scheiben. Aus der Hütte nebenan perlt Kinderlachen, das mich traurig stimmt.

Reno schenkt mir die Pinsel, die Irina ihm gab, bevor sie Xerax verließ. Ich streiche mit einem Finger über die von alter Farbe verkrusteten Borsten. Mein Blick verschwimmt.

»Ich habe nicht damit gerechnet, dass sie geht«, beginnt er. »Noch an dem Morgen, als das Schiff der Priester anlegte, hat sie mir versichert, sie würde bleiben. Solange sie malen und für die Freien arbeiten könne, sei sie zufrieden.«

»Die Freien?«, hakt Tammo nach.

»Zu denen komme ich noch.« Reno schließt kurz die Augen. »Wenige Stunden später hat Irina mir das Bild von den beiden Mangobäumen geschenkt und sich verabschiedet. Ich war außer mir, wollte sie umstimmen – vergeblich. Ich verstehe es bis heute nicht. Seither unterstütze ich Jolande beim Training der Sonderbaren. Wenn man schon nach Nurnen geht, sollte man sich wenigstens vorbereiten.« Er lächelt schwach. »Bis heute warte ich darauf, dass Jolande mich umgekehrt bei den Freien unterstützt. Aber ... nun, wir Freien halten nicht so viel von übermäßigem Beten. Damit hat sie Probleme.«

»Und wer sind diese Freien?«, fragt Tammo noch einmal.

Reno mustert uns nachdenklich. »Eine Gruppe, von der die Priester ebenso wenig erfahren dürfen wie vom Training. Sie könnten auf die Idee kommen, dass sich auf Xerax eine Bande von Rebellen zusammenrottet.«

Mein Mund wird trocken. »Ist das denn so?«

Er lächelt traurig. »In meinen Träumen vielleicht. Um die Sache wirklich ins Rollen zu bringen, bräuchten wir Unterstützung von Amlon. Leute, die es wagen, sich gegen die geltende Ordnung zu stellen.«

»Gegen die Götter?«, fragt Tammo erschrocken.

»So weit würde ich nicht gehen, aber gegen die Auslegung der Göttlichen Gesetze.« Mit dem Finger schiebt Reno einige Brotkrümel zusammen. »Bisher sind wir nur eine kleine Gruppe, die das Leben auf Xerax verbessern möchte. Wir wollen unabhängig von Amlon werden.«

Tammo hebt die Augenbrauen. »Und wie?«

Reno lacht. »Roden statt beten.«

»Wie bitte?«

»Wir rücken dem Urwald zu Leibe. Die Arbeit ist ziemlich hart und frustrierend, aber aufgeben kommt nicht infrage. Viele sind wir nicht, die meisten Leute haben genug damit zu tun, ihr kleines Geld zu verdienen und sich irgendwie über Wasser zu halten. Da bleibt kaum Kraft, die ungezähmten Naturgewalten auf dieser Insel einzudämmen und das Land urbar zu machen. Irina«, er lächelt versonnen, »hatte jede Menge Kraft.« Sein Lächeln verschwimmt. »Wenn wenigstens ein zweiter Sonderbarer mit ihr nach Nurnen gegangen wäre ... Gemeinsam hätten sie es vielleicht geschafft. Doch sie war ganz allein. Und allein ist man wohl immer einer zu wenig ...«

»Hast du immer allein gelebt?«, fragt Tammo da.

Reno geht in seine Hütte und kehrt mit Tee zurück. »Seit dreißig Jahren wohne ich hier.« Er trinkt einen Schluck. »Neunzehn Jahre war ich mit Lavos zusammen, mein Mann, meine große Liebe. Schöne Zeiten, auch schwere, vor allem die letzten Jahre, als Lavos krank wurde. Aber die schweren Zeiten haben uns zusammengeschmiedet. Und die Zeiten, in denen wir uns gestritten und einander Worte an den Kopf geschmissen haben wie Steine.«

Tammo mustert ihn neugierig. »Vermisst du nichts?«

Reno dreht sich aus braunen Blättern eine Zigarette, bläst Rauchringe in den Himmel. »Ich hatte meine Liebe, jetzt ist es auch allein ein gutes Leben. Auf Xerax hält das jeder, wie er will. Allein, zu zweit, mit vielen. In Amlon sind wir mit der Aussicht auf die eine große Liebe aufgewachsen, den Seelenpartner, der uns vollkommen ergänzt. Liebe zu hundert Prozent. Wer hier ankommt, tut sich schwer mit der Vorstellung von einer achtzigprozentigen Liebe. Siebzig. Oder fünfzig. Die Neuen wollen die Liebe auf den ersten Blick. Aber vor allem wollen sie eins: einen Menschen, der ihnen hilft, dass sie sich wieder besser fühlen, nachdem sie zu Sonderbaren wurden.«

Meine Hände krampfen sich im Schoß zusammen. »Ist das denn so falsch?«

Er zieht an seiner Zigarette, ein weiterer Kringel steigt in die Luft. »Falsch ist, wenn man geliebt werden will, weil man sich selbst nicht lieben kann.«

Ich ziehe bei Tammo ein. Eigentlich kommen wir gut miteinander klar, mich nervt nur, dass er sich jeden Abend vor dem Schlafengehen in eine mindestens einstündige Zwiesprache mit den Göttern versenkt. Umgekehrt scheint ihn meine Malerei zu stören; wenn ich die Pinsel raushole, runzelt er die Stirn und macht sich auf den Weg zu Reno.

Was ist los mit ihm? Warum lehnt er auf einmal ab, was mir so wichtig ist?

Morgens ziehen wir gemeinsam los und fragen nach Arbeit. Tammo nehmen sie gern, schnell spricht sich herum, wie stark er ist und dass er länger durchhält als jeder andere.

Einmal lasse ich mich von Kewat, dem Bullen, zum Fischeausnehmen überreden.

»Und was mache ich?«, schimpfe ich, als ich zurück nach Hause komme. »Gebe das sauer verdiente Geld für ein schweineteures Stück Limonenseife aus.«

»Sie ist nun mal das Einzige, was gegen stinkende Hände hilft«, will Tammo mich besänftigen.

»Geld verdienen für ein Stück Seife, das ich nicht gebraucht hätte, hätte ich kein Geld verdienen müssen? Wie unsinnig ist das denn?«

Trotz aller Mühsal tut die Arbeit gut. Solange ich beschäftigt bin, denke ich weniger an zu Hause. Reno fragt vorsichtig, ob wir bei den Freien mitmachen wollen, doch abends auch noch die Spitzhacke schwingen, dazu fehlt mir die Kraft. Außerdem – es ist mir peinlich, aber hiermit gebe ich es zu – fürchte ich mich vor den faustgroßen Spinnen und den Blutasseln, die sich in den Urwäldern von Xerax angesiedelt haben. Tammo ackert zwar mit, weigert sich jedoch, die Ordnung der Götter zu hinterfragen.

»Ich bete, so viel ich will«, erklärt er Reno.

»Kein Problem«, meint dieser dazu nur lächelnd. »Du bist vollkommen frei.«

Nach der Arbeit schlendere ich gern über den Markt. Auf Talymar, meiner Heimatinsel, gibt es viele Märkte, nur ist dort niemand auf das verdiente Geld angewiesen. Hier schon.

Weil ich mein Geld für Farben und Leinwand brauche und Tammo keinen Wert auf gutes Essen legt, begnügen wir uns mit dem kostenlosen Korn, das mit dem Grauen Schiff eintrifft und aus dem wir den *allseits beliebten Getreidebrei* anrühren.

»Der Obstsalat zu Hause«, seufze ich. »Die Nugatpralinen aus Papas Konditorei. Warme Brötchen, auf denen die Butter schmilzt ...«

»Sonst noch was?«, fragt Tammo liebenswürdig.

Ich starre in den Topf auf dem Herd. »Das Gute an dem Zeug ist, dass ich nicht zunehme. Allerdings auch nicht ab.«

»Wenn du dünner werden willst, steig beim Nurnentraining ein«, schlägt er vor.

Auf keinen Fall.

Andererseits ... Anschauen kann ich mir ja mal, was Jolande auf der Brachfläche hinter dem Towalu treibt.

»Kommst du mit?«, frage ich Tammo, doch er will lieber Reno besuchen, mit ihm Tee trinken und über das nächste Ackerprojekt der Freien sprechen.

»Sag bloß, du willst ein Muskelmädchen werden«, begrüßt mich Tora.

Möglichst würdevoll blicke ich an ihr vorbei. Mervis ist nirgends zu entdecken. Schade, im Stillen hatte ich gehofft, dass ich ihn hier treffe. Dafür winkt mir Perselos zu. Sein Körper sieht nicht so aus, als hätte das Training schon nennenswerte Erfolge gebracht. Mir wird bald klar, warum: Jolande beginnt mit einer Meditation, die dauert. Und dauert. So versunken, wie sie alle dasitzen, wirkt es tatsächlich, als wären sie mit dem Gott und der Göttin verbunden. Nur Tora macht Liegestütze. Als Jolande sie auffordert, an der Meditation teilzunehmen, knurrt sie: »Lass mich bloß mit den Scheißgöttern in Ruhe. Mit denen bin ich fertig.«

Alle klappen die Augen auf. Perselos sieht so aus, als würde er gleich ohnmächtig hintenüberkippen.

»Nun, sie lieben dich trotzdem«, lächelt Jolande mit geballten Fäusten.

Tora dreht sich weg und fährt mit Hanteltraining fort. Weil ich keine Lust habe, ihr dabei zuzuschauen, und die Meditation wenig spannend ist, gehe ich kurz entschlossen ins Towalu. Mal sehen, wer da ist.

Gelächter schwirrt durch die Luft, jemand spielt Gitarre, das alles erinnert so stark an zu Hause, dass ich heulen könnte. Ich setze mich auf einen der letzten freien Stühle. Ein paar Tische weiter halten Cassia und Lex Händchen.

Suchend blicke ich mich um. Warum? Keine Ahnung.

Na gut, ich gebe zu, dass ich Ausschau nach Mervis halte. Vielleicht kommt er zufällig vorbei. Oder Sander. Ihn habe ich kaum gesehen, seit wir auf Xerax wohnen. Kewat meint, manchmal arbeite er im Hafen, doch meistens verschwinde er morgens irgendwohin und kehre erst nach Sonnenuntergang zurück. »Komponiert wahrscheinlich in einem Geheimversteck seine Gruselmusik.«

Larena, die Wirtin, kommt an meinen Tisch. Ich bestelle Tee.

»Was meinst du«, flüstert sie mit einem verschwörerischen Blick auf Cassia und Lex, »sind sie wirklich verliebt?«

Ich denke an das, was mir Reno erzählt hat. »Vielleicht wollen sie einfach vergessen, dass ihre Bestimmten nicht gekommen sind.«

»Immer dasselbe«, seufzt sie. »Die Neuen können sich gar nicht schnell genug mit jemandem zusammentun – so groß ist die Angst, allein zu bleiben.«

Sie selbst, erzählt sie, hat gerade einen netten Mann kennengelernt. Offenbar hatte sie Erfolg mit ihrem Zettel. Sie leuchtet förmlich. Ich wünsche ihr von Herzen, dass es so bleibt.

»Du lässt dir aber noch Zeit, ja?«, fragt sie mit einem prüfenden Blick.

»Äh, ja, schon«, murmele ich.

Ehrlich gesagt denke ich ziemlich oft an Mervis. Doch verliebt bin ich wohl nicht. Glaube ich zumindest. Man kann es nicht erzwingen, dieses Herzklopfen, das ich immer während meiner Träume erlebe.

Erlebte.

Seit ich auf Xerax eingetroffen bin, hatte ich keinen einzigen mehr. Mein Bestimmter hat sich wohl endgültig von mir verabschiedet.

Larena tätschelt meine Schulter. »Ob mit oder ohne Mann, du schaust doch auf meiner Geburtstagsparty vorbei? Nächste Woche, hier im Towalu. Alle Neuen sind herzlich willkommen.« Mit dem schon vertrauten Fingerwackeln verschwindet sie in die Küche.

Da wird der Türvorhang beiseitegeschoben und Mervis kommt herein. Ich richte mich auf. Und ich bin nicht die Einzige. Auch Cassia strafft sich; und überhaupt alle Frauen im Towalu.

Viel zu spät wird mir klar, dass Mervis meinen Tisch ansteuert.

»Ist hier noch frei?«

Ich starre zu ihm hoch. »Si-sicher«, höre ich mich stottern.

Er setzt sich. Das da ist *Mervis*. Er sitzt auf einem Stuhl. Hier, an meinem Tisch. Einen Augenblick bin ich fassungslos, dann frage ich mich entsetzt, worüber um Himmels willen wir reden sollen. Zum Glück fällt mir etwas ein, das mich wirklich interessiert.

»Warum machst du nicht mehr beim Nurnentraining mit?«

»Oh, ich bin schon noch dabei. Aber nicht mehr so regelmäßig wie am Anfang.«

»Dann willst du nicht mehr nach Nurnen reisen?«, frage ich und versuche, nicht zu viel Hoffnung in meine Stimme zu legen.

Er schaut mich nachdenklich an. Ich spüre, wie an meiner Kehle eine Ader losklopft. Hoffentlich sieht er es nicht.

»Kommt drauf an, wie sich die Dinge hier entwickeln«, sagt er mit einem spitzbübischen Lächeln. Ehe ich Zeit habe zu erröten, fährt er fort: »Übrigens habe ich dich gestern auf dem Markt gesehen. Du hast Farbe und Leinwand gekauft. Woran arbeitest du?«

Jetzt lächele ich ebenfalls, wenn auch etwas dümmlich. »An einem Bild.«

Tolle Antwort, Mariel.

Mervis grinst. »Ein Bild? Darauf wäre ich im Leben nicht gekommen.«

Wir müssen beide lachen.

Er beugt sich vor. »Zeigst du es mir mal?«

Ich zögere. Das Bild ist nicht wirklich gut. Es sind nicht nur meine Träume, die mir auf Xerax verloren gehen, auch das Malen fällt mir schwerer, egal wie frei ich mich dabei fühle.

»Ich zeige es dir, wenn es fertig ist«, erwidere ich und bemühe mich um ein möglichst geheimnisvolles Lächeln.

Er zwinkert mir zu und mein Gesicht nimmt die Farbe eines gesottenen Hummers an.

Drüben an ihrem Tisch redet Cassia heftig auf Lex ein, fährt sich mit beiden Händen durchs Haar, schüttelt den Kopf. Mervis' Blick schweift kurz ab, dann bestellt er eine Art dünnen Fruchtsaft für uns und führt mich ausführlich in sein großes Hobby ein, berittenes Bogenschießen, das er hier auf Xerax sehr vermisst. Anschließend wartet er mit zahlreichen Abenteuertouren auf, die er mit seinen Freunden in Amlon erlebt hat. Er erzählt und erzählt und ich nicke höflich, höre aber bald nur noch mit halbem Ohr zu. Ich muss die ganze Zeit auf seinen Mund schauen, seine starken Hände ...

»... Geburtstagsparty?«

Ich blinzele. »Wie bitte?«

Seine Mundwinkel zucken. »Gehst du zu Larenas Geburtstagsparty?«

»Wenn du auch kommst«, platze ich heraus.

Seine Augen blitzen. »Verabredest du dich gerade mit mir?«

»I-ich glaube schon«, stottere ich.

»Dann sehen wir uns dort.« Er grinst triumphierend, leert sein Glas und rückt seinen Stuhl zurück. »Bis dahin, Mariel.«

Ich schaue ihm nach. Mein Herz klopft, als wolle es zerspringen. Doch in meinem Kopf meldet sich zögerlich eine Stimme. Ihren Ton kenne ich, sie ist geübt darin, alles anzuzweifeln und infrage zu stellen. *Du weißt nicht, warum er dich ausgesucht hat und in sein Leben lässt. Sein Leben ist anders als alles, was du kennst. Es ist weiter und heller und ...*

Nicht auf Xerax, erwidere ich und schiebe die Stimme beiseite, schaue auf den Stuhl, auf dem Mervis gesessen hat, und bin glücklich.

Jemand anderes ist überhaupt nicht glücklich. Cassia und Lex werden immer lauter: *Hast du wohl – hab ich nicht – hast du wohl – hab ich nicht ...*

Cassia springt auf und stürmt hinaus. Lex starrt eine Weile in sein Glas, dann kippt er den Inhalt in einem Zug hinunter, seufzt: »Scheiße«, und ballt die Hand zur Faust.

14

Eine Woche später ist es so weit: Larena feiert ihren Vierzigsten. Auch Tammo und Reno sind dabei. Nie hätte ich gedacht, dass es auf Xerax so fröhlich zugehen kann. Jeder bringt etwas zu essen mit und Larena stellt zur Feier des Tages eine Riesenschüssel mit Keksen auf den Tisch. Ohne Schokolade, trotzdem schmecken sie zum Weinen gut. Reno greift zur Trommelmusik in die Saiten seiner Gitarre und Larena tanzt eng umschlungen mit ihrem neuen Freund: Keit, dem Vorarbeiter vom Süßkartoffelfeld. Cassia und Lex, die sich anscheinend wieder vertragen haben, umarmen und küssen sich, als könnten sie nie mehr voneinander lassen, während Perselos und Tammo Getränke ausschenken. Von den Neuen sind fast alle gekommen – bis auf Tora, was ich nicht bedauere. Auch Sander fehlt. Und Mervis. Hat er etwa unsere Verabredung vergessen?

»Äh, interessant«, lautet Larenas Kommentar, als sie mein Geschenk auspackt; mein erstes auf Xerax gemaltes Bild.

»Ja, das fand Tammo auch«, sage ich. Die Wahrheit ist: Er hat es kaum eines Blickes gewürdigt, was mich sehr enttäuscht hat. »Du musst es nicht aufhängen«, füge ich hinzu.

»Von wegen, das sollen alle sehen.« Gut sichtbar platziert sie das Bild auf dem Tresen.

Auf der Leinwand kämpft sich eine Gestalt aus einem Kokon. Ob sie männlich oder weiblich ist, bleibt offen; bisher haben es nur ein Bein und ein halber Arm ins Freie geschafft. Ich finde das Bild eher mittelmäßig, doch als Reno neben mich tritt und mir anerkennend die Schulter tätschelt, fühle ich mich etwas besser.

Immer noch keine Spur von Mervis.

Ich bin keine große Tänzerin, aber irgendwie muss ich mich ablenken. Es ist mir unangenehm vor aller Augen, doch als ich merke, dass mich niemand beachtet, lasse ich mich von der Musik durchströmen und davontragen. Und dann ist auf einmal Mervis da, keinen Meter von mir entfernt. Er lächelt spitzbübisch. Gemeinsam wiegen wir uns im Rhythmus der Trommeln. Wir berühren uns nicht – und berühren uns doch. Mit unseren Blicken. Vielleicht auch mit unseren Seelen.

Nach dem Tanz setzen wir uns kichernd und schnaufend an den Tresen. Larena zwinkert uns zu und stellt zwei Gläser mit einer orangefarbenen Flüssigkeit vor uns hin. Ein schwacher Geruch nach Alkohol steigt mir in die Nase.

»Unheimlich«, meint Mervis.

»Was? Das?« Ich schaue in mein Glas.

»Nein.« Er nickt in Richtung meines Bildes.

In diesem Augenblick kommt Tora herein.

Sie ist blass wie Wachs, auf ihren Lidern schillert ein grünliches Pulver. Graue Muschelketten reichen ihr vom Hals bis zu den Hüften. Sonst trägt sie nichts. Alle Männer starren sie an. Die Frauen haben ein Knurren im Gesicht. Ich auch, glaube ich. Tora greift in die Schüssel mit den Keksen, von denen ich, wie ich leider zugeben muss, nur wenige übrig gelassen habe. Während ihre Zunge den Keks umspielt, schaut sie Keit fest in die Augen. Larena strafft sich. Tora lächelt und wirkt plötzlich wie eine Taucherin, die aus dem Meer hochschnellt und von Wasser überzogen silbern glitzert. Keits Blick wandert von ihrem Mund zu ihren nur spärlich von Muschelketten verhüllten Brüsten und wieder zurück zu ihrem Mund.

»Raus, Tora«, zischt Larena. »Raus hier.«

Mit einem teuflischen Grinsen und einem letzten Blick auf Keit verschwindet Tora. Sofort geraten Keit und Larena in einen wütenden Streit. Die Party endet vorzeitig.

»Die raufen sich wieder zusammen«, meint Reno, als wir im Sternenschein nach Hause gehen. »Kommt ihr noch mit zu mir?«

Tammo will, in letzter Zeit verbringt er die Abende oft mit Reno. Heute macht mir das ausnahmsweise nichts aus.

Mervis und ich gehen weiter, ohne zu sprechen. Das Zirpen und Summen der Insekten und die Rufe der Nachtvögel, die aus dem Urwald dringen, füllen das Schweigen zwischen uns. Schließlich frage ich leise: »Warum ist dir mein Bild unheimlich?«

»Ach, keine Ahnung. Mir ist es einfach lieber, wenn ich nicht zu lange über ein Bild nachdenken muss. Mich nicht fragen muss, was es bedeutet. Verstehst du?«

Ich runzle die Stirn. »Aber ...«

»Diese Tora«, unterbricht mich Mervis bereits mit einem hellen Lachen. »In Amlon ist sie ja auch oft angeeckt, aber da hatte sie wenigstens ihre Bewunderer.«

»Und hier?«

»Mit solchen Aktionen kommt sie auf Xerax nicht durch. Beim Training gehen ihr schon alle aus dem Weg. Und auch sonst sehe ich sie immer allein. So. Hier wohne ich.« Er bleibt stehen und sieht mich breit lächelnd an.

Und jetzt? Wird er mich hineinbitten? Worte beben auf meiner Zunge, meine Sinne vernebeln sich – da beugt er sich vor und haucht einen Kuss auf meine Wange. Seine Lippen streifen meinen Mundwinkel, aber das bilde ich mir vielleicht nur ein.

»Gute Nacht, Mariel.«

Im nächsten Augenblick ist er in seiner Hütte verschwunden.

Bin ich enttäuscht? Glücklich? Beides zugleich? Noch immer verwirrt und zittrig biege ich in Richtung Hafen ab und mache mich auf den Heimweg. Ich male mir aus, dass Mervis sich umentscheidet und mir folgt ... Doch er kommt nicht. Und so ein Gutenachtkuss bedeutet wohl auch nichts für einen Jungen wie ihn – einen, der schon mit so vielen Mädchen zusammen war.

Aber dann taucht zwischen den Lagerhallen wirklich eine Gestalt auf. Sie läuft an der Küstenlinie entlang, nah der Felswand, die hier die Grenze zwischen Land und Wasser markiert.

Es ist nicht Mervis. Es ist Sander.

Während ich noch zu ihm hinüberschaue, verschwindet er plötzlich. Schlüpft einfach in den Fels. Verwundert gehe ich zu der Stelle, entdecke einen zerklüfteten Spalt und schiebe mich hindurch.

Ungefähr zwanzig Meter schlängelt sich der Gang zwischen den Felsen entlang, bevor er in einer Bucht endet. Ein Kreis aus riesigen Steinbrocken füllt sie fast vollständig aus. Bei ihrem Anblick komme ich mir wie ein winziger Sandfloh vor. Aus der Mitte des Kreises weht eine seltsame Melodie herüber.

Vorsichtig spähe ich in den Steinkreis. Dort steht Sander. Er singt ein Lied ohne Worte. Kein Ton fügt sich an den anderen, immer vibriert da eine unterschwellige Disharmonie. Mich überläuft eine Gänsehaut, aber ich kann mich dem Lied nicht entziehen. So ungewöhnlich es ist, so neugierig macht es mich auch.

Es dauert eine Weile, ehe ich bemerke, dass er sein Lied unterbrochen hat; wie ein Echo hallt es noch zwischen den Steinen wider. Er starrt zu mir herüber. Zögerlich gehe ich auf ihn zu. Die Sterne leuchten so hell, dass ich sein Gesicht in all seinen Einzelheiten erkenne. Ohne zu blinzeln, blicke ich in diese merkwürdig schrägen grauen Augen mit dem Silberfleck. Sie funkeln vor Zorn.

»Du bist mir gefolgt«, fährt er mich an.

Ich weiche zurück. Er atmet tief ein und schlägt einen ruhigeren Ton an. »Hast du mich lange belauscht?«

»Nein, also ja ... aber nein«, stammele ich und platze dann verärgert heraus: »Wäre das denn so schlimm?«

»Ja.«

»Warum?«

»Weil ... es nicht gut für dich wäre. Zu viel negative Energie.«

»›Negative Energie‹?«, wiederhole ich und setze mich in den Sand. »Das hast du aus der Schule, oder?«

Ein kleines Lächeln zuckt über sein Gesicht. »Unter anderem.«

»Das musste ich mir auch ständig anhören: dass meine Bilder eine schlechte Stimmung verbreiten. Dass ich mich auf das *Positive* konzentrieren und etwas *Schönes* malen soll.«

Auch Sander setzt sich. Für einen Moment sieht es so aus, als würde er gerne nach meinen Bildern fragen. Doch dann beißt er sich nur auf die Unterlippe und sagt gar nichts.

»Wenn keiner deine Lieder hören soll, warum singst du sie überhaupt?«, versuche ich es noch einmal.

»Weil sie in mir sind«, flüstert Sander.

Ich nicke, so geht es mir mit meinen Bildern auch.

»Glaubst du ...« Ich zögere, dann stoße ich hervor: »Glaubst du, dass es das ist, was uns zu Sonderbaren macht? Die negative Energie?«

Er schnaubt und sieht mich bloß skeptisch an.

»Vielleicht haben wir mehr davon als andere«, beharre ich.

Wieder ein Schnauben. Dann Stille.

Himmel, es muss leichter gewesen sein, diesen Steinkreis zu errichten, als mit Sander ein Gespräch zu führen. Ich suche nach einem neuen Thema, was mit diesem Jungen äußerst schwierig ist.

»Weißt du, was das hier für ein Ort ist?«, frage ich, nicht weil es mich interessiert, aber über irgendetwas müssen wir schließlich reden.

»Die Feuerbucht«, erklärt Sander. »Zwischen diesen Steinen haben sie die Relikte aus der Außenwelt verbrannt. Ich habe in der Bibliothek davon gelesen.«

Das habe ich auch. In der Schule war *Das Feuer* kein großes Thema, doch ich habe in *Die ersten Tage von Amlon* mehr darüber herausgefunden.

»Es war zu Beginn des Zweiten Zeitalters«, fährt Sander fort. »Die Menschen hatten Xerax mehr oder weniger ruiniert, wollten die Insel mit ihren Seelenpartnern verlassen und auf den übrigen Inseln noch einmal von vorn anfangen. Damals verfügten die Priester, vor der Abreise müsse man alle Aufzeichnungen und Relikte verbrennen, die noch aus der Außenwelt übrig seien. Wenn man sich ständig an die Vergangenheit, die Kriege und Naturkatastrophen erinnere, beschwöre man das Schlimme wieder herauf, so wie es auf Xerax ja beinahe geschehen wäre.«

»Ja«, murmele ich, »sie meinten, das Inselreich Amlon sei ein Geschenk der Götter und es sei falsch, dass man dieses Geschenk nicht würdige und es lieber mit dem Alten verunreinige. So was macht nämlich auch die gütigsten Götter wütend. Und wütende Götter könnten sich entscheiden, das Tor zwischen Amlon und Nurnen wieder zu schließen.«

Er mustert mich aus schmalen Augen. »Du kennst dich ja gut aus.«

»Ja, äh, na ja, ich war auch ab und zu in der Bibliothek.« Ich deute auf die Findlinge. »Und das ist der Bannkreis, in dem sie alles verbrannten?«

»Wir sitzen sozusagen im Zentrum.«

Ich schaue auf den Boden unter meinen Füßen. Die Jahrhunderte haben die Aschereste verweht und neuen Sand über die Feuerstelle gedeckt, trotzdem habe ich das Gefühl, ein Brennen unter den Füßen zu spüren und ein Raunen zwischen den Steinen zu hören wie ein Flüstern aus der Vergangenheit.

»Warum kommst du hierher?«, frage ich beklommen.

Sander zuckt mit den Schultern. »Die Akustik ist gut. Manchmal singt der Wind zwischen den Steinen, dann singe ich einfach mit und ...« Abrupt bricht er ab, als hätte er zu viel von sich preisgegeben.

Bevor er sich wieder wie eine Auster verschließt, platze ich mit dem Erstbesten heraus, was mir einfällt: »Im Tarla Theater hast du zu Elvin gesagt, es gehe darum, dass die anderen uns vergessen und sich jemand Besserem zuwenden. Fandest du das nicht etwas hart?«

»Vielleicht. Aber es ist wahr. Keiner weiß das besser als Elvin.« Der Fleck in seiner Iris blitzt auf. »Er hat genau das getan.«

»Was getan?«

Sander blickt in seine Hände, die auf seinen Oberschenkeln ruhen, als suche er die Antwort darin. »Mein Onkel hat mir die Geschichte vor vielen Jahren erzählt.« Seine Mundwinkel verziehen sich zu einem schiefen Lächeln. »Damals, als Elvin noch mein liebster Priester war.«

Ich verschlucke mich und bekomme einen Hustenanfall. Sander klopft mir auf den Rücken. Weil das nicht unangenehm ist, huste ich noch ein wenig weiter.

»Ich mochte Elvin wirklich.« Sander nimmt seine Hand weg und ich höre auf zu husten. »Ich wollte so singen wie er. Das habe ich allen erzählt, die es hören wollten, und auch denen, die es nicht hören wollten. Mein Onkel meinte, das solle ich mir mal lieber überlegen, es sei nämlich Reue, die Elvins Stimme so schön klingen lässt.«

»Das verstehe ich nicht.«

»Ich hab's auch erst verstanden, als mein Onkel es mir erklärt hat. Als Kinder gingen Elvin und er in dieselbe Klasse und offenbar verliebte sich Elvin gleich am ersten Schultag in eine Mitschülerin. Zwölf Jahre war er mit Seline zusammen, die beiden waren nicht einen Tag getrennt. Tja. Bis Elvins Spiegelseele auftauchte und Seline nach Xerax gehen musste. Mein Onkel hat mir erzählt, Elvin sei nicht mal am Sternenhafen erschienen.«

»Er hatte gerade seine Spiegelseele getroffen«, werfe ich unsicher ein. »Er hat es wohl ...«

»Vergessen?« Sander schaut auf das vom Sternenlicht gesprenkelte Meer. »Tut mir leid, Mariel, aber das akzeptiere ich nicht. Ich weigere mich zu akzeptieren, dass man einen Menschen zwölf Jahre lang lieben kann und dann vergisst, sich von ihm zu verabschieden.«

»Dein Onkel hatte sicher recht. Später hat Elvin es bereut.«

Die Menschen, die ich auf Talymar zurückgelassen habe, kommen mir in den Sinn. Meine Familie, meine Freunde. Denken sie noch an mich? Gibt es etwas Schlimmeres, als dass einen diejenigen vergessen, die man liebt?

»Seit ich auf Xerax bin, geht mir diese Geschichte ständig im Kopf um«, murmelt Sander.

»Hast du dich nach Seline erkundigt?«

»Sie ist nach Nurnen gereist. Sie wollte ihren Seelenpartner finden.«

Wie meine Tante.

Während wir still nebeneinandersitzen und aufs Meer schauen, dämmert mir allmählich, warum Elvin so zornig auf Sander war; er hat im Tarla Theater auf Seline angespielt und darauf, dass Elvin sich nicht von ihr verabschiedet hat. Allerdings hege ich den Verdacht, dass noch mehr zwischen den beiden vorgefallen ist. Immerhin hat Elvin angedeutet, dass er Sander aus der Vergangenheit kennt. Auch das Geheimnis um den Tod von Sanders Mutter kommt mir in den Sinn. Aber danach sollte ich wohl besser nicht fragen, es sei denn, ich will, dass sich Sander endgültig verschließt.

»Das mit den Seelenpartnern und der großen Liebesgeschichte ... ich habe das nie hinterfragt«, murmelt er. »Seit ich auf Xerax lebe, weiß ich nicht mehr, ob ich mich überhaupt noch verlieben will. Und schon gar nicht, wenn der Preis dafür so hoch sein kann.« Er wendet sich mir zu. »Wie siehst du das?«

Ich spüre, wie ich rot anlaufe. »Ich wünsche mir schon eine Liebesgeschichte. Tut das nicht jeder?«

»Wirklich?«

Das bringt mich aus dem Konzept. »Na ja, ist die Liebe nicht so was wie ... ich weiß nicht ... das Herz von allem? Kann man ohne ein Herz leben, ich meine *gut* leben? Wer liebt, muss sich nicht mehr mit Geld oder Besitz trösten. Denk an die Paare in Amlon, wie glücklich sie sind, denk an deine Eltern ...« Ich beiße mir auf die Lippen, doch die Worte sind heraus und hängen schwarz und giftig in der Luft.

»Das werde ich bei Gelegenheit mal tun.« Sander steht auf.

»Es tut mir leid.«

»Ist schon gut, Mariel.« Und damit verschwindet er in der Dunkelheit, ohne sich noch einmal umzuschauen.

Während ich meinen eigenen Atemzügen lausche, frage ich mich, wie gründlich ich es verpatzt habe.

Ziemlich gründlich, schätze ich.

Heute will Reno mit Tammo und mir zum Hafen gehen. »Ein paar Leute verlassen Xerax«, erzählt er, während wir die Straße hinunterwandern.

»Sind die Priester etwa schon da?« Plötzlich schlägt mir das Herz bis zum Hals, dabei will ich doch gar nicht nach Nurnen reisen.

Reno schüttelt den Kopf. »Keine Priester. Drei Abenteurer. Passiert selten, dass jemand die Segel Richtung Außenwelt setzt.«

Kewat, der sich zu uns gesellt hat, fragt schnell: »Und? Habt ihr von denen, die's versucht haben, je wieder gehört?«

Ein weiteres Kopfschütteln. »Keiner ist zurückgekehrt.«

»Dann weiß auch keiner, wo die Reise endet oder wie lange sie dauert?«, hake ich nach.

»Keiner. Und ob die Außenwelt noch genauso gefährlich ist wie damals, als die ersten Siedler sie verlassen haben – auch das weiß niemand.«

»Oder ob sie überhaupt noch existiert«, murmelt Kewat.

Viele haben sich im Hafen eingefunden und wollen die Tollkühnen verabschieden. Larena und Keit winken uns zu, nach ein paar Tagen der Trennung haben sie sich wieder zusammengerauft. Auch Mervis ist gekommen, er steht mit einigen anderen Jungen zusammen und unterhält sich laut, sie stoßen sich gegenseitig an, lachen. Als er mich entdeckt, bahnt er sich einen Weg durch die Menge. Wir umarmen uns zur Begrüßung, wie wir es jetzt immer tun, wenn wir uns treffen.

Allzu häufig kommt das allerdings nicht vor; Mervis ist bei den Freien eingestiegen, was mich hoffen lässt, dass er auf Xerax bleibt. Der Nachteil: Neben der Arbeit hat er kaum noch Zeit für anderes.

Auch Tora entdecke ich am Hafen; wie ein Leuchtfeuer glüht ihr Rotschopf in der Menge. Sie ist offenbar allein hergekommen.

Reno bemerkt meinen Blick. »Kürzlich hat sie mich gefragt, ob sie bei den Freien mitmachen kann«, raunt er mir zu. »Ich habe abgelehnt.«

»Ihr sucht doch Leute«, wundere ich mich.

Mit einem Stirnrunzeln schaut er zu ihr hinüber. »Nur keine Leute, die ohne Rücksicht auf die Folgen mit allem rauspoltern, was ihnen gerade durch den Kopf schießt.«

»Provozieren um jeden Preis, das ist ihr Motto«, meint Mervis.

»Sie würde in Windeseile dafür sorgen, dass die Priester hinter den Freien eine Gruppe von Aufrührern wittern.« Reno seufzt. »Aber vor allem geht's mir darum, Tora zu schützen.«

Ich hebe eine Augenbraue. »Wie das?«

»Wir hatten unter den neuen Sonderbaren immer wieder mal jemanden dabei, der Ärger machen wollte. Von denen sind dann auffällig viele nach Nurnen gereist. Ob das immer freiwillig war ...«

»Nein«, geht Tammo dazwischen. »Das haben wir schon diskutiert, Reno. Hör auf damit. Du kannst von den Priestern halten, was du willst, aber so etwas würden sie niemals tun.«

»Na, jedenfalls wollte ich ihr klarmachen, dass ihr Verhalten gefährlich werden kann. Allerdings glaube ich nicht, dass sie mich verstanden hat.«

Die Reisenden, zwei Männer und eine Frau in den Dreißigern, bahnen sich einen Weg Richtung Mole.

»Letzte Möglichkeit, Leute.« Die Frau lacht. Ihre Zähne blitzen. »Ein Platz ist noch frei.«

»Aufs offene Meer ... Das ist doch Wahnsinn«, murmelt die silberhaarige Cassia, die mit Lex dicht an uns herangerückt ist.

Einer der beiden Männer legt einen Arm um die Taille der Frau. »Sie ist mein Mädchen. Ich folge ihr, wohin sie geht.« Er strahlt. »Ich werfe die Angel aus und schieße Möwen vom Himmel, damit sie mir nicht verhungert. Ich werde euch vermissen, Leute.« Er winkt und die Menge bricht in Jubel aus.

Auch der Dritte im Bunde tritt vor. »Seit sechzehn Jahren stecke ich hier fest. Ich hätte längst gehen sollen. Es gibt noch so viel da draußen, weit weg von Xerax und Amlon und allem, was wir uns vorstellen können. Alles ist möglich!«, ruft er mit sich überschlagender Stimme.

»Ja, zum Beispiel Schiffbruch nach drei Tagen«, murmele ich.

»Wenigstens ist es ein Versuch«, meint eine Stimme hinter mir. Ich drehe mich um und schaue in Sanders schräg stehende Augen.

Auch Mervis hat sich umgewandt. »Der Versuch, als Fischfutter zu enden?«, fragt er mit einem leisen Lachen.

»Der Versuch, noch etwas anderes zu entdecken«, erwidert Sander.

»Und ein Leben auf Xerax ist keine Option?«, mischt sich Reno ein. »Junge, einige von uns wollen hier was verbessern.«

»Ich hab davon gehört. Die Freien, nicht wahr? Was genau ist eigentlich euer Ziel?«

»Andere Grundbedingungen.« Renos Augen funkeln. »Ackerflächen. Vieh. Und eines Tages ...«

»Die Gleichstellung von Sonderbaren und denen, die *vollständig* sind?«, fragt Sander ruhig. »Ich denke nicht, dass euch das ohne Kampf gelingt. Hier geht's um religiöse Werte und Traditionen, die über Jahrhunderte gewachsen sind. Und an die glauben auch die meisten Leute auf Xerax.«

»Ich stelle ja nicht die Götter infrage.« Reno steckt sich eine Zigarette an, spuckt ein Rauchwölkchen aus. »Aber eine gesellschaftliche Ordnung kann man schon diskutieren.«

»Ohne Kampf wird sich trotzdem nichts verändern. Und wer soll da den Kopf hinhalten?« Sander blickt aufs Meer. »Wenn ich mich entscheiden müsste zwischen Kampf und Außenwelt, ganz ehrlich, ich weiß nicht, was ich wählen würde.«

»Aber da draußen sind überall Stürme und Riesenwellen und Todesstrudel!«, rufe ich. »Das Meer wimmelt von Haien und Königsquallen und Feuerkraken und ...«

»Und wenn das bloß Geschichten sind?«

Ich funkele ihn an. »Würdest du es herausfinden wollen?«

Wieder ein Schulterzucken. »Dann hätte ich wenigstens etwas erlebt.«

»Wenn du kämpfst, auch«, schmunzelt Mervis.

Sander schaut ihn für einen Moment nachdenklich an. Dann wendet er sich einfach ab und taucht in der Menge unter wie ein Fisch in einer Felsspalte.

»Was für ein schräger Typ«, lautet Mervis' Kommentar.

Ich atme tief ein und sage nichts, auch wenn ich Sander lange hinterherblicke.

»Klug reden, aber nichts tun, die Sorte Leute kenne ich«, seufzt Reno.

Die Reisenden gehen an Bord. »Verschwinden wir!«, ruft die Frau. Das Segel knattert im Wind, kein Sonnenkraftsegel, die sind auf Xerax nicht zu bekommen, nur schlichtes Tuch, was die Unternehmung noch selbstmörderischer wirken lässt. Winkend legen die drei ab. Lange bevor sie den Felsenring erreichen, hat der Dunst sie verschluckt.

»Sie hätten warten sollen, bis sich das Wetter bessert«, findet Tammo.

Reno schüttelt den Kopf. »Wenn man sich entschieden hat, muss man schnell handeln.«

»Ich möchte zu Reno ziehen«, verkündet Tammo beim Frühstück.

Mein Löffel fällt klappernd in den Getreidebrei. In meiner Brust zieht sich eine Schlinge zusammen. »Habt ihr euch etwa verliebt?«

»Nein. Wir glauben nur, dass wir gut füreinander sind.«

»Und wir? Sind wir nicht gut füreinander?«

»Es ist doch nicht, weil ich dich nicht mehr mag, Mariel. Du bist und bleibst meine beste Freundin, aber wir sollten uns räumlich trennen.«

»Es sind meine Bilder, oder?«

Er blickt mir offen ins Gesicht. »Sie machen mir Angst. Sie erinnern mich zu stark an Dinge, an die ich nicht denken will.«

»Geht es um«, ich nehme meinen Mut zusammen, »um Nersil? Ihren Unfall? Du hast so lange darüber geschwiegen, vielleicht wird es Zeit ...«

»Nein!«

»Ich höre auf zu malen, versprochen.«

»Du malst weiter, klar?« Seine Stimme klingt fast zornig. »Das Malen gehört zu dir. Ich sehe doch, wie viel es dir bedeutet und wie gut deine Bilder sind. Ich will, dass du sie malst, aber ich will auch Abstand zu ihnen.« Er lächelt schwach. »Außerdem weiß ich, dass meine Gebete dich nerven.«

»Mein Glaube hat sich verändert, Tammo. Die Götter haben mir alles genommen. Meine Familie, mein Zuhause, alles. Kann *das* göttliches Handeln sein? Ich empfinde da anders als du – und ich kann damit nicht so locker umgehen wie Reno. Aber ich will's versuchen. Mich interessiert, was du denkst. Ich würde es nur gern besser verstehen.«

»Ich möchte nicht darüber reden. Meine Gebete geben mir Halt, das will ich nicht erklären und zerreden müssen. Es würde alles kaputt machen. Ich brauche meinen Glauben.«

Und ich brauche dich!, möchte ich rufen. Geh nicht, bitte bleib! Wir denken verschieden, trotzdem liebe ich dich, du bist jetzt meine Familie.

Stattdessen höre ich mich erwidern: »Vielleicht hast du recht. Darf ...«, ein Kloß verschließt mir die Kehle, ich muss mich räuspern, ehe ich fortfahren kann. »Darf ich weiter in deiner Hütte wohnen?«

Er steht auf, kommt um den Tisch herum und zieht mich fest in die Arme. Ich drücke mein Gesicht an seine Schulter, am liebsten würde ich losheulen. »Sicher. Und ich bin nicht weg, Mariel. Du besuchst mich, wann immer du willst.«

Ich stapfe am Strand entlang, stochere im Sand, krabbele zwischen die Felsen. Muscheln gibt es in rauen Mengen: klein, glatt und grau. Nichts Buntes. Auch von Makeln keine Spur.

Plötzlich entdecke ich Tora unter einer Palme. Neben ihr liegt eine Flasche, etwas Flüssigkeit ist in den Sand gesickert, es riecht nach Schnaps. Ich will mich gerade davonstehlen, als ich das Geräusch höre.

Sie weint.

»Tora?«, frage ich vorsichtig.

»Oh. Du.« Sie fährt sich mit den Händen durchs Gesicht, will aufstehen und sackt zurück.

Ich knie mich neben sie. »Brauchst du Hilfe?«

»Nee.« Ihre Stimme klingt schwer vom Alkohol. Sie greift nach der Flasche. Als ich sie ihr abnehme, lässt sie es zu, es muss ihr wirklich dreckig gehen. »In Amlon hatte ich meine Leute«, lallt sie. »Und hier? Die Scheiß-Freien wollen mich auch nicht, diese Säcke. Dabei hätte ich alle Kraft da reingesteckt. Hätte den ganzen Urwald allein gerodet.« Mit der Hand wedelt sie durch die Luft. »Auch wenn das Schwachsinn ist, Urwald roden, Äcker anlegen, was bringt das denn? Diese Freien-Idioten haben Angst, für was zu kämpfen, das ist es. Für«, sie rülpst, »Gerechtigkeit. Dieser Xerax-Mist. Soll das etwa unser Leben sein?« Sie starrt mich an, als hätte ich eine universelle Antwort parat. »Ich dachte, Xerax ist die Freiheit. Pah, Freiheit, von wegen.«

»Du musst versuchen, das Positive zu sehen. Wir haben ein

Dach über dem Kopf und genug zu essen, wir sind gesund ...«
Ich halte inne. Was rede ich da für einen Mist?

Tora schüttelt den Kopf, auf einmal wirkt sie völlig nüchtern. »Ich staune immer wieder, womit Menschen sich abfinden. Du passt nach Xerax, was?«

Ich balle die Fäuste so fest, dass die Fingernägel in meine Handteller schneiden. »Ich passe *nicht* nach Xerax.« Ich rappele mich auf.

»He. Wo willst du hin?«

»Ich hab noch was vor.«

Sie kichert. »Männer anmachen?«

»Muscheln sammeln«, erwidere ich streng und denke: Würdest du seltener Männer anmachen, kämst du auf Xerax besser klar.

»Ah. Du magst es grau.«

»Eigentlich nicht.«

»Dann musst du woanders suchen. Tiii-hiief im Meer. Da gibt's die schönsten. Die Koronamuscheln.«

Ich setze mich wieder. »Die was?«

»Meine Muschelkette. Nein, deine. Das sind Koronamuscheln. Meine erste habe ich vor meinem ersten Purpurfest emporgetaucht.« Sie kratzt sich am Kopf. »Wäre fast nicht hingegangen. Hatte eine Scheißangst. Mehr noch als vor einem Sack voll Schlangen.«

»Wie bitte? Angst? *Du?*«

»Tja, da sind immer alle ganz überrascht. Aber ich hasse Schlangen, sie ...«

»*Du* hattest Angst vor deinem ersten Purpurfest?«

»Was? Ach so. Ja, klar. Ich hatte sämtliche Jungen aus meiner Schule verprügelt, wer sollte mich da küssen wollen?« Sie betrachtet ihre Hände. »Meine Mutter behauptet, so war ich schon als Baby. Wenn sie sich über meine Wiege beugte, trat ich nach ihr. Wenn sie mir die Brust gab, biss ich zu. Ich hasste es, wenn sie sich an mein Bett setzte und mir *Geschichten* vorlas. Aber am schlimmsten war, dass sie ...« Ihre Stimme bröckelt weg. Leer starrt sie vor sich hin.

»Ja?«, frage ich behutsam.

»Ach, nichts.« Sie gibt sich einen Ruck. »Na, jedenfalls hat meine Mutter entschieden, mein erstes Purpurfest dürfe ich nur im Falle meines Todes versäumen. Zum Glück hat mir einer meiner Brüder einen Rat gegeben. Er meinte, wenn ich eine Korona finde, finde ich auch einen Jungen, der mich küsst.«

»Warum?«

»Wie, warum? Weil eine Korona Glück bringt, darum.«

»Nein.« Das Wort kommt ganz leicht über meine Lippen, ohne das Zögern, das ich sonst so oft in meiner Stimme höre. »Das reicht nicht.« Ich schließe die Augen und rufe mir das Bild der wunderschönen Sternenhälften ins Gedächtnis. Dann rede ich einfach weiter: »Jede Korona, die du im Meer findest, sucht ihre verlorene Hälfte und die steckt im Kopf eines anderen Menschen. In seiner Fantasie. Darum ziehst du diesen Menschen an. Die beiden Muschelhälften wollen wieder ein Ganzes werden.«

»Was ist das denn für eine Geschichte?«

»Keine Ahnung. Habe ich mir gerade ausgedacht.«

Tora wirft mir einen schrägen Blick zu. »Halbe Muscheln im Kopf? Ist ja gruselig. Jedenfalls, mein Bruder wusste, wo man die Koronas findet. Kennst du die Leere Bucht?«

»Da gibt's keine Muscheln, darum heißt sie ja so. Das weiß ich von meiner Schwester.«

»Dann hätte deine Schwester tiefer tauchen sollen.« Sie grinst. »Mein erstes Purpurfest ... Hach! Janol war schön und witzig und er kannte sich mit Küssen aus und«, sie zwinkert verschwörerisch, »mit allem anderen auch. Ich war sogar ein bisschen verliebt. Danach nie wieder. Aber Janol ...« Sie seufzt.

Ich muss lächeln. »Und? Glaubst du, es lag an der Muschel?«

Versonnen blickt Tora in den Nebeldunst über dem Wasser. »Klar. Die Muschel hat mir Glück gebracht.«

»Du kannst die Kette gern wiederhaben.«

Sie winkt ab. »Ich brauche keinen Partner. Das, was auf der anderen Seite ist«, sie deutet auf den Felsenring, »das brauche ich. Freiheit.«

»Warum bist du nicht mit Richtung Außenwelt gesegelt?«

»Weil das keine Freiheit ist. Es gibt keine Außenwelt. Oder glaubst du den Kram mit den Göttern und dem erwählten Volk und dass sie uns aus dieser *Außenwelt* weggeführt haben? Das sind bloß Geschichten, damit wir uns besser fühlen.« Sie schüttelt den Kopf. »Da draußen auf dem Meer wartet der Tod.« Sie schaut mich an. »Was *du* willst, ist leicht zu erraten. Einen Mann. Aber nicht irgendeinen, stimmt's? Du solltest anfangen, nach den Koronas zu tauchen.«

»Ich kann nicht tauchen.«

Sie deutet zu dem Felsenring. »Da draußen würde ich suchen. Da, wo es richtig tief ist. He.« Sie piekst einen Finger in meine Schulter. »Warum hattest du noch keinen?«

»Keinen was?«

»Keinen Jungen.«

Zum Glück ist es schon ziemlich dunkel, sodass ich in Ruhe erröten kann.

»Ich hatte einen«, erwidere ich schnell.

»Quatsch. Sander und du, ihr habt gemogelt.«

»Wir ...«

»Gib's einfach zu.«

»Na schön, ich geb's zu«, murmele ich.

Sie klopft mir auf die Schulter. »Warum hast du so keusch gelebt? Ehrlich, mich interessiert das.«

Die Frage ist mir so unangenehm, dass ich nur mühsam eine Antwort herausquetschen kann: »Weil ich keine Lust hatte, mit allen möglichen Janols oder wie sie sonst heißen in irgendwelchen Purpurzimmern zu verschwinden.«

»Wolltest du nie mit einem zusammen sein? Ihn küssen, anfassen, all das?«

Ich starre auf meine angezogenen Knie und versuche, die Bilder in meinem Kopf zu verdrängen. Mein erstes Purpurfest ... Mervis, den ich zum Tanzen auffordere ... das Kamelienritual ... Sanders Kuss ... Mervis, der auf Larenas Party mit mir tanzt ... der Abschiedskuss ... Sander neben mir in der Feuerbucht ...

»Es hat sich doch bestimmt mal einer in dich verliebt«, bohrt Tora weiter.

»Weiß nicht«, murmele ich.

»Hat dich nie einer gefragt, ob du Lust hast ...«

»Ich wollte nicht. Nicht mit dem. Und es war mir nicht wichtig.«

Warum ist mir das alles so peinlich? War es mir je peinlich, dass ich eine Versagerin in, sagen wir mal, Arithmetik war?

»Interessant.« Tora kratzt mit den Zehen ein Muster in den Sand. »Ein Partner ist nicht das Wichtigste im Leben. Aber nie mit einem Jungen schlafen? Ich würde sterben.«

»Man stirbt, wenn man nicht schläft, und nicht, wenn man nicht mit Jungen schläft«, fauche ich.

»Was?«

Wir schauen uns an – und müssen beide lachen.

»Falls es dich tröstet, mein Bruder war auch nie mit einem Mädchen zusammen, bevor seine Seelenpartnerin zu ihm kam«, meint Tora. »Beim Kamelienritual hat er mit einer Freundin gemogelt.« Sie hebt eine graue Muschel auf, die ihre Zehen aus dem Sand gepult haben, und schleudert sie ins Meer. Mit einem Plumps versinkt sie im Wasser. »Hol dir eine Korona.«

»Mal sehen.« Ich stehe auf und klopfe mir den Sand von der Hose.

»He!«, ruft sie mir nach. »Gehst du morgen früh mit mir zum Training, Kamelienmädchen?«

»Die wollen dich noch dabeihaben?«

»Scheißegal, was die wollen.« Sie kichert. »Jolande würde mich sowieso nie rausschmeißen. Für sie bin ich eine Prüfung der Götter. Also, kommst du mit?«

»Ich will nicht nach Nurnen reisen.«

»Aber tauchen willst du. Das üben wir da.« Sie lacht. »Keine Ahnung, warum. Vielleicht glaubt Jolande, unsere Seelenpartner hocken auf dem Meeresgrund.«

Ich bin selbst erstaunt, als ich mich schon kurz vor Sonnenaufgang aus dem Bett quäle, um mich beim Training zu blamieren. Mit den anderen stehe ich am Strand, schaue aufs Wasser und bibbere vor mich hin. Nass. Dunkel. Tief. Vor allem Letzteres. Da unten gibt es bestimmt alle möglichen Viecher. Quallen, Schlangen, schleimiges Zeug. Was es nicht gibt: Luft zum Atmen.

Wenige Minuten später reicht mir das Wasser bis zum Hals. Tora ist längst abgetaucht. Sogar Perselos ist schon unten. Es ist noch kälter, als ich dachte. Ich mache ein paar energische Schwimmzüge oder zumindest das, was *energisch* in meinem Fall eben so heißt. In der Schule habe ich den Schwimmunterricht gehasst. Während die anderen schon weit aufs Meer hinausgekrault waren, trudelte ich noch wie ein Korken zwischen den Wellen. Eigentlich mochte ich es, dass sich mein Körper im

Wasser so leicht anfühlte. Aber meine kraftlosen Arme und Beine brachten mich kaum voran. Und in Sachen Tauchen hatten meine Lehrer mich ohnehin längst abgeschrieben.

Nicht so Jolande. »Komm schon, Mariel!«

»Ich hab nicht mal eine Taucherbrille. Wie soll ich denn da unten was sehen?«

»Mit deinen Augen. Jetzt runter mit dir. Du schaffst das.«

Sie hat recht. Ich schaffe es. Ungefähr zehn Sekunden lang. Von allen Seiten drückt das Meer gegen mich und braust in meinen Ohren. Ich reiße Augen, Mund und Nase auf, Wasser strudelt in mich hinein. Ich werde ertrinken ... Entsetzt schieße ich nach oben, durchbreche die Wasseroberfläche und schnappe nach Luft.

»Na also.« Jolande applaudiert.

Als Nächstes ist Dauerlauf durch tiefen Sand an der Reihe, danach Bogenschießen und Muskeltraining. Während ich mich mit den verdammten Hanteln abmühe, stößt Mervis zu uns. Mit bloßem Oberkörper. Er begrüßt mich mit der üblichen Umarmung und schnappt sich zwei Hanteln. Ich mache weiter meine Übungen und schaue nicht hin. Nun ja, ich versuche es. Adern schwellen an seinen Armen. Seine bronzefarbene Haut schimmert vor Schweiß. Die Hose sitzt tief auf seinen Hüften, ich sehe seinen Nabel, den feinen blonden Flaum darunter ... Eine Hantel fällt mir in den Sand.

»He, weitermachen«, befiehlt Tora. Erst als sich alle zu Meditation und Gebet im Kreis hinsetzen, entlässt sie mich aus ihrer Aufsicht und verschwindet.

Auf Talymar habe ich es geliebt, im Schummerlicht in einem Tempel zu sitzen, umgeben von betörenden Düften und sanfter Musik, und mich den Göttern und ihrer Kraft zu öffnen. Hier, im Sand, ohne Musik und Duft und Schummerlicht fällt es mir schwer, mich zu konzentrieren und mich mit den Göttern zu verbinden.

Ich kann nur an Mervis denken.

Bald gelingen mir die ersten Schwimmzüge unter Wasser. Was am Tauchen so wundervoll ist und warum in Amlon alle davon schwärmen, erschließt sich mir nicht. Tauchen ist so: Du paddelst durchs Meer, siehst grauen Sand unter dir, graue Fische über dir und graue Glibberalgen überall um dich herum. Es treibt dir das Wasser in sämtliche Körperöffnungen, du weißt nicht, wo du bist, kannst nicht atmen und wirst halb blind vom Salz. Aufgeben will ich aber auch nicht. Ich schwimme zu dem Felsenring, ruhe mich auf einem Stein aus, der über dem Meer eine Terrasse bildet, und springe kopfüber zurück ins Wasser.

Koronamuscheln? Von wegen. Eine graue Muschel nach der anderen hole ich nach oben und lege sie auf meinen Terrassenstein. Nicht einmal einen Makel haben sie. Trotzdem gefallen sie mir, je länger ich sie betrachte. Hier und da überzieht ein silbriger oder zart rosaroter Schimmer ihre Schale. Das ist mir vorher nie aufgefallen.

Tora zieht sich neben mir auf den Stein.

»Die hier ist fast rosa.« Ich zeige ihr ein besonders hübsches Exemplar.

Sie rümpft die Nase. »Rosa ist eine beschissene Farbe. Ich würde eine rosa Muschel jederzeit gegen eine graue eintauschen.«

17

Kaum zu glauben, inzwischen wohne ich seit fast drei Monaten auf Xerax. Jolande meint, nie zuvor habe es so lange gedauert, bis die Götter die Fürbitten der Priester erhört und den Sonderbaren den Weg nach Nurnen eröffnet haben.

Ob die Priester noch kommen? Und wer reist mit ihnen auf die Heilige Insel und durchschreitet das Tor zwischen Amlon und dem Spiegelreich? Nach dem Training sitzen wir zusammen und diskutieren. Nurnen, ja oder nein? Ich sage wenig, aber tief in meinem Inneren rumoren die Fragen. Klar entschieden hat sich bisher nur Perselos, er will den Weg der Reinigung auf jeden Fall gehen.

»Für mich hängt alles davon ab, ob sich auf Xerax noch was für mich ändert«, lässt uns die silberhaarige Cassia wissen.

»Was soll sich denn ändern?«, fragt Lex. Unruhe flackert in seinen Augen.

»Ach, ich weiß nicht.« Träumerisch blickt sie aufs Meer.

Der Einzige, der den Diskussionen fernbleibt, ist Sander. Ihn sehe ich nur noch von Weitem ...

»Hast du dich schon entschieden?« Ich plumpse neben Tora in den Sand.

Sie betrachtet den Sonnenaufgang und malt mit den Zehen Kurven in den Sand. »Weißt du, was ich glaube, Mariel? Ich glaube, was Xerax braucht, ist so eine Art Held. Jemand, der Mut hat und sich für die Leute hier einsetzt. Für Gerechtigkeit. Jemand, der denen in Amlon sagt: He, so können wir nicht weitermachen, mit Xerax und diesem Scheiß, von wegen sonderbar und so. Ganz egal, was die Götter wollen. Wenn das jemand wäre, der Nurnen überlebt hat – glaubst du, dem würden sie zuhören?«

Sanders Worte ziehen mir durch den Kopf, dass es um religiöse Werte und Traditionen geht, um eine gesellschaftliche Ordnung, die über Jahrhunderte gewachsen ist und die man nicht einfach auf den Kopf stellen kann.

»Es wäre sicher schwierig.«

»Klar. Aber jemand, der in Nurnen war, der *das* hingekriegt hat, der würde auch so was schaffen. Der könnte in Amlon richtig was bewirken.«

Sofort meldet sich eine Stimme in meinem Kopf zu Wort: Nur fünf haben das Spiegelreich überlebt. *Fünf.* Alle anderen haben die Reise mit dem Tod bezahlt.

Doch bevor ich etwas sagen kann, strafft sich Tora.

»Ich gehe nach Nurnen«, sagt sie. »Und ich kehre nach Amlon zurück. Wenn ich mir dafür meinen Seelenpartner angeln muss, bitte sehr.« Sie schüttelt den Kopf. »Hätte nie gedacht, dass ich so was mal von mir gebe. Aber dieser Xerax-Scheiß, der steht mir bis hier.« Ihre Stimme surrt wie eine wütende Wespe, ihre meerblauen Augen sprühen. »Perselos geht auch, der wollte von Anfang an. Das ist gut, zu zweit schaffst du mehr als allein, die Lektion hab ich auf Xerax gelernt. Aber vor allem will ich *dich* dabeihaben.«

»Wie bitte?« Ich starre sie an. »Warum das denn?«

»Weil ich keine Ahnung habe, was mich in Nurnen erwartet. Ich weiß nur, es wird anders als alles, was ich kenne. In so einer Situation ist es wichtig, dass man Leute um sich hat, die etwas vom Anderssein verstehen. Da bist du die Richtige, Kamelienmädchen.«

»Warst du nicht der Meinung, ich passe nach Xerax?«

Sie zwinkert. »Damit wollte ich dich nur aus der Reserve locken.«

Mein Atem verlangsamt sich, während ich versuche, die aufsteigende Furcht zu kontrollieren.

»Ich wäre dir keine Hilfe«, stammele ich. »Ich schaffe es ja nicht mal, eine Korona hochzutauchen.«

Tora steht auf und lächelt. »Wickle deine Angst in ein Päckchen, geh ins Wasser und lass es einfach los.«

»Ach so. Kinderleicht.« Ich rolle mit den Augen.

»Nurnen, Mariel. Wenn man etwas will, darf man nicht warten, bis man es auf dem Silbertablett serviert bekommt. Lass los, dann hast du die Hände frei und kannst dir nehmen, was du willst.«

Wie ein Schatten gleitet sie davon. Bevor sie aus meinem Blickfeld verschwindet, dreht sie sich noch einmal um.

»Die Angst loslassen, kapiert?«

Keine Ahnung, was Tora in mir losgetreten hat, aber fünf Minuten später sinke ich mit einem Stein in den Händen durch einen Algenwald und setze mich auf den Meeresgrund. Einen Augenblick steigt Panik in mir hoch. So tief unten war ich noch nie. Dann lege ich mir den Stein in den Schoß und schaue mich um. Felsenriffe umzingeln mich. Von Muscheln keine Spur.

Ein Aufblitzen im Augenwinkel, das Wasser beginnt, wie Feuer zu glühen.

Verschwinde hier, Mariel. Hau ab.

Ich ignoriere die warnende innere Stimme, klammere die Hände entschlossen um den Stein und versuche, meine Angst loszulassen. Hinter einem Fels kommt etwas hervor, kugelförmig, kaum größer als meine Faust. Seine Haut glitzert rot und sieht empfindlich aus wie die Haut eines Babys. Ich strecke einen Finger aus. Das Kugelwesen fühlt sich unfassbar weich an, als könnte meine Fingerspitze seinen Körper ganz leicht durchstoßen. Es entfaltet zwei irisierende Flügel und schwebt wie ein Schmetterling davon. Ich schaue ihm nach, bis es in der Dunkelheit des Meeres verschwindet.

Das Blut rauscht in meinen Ohren. Lange kann ich den Atem nicht mehr anhalten. Ich rolle den Stein von meinem Schoß und treibe nach oben. Bei aller Enttäuschung darüber, dass ich nach Wochen des Tauchens weder eine Korona noch eine andere besondere Muschel aus dem Meer geholt habe – ich habe einen schwimmenden Schmetterling gesehen.

Ich kann es kaum erwarten, nach Hause zu kommen. Eigentlich müsste ich mir für den heutigen Tag Arbeit suchen, doch ich male sofort los.

Irgendwann wird es in der Hütte dunkel, ich zünde Kerzen an und male weiter. Ich male und male und merke kaum, was ich auf die Leinwand pinsele. Als das Bild fertig ist, trete ich einen Schritt zurück.

Wieder arbeitet sich ein Geschöpf aus einem Kokon. Diesmal ist es eindeutig eine Frau. Dort ragt ein Bein hervor, hier ein Arm, da ein Stück ihres Oberkörpers. Zwei glühend rote Flügel wachsen aus ihrem Rücken.

Ich habe lange genug gewartet.

Mit dem noch feuchten Bild verlasse ich die Hütte. Grauschwarze Wolken ziehen über den Himmel, doch für mich hat der Abend eine goldleuchtende Farbe. Bald werde ich dazugehören; ich weiß nicht, woher diese Gewissheit kommt, aber sie ist da. Ich werde zu den Mädchen gehören, die einen Partner haben. Es ist ein wunderschönes Gefühl. Dass jemand mich lieben könnte.

Jemand wie Mervis.

Auf dem Weg zu seiner Hütte kommt mir eine Gestalt entgegen. An seinem behänden Gang erkenne ich ihn, es ist Sander. Die Straße ist schmal und wegen meines sperrigen Bildes versuchen wir eine Weile wie in einem ungeschickten Tanz, aneinander vorbeizukommen, bis wir beide lachen müssen.

»Darf ich mal sehen?«, fragt Sander neugierig.

Ich zögere, doch dann fasse ich mir ein Herz und drehe das Bild so, dass er es betrachten kann. Er beugt sich vor, damit er es in der Dunkelheit besser erkennt. Lange steht er dicht vor mir und dem Bild. Schließlich halte ich es nicht mehr aus. »Und?«

»Es ist anders als das, was man sonst in Amlon sieht.«

So eine ausweichende Antwort? Sonst nichts? Während unseres Gesprächs in der Feuerbucht dachte ich, er müsste mich verstehen.

»Wohin bringst du es?«, fragt er.

»Es ist ein Geschenk für ... jemanden.«

»Schade. Ich hätte es auch gerne gehabt.«

Er schaut mich unverwandt an, bis mir ganz schwindelig wird. Dann schiebt er sich behutsam an mir vorbei. Als er sich noch einmal umwendet, lächelt er. »Der Beschenkte ist ein Glückspilz, würde ich sagen.«

Katzengleich verschwindet er im Dunkeln. Ich lausche seinen verklingenden Schritten und spüre mein Herz bis in die Spitzen meiner Finger.

Mervis öffnet gleich, als ich klopfe. Zittrig streiche ich mir eine Haarsträhne hinters Ohr, doch es gelingt mir nicht, auch nur die kleinste Silbe hervorzupressen.

»Mariel.« Er lächelt. »Was gibt's?«

Mit großen Augen halte ich ihm das Bild hin. »Das ist für dich.«

»Oh. Wirklich? Danke.« Er guckt das Bild an, schaut aber irgendwie hindurch. »Schön.« Wieder lächelt er, doch seine Lippen scheinen dabei schmaler zu werden. »Du bist wirklich begabt.« Mit diesen Worten stellt er es weg. Vielleicht war die Idee mit dem Bild als Einstieg doch nicht so gut.

Hat er es überhaupt richtig angesehen? Warum versteht er nicht? Ich spüre, wie es in meinem Kopf prickelt, und weiß, dass ich schnell reagieren muss, wenn ich die Situation retten will. Aber wie?

Ich entscheide mich für die Flucht nach vorn: »Gehen wir ein Stück spazieren?«

»Eigentlich wollte ich noch ins Towalu. Ich bin dort mit ... ein paar Leuten verabredet.«

»Bitte, Mervis. Bitte.«

In der Nähe des Towalu setzen wir uns auf eine Bank. Musik dringt herüber, doch hier sind wir für uns. Mervis schweigt. Mondlicht und Wolken malen ein Muster auf sein Gesicht. Wie gern würde ich näher an ihn heranrücken, meine Arme um ihn legen und mein Gesicht an seiner Schulter bergen. Doch so plump kann ich nicht vorgehen, oder? Und nach meinem Auftritt vorhin schon gleich gar nicht. Wie machen andere Frauen so etwas nur?

»Wirst du nach Nurnen reisen, Mervis?«

Er sitzt so still, als wolle er eine Stimme in seinem Innern erlauschen, die ihm rät, was er tun soll.

»Nein«, murmelt er schließlich.

Mir rutscht kein Stein, sondern ein ganzes Korallenriff vom Herzen.

»Dann haben sich die Dinge auf Xerax so für dich entwickelt, wie du es wolltest?«

Er nickt.

Das Silberlicht des Mondes verwandelt die Insel in einen freundlicheren Ort. Selbst der Urwald, der den Hafen von allen Seiten umschließt, verliert im perlmuttfarbenen Schimmer seinen Schrecken. Tief atme ich seinen Duft nach sattem, feuchtem Grün ein.

»Ist dir kalt?«, fragt Mervis. »Sollen wir lieber gehen?«

»Nein, ich ...« Ich höre selbst, wie piepsig ich klinge.

Er seufzt.

Mein Magen schrumpft auf die Größe eines Dattelkerns zusammen. Seine Stimme wirkt auf einmal müde. »Mariel, hör zu ...«

Der silbrige Glanz der Nacht verblasst zu einem schalen Bleigrau. Die Angst vor dem, was als Nächstes kommt, pustet mir den Kopf leer.

»Hast du dich ein wenig in mich verliebt?«, fragt er leise.

Nein. Doch. Vielleicht. Keine Ahnung. Ich bringe kein Wort heraus. Eine mühsam geschützte Stelle in meinem Innern liegt offen, ist nackt und bloß, für jeden sichtbar. Verwundbar.

Mervis dreht sich zu mir und studiert mein Gesicht mit ernsten Augen. »Ich sag mal, wie's für mich ist. Ich hab dich gern. Nur nicht so.«

Ich höre seine Worte, aber ihr Sinn dringt nicht zu mir durch. Wie Steine rollen sie um mich herum.

»Lass uns Freunde sein.«

Jetzt erreicht mich der Sinn. Plötzlich sind die Steine in meinem Bauch. Als hätte mich jemand aufgeschnitten und sie hineingelegt. Sie sind kalt und schwer. Ich will etwas erwidern, doch auch auf meiner Zunge lastet ein schwerer, kalter Fels.

»Falls ich bei dir falsche Hoffnungen geweckt habe, war das nicht meine Absicht.«

»Hoffnungen«, lalle ich.

»Es tut mir leid.«

»Mir auch. Mir tut leid, wie dumm ich war.«

»Das war doch nur ... ein Spiel. Mir war nicht klar, was das bei dir auslöst.«

»Ein Spiel?«

»Das Spiel zwischen Jungen und Mädchen. Das musst du doch wissen. Alle in Amlon machen es so.«

»Alle«, echoe ich. Wir sitzen keinen halben Meter voneinander entfernt, doch zwischen uns klafft ein Abgrund.

»Ich mag dich unheimlich gern. Aber du bist nicht die Art von Frau, von der ich mehr will«, flüstert er.

Kann es noch schlimmer kommen? O Götter. Dass Worte so wehtun können.

Er rückt näher an mich heran. »Du bist für mich ein echt guter Freund, Mariel. Wir bleiben doch Freunde, oder? Ist das irgendwie möglich?«

Der gute *Freund* von Mervis. Bei der Vorstellung wird mir schlecht. Ich höre mich selbst aus weiter Ferne und wundere mich, wie sachlich meine Stimme klingt: »Nein. Das ist nicht möglich.« In meinen Augen brennt es. Auf keinen Fall darf ich vor ihm losplärren. Er würde mich in die Arme nehmen – und das würde mich den letzten Rest Würde kosten, den ich noch besitze. Ich will weg von ihm, weg von diesem Ort, dem kränklichen Licht, dem plötzlich so fauligen Urwaldmuff. Doch ich fühle mich schwer wie ein Sack Steine.

»Alles in Ordnung, Mariel?«

»Nein.«

Seine Stimme klingt unsicher. »Kann ich irgendwas für dich tun?«

»Nein.«

Er steht auf. »Ja dann ... Gute Nacht.«

Ich höre seine Worte wie durch Sand. Er geht in Richtung Towalu davon, während ich auf das Meer zwischen den Hütten und den kleinen Häusern starre. Seine Oberfläche ist so glatt, als hätte sie jemand straff gezogen, alle Wellen, alles Leben weggewischt.

Ich bin allein mit dem Sirren der Insekten und dem Kreischen eines Nachtvogels. Die Geräusche könnten aus einer anderen Welt stammen, so fern erscheinen sie mir. Ich möchte hier sitzen bleiben, bis eine Welle kommt und mich ins Wasser zieht, damit sich mein Körper in Meeresschaum auflöst. Aber ein Teil von mir funktioniert noch und dieser Teil befiehlt mir, dass ich mich verdammt noch mal aufrappeln und ein Stück spazieren gehen muss, damit ich einen klaren Kopf bekomme.

Ich werde es überleben, ich habe ja gar keine andere Wahl. Das sage ich mir immer wieder vor, obwohl es sich in dieser Sekunde ganz anders anfühlt. Und wir passen wohl wirklich nicht zusammen. Er interessiert sich nicht für Bilder. Ich interessiere mich nicht fürs Bogenschießen. Haben wir je ein Gespräch geführt, das mich interessiert hätte? Weiß er überhaupt, was das ist, ein Bild? Oder ist in seinem Kopf nur Platz für Pfeil und Bogen und Mädchen und *Spiele?*

Als ich am Towalu vorbeikomme, wandert mein Blick zu den Fenstern, vor denen sich die Silhouetten meiner Freunde abzeichnen. Reno und Tammo, Larena und Keit, Kewat und ... Ich blinzele. Sind das Cassia und ... Nein, das kann nicht sein. Ich kneife die Augen zusammen, um schärfer zu sehen. Kein Zweifel, es ist Mervis, nicht Lex, der sich zu ihr an den Tisch gesetzt hat. Auf einmal wird mir alles klar. Sie umarmen sich nicht, küssen sich nicht und trotzdem weiß ich, dass sie es noch heute Abend tun werden.

Wie konnte ich nur so blind sein? Oder wollte ich es nicht verstehen?

Sie reden miteinander. Über mich? Wohl kaum. Cassia beugt sich zu ihm und legt eine Hand auf seinen Arm. Unverwandt blickt er sie an. Lächelt. Sie lehnt sich noch weiter vor. Und küsst ihn. Mit einem Ruck wende ich mich ab. Es reicht. Auch wenn ich ihnen ihr Glück nicht missgönnen will, möchte ich es nicht sehen.

18

Ich stürme zurück in meine Hütte und plötzlich ist sie da: die Wut, gemischt mit einer ordentlichen Portion verletzem Stolz. Eine bittere, schäumende Wut auf mich, auf ihn, auf Cassia, auf alles. Sie brodelt in meiner Brust, quetscht mir die Luft ab, wühlt in meinem Bauch. Ich will etwas kaputt machen. Ich springe auf, packe den Topf, in dem das Getreide für das Frühstück am nächsten Morgen quillt, und schleudere ihn mit aller Kraft gegen die Wand. Graue Pampe spritzt in alle Richtungen, der Topf scheppert zu Boden, während sich die Tür aufschiebt.

»Mariel, bist du da? Ich ...« Tammo schaut mich entgeistert an. »Himmel, was ist denn hier los?«

Mit hängenden Schultern stehe ich da und blinzele ihn an. »Mervis ist ein Idiot«, bringe ich hervor und überrasche mich selbst mit diesen Worten.

Tammo seufzt, nimmt meine Hand, führt mich zum Bett und zieht mich neben sich auf die strohgefüllte Matratze. »Mervis ist *wirklich* ein Idiot, aber was ist passiert?«

»Er ... er hat ... er kann nicht ...« Ich atme tief durch. Tammo legt die Arme um mich, ohne weitere Fragen zu stellen, und ich fange an zu weinen. Ich presse mein Gesicht so fest gegen seine Brust, dass ich spüre, wie sein Atem seinen Brustkorb hebt und senkt. Sein Herz schlägt an meiner Wange, seine Hand streicht über mein Haar. Schließlich ebbt mein Schluchzen ab und ich setze mich auf, benommen von dem, was aus mir herausgebrochen ist.

Tammo legt eine Hand an meine Wange und wischt behutsam eine Träne weg.

»Würdest du heute Nacht hier schlafen?«, krächze ich.

»Natürlich.«

Bei seinem Umzug in Renos Hütte hat er ein paar Decken dagelassen, die breitet er jetzt auf dem Boden aus. Ich rolle mich auf meinem Bett zusammen. Als ich nach unten greife, nimmt er meine Hand. So liegen wir da, ohne zu reden. Ich spüre seine Nähe, höre, wie seine Atemzüge langsam tiefer werden. Auch ich möchte schlafen, doch sobald ich die Augen schließe, sehe ich Mervis' Gesicht vor mir. Die Vorstellung, ihm morgen zu begegnen, ist unerträglich; mit anzusehen, wie Cassia und er ... In meinem Bauch glüht schon wieder ein Ball aus roter Wut. Auf diesem Scheiß-Xerax wird es keine große Liebe für mich geben, das ist ja wohl klar – und wenn ich von Anfang an gnadenlos ehrlich zu mir selbst gewesen wäre, hätte ich kapiert, dass Mervis dafür ohnehin kein geeigneter Kandidat war.

Ich fühle mich schrecklich verloren. Ich muss hier weg. Weg von Xerax.

Nurnen?

Dort ist er, der eine, der mein Leben in etwas Wertvolles verwandeln könnte, mich aus meinen Kokon befreit. Ich sollte nach Nurnen gehen. Was habe ich denn noch zu verlieren?

Mein Leben.

Vielleicht.

Nurnen. Oder nicht. Sterben. Oder nicht.

Und meine Familie? Ich habe ihr ein Versprechen gegeben. Aber gilt jedes Versprechen für immer?

Der Hafen ist dunkel, die Schiffe, die hier liegen, sind von Dornen umrankt; Dornen winden sich auch die Kaimauer hinauf und breiten sich über die Promenade aus. Ein Fohlen stelzt vor mir auf staksigen Beinen durchs Gestrüpp. Ich folge ihm, so gut ich kann. In einiger Entfernung taucht ein Reiter aus der Dunkelheit auf. Sein Pferd schimmert sogar in der Nacht golden. Das Fohlen wendet sich ihm zu, doch nach wenigen Galoppsprüngen verfängt es sich in den Ranken und stürzt zu Boden. Als es sich aufrichten will, wickeln sich die Dornen nur fester um seine Beine. Jämmerlich beginnt es zu wiehern. Ich arbeite mich zu ihm vor, bis sich die Ranken so straff um meine Knöchel schlingen, dass ich nicht weiterkomme. Aber der Schattenreiter ist schon abgestiegen und kämpft sich zu dem Fohlen durch. Behutsam löst er Ranke um Ranke, wischt Blutstropfen ab und streicht ihm über den Hals. Das Fohlen rappelt sich auf und beschnuppert seine Hände, reibt seine Nüstern daran. Der Schattenreiter blickt zu mir herüber und in meiner Brust öffnet sich etwas wie eine Muschel. Warmes goldenes Licht strömt heraus.

»Mariel.« Seine Stimme ist so süß wie wilder Honig. Die Ranken fallen von meinen Beinen ab. Ich gehe auf ihn zu, rieche seinen vertrauten Duft nach Leder und taufeuchtem Gras.

Er streckt eine Hand nach mir aus. Als ich meine Hand hineinlege, zieht er mich an sich. »Wann werde ich dich endlich sehen?«, frage ich.

»Wenn du bereit bist«, flüstert er.

Das Herz tut mir weh, ob vor Kummer oder Freude, weiß ich nicht. Der mir Bestimmte lebt. Er liebt mich. Er wartet auf mich.

»Mariel?«

Jemand rüttelt mich an der Schulter. Ich öffne die Augen und schaue in Tammos erschrockenes Gesicht. Dann merke ich, dass ich halb aus dem Bett gerutscht bin.

»Hast du dir wehgetan?«

Das goldene Licht erfüllt noch immer meine Brust. Jetzt weiß ich, warum mir der Duft des Schattenreiters so vertraut ist. Er erinnert mich an jenen Morgen, als mein Vater mit mir zur Pferdeinsel Merilon fuhr und wir die neugeborenen Fohlen beobachteten, und obwohl ich mich ein wenig vor Pferden fürchte, hatte ich an seiner Seite überhaupt keine Angst. Während wir verborgen im Gebüsch warteten, atmete ich den Duft des Grases und der Lederaufschläge an unseren Jacken ein.

»Ich träume wieder, Tammo, und ...«, vor Aufregung verhaspele ich mich, »und meine Spiegelseele wartet auf mich.«

Während er mir aufhilft, holt mich langsam die Realität ein. »Ich habe es meiner Familie versprochen.« Meine Hände umschlingen einander, halten sich gegenseitig fest. »Ich habe ihnen versprochen, dass ich auf Xerax bleibe.«

Er setzt sich zu mir und legt einen Arm um mich. »Hör zu. Hörst du mir zu?«

»Was denn?«

»Ich wollte es dir schon gestern erzählen, aber du warst wegen Mervis so aufgelöst.« Seine Hand streichelt meinen Oberarm so sacht, dass ich die Berührung kaum spüre. »Du bist niemandem verpflichtet.«

Mein Mund geht auf und zu, wieder auf. Mein Schlucken klingt unnatürlich laut in meinen Ohren. »Wie meinst du das?«

»Ich habe meiner Mutter dasselbe versprochen wie du. Aber wichtig ist, dass wir – du und ich – wir selbst bleiben. Die Götter haben mich ausgemustert. Damit kann ich nicht leben, das halte ich nicht aus. Die Vorstellung, dass ich ein Ungläubiger bin, einer, der zweifelt ... an *ihnen* zweifelt ... Das bin nicht ich. Es ist völlig undenkbar. Ich werde nach Nurnen reisen. *Das* wollte ich dir gestern erzählen. Wenn ich weiter als Unwürdiger auf Xerax lebe ... das schaffe ich nicht.«

Ich starre ihn an. »Aber ... du bist nicht unwürdig. Du bist der beste Mensch, den ich kenne. Der Beste! Wir sind nicht unwürdig oder sonderbar oder sonst was. Wir sind ... einfach Tammo und Mariel.«

»Du hast das nicht zu entscheiden. Und ich auch nicht.«

»Wer denn sonst!«, rufe ich verzweifelt. »Ich entscheide mich jetzt, in dieser Sekunde, dass ich Mariel bin. Dass ich ...« Meine Stimme knickt weg. »Glücklich sein will«, flüstere ich.

»Glücklich. Ein großes Wort.«

»Und genau richtig für uns.«

»Ja? Dann muss ich umso dringender meinen Weg zu den Göttern wiederfinden. Ohne sie kann ich nicht glücklich sein. Und wenn du ohne deinen Seelenpartner nicht glücklich sein kannst, hast du das Recht, dich gegen ein einmal gegebenes Versprechen zu entscheiden. Das ist jedenfalls meine Meinung.«

Mein Kopf ist ein leerer Ballon. Ich bin so durcheinander, dass ich keinen Ton hervorbringe. Sind Tammo und ich einander so fremd geworden? Ich habe nicht einmal geahnt, was in ihm vorgeht.

Die Luft im Zimmer ist kalt und unbewegt. Vor dem Fenster türmen sich blassgraue Wolken am Horizont. Die kahlen Zweige des Mangobaums zeichnen sich deutlich gegen den Himmel ab. Im Dämmerlicht des Morgens huscht eine Silhouette am Fenster vorbei, im nächsten Augenblick reißt Tora die Tür auf.

»Sie kommen.« Wild starrt sie von mir zu Tammo und wieder zu mir. »Das Schiff der Priester steuert auf den Hafen zu.«

Obwohl sich die Sonne hinter Wolken versteckt, glitzert das Schiff, als wäre es ein Edelstein. Die zwölf Sonnenkraftsegel blähen sich auch ohne Brise. Wir sind noch rechtzeitig da, um mitzuerleben, wie es in den Hafen gleitet und anlegt. Doch ich sehe mehr als nur das Schiff. Neben Cassia steht Mervis auf dem Platz, der für uns reserviert ist: die dreißig Sonderbaren des Jahres. Ein Stich fährt mir in die Brust, schnell bemühe ich mich, an den Traum von meinem Bestimmten zu denken, ich möchte so gern das goldene Licht in mir bewahren. Mervis bemerkt meinen Blick und lächelt, als wäre nichts geschehen. Ich lächele steif zurück und wende mich wieder dem Schiff zu. Im Bug, die Hände an der Reling, steht der Oberste Priester. Alban. Sein perlmuttfarbenes Gewand schimmert makellos. Sein graublonder Bart ist akkurat geschnitten. Ernst schaut er auf uns herunter. Er sieht aus, als wäre er kaum sechzig, dabei weiß ich, dass er schon weit über achtzig sein muss.

Die sechs Priester, die Alban begleiten, legen eine Rampe aus. Zum Glück ist Elvin auf Ningatta zurückgeblieben. Alban schreitet so würdig, unnahbar und heilig, wie ich es von seinen seltenen Besuchen auf Talymar kenne, von Bord. Ein kleines Mädchen löst sich aus der Menge und rennt auf ihn zu. Ihre dünnen Zöpfe hüpfen.

»Serafina«, schreit eine Frau, »bleib stehen, verdammt!«

Serafina denkt nicht daran. Ein Raunen geht durch die Menge; auf keinen Fall dürfen Sonderbare die Priester berühren – und schon gar nicht den Obersten Priester. Das Mädchen kümmern solche Kleinigkeiten wenig. Mit ausgestreckten Händchen stürmt sie auf Alban zu, springt auf die Rampe, will sich in seine Arme werfen, stolpert und ... Alban bekommt sie gerade noch zu fassen, ehe sie ins Wasser fällt, verliert dann selbst das Gleichgewicht und geht mit ihr zusammen über die Planke. Platsch. Einige Sekunden ist es totenstill, dann folgen aufgeregte Schreie, Menschen drängen zum Kai.

»O Götter«, kreischt Serafinas Mutter, »o Götter, mein Kind, es ertrinkt!«

»Holt Alban raus!«, brüllt Jolande.

In diesem Moment taucht er prustend aus dem Wasser auf. Sein Gewand bauscht sich wie ein Segel. Er muss ein guter Schwimmer sein, so schnell, wie er mit einem Arm ans Ufer krault. Mit dem anderen Arm hält er Serafina fest. Hände strecken sich dem Kind entgegen, doch niemand wagt es, Alban zu berühren. Seine Eskorte muss ihn aus dem Wasser ziehen. Ein Algenstrang hat sich in seinem Haar verheddert, ein weiterer baumelt von seinem Ohr. Serafina liegt bereits in den Armen ihrer Mutter und heult.

»Da hast du's!«, ruft jemand aus den hinteren Reihen. »Deinetwegen wäre sie fast ertrunken. Wie viele schickst du in diesem Jahr in den Tod, Alban? Wie viele nimmst du diesmal mit? Genügt es nicht, dass wir hier auf Xerax leben müssen? Der Wille der Götter, ha. Was wisst ihr schon, ihr Priestergesockse? Keine Ahnung habt ihr.«

Dann wird es kurz noch lauter, als mehrere Leute den wild Schimpfenden packen und außer Sicht zerren.

»Keine Gewalt!«, ruft Alban ihnen nach. »Bringt den Mann an einen Ort, an dem er sich beruhigen kann. Ich werde später mit ihm sprechen.« Bekümmert reibt er sich die Stirn und wendet sich wieder uns zu. »Diese Aufregung tut mir sehr leid.«

Dann geht er zu Serafina und ihrer Mutter. Die Mutter senkt den Kopf und weicht einen Schritt zurück. Alban zieht den Algenstrang aus seinem Haar und drapiert ihn um Serafinas Hals wie eine Kette. Die Tränen des Mädchens versiegen. Aus runden Augen starrt es den Priester an.

»Hör mal, kleine Meerprinzessin«, lächelt er, »bitte warne mich das nächste Mal, bevor du nach Schmuck tauchst.«

Niemals würde ein Priester eine Sonderbare mit bloßen Händen berühren. Alban tut es einfach. Er verstrubbelt Serafinas

Frisur, von der ohnehin nicht mehr viel übrig ist, und sie lacht hell auf. Alban schließt sich an. Auch wir fallen schüchtern ein.

So fröhlich habe ich den Obersten Priester während seiner Besuche auf Talymar nie erlebt. Nur Serafinas Mutter sieht aus, als würde sie gleich im Boden versinken.

Alban streicht dem Mädchen noch einmal über den Kopf, dann wendet er sich uns zu, den dreißig neuen Sonderbaren, die ihn hier erwarten.

»Schön.« Er wringt die Ärmelaufschläge seines Gewandes aus. »Wenn ich mich umgezogen habe, treffen wir uns im Towalu.«

Tammo und ich tauschen einen Blick. Wir sollen uns mit Alban in eine *Bar* setzen? Auch sein Gefolge tuschelt. Larena, die ein Stück entfernt steht, wird käseweiß, dann saust sie davon, wahrscheinlich um die gröbsten Spinnweben zu entfernen.

Alban reibt sich die Hände. »Schieben wir die Tische zusammen.«

In Windeseile wird das Mobiliar des Towalu zu einem Hufeisen angeordnet. Alle setzen sich. Ist es Zufall, dass ich neben Sander lande? Er wirft mir einen Blick zu. Ich hebe die Augenbrauen: Und? Gehst du nach Nurnen?

Er schüttelt den Kopf und hebt seinerseits die Augenbrauen.

Lass los, dann hast du die Hände frei und kannst dir nehmen, was du willst.

Ich schüttele den Kopf nicht, doch es gelingt mir auch nicht zu nicken.

Soll ich gehen?

Tammo sitzt mit geradem Rücken da und streicht mit der linken Hand unablässig über die Tischplatte, das Gesicht wie eine

Statue mit klugen dunklen Augen. Wer wird ihm in Nurnen helfen, wenn er in Not gerät?

Wenn du gingest, könntest du diejenige sein.

Sicher. Ausgerechnet ich als seine Beschützerin. Und ganz nebenbei finde ich auch noch meinen Seelenpartner.

Wenn ich dagegen auf Xerax zurückbleibe ... Auf einmal wird mir die ganze Dimension dessen bewusst, was das bedeuten würde, und meine Kehle schnürt sich zu.

Ich werde nie erfahren, was aus Tammo wird. Ob er aus Nurnen heimgekehrt ist. Wir werden einander nie wiedersehen.

Ich kenne Tammo, seit ich denken kann, erinnere mich kaum an eine Zeit ohne ihn. Wie ein Leben aussehen könnte, in dem es keinen Tammo mehr gibt, das kann ich mir nicht einmal vorstellen.

Das Glas, das Larena dem Obersten Priester reicht, sieht aus, als hätte sie es mit sämtlichen Früchten garniert, die auf Xerax zu finden sind. Sorgfältig achtet sie darauf, Alban nicht zu berühren. Er nimmt einen tiefen Schluck und wischt sich mit dem Handrücken über den Bart. »Wunderbar«, er lässt einen kleinen Rülpser hören. »Wie wär's mit einem Imbiss?«

Larena verneigt sich und eilt Richtung Küche.

Alban räuspert sich, seine Stimme klingt auf einmal schwer und dunkel. »Die Reise nach Nurnen dürft ihr nicht leichtfertig antreten.« Larena kommt und deckt den Tisch. Als sie wieder verschwindet, fährt er fort: »Dazu möchte ich euch gern ein paar Worte sagen. Die letzten Geheimnisse dürfen allerdings nur diejenigen kennen, die sich zu der Reise entschließen. So verlangt es das Heilige Gesetz.«

Larena trägt das Essen auf, eine Art Eintopf mit allem, was die Küche hergibt.

»Ah. Kommen wir zu etwas Angenehmem.« Alban greift nach

seinem Löffel. Wir Sonderbaren essen nur wenig. Auch die Priester scheinen keinen Appetit zu haben – bis auf Alban, der kräftig zulangt. Schließlich schiebt er seinen Teller zurück und tupft sich den Bart ab. »Gutes Essen lässt uns lange leben.« Er betrachtet uns freundlich. »Ihr sollt auch lange leben. Eure Entscheidung müsst ihr gut abwägen. Viele Menschen behaupten, wer nach Nurnen reist, kehrt nicht zurück. Das ist falsch. Das Spiegelreich ist gefährlich, doch es gibt einen Weg, der euch nach Hause führt. Das wurde fünfmal bewiesen.«

Nicht von meiner Tante Irina. Ich werfe Sander einen Blick zu. Und von Seline, der vergessenen Freundin von Priester Elvin, genauso wenig.

»Die Erfahrungen der Fünf sind nicht überliefert, denn die Erinnerungen an das Spiegelreich lösen sich auf, sobald man Nurnen verlässt.« Alban faltet die Hände zu einem Dach und betrachtet uns über dessen First hinweg. »Auch im Heiligen Gesetz finden wir nur wenige Hinweise.«

»Und wie lauten die?«, platzt Tora heraus.

Alban lächelt ihr zu. »Vertraut den Göttern.«

»Das ist alles?«

»Oh, aus meiner Sicht ist das eine Menge. Tatsächlich gibt es aber noch einen zweiten Hinweis.«

Tora beugt sich vor.

»Folgt eurem Herzen.«

»Äh – was?«

»Euer Herz wird euch sagen, was zu tun ist und wie ihr eure Spiegelseele findet.«

Tora kratzt sich das rote Stoppelhaar. »Aha.«

»Vor allem«, wendet sich Alban wieder allen zu, »dürft ihr in Nurnen niemals der Stimme eurer Angst folgen. Nie, unter keinen Umständen, darf sie euer Führer werden.«

Bei diesen Worten erscheint mir Nurnen ferner und gefährlicher denn je. Die Angst in ein Päckchen wickeln. Loslassen. Und mir nehmen, was ich will. Wenn es doch so einfach wäre. Schnell schaue ich zu Tora. Sie lächelt. Deutet auf sich. Deutet auf mich. Und nickt.

Herrje.

»Hört auch jetzt auf euer Herz.« Albans Blick geht langsam von einem zum anderen, jeden schaut er an, als könne er in unseren Gesichtern ein Zeichen, einen Hinweis entdecken. »Euer Herz weiß, ob ihr den Weg der Reinigung beschreiten sollt.«

»Poch, poch, poch«, murmelt Sander.

»Mit Einbruch der Dämmerung sehen wir uns im Hafen wieder. Wer uns nach Ningatta begleiten will, geht mit an Bord. Die Götter sind bereit, euch den Zugang nach Nurnen zu öffnen. Noch Fragen?«

Jede Menge. Keine einzige.

Alban lächelt. »Welchen Weg ihr auch wählt, es wird der richtige für euch sein.« Dann verlässt er mit seinen Priestern das Towalu.

In meinem Kopf geht es drunter und drüber. Reno und Larena – es gibt auch Gutes auf Xerax. Aber genügt mir das?

Mervis und Cassia ... Das ist das Schlimme. Doch schlimmer ist, dass mir der wichtigste Mensch in meinem Leben entgleiten wird. Mir ist kalt. Ich will Tammo nicht verlieren.

»Ich reise nach Nurnen«, durchbricht Toras Stimme die Stille.

»Ich auch«, bekräftigt Perselos.

Tora blickt sich um. »Ich hoffe, es kommen noch mehr Leute mit? Wir werden leichter mit Nurnen fertig, wenn wir viele sind, das ist ja wohl klar.«

Ich habe meiner Familie versprochen, auf Xerax zu bleiben, doch meine Familie ist nicht hier. Jetzt, in diesem Augenblick, geht es um *mein* Leben, um *meine* Zukunft. Und um Tammos Zukunft.

Es geht um uns. Darum, dass Tammo und ich wir selbst bleiben. Genau wie er es gesagt hat.

Tora schaut mich an. Weil ich nicht weiß, wo ich sonst hingucken soll, erwidere ich ihren Blick. Sonst nichts. Kein Nicken, kein Kopfschütteln.

Einige, darunter auch Sander, Mervis und Cassia, verlassen das Towalu, andere stecken die Köpfe zusammen und unterhalten sich flüsternd.

»Gehen wir ein Stück spazieren?«, frage ich Tammo.

19

Ich weiß nicht, warum ich ausgerechnet die Feuerbucht wähle. Wir setzen uns in den Schatten eines Findlings. Ich ziehe die Beine an und umschlinge meine Knie. Lange schauen wir aufs Wasser.

»Ich brauche dich«, sage ich leise.

»Ich brauche dich auch. Aber ich kann nicht den Rest meines Lebens jemand bleiben, der von den Göttern ausgemustert wurde. Auf Xerax wäre das unsere einzige Aussicht.«

Und welche Aussicht haben wir in Nurnen? Hält er einen frühen Tod für eine brauchbare Perspektive?

Die Aussicht, wir selbst zu sein.

»Ich werde es schon schaffen«, sagt er fest.

Vielleicht. Er war schon einmal mutig und ist gegangen. Ich habe damals genug mitbekommen, um zu wissen, was für eine schwere Zeit es für ihn war, als er seine Familie vor zwei Jahren verließ. An jenem Tag half ich ihm, seine Sachen zu packen, und ich hatte wirklich Angst, sein Vater würde ihn umbringen. Oder mich. »Wie kannst du meinen Sohn auch noch unterstützen?«, brüllte er. »Wenn dir etwas an ihm liegt, dann sorge dafür, dass er tut, was gut für ihn ist!«

»Mach ich ja.«

Noch immer sehe ich sein puterrotes Gesicht vor mir und ich frage mich, wie dieser Mann genau der Richtige für Tammos Mutter und trotzdem ein so schrecklicher Vater sein konnte.

Damals hat Tammo sein Leben in die Hand genommen und

alles verändert. Wird ihm das noch einmal gelingen? Aber Nurnen lässt sich wohl kaum mit einem Auszug von zu Hause vergleichen.

In diesem Moment wünsche ich mir, dass er mich bittet, ihn zu begleiten, damit ich ihm helfe, wann immer es nötig ist; damit wir einander helfen. Stattdessen nimmt er meine Hand und drückt sie so fest, dass ich quieke.

Im Dunst zeichnet sich die Klippe ab, von der aus ich meinen letzten Tauchgang unternommen habe.

Einfach springen.

Ich löse meine Hand aus seiner und kralle meine Finger in den Sand. Loslassen. Loslassen! Ich öffne die Hände.

»Ich komme mit.«

Mein Kopf ist es nicht, der das sagt. Auch nicht mein Mund. Ist es mein Herz? Ich weiß es nicht.

Um ehrlich zu sein: Ich bin nicht bereit für Nurnen. Aber weil ich auch in tausend Jahren nicht bereit sein werde, spielt das keine Rolle. Ich werde gehen. Am liebsten würde ich sofort aufbrechen, bevor mir meine Millionen Ängste ein Bein stellen.

Lange ist es still.

»Schaust du mich mal an, Mariel?«

Ich schaue ihn an, bis ich seinen Blick kaum noch ertragen kann.

»Gehst du, weil ich dich überredet habe?«

»Nein. Es gibt viele Gründe. Mervis ist einer. Mein Seelenpartner ein anderer. Und«, ich muss an mein Gespräch mit ihr denken, »Tora. Jemand, der in Nurnen war, könnte etwas bewirken. Wir könnten uns in Amlon dafür einsetzen, dass sich das Leben für die Menschen hier ändert. Für Reno und Larena, Keit und all die anderen.«

»Du glaubst, das wäre im Sinne der Götter?«

»Ich glaube, dass es gerecht wäre.«

»Willst du wirklich ins Spiegelreich reisen?«, flüstert er.

Mein Ja kommt mit einer Entschlossenheit, die ich nicht empfinde. Ich schaue ihn schräg von der Seite an. »Wir haben uns versprochen, einander nicht im Stich zu lassen.«

Er legt einen Arm um meine Schulter. Sein Griff lässt die Muskeln erahnen, die er sich im Laufe der Jahre antrainiert hat. »Tu es nicht um meinetwillen, Mariel. Bitte.« Er steht auf, doch als ich mich ebenfalls aufrappeln will, hebt er eine Hand. »Nein. Du solltest jetzt ein wenig allein sein.«

Nachdem er gegangen ist, sitze ich noch lange mit leerem Kopf und übervollem Herzen da. Dann löst sich aus dem Felsspalt, der in die Feuerbucht führt, eine Gestalt. Den Kopf gesenkt, die Füße im Wasser, platscht Sander am Meeressaum entlang. Soll ich ihn rufen? Doch er strahlt eine so intensive Aura von »Lass mich in Ruhe« aus, dass ich es mir verkneife. Jemand anders kennt da keine Skrupel.

Alban schiebt sich aus dem Spalt.

»Sander.« Er spricht leise, trotzdem tönt seine Stimme warm und voll durch die Bucht. Sander hatte recht, die Akustik ist gigantisch.

Er bleibt stehen und ich drücke mich tiefer in den Schatten des Findlings. »Woher wissen Sie, wie ich heiße?«, fragt er den Obersten Priester.

Alban lächelt. »Ich kenne die Namen aller Sonderbaren. Und ich weiß auch sonst so einiges: vor allem, dass du nach Nurnen reisen wirst.«

»Da irren Sie sich. Ich will auf Xerax bleiben.«

»Und was will dein Herz?«

Als Sander wieder spricht, ist seine Stimme kaum zu verstehen. »Mein Herz interessiert mich nicht.«

Eine Bö fängt sich zwischen den Steinen und trägt mir die Worte aus Albans Mund zu, die vorhin aus meinem eigenen Mund gekommen sind: »Gehen wir ein Stück spazieren?«

Ich schaue ihnen nach, bis der Oberste Priester und der Sonderbare im Nebel verschwunden sind.

Mit der Dämmerung kehren die Bewohner von Xerax in den Hafen zurück. Wir, die Sonderbaren des Jahres, drängen uns wieder auf dem für uns reservierten Platz.

Alban und seine Priester stehen an der Reling und schauen auf uns herunter. Tief klingt die Stimme des Obersten Priesters durch den Abend: »Ich bitte alle, die uns auf die Heilige Insel begleiten wollen, jetzt an die Rampe zu treten.«

Nur zögernd kommt Bewegung in unsere Gruppe. Zu meiner Überraschung ist es nicht Tora, die als Erste vorstürmt. Ernst und entschlossen schreitet Perselos auf die Rampe zu. Tora folgt ihm, doch ich habe nur Augen für ihn. In seinem teigigen Gesicht steht deutlich geschrieben, dass er alles Grübeln über Gefahr und Tod hinter sich gelassen und das Tor nach Nurnen innerlich längst durchschritten hat; dass er bereits die Frau in die Arme schließt, die ihm von Anfang an bestimmt war.

Und dann ... Ich glaube, nicht richtig zu sehen. Dann setzt sich Sander in Bewegung. Als würden bleischwere Gewichte an seinen Füßen hängen, schiebt er einen Fuß vor den anderen, aber schließlich steht er tatsächlich neben Tora und Perselos. Sein Gesicht ist starr, Dutzende von Fäden scheinen es straff zu ziehen. Mein Herz klopft schneller und schneller. Ich atme tief aus und gehe auf ihn zu. Während ich mich wie im Traum vorwärtsbewege, hebt er langsam den Kopf und schaut mich an. Der Silberfleck in seiner Iris strahlt. Er öffnet den Mund, als wolle er mir etwas zurufen, dann schließt er ihn wieder, doch ich sehe ihn leise nicken. Noch immer halb in Trance, stelle ich mich zwischen ihn und Tora.

Lange passiert nichts. Hoch über uns steht Alban wie eine Statue. Mein Blick ruht auf Tammo. Er schaut auf das Schiff, aber nimmt er es wahr? Dann wendet er den Kopf und sieht mich an. Hat er sich eines anderen besonnen? Tu es, Tammo. Bitte. Um deinetwillen.

Um unsertwillen.

Jetzt guckt er zu Reno, der blass und angespannt abseits der Menge steht. Sein Rücken strafft sich. Er kommt – er kommt! Ich mache einen Schritt auf ihn zu und will ihm um den Hals fallen, doch er schüttelt den Kopf. »Nein«, murmelt er, »ob das ein Grund zur Freude ist, muss sich erst zeigen.«

Albans Stimme hallt durch die Stille: »An Bord mit euch!«

Meine Kehle fühlt sich an wie rauer Sand. Einer nach dem anderen gehen wir über die Rampe an Deck, Perselos zuerst, dann kommt Tora, Tammo und ich folgen Hand in Hand. Und schließlich, mit großem Abstand: Sander. Alban zeigt auf einen Baldachin, unter dem ein Kissenlager hergerichtet ist; über mangelnde Bequemlichkeit können wir uns diesmal nicht beklagen. Bevor ich mich setze, drehe ich mich ein letztes Mal nach den Menschen um, die ich auf Xerax kennengelernt habe und die meine Freunde geworden sind. Reno. Larena. Mit hängenden Armen stehen sie da. Ich winke nicht, schaue sie nur an.

Und da ist Mervis. Seine hellen Haare leuchten. Sein Blick ist unverwandt auf mich gerichtet. Ich nicke ihm zu. Dann kehre ich Xerax endgültig den Rücken.

Der Anker wird eingeholt, das Schiff legt ab. Ich schaue nicht zurück.

Wie lange sitzen wir schon unter dem Baldachin? Die Sonne ist längst untergegangen und noch immer schneidet das Schiff durch die Wellen. Zu hören ist nichts als der Wind in meinen Ohren – bis Perselos zu mir herüberrutscht und flüstert: »Ihr habt es auch getan, ja?« An seiner Wange zuckt ein Muskel. »Sander und du. Das Kamelienritual. Mir war das gleich klar.« Er lächelt, kann mich aber kaum anschauen. »Ein Schummler erkennt den anderen.«

Er sagt *Schummler,* das finde ich sehr lieb von ihm. Es klingt freundlicher als *Lügner.*

»Ich hatte auch eine Absprache«, murmelt er. »Meine Schwester hat das für mich eingefädelt.«

Die rothaarige Schöne vom Sternenhafen. Für ihr eigenes Kamelienritual musste sie wohl nichts einfädeln.

Perselos errötet. »Ich bin ja nicht gerade der Junge, von dem die Mädchen träumen, was?«

Gern würde ich ihm versichern, dass er sich irrt und ihn bestimmt Dutzende Mädchen kennenlernen wollten, aber das wäre gelogen und er würde es wissen. Wie oft muss er sein Mondgesicht mit der grießigen Haut, seine dünne Stimme und die rote Haartolle verwünscht haben. Und dann denke ich, dass auch Toras Haare rot sind und wie seltsam es ist, dass es bei ihr wild und aufregend aussieht und bei Perselos einfach nur langweilig.

»Nicht dass ich nicht versucht hätte, ein Mädchenschwarm zu werden«, fährt er fort, als wollte er mir vor unserer Ankunft auf der Heiligen Insel unbedingt alles beichten, was es an ihm auszusetzen gibt. »An jeder Jagd hab ich teilgenommen, bin die wildesten Flüsse runter, hab Bogenschießen geübt, bis mein Pferd fast zusammenbrach. Einmal bin ich so weit aufs Meer rausgeschwommen, dass ich beinahe ertrunken wäre. Immer hab ich so getan, als sei ich ein Held. Dabei bin ich der größte Feigling unter der Sonne.«

»Du warst der Erste, der nach Nurnen gehen wollte. Du hast es schon im Tarla Theater gewollt. Das kommt mir nicht gerade feige vor.«

Er starrt auf seine ineinander verklammerten Hände. Hat er mich überhaupt gehört?

»Meine Brüder halten mich für schwach. Sie haben es nie laut ausgesprochen, aber so ist es. Dass ich nach Xerax gehen musste, hat ihre Meinung über mich nur bestätigt. Und meine Schwester ...« Erschrocken sehe ich, dass seine Augen sich mit Tränen füllen. »Sie schämt sich für mich.«

»Meine auch«, will ich ihn trösten, obwohl ich keine Ahnung habe, ob das stimmt. »Ich glaube, alle Familien, aus denen ein Sonderbarer hervorgeht, schämen sich für ...«

»Sie hat sich schon vorher geschämt. Sie hat sich geschämt, seit ich am Strand der Tausend Gestalten ...« Er bricht ab und strafft die Schultern. »Und?«, fragt er mit völlig veränderter, übertrieben heiterer Stimme. »War für dich auch von Anfang an klar, dass du gehst?«

Ich hake nicht nach, was am Strand der Tausend Gestalten geschehen ist. »Nein. Ich hatte meiner Familie sogar versprochen, dass ich auf keinen Fall nach Nurnen reise.«

Und noch immer ist nichts wirklich klar. Obwohl der Mond eine Silberspur auf das Wasser wirft, habe ich das Gefühl, in dichten Nebel hineinzusegeln.

Der Rest der Fahrt verläuft still. Weder mit Tammo noch mit Sander wechsele ich ein Wort und selbst Tora schweigt. Die Reise scheint ewig zu dauern. Als ich mich gerade frage, ob wir überhaupt vor Mitternacht ankommen werden, tauchen am Horizont die Umrisse eines Berges auf. Die Küste der Heiligen Insel nähert sich. Ningatta ist riesig, fast so groß wie Talymar. Wir laufen in den Hafen ein. Ringsum schaukeln mehrere prächtige Schiffe auf dem Wasser. Die Priester, die Alban nicht nach Xerax begleitet haben, erwarten uns bereits. Dort drüben steht Elvin. Er sieht noch gespenstischer aus als üblich. Mit seinem leichenfahlen Gesicht und den fiebrig glänzenden Augen wirkt er regelrecht krank.

Oder verrückt.

Nacheinander gehen wir Sonderbaren von Bord. Elvins Blick ist starr auf Sander gerichtet. Mich überläuft es kalt. Er hat nicht vergessen, dass Sander in der Kammer unter dem Tarla Theater auf die Geschichte mit Seline angespielt hat. Und er kann es ihm offensichtlich nicht verzeihen.

Alban setzt sich an die Spitze des Zuges, wir Sonderbaren folgen, flankiert von den übrigen elf Priestern. Ich würde gern nach Tammos Hand greifen, will aber nicht ängstlicher wirken, als ich mich fühle. Durch ein Tor in der Hafenmauer betreten wir die Insel und bleiben wie angewurzelt stehen.

Alban lächelt angesichts unserer staunenden Blicke. »Der Tempelgarten.«

Schweigend folgen wir einem Weg, der sich zwischen Bäumen und Stauden durch ein von Mondlicht übergossenes Blütenmeer schlängelt. Betörende Düfte steigen mir in die Nase. Ein besonders würzig-harziger Geruch hebt sofort meine Stimmung. Kann das sein? Ich glaube, ich rieche Weihrosen, jene berühmten Blumen, aus denen der *Atem der Götter* gewonnen wird und die nur auf der Heiligen Insel wachsen.

Hier und da taucht ein prunkvolles Gebäude auf, wahrscheinlich die Wohnstätten der Priester und ihrer Familien. Zwischen Hibiskus und Flieder tollt auf einer Lichtung eine Herde weißer Fohlen herum. In einem Baum entdecke ich einen glühend roten Feuerfalter. Einen Garten von solchen Ausmaßen habe ich noch nie durchwandert, am liebsten würde ich bei jeder zweiten Blume stehen bleiben, aber Alban schreitet zügig voran, dem Ziel dieser Nacht entgegen: dem Berg, den ich bereits vom Schiff aus gesehen habe und der überhaupt kein Berg ist. Zehnmal so groß wie das Tarla Theater, verliert sich der höchste Punkt des Tempels zwischen den Wolken. Dass Menschen fähig sind, etwas so Gewaltiges zu bauen, habe ich mir nicht einmal vorstellen können. Beim Näherkommen erkenne ich, dass der Tempel aus zahllosen Türmen, Bögen, Kuppeln und Säulen besteht, jede Einzelheit so filigran gearbeitet, als wäre sie aus zartestem Alabaster.

Unvermittelt fällt der Boden vor unseren Füßen ab, steil geht es in eine Schlucht hinunter. Ich erstarre augenblicklich, nur mein Herz flattert in meiner Brust wie ein eingesperrter Vogel. In der Tiefe höre ich Wasser gurgeln. Eine Brücke wölbt sich über die Schlucht und führt zu dem Tempel; eine äußerst schmale Brücke. Ein Geländer gibt es natürlich nicht. Wohlgemut setzt Alban seinen Fuß darauf. Perselos tut es dem Obersten Priester gleich. Auch Tora überholt mich und zeigt mir, dass es geht. Also schön. Ich halte den Atem an, betrete die Brücke und ermahne mich, auf keinen Fall hinunterzuschauen. Dennoch gleitet mein Blick in den Abgrund. Schlagartig verwandeln sich meine Knie in überreife Maracujas. So beginnt also mein großes Abenteuer: Mariel glibbert von einer Brücke in die Tiefe. Tammo geht es nicht besser. Sein Gesicht wird milchweiß, dann sackt er zu Boden. Höhenangst – davon wusste ich gar nichts. Die Priester tun nichts, um uns zu unterstützen; wir müssen es allein schaffen. Fragt sich nur, wie. Ich wage keinen Schritt. Da legt sich eine Hand zwischen meine Schulterblätter und schiebt mich leicht, aber entschieden nach vorn. So wurde ich schon einmal geschoben, als Mervis mir die Rampe des Grauen Schiffs hinaufhalf. Doch diese Berührung ist anders; sie ist sanfter und gleichzeitig klarer und fester. Unbewusst habe ich die ganze Zeit die Luft angehalten, jetzt atme ich tief aus. Kurz drehe ich den Kopf und blicke in Sanders graue Augen. Er lässt die Hand auf meinem Rücken liegen, bis wir auf der anderen Seite angekommen sind.

»Danke«, murmele ich, aber er ist schon umgekehrt und hilft auch Tammo über die Brücke. Allein deshalb würde ich ihn am liebsten umarmen und küssen, doch dafür ist keine Zeit.

Alban winkt uns durch eine Öffnung in der Außenmauer des Tempels. Ein Portal oder auch nur eine Tür gibt es nicht; keine Waffenträger, weder Schloss noch Riegel. Der Tempel muss nicht geschützt werden. Niemand in Amlon würde es jemals wagen, ihn unbefugt zu betreten.

Durch einen Gang geht es in eine von Feuern erleuchtete Säulenhalle. In der Mitte steht eine Bank aus Stein. Wir sollen uns setzen. Die Priester verschwinden durch eine Tür zur Linken.

Dicht nebeneinander kauern wir in der Halle. Trotz des Feuers dringt steinerne Kälte durch den dünnen Stoff meiner Hose. Niemand redet, wir wagen kaum zu atmen. In dieser Umgebung wirken wir in unseren grauen Kleidern noch erbärmlicher, noch sonderbarer.

Dann rieche ich es wieder. Ein Duftfaden, der von irgendwoher den Weg in diese heiligen Hallen gefunden hat ... es ist berauschend. Ich schließe die Augen, sauge den harzig-warmen Geruch der Weihrosen ein und fühle mich sofort beruhigt – und etwas müde. Wie ich hier sitze, in diesem Tempel, auf der Bank aus Stein, wie damals auf Talymar ... in einem anderen Tempel, auf einer anderen Bank, als meine Tante nach Xerax reiste.

Wir waren im Sternenhafen, um sie noch einmal zu sehen.

Kurz vor ihrer Abreise passierte etwas ... etwas Schlimmes. Ich sollte nicht mehr daran denken. Ich *wollte* nicht mehr daran denken, doch ich konnte die Bilder nicht vertreiben. Nachts fuhr ich schreiend aus dem Schlaf hoch. Meine Eltern meinten, es sei schlecht für mich, wenn die Erinnerung an das Schlimme weiter in mir bliebe. Sie brachten mich in einen der Tempel auf Talymar, sie flüsterten, es sei ein Heilritual, damit ich das Schlimme vergessen könne, aber erst sollte ich mich noch einmal genau erinnern, an jede Einzelheit ... sollte alles erzählen ... Und ich erzählte das Schlimme und dann kam der Geruch, der *Atem der Götter* ...

»Atmen, Mariel«, murmelte jemand, »tief atmen, der Atem der Götter durchfließt dich und erfüllt dich mit Wärme und Licht. Er lässt keinen Raum für das Schlimme, das Dunkle und Böse, er schmilzt es in reiner Liebe ...«

Und tatsächlich: Der *Atem* hatte das Schlimme einfach weggeschmolzen ...

Ein Niesen platzt in die Stille, vor Schreck rutsche ich fast von der Bank. Hastig wischt sich Perselos die Nase und schaut verlegen zu mir herüber. Ich versuche, mich auf etwas anderes zu konzentrieren, um ihn nicht noch mehr in Verlegenheit zu bringen: die Bilder an der Wand. Bisher habe ich sie kaum beachtet, jetzt richte ich entschlossen den Blick darauf. Auf jedem ist in Überlebensgröße ein junger Mann oder ein Mädchen dargestellt. Niemand muss mir sagen, wer das ist. Hier hängen die fünf, die mit ihren Seelenpartnern aus Nurnen zurückkehrten und von da an keine Sonderbaren mehr waren, sondern Helden. Wenn man sie hier ausstellt, müssen sie auch in den Augen der Priester Gewaltiges geleistet haben. Wie haben sie es geschafft? Ich möchte etwas an ihnen entdecken, das auf ihre Besonderheit hinweist, doch obwohl sie so gemalt wurden, dass sie besonders stolz und schön wirken, sehen sie völlig normal aus; eine Handvoll golden umrahmter, stinknormaler junger Leute.

Hinter der Tür, durch die die Priester verschwunden sind, nähern sich Schritte. Priesterin Erata kommt herein und bedeutet Tora wortlos, ihr zu folgen. Durch eine Tür zur Rechten gehen die beiden hinaus.

Wir warten weiter.

Als Nächstes kommt Priester Gerlot und diesmal wird Tammo weggeführt.

Warten.

Perselos verdreht seine Finger zu Schlingen und Knoten, bei denen ich mich frage, ob er sie je wieder wird entwirren können. Sander sitzt so still wie eine Statue. Atmet er überhaupt?

Die Tür geht auf, Priester Paidros tritt ein, Sander verlässt an seiner Seite die Halle.

Als sich die Tür zum vierten Mal öffnet, bin ich an der Reihe und werde von Dashna, der Priesterin mit den schwarzen Locken, in ein düsteres Treppenhaus gelotst. Es geht zahllose, mit einem Teppich ausgelegte Stufen hinauf.

Links taucht eine Tür auf. Dashna muss sich einige Male dagegenstemmen, ehe sie mit einem markerschütternden Knarzen nachgibt. Sie winkt mich hindurch, folgt mir aber nicht.

Genau wie das Treppenhaus ist der Raum riesig und dunkel. Dann entdecke ich Alban. Mit auf dem Rücken verschränkten Händen steht er an einem Fenster und schaut hinaus. Das Wetter ist umgeschlagen, glitzernde Strippen rinnen an der Scheibe hinab. Hat er mitbekommen, dass ich eingetreten bin? Doch eigentlich ist mir das in diesem Augenblick herzlich egal. Die tausend Treppenstufen und die Aufregung lassen meinen Puls rasen und meine Beine zittern, ich wanke zu einem der Sessel und plumpse hinein. Die Sprungfedern quietschen, Alban fährt herum.

»Entschuldigung«, flüstere ich erschrocken.

»Oh, ich muss mich bei dir entschuldigen. Es war unhöflich, dich so lange warten zu lassen.« Er lächelt. »Für gewöhnlich ist dies mein Sessel.«

Liebe Götter! Doch als ich aufspringen will, winkt er ab. »Bitte bleib sitzen, Mariel.«

Er nimmt im Sessel gegenüber Platz. Auf dem Tischchen stehen eine Kanne Tee und zwei Tassen, dazu eine Schale mit Keksen. Alban schenkt ein, reicht mir eine Tasse und hält mir die Kekse hin. »Meine Frau hat sie gebacken.«

Schüchtern nehme ich mir einen Keks. Seine Frau. Da Alban wie alle Priester in Amlon geboren wurde, muss sie diejenige sein, die aus dem Spiegelreich kommt. Nie habe ich darüber nachgedacht, dass der Oberste Priester in einer längst vergangenen Nacht von einer Spiegelseele erwählt wurde. Es ist merkwürdig, sich eine Frau an seiner Seite vorzustellen. Wie mag sie aussehen? Angeblich haben sie zwölf Kinder. Das jüngste wird, wie das Heilige Gesetz es verlangt, eines Tages in seine Fußstapfen treten.

Ich probiere den Keks. Er schmeckt wie ein Gedicht aus Butter, Schokolade und Kokosnüssen, das Beste, was ich je gekostet habe. Trotzdem kann ich den Bissen kaum schlucken, meine Kehle ist wie zugenäht.

»Köstlich«, krächze ich.

»Du musst ihn nicht aufessen. Du musst auch nicht höflich sein. Fragen der Höflichkeit sollten dich jetzt nicht mehr kümmern.«

Ich lege den Keks zurück auf den Tisch.

»Es wird schwer für dich, Mariel.« Albans Blick ruht so liebevoll auf mir, dass ich auf der Stelle losheulen könnte. »Bist du dir darüber im Klaren?«

Ja. Nein. Wäre ich mir darüber im Klaren, säße ich dann hier?

Als könnte er meine Gedanken lesen, nickt er: »Du hast recht, Wissen und Klarheit helfen dir nicht weiter. Die Reise nach Nurnen ist keine Entscheidung deines Verstandes. Dein Herz trifft die Wahl.« In sachlicherem Tonfall fährt er fort: »Du wirst jetzt die letzten Geheimnisse erfahren. Wir dürfen sie nur denen offenbaren, die nach Nurnen reisen. So haben es die Götter im Heiligen Gesetz verfügt.«

»Und warum nur uns?« Am liebsten würde ich die Worte zurück in meinen Mund stopfen, aber sie sind schon heraus.

»Die letzten Geheimnisse würden den Menschen zu viel Angst einjagen.«

Und uns nicht? Sind wir keine Menschen mehr? Nur ... Sonderbare?

Wieder scheint er meine Gedanken zu lesen. »Wer die Kraft hat, sich der Reise nach Nurnen zu stellen, hat auch die Kraft, den letzten Geheimnissen ins Gesicht zu blicken«, lächelt er. »Wenn du mit deinem Seelenpartner aus Nurnen zurückkehrst – und ich hoffe von Herzen, dass es so kommt –, wirst du dich einem Ritual unterziehen, damit du diese Geheimnisse wieder vergisst.«

»Ein Heilritual?«

Er nickt. »Aber noch liegt die Reise vor dir. Und darum musst du jetzt genau zuhören.«

Ich setze mich auf.

»Nurnen befindet sich in ständigem Wandel. Landkarten gibt es keine. Die einzigen Wegweiser sind dein Herz und dein Glaube. Hör auf das, was sie dir raten. Vor allem musst du ihre Stimmen von der Stimme deiner Ängste und Zweifel unterscheiden. Ihnen darfst du niemals folgen. Hast du das verstanden? Nie, niemals darfst du dich deinen Ängsten und Zweifeln hingeben. Doch auch deine Sehnsüchte, Wünsche und Erinnerungen können gefährliche Verführer werden. Beherrsche sie! Widerstehe ihnen! Im Spiegelreich können all diese Empfindungen um ein Vielfaches wachsen und eine Gestalt annehmen, die dich in den Wahnsinn treibt.«

»Woher wissen Sie das alles?« Meine Stimme klingt ruhig, doch in meinem Kopf drehen sich die Gedanken wild im Kreis.

»Die Reisenden, die zurückgekehrt sind, durchlaufen eine Phase, in der sie ... aufwachen. Lass es mich so nennen. In dieser Phase haben sie von Dingen gesprochen, aus denen wir Priester unsere Schlüsse zogen. Ein spärliches Wissen, wie ich zugeben muss, denn die Worte der Heimkehrer waren verschwommen, die Erinnerungen flüchtig wie die Bilder eines Traumes.« Er nippt an seinem Tee. »Noch etwas musst du beherzigen, Mariel. Du kommst nicht aus Nurnen und wirst dort wahrscheinlich auffallen. Sei also vorsichtig. Halte dich bedeckt. Das sollte im Spiegelreich deine Richtschnur sein. Du musst dein Seelen-Ich schützen.«

»Mein Seelen-Ich?«, frage ich verwirrt.

»Das ist der Teil von dir, der nach Nurnen reist, während dein Körper-Ich schlafend in unserer Obhut bleibt. Daran musst du immer denken: Dein Seelen-Ich ist so verwundbar wie dein Körper. Wenn es getötet wird, bedeutet das auch für deinen Körper den Tod. Ohne Seele kann er nicht existieren.« Alban nimmt einen Keks, beißt einen Halbmond heraus und spült den Bissen mit einem Schluck Tee hinunter. Trotz meiner Ängste muss ich lächeln; mein Vater macht das auch immer so. Versonnen betrachtet Alban den Keks. »Nujala ist eine wunderbare Bäckerin. Es ist das Glück meines Lebens, dass sie zu mir gekommen ist.« Er zwinkert. »Ihre Kekse tragen nicht unerheblich zu diesem Glück bei. Seit ihrem ersten Tag in Amlon zaubert sie die herrlichsten Plätzchen. Hat sie das Handwerk von ihren Eltern gelernt? Hat sie für ihre Freunde die Geburtstagskuchen gebacken? Sich mit Keksen getröstet, wenn sie Kummer hatte? Wir wissen es nicht. Familie, Freunde, Kummer, Glück, Liebe, gibt es das in Nurnen?«

Ich starre auf meine Hände. »Warum ist mein Seelenpartner nicht gekommen?«, flüstere ich.

»Du weißt es, Mariel«, erwidert er leise. »Deine Zweifel standen euch im Weg. Dein Glaube an den Gott und die Göttin war zu schwach, er kam nicht aus deinem Herzen.«

»Aber ich glaube an die Götter!«

»Du selbst spürst deine Zweifel vielleicht nicht. Die Götter tun es sehr wohl.« Er beugt sich mir entgegen. »Es ist eine Prüfung. Zeig ihnen, wie tief dein Glaube reicht, und sie werden dir helfen, in Nurnen deinen Weg zu finden. Vertrau ihnen.«

»Wie kann ich das, wenn es mir schon in der Nacht der Verbindung nicht gelungen ist?«

Er lächelt. »Weißt du, was *ich* aus ganzem Herzen glaube? Nur die Menschen, die tief im Innern spüren, dass sie ihre Zweifel besiegen können, wollen nach Nurnen reisen.«

Aber warum kommen dann nur so wenige zurück?, will ich fragen, beiße mir jedoch auf die Zunge und schlucke die Frage herunter. Es ist nicht wichtig. Ich kann nicht mehr zurück. Die Entscheidung ist gefallen.

Eine Weile rührt Alban in seinem Tee. »Nurnen«, meint er langsam, »ist der gefährlichste Ort, den du je kennenlernen wirst. Wir haben darüber gesprochen, welche Gefahr im Spiegelreich von deinen Gefühlen ausgeht. Doch du wirst noch von anderer

Seite bedroht. In Nurnen arbeitet die Zeit gegen dich. Körper-Ich und Seelen-Ich können nicht unbegrenzt voneinander getrennt bleiben. Sie brauchen einander, eins kann nicht ohne das andere sein.«

»Und wie viel Zeit habe ich?«

»So viel Zeit, wie der Mond braucht, bis er einen Zyklus vollendet hat. Achtundzwanzig Tage. Nur wird dir dieses Wissen in Nurnen nicht helfen, im Spiegelreich scheint die Zeit anderen Gesetzen zu folgen. Wir vermuten, dass du spüren wirst, wenn deine Frist abläuft. Je länger du in Nurnen bleibst, desto stärker wird dein Bedürfnis nach Schlaf werden. Diesem Bedürfnis – und auch das können wir nur vermuten – wirst du immer häufiger nachgeben wollen, bis du zuletzt nicht mehr erwachst. Aber so weit«, fügt er angesichts meines Erschreckens hinzu, »soll es ja gar nicht kommen. Glaube und Vertrauen, Mariel. Leg dein Schicksal in die Hände der Götter.«

Wieder ist es lange still. Als Alban erneut spricht, klingt seine Stimme weich: »Du weißt nun alles, was wir den Überlieferungen, dem Heiligen Gesetz und den Hinweisen derer, die zurückgekehrt sind, entnehmen konnten. Dieses wenige muss dir leider genügen. Hast du noch Fragen?«

»Sehe ich Tammo und die anderen in Nurnen wieder? Werden wir dort zusammenbleiben?«

»Ich weiß es nicht, Mariel.«

Das trägt nicht gerade dazu bei, dass ich mich besser fühle.

Noch ein Punkt bereitet mir Bauchschmerzen. »Wenn meine Seele und mein Körper sich trennen ... tut das weh?«

Er lächelt. »Es ist so leicht wie Einschlafen. Außerdem helfen wir dir. Doch vor allem helfen dir die Götter. Vertrau ihnen.«

Die Tür öffnet sich. Dashna tritt mit einem Tablett ein. Darauf steht ein bis zum Rand mit einer goldenen Flüssigkeit gefüllter

Kelch aus Kristall. Alban nimmt ihn und schwenkt ihn leicht. Wie gebannt schaue ich auf das goldene Glitzern. »Bist du bereit?«, flüstert er.

Spielt das eine Rolle? Da ich es ebenso gut gleich tun kann, nicke ich. Alban reicht mir den Kelch. Meine Hände zittern so stark, dass ich fürchte, das Getränk zu verschütten, doch nichts passiert. Wahrscheinlich kann man mit diesem Zaubertrank sowieso nicht herumspritzen. Als ich den Kelch an die Lippen setze, schlagen meine Zähne gegen das Kristall, aber in Heldinnenmanier stürze ich die Flüssigkeit auf einen Zug hinunter. Sie schmeckt weder salzig noch süß, weder warm noch kalt.

In meinem Magen breitet sich ein Glühen aus. Ich drücke die Hände gegen meinen Bauch. Das Glühen verstärkt sich. Ruhig bleiben, Mariel. Atmen. Ich schnappe nach Luft, will ausatmen – und kann nicht. Das Glühen wird ein Lodern, ich krümme mich, meine Eingeweide stehen in Flammen. Hat Alban mir Gift verabreicht? Hat er uns belogen, sind wir nach Ningatta gereist, weil wir sterben sollen? Ein Opfer für die Götter? Ich muss ausatmen. Ausatmen! Mit einem krampfhaften Ruck stoße ich die Luft aus meinen Lungen. Das Brennen vergeht. Ich richte mich auf und schaue in Albans große dunkle Augen. Er – und uns vergiften? Lächerlich. Plötzlich bin ich mir sicher: Alles, was geschieht, muss genau so geschehen.

»Ein Wort noch«, sagt Alban sanft. »Zwischen Amlon und Nurnen liegt das Grenzland. Dort befindest du dich im Übergang von einer Welt in die andere. Was immer geschieht, der Übergang darf nicht ins Stocken geraten.«

»Was muss ich tun?«, frage ich ängstlich.

»Nichts.« Als er mein überraschtes Gesicht sieht, lächelt er. »Das ist zuweilen das Schwierigste. Überlass dich ganz dem

Schlaf – und uns. Vertrauen, Mariel. Das ist das Wichtigste. Und jetzt kann ich dir nur noch eine gute Reise wünschen.«

Priesterin Dashna nickt mir zu. Ich stehe auf und folge ihr hinaus. An der Tür drehe ich mich noch einmal um. Alban winkt. Ich winke zurück.

Nach ein paar Stufen geht es durch einen Gang und eine zweite Treppe hinauf. Meine Hand gleitet über das goldene Geländer, ein flauschig roter Teppich dämpft meine Schritte. Dashna öffnet eine Tür und winkt mich in ein Badehaus. Stumm bedeutet sie mir, dass ich meine grauen Kleider ablegen soll, die Insignien der Sonderbaren. Eine Marmorwanne ist in den Boden eingelassen. Ich gleite in warmes Wasser. Dashna reicht mir einen Schwamm, hebt meine Kleider auf – wenigstens die darf sie offenbar berühren – und lässt mich allein.

Der Schwamm ist hart und grob und es tut weh, mich damit abzureiben, doch der reinigende Schmerz gefällt mir auch, ich schrubbe, bis meine Haut brennt und die letzten Spuren von Xerax verschwunden sind. Danach liege ich mit halb geschlossenen Lidern im Wasser, keine Essenzen, kein Schaum, nur Wärme. Immer wieder fallen mir die Augen zu, der Trank wirkt wohl bereits.

Dashna kehrt mit Handtüchern und einem Bademantel zurück. Ich trockne mich ab und schlüpfe in den Mantel, dann muss ich auf dem Boden niederknien.

Die Priesterin schneidet mir die Haare bis auf die Kopfhaut ab. Ich starre auf die dunklen Strähnen, die sich in wachsender Menge auf den Marmorfliesen ringeln. Am liebsten würde ich losheulen, ich war immer so stolz auf mein Haar. Abgesehen von meinen Wimpern – wenigstens die darf ich behalten – waren sie das Einzige an mir, das ich mochte. Jetzt wandern sie in den Müll, werden verbrannt, vergraben oder was sonst mit Kleidern, Haaren und Badewasser der Sonderbaren geschieht. Übrigens verwandelt mich Dashna in einen Glatzkopf, ohne mich auch nur mit einer Fingerspitze zu berühren. Sie ist wirklich eine Künstlerin.

Als mein letztes Haar ermordet auf dem Boden liegt, darf ich aufstehen. Dashna hilft mir in ein türkisfarbenes Gewand, das vom Schnitt den Gewändern der Priester gleicht. Wir verlassen das Badehaus und gehen einen Säulengang hinab. Mit jedem Schritt werden meine Beine schwerer. Als ich taumele, macht Dashna keine Anstalten, mich zu stützen, sie geht nicht einmal langsamer. Anfangs halte ich noch Schritt, dann strauchele ich und falle hin. Sie wartet, bis ich mich aufgerichtet habe, und geht weiter. Ich wanke hinterher.

Der Weg endet in einer Art Höhle. Die Wände sind aus rötlichem Fels, der aus sich selbst heraus schwach glüht. Als ich ihn mit den Fingern berühre, fühlt er sich feucht und warm an. Dashna deutet auf eine Bank, auf der schon Tammo, Sander und Tora sitzen. Wie froh ich bin, sie zu sehen! Tora hebt mühsam eine Hand. Tammo bringt kaum noch ein halbes Lächeln zustande und Sander sieht völlig weggetreten aus. Auch Perselos wird bald hereingeführt. Er torkelt, fällt hin, will sich aufrichten und sinkt zurück. Tora und ich wanken zu ihm und hieven ihn auf die Bank.

Da sitzen wir nun. Hinter uns stehen die Priester, die uns hergebracht haben.

Warten. Warten. Warten.

Perselos hat seinen Kopf auf meine Schulter gelegt, während Tora winzige Schnarchlaute ausstößt. Endlich öffnet sich am Ende der Höhle ein Durchgang in dem roten Fels. Die Priester geben uns ein Zeichen. Ich stupse Tora an und sie fährt hoch. Schwankend stehen wir auf und folgen den Priestern.

Glitzernde Dunkelheit hüllt uns ein. Wir stehen unter einer Kuppel, die mir groß wie der Himmel erscheint und in der überall Funken aufglühen und wieder verschwinden. Vor uns liegt ein ... ja, was? Ein schwarz spiegelnder See? An seinem Ufer warten einige Boote. Dashna führt mich zu einem von ihnen, zeigt auf mich, zeigt auf das Boot. Als meine Hände die Reling umfassen, spüre ich kühlen Stein und habe zugleich das Gefühl, dass meine Hände in warmes Wasser tauchen. Mittlerweile bin ich kaum noch bei Bewusstsein und so dauert es eine Weile, bis ich mich über den Rand gehievt habe und in das Boot hineingerutscht bin.

Dashna bedeutet mir, dass ich mich hinlegen soll, und ich lasse mich auf den Boden sinken. Die Lichter ringsum werden dunkler und erlöschen. Die mich umgebende Stille ist absolut wie die Dunkelheit. Und in dieser Stille ziehen mir immer wieder dieselben Gedanken durch den Kopf: Irina war auch hier. In welchem Boot ist sie gestorben? In diesem?

Mein Körper wird schwerer und schwerer. Ich kann die Augen kaum noch offen halten, möchte sie aber auch nicht schließen, möchte nicht einschlafen. Ich fürchte mich vor dem Übergang, fürchte mich vor dem Moment, in dem sich meine Seele und mein Körper trennen. Doch der Schlaf rückt immer näher und zieht mich in seine Arme.

Ich habe dieses goldene Zeug getrunken und das war ein Fehler, ich hätte das niemals tun dürfen. Mein Kopf rollt zur Seite. Noch sind meine Augen offen. Sind sie offen? Ich will nach ihnen tasten, kann meine Arme aber nicht mehr heben, sie sind zu schwer.

Ein Ruck geht durch mein Boot, ich spüre, wie es nach vorn geschoben wird, auf die schwarze Fläche, die ein See ist oder ein Spiegel. Beginnt jetzt der Übergang? Mir ist, als würde ich durch den Boden meines Bootes ein Rauschen hören, aber vielleicht rauscht da nur das Blut in meinen Ohren. Das Rauschen verwandelt sich in einen Gesang, in der Ferne erheben sich Stimmen zu einem Lied, erst ohne Worte, dann höre ich meinen Namen. Meine Augen schließen sich. Ich schaukele im Nirgendwo. Keine Ahnung, wer da singt oder was hier geschieht. Ich möchte sehen, was passiert, aber ich kann meine Augen nicht mehr öffnen.

Ich will etwas sehen. Ich will etwas sehen!

Ruhig werden. Atmen. Konzentrier dich. Lass die Bilder kommen, wie sie hundertmal zu dir gekommen sind, wenn du in die Welt deiner Fantasie abgetaucht bist.

Lass sie kommen.

Langsam sinke ich durch die Dunkelheit in die Tiefe. Ich bin nicht mehr in dem Boot. Die Stimmen singen noch immer meinen Namen. Weitere Namen kommen hinzu: *»Tammo ... Tora ... Perselos ... Sander ... Mariel ...«*

Ich schaue in alle Richtungen. Sind meine Augen offen oder geschlossen? Egal. Aber mir ist nicht egal, dass ich die anderen nirgends sehe. Wieder will die Angst nach mir greifen. Um mich zu beruhigen, lausche ich den Stimmen, die in einem endlosen Lied unsere Namen wiederholen: *»Tammo ... Sander ... Perselos ... Mariel ... Tora ...«*

Jetzt taucht in der Dunkelheit Perselos auf. Schnell winke ich ihm zu. Obwohl er nicht weit von mir entfernt abwärtsschwebt, bemerkt er mich nicht. Seine Augen sind geschlossen.

»Perselos!«, rufe ich, aber meine Stimme wird von der Dunkelheit verschluckt.

Nun entdecke ich auch Tora und Tammo und zuletzt Sander. Wie Perselos schlafen sie offenbar. Wenn ich nur näher an sie herankäme! Doch die Bahn meines Flugs scheint vorherbestimmt, so gern ich von ihr abweichen möchte, ich schaffe es nicht.

»Tammo«, singen die Stimmen, *»Tora, Perselos, Mariel, Tora, Tammo, Mariel, Perselos …«*

Etwas stimmt nicht. Das Lied klingt auf einmal falsch.

Sander! Sie singen seinen Namen nicht mehr.

Es gibt ein Geräusch, als würde etwas zerreißen. Aus der Dunkelheit tauchen zwei riesige Hände auf. Finger tasten umher, wachsen auf uns zu, werden länger und länger.

»Perselos, Mariel, Tora, Tammo, Mariel, Tammo, Perselos …«

Während wir weiter durch die Dunkelheit fallen, folgen uns die Finger, wachsen immer noch weiter und schlängeln sich wie die Tentakel eines Riesenkraken zu Sander hinüber. Auf einmal öffnet er die Augen und beginnt zu zucken wie ein Wurm am Haken. Dann rollen seine Augen nach oben, bis ich nur noch das Weiße darin sehen kann. Ich muss ihn von diesen Tentakelfingern wegholen, aber ich sinke auf einer unveränderlichen Bahn weiter in die Tiefe.

Ich versuche, mich zu konzentrieren und meinen Willen zu bündeln. Ich muss zu Sander! Langsam, ganz langsam bewege ich mich auf ihn zu. Viel zu langsam. Die Tentakelfinger haben ihn schon fast erreicht. Ich strecke einen Arm aus, will seine linke Hand ergreifen, meine Finger berühren seine Fingerspitzen, strecken sich noch etwas weiter, fassen nach seiner Hand, packen zu – und reißen ihn von den Tentakeln weg und zu mir hin.

Die Finger schnappen ins Leere, zucken wild durch die Dunkelheit, recken sich erneut in unsere Richtung – da löst ein neues Lied das erste ab, gesungen von noch schöneren, fast überirdischen Stimmen: *»Perselos, Tora, Mariel, Tammo, Sander …«*

Mit einem Mal durchströmt mich ein ungekanntes Gefühl von Leichtheit, ich bin körperlos und von allem befreit. Ohne dass es mir jemand erklären müsste, weiß ich: Dies ist der Moment, in dem unsere Seelen sich von unseren Körpern lösen.

Die Tentakelfinger schrumpfen, werden kleiner – verschwinden.

Während ich weiter Sanders Hand halte, verwandelt sich die Dunkelheit in ein spiegelndes schwarzes Meer voller Gesang, in das wir eintauchen und das uns wiegt, während wir immer tiefer nach unten schweben. Wir haben das Grenzland erreicht. So süß klingt das Lied, dass ich nichts anderes mehr will, als ihm zu lauschen und mich dem Gefühl von Losgelöstheit hinzugeben.

Irina.

Ganz deutlich erkenne ich ihre Stimme in dem überirdischen Chor.

Nie, niemals darfst du dich deinen Ängsten, Sehnsüchten und Erinnerungen hingeben. Wie aus weiter Ferne tönen Albans Worte in meinen Ohren. *Was immer geschieht, der Übergang darf nicht ins Stocken geraten.*

Irinas Stimme zieht an mir, sie zieht und zieht. Ist das schon ein Trick aus dem Spiegelreich, eine Erinnerung, die aus dem Ruder gerät?

Ich will dorthin, wo meine Tante ist – aber ich darf nicht, ich muss diesen Wunsch kontrollieren. Reiß dich zusammen, Mariel. Was du hörst, ist eine Vorstellung von dir, es ist nicht echt. Denk an den Weg, der vor dir liegt, denk an dein Ziel.

Langsam verschmilzt Irinas Stimme mit den anderen und ist bald nicht mehr von ihnen zu unterscheiden. Ich atme tief aus, schaue zu Sander und frage mich, ob er mitbekommen hat, was gerade passiert ist. Doch da ist nicht nur Sander. Hinter ihm, in der Ferne, durch einen Silberschleier von uns getrennt, ziehen blasse Gestalten vorüber. Ich zähle vier, fünf, sechs, sieben – sind sie es, die unsere Namen singen? Jetzt bemerkt Sander sie auch. Er zerrt an meinem Arm, drängt mit aller Kraft zu den Geistergestalten hin. Doch wir müssen weiter, wir dürfen den Übergang nicht unterbrechen. Außerdem verlieren wir die anderen, sie sinken immer tiefer in das Spiegelmeer, sind kaum noch daumengroß.

Sander, verdammt, komm schon!

In seinen Augen zuckt etwas auf. Sein Blick klärt sich. Zum ersten Mal sieht er mich. Wütend will er sich aus meinem Griff befreien und zieht so stark an meinem Arm, als wollte er mir die Schulter auskugeln. Eine Weile ringen wir miteinander, dann durchfährt mich ein Ruck.

Wir hängen im Grenzland fest.

Tammo, Tora und Perselos sind nur noch winzige Punkte in der Tiefe. Wir verlieren sie – wir verlieren sie! Sander zerrt an mir wie verrückt.

»Nein!«, schreie ich ihn an. Auf einmal packt mich eine Riesenwut. »Nein!«

Wieder ein Ruck – Sander und ich werden hinabgeschleudert, tiefer in das Spiegelmeer hinein. Wir prallen mit den anderen zusammen, reißen sie mit, wir fallen und fallen ...

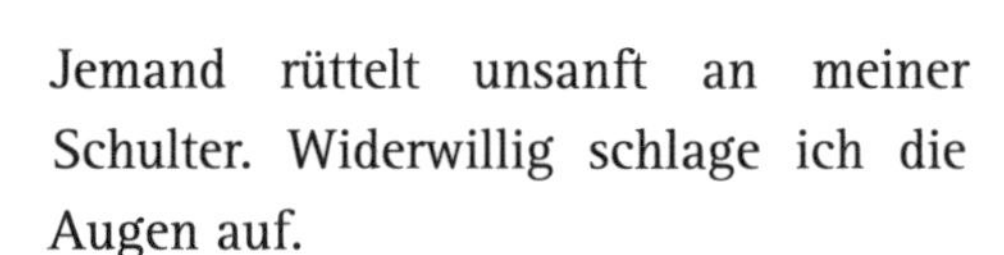

22

Jemand rüttelt unsanft an meiner Schulter. Widerwillig schlage ich die Augen auf.

»Zufrieden?« Sander guckt auf mich herunter. Seine schräg stehenden Augen sprühen Funken, sein braunes Haar scheint zu knistern. »Vielen Dank, Mariel.«

Äh – was? Wo bin ich überhaupt?

In einem Himmelbett. Tammo, Tora und Perselos liegen kreuz und quer um mich herum und schlafen. Ächzend richte ich mich auf.

Der Raum ist kreisrund, ein Lüster mit verdrehten Armen hängt von der Decke und spendet funzeliges Licht. Sander steht vor einem Spiegel, der an der Wand hinter ihm aufgehängt ist. Ich freue mich so, ihn und die anderen in meiner Nähe zu haben, dass ich ihm das grobe Wecken sofort verzeihe und ihn anlächle.

»Hör auf zu grinsen. Verdammt, das war meine Seelenpartnerin, meine Spiegelseele. Ich habe sie gespürt.«

»Aber ...« Meine Stimme sackt weg. Ich hasse es, wenn ich so piepsig klinge. »Da war ...« Schon wieder knicken die Worte ein. Ich hole tief Luft. »Da war keine Spiegelseele. Da waren ... Geister.«

Auf einmal klingt er ganz ruhig und kalt. »Sonst noch was?«

Mein Herz schnürt sich zusammen, warum spricht er so mit mir?

»Wir waren im Grenzland, Sander, irgendwo zwischen den

Welten. Da gibt's keine Spiegelseelen. Und Alban hat uns eingeschärft, dass wir den Übergang nicht unterbrechen dürfen.«

Sander runzelt die Stirn, als würde er nicht verstehen, wovon ich spreche. »Warum hast du dich eingemischt?«

Verletzt schaue ich zu ihm hoch. Warum tun seine Worte und sein Blick so weh? Selbst jetzt noch spüre ich die Hand, die mich vorwärtsschob, als ich dachte, ich käme nicht weiter. Empfinde ich mehr für ihn, als ich sollte? Wenn das so ist, muss Schluss damit sein. Immerhin sind wir hier, um unsere Spiegelseelen zu finden! Ich richte mich auf und sage so laut und deutlich, wie ich nur kann: »Du. Wolltest. Den. Übergang. Unterbrechen.«

Er reibt sich die Schläfen mit den Fingern, als müsse er seinen Kopf am Explodieren hindern. »Tu mir einen Gefallen, Mariel: Kümmere dich in Zukunft um deine eigenen Angelegenheiten, ja?«

Ich spüre, wie ich knallrot anlaufe. Mein Herz pocht in meinem Hals, der Zorn drückt mir die Kehle zu.

»Ist das euer Ernst?« Tora setzt sich auf. »Kaum in Nurnen angekommen und ihr fangt an zu streiten? Wir sind doch in Nurnen?« Sie ist ein wenig blass um die Nase, ihre Sommersprossen springen deutlich hervor. »He, ist das mein Seelen-Ich?« Sie kneift sich in den Unterarm. »Au. Fühlt sich ziemlich nach Körper an.«

Mein Blick fällt in den Spiegel. Trotz des Schummerlichts kann ich mein Abbild gut erkennen. Meine Haare sind wieder da. Statt des türkisfarbenen Gewandes trage ich meine Lieblingskleider aus Amlon: eine moosgrüne Bluse, dazu weite grüne Hosen und bis zum Knöchel hochgeschnürte Sandalen.

Sander hat das cremefarbene Hemd und die schwarze Hose an, die er beim Kamelienritual trug, dazu Schuhe aus weichem

Wildleder. Auch die anderen tragen Sachen, von denen ich vermute, dass es ihre liebste Kleidung ist, schlicht und bequem.

Jetzt regen sich auch Tammo und Perselos.

»Sind wir ... da?«, murmelt Tammo und reibt sich wie ein Kind mit den Fäusten die Augen.

Ich berühre seinen Arm. Er ist es wirklich. Ich spüre ihn so deutlich wie ... nun, wie Tammo eben. »Das sind wir.« Ich schaue mich um und füge beklommen hinzu: »Hoffentlich.«

Er richtet sich auf. »Was soll das heißen?«

»In Nurnen sind wir schon«, versichere ich hastig, denn davon bin ich überzeugt. »Aber während des Übergangs gab es eine ... Stockung. Ich hoffe einfach, wir sind am richtigen Platz gelandet.«

»Hier sieht's doch nett aus.« Tora reckt sich. »Und wie geht's jetzt weiter?«

»Alban meint, unsere Herzen würden es uns sagen.« Perselos' Augen strahlen, sein teigiges Gesicht leuchtet. Von uns allen wirkt nur er zuversichtlich.

Tora blickt in die Runde. »Sagt das Herz von einem von euch irgendwas?«

»Mein Herz sagt, dass ich nicht hier sein sollte«, knurrt Sander.

»Ja, das habe ich verstanden«, fauche ich zurück.

»Und was soll das jetzt wieder heißen?«, fragt Tammo.

»Mariel sieht Gespenster und ich habe meine Seelenpartnerin verloren«, zischt Sander.

Ich überlasse es ihm, die Lage zu erklären. Von Geistern spreche ich lieber nicht mehr. Auch die Tentakelfinger bringe ich vorerst nicht ins Spiel. Anscheinend habe nur ich diese Dinge gesehen.

»Wenn Sander seine Spiegelseele gespürt hat, ist das doch ein gutes Zeichen«, meint Perselos.

»Das Problem ist: *Jetzt* spüre ich sie nicht mehr«, gibt Sander barsch zurück.

»Ach, die kommt wieder.« Tora springt aus dem Bett. »Hopp, raus aus den Federn. Wir müssen los.«

»Langsam, ja? Und kommandiere uns gefälligst nicht herum.« Tammo wirkt immer noch leicht benommen, trotzdem schafft er es, Tora mit geradem Blick zu mustern. »*Du* bist doch ohnehin nicht scharf auf deinen Seelenpartner.«

»Ich will trotzdem so schnell wie möglich zurück nach Amlon. Und Mariel auch, stimmt's?« Tora grinst mir zu.

Tammo runzelt die Stirn.

»Ich dachte, Xerax ist die Freiheit?«, fragt er Tora kühl.

»Tja, ich habe mich geirrt, oder?«

Perselos ist vollkommen fassungslos. »Dein Seelenpartner ist für dich nur ein notwendiges Übel, um wieder nach Hause zu kommen?«

»Wenn er der Richtige für mich ist, macht's ihm nichts aus. Jedenfalls muss ich zurück, weil mal irgendwer in Amlon was gegen die Zustände auf Xerax, den Getreidebrei und überhaupt das ganze Wegsperren der Sonderbaren unternehmen muss. Ihr könnt mitmachen. Das Parlament aufmischen und so.« Sie strafft die Schultern. »Also – auf! Und denkt an Albans Rat: nicht auffallen. Tut so, als würdet ihr euch wie zu Hause fühlen.«

»Nichts leichter als das«, murmelt Tammo und dreht sich von ihr weg.

Statt einer Tür gibt es einen Durchgang, der uns auf eine breite Wendeltreppe führt. Es geht steil nach unten, und obwohl auf beiden Seiten ein Geländer angebracht ist, erstarrt Tammo augenblicklich. Ich strecke ihm eine Hand hin, doch er schüttelt den Kopf. »Nein, ich ... ich denke, ich sollte das allein schaffen.«

Gleichmäßig setzt er einen Schritt vor den anderen und steigt die Stufen kaum langsamer hinunter als wir. Vielleicht bekommt er seine Höhenangst wirklich in den Griff. Ich hoffe es für ihn. Für uns alle. Angst, das hat Alban ja ausführlich erklärt, ist in Nurnen keine gute Idee.

Die Treppe wendelt sich um eine weitere Kurve und endet vor einer Wand.

Perselos kratzt sich den roten Schopf. »Und jetzt?«

Sander stöhnt. »Müssen wir zurück.«

Als wir kehrtmachen, stutzen wir: Die Treppe führt weiter in die Tiefe.

»Erklärt mir das jemand?«, fragt Tora.

»Nurnen, du Schlaukopf«, gibt Tammo knapp zurück.

Einige Stufen später kommt uns der erste Mensch entgegen. Der Mann trägt eine zeltähnliche Kutte und erinnert so stark an Priester Elvin, dass wir stehen bleiben. Lächelnd nickt er uns zu, dann ist er an uns vorbei.

Was macht Elvin im Spiegelreich? Ich schaue zurück, doch er ist verschwunden.

»Das war er nicht«, meint Sander. »Das war ... ein Trugbild oder so.«

Immer mehr Menschen kommen uns entgegen und immer wieder geraten wir ins Stocken, weil wir jemanden zu erkennen glauben.

»War das nicht euer Nachbar? Der Papageienhasser?«, fragt Tammo, als ein alter Mann mit Krümeln und Vogelkot im Bart an uns vorbeischlurft.

Ich schüttele den Kopf. »Der hat zu nett gegrüßt, Zerbatt würde nie ... Ist alles in Ordnung mit dir?«

Auf Tammos Stirn stehen Schweißperlen. Seine Hände sind so fest um das Geländer gekrallt, dass die Knöchel weiß hervorspringen. »Diese Treppe«, murmelt er. »Kommt es dir auch so vor, als würde sie immer steiler werden?«

»Das bildest du dir ein.« Aber sicher bin ich mir nicht. Meine Hände tasten nach dem Geländer. Auch die anderen halten sich jetzt fest, während wir weiter nach unten steigen.

Neben mir geht Tammo in die Knie. »Mariel ... die Treppe ...« Sein Gesicht ist weiß wie ein Ziegenkäse. Als ich das sehe, wird mir klar, was gleich passieren wird.

»Festhalten!«, kann ich den anderen gerade noch zurufen, da stellt sich die Stufe unter meinen Füßen schon senkrecht. Tora stößt einen Schrei aus. Im nächsten Augenblick hängen wir in der Luft. Meine Finger umklammern das Geländer. Tammo, der am Geländer auf der anderen Seite baumelt, starrt in den Abgrund.

»Tammo«, rufe ich hinüber, »schau nicht runter! Sieh mich an. Du musst mich ansehen, Tammo.«

Langsam wendet er den Kopf in meine Richtung. Seine Lider flattern, sein Adamsampfel ruckt rhythmisch auf und ab. Ich zwinge mich zur Ruhe, damit meine Stimme so entspannt wie möglich klingt. »Es ist alles gut. Schau mich an. Und jetzt atme. Hörst du, wie ich es mache?« Ich atme tief ein und lasse die Luft übertrieben laut entweichen. »Mach es genauso. Ich zähle, dann geht es leichter. Eins ... zwei ... drei ...«

Endlich fällt sein Atem in den Rhythmus meines Zählens ein.

»Es ist nur eine Treppe, Tammo. Eine dumme, alte Treppe. Du kannst sie ganz leicht hinuntergehen. Wir werden sie zusammen hinuntergehen. Dir kann überhaupt nichts passieren. Du musst mich nur weiter ansehen, dann geht es ganz leicht ...«

Ich rede und rede.

Er wirkt jetzt ruhiger, sein Atem geht noch tiefer. Ich merke, wie meine Füße Halt finden. Nach ein paar weiteren Atemzügen haben wir es geschafft: Wir stehen wieder fest und sicher auf der Treppe. Und sie ist nicht einmal mehr steil.

»Himmel, was war das denn?« Tora wischt sich den Schweiß von der Stirn.

»Davor hat uns Alban gewarnt.« Perselos schenkt Tammo einen mitfühlenden Blick. »Keiner von uns darf sich von seinen Ängsten beherrschen lassen. Das bringt uns alle in Gefahr.«

Sander nickt mir zu. »Danke, Mariel. Du hast genau das Richtige getan.«

»Gern geschehen«, erwidere ich leicht verschnupft, so ganz kann ich ihm seinen Auftritt von vorhin noch nicht verzeihen.

Wenige Stufen später endet die Treppe in einem Gastraum voller Menschen. Mit seinem Schummerlicht und den rohen Steinwänden, in denen es keine Fenster gibt, erinnert er an den Eingangsbereich des Strandpalastes. Eine blonde Frau kommt auf uns zu und verbeugt sich so tief, dass ihre Nasenspitze fast den Boden berührt. Mit offenem Mund starre ich sie an.

»Ma… Mama?«, stottere ich.

»Oh, ich heiße Florimel«, trillert sie mit einem Stimmchen, das unmöglich meiner Mutter gehören kann. »Frühstück kommt im nächsten Augenblick.«

»Wir haben keine Zeit für ein Frühstück, danke.« Tammo, der noch immer ziemlich blass aussieht, hat sich schon halb abgewendet.

Florimel zieht die Augenbrauen zusammen. »Leerer Bauch, Magenknurren und dann nix zwischen die Zähne? Kein Krümel, kein Tropfen? Keine *Zeit?*«

Fehler, denke ich. *Keine Zeit* fällt auf. Und auffallen sollen wir nicht.

Schnell schiebe ich mich vor Tammo. »Ein Frühstück wäre wunderbar, sehr freundlich von Ihnen.«

Florimels Stirnrunzeln glätten sich, sie verbeugt sich ein zweites Mal und wuselt davon. Perselos blickt ihr nach. Seine Augen glänzen. Verdenken kann ich es ihm nicht. Meine Mutter ist ein echter Hingucker.

Pardon. Florimel.

»Ich will kein Frühstück«, murrt Tora. »Ich will meine Spiegelseele finden und dann nichts wie weg.«

»Ja, und vorher möglichst viel Aufsehen erregen, damit alle merken, wie fremd wir in Nurnen sind«, gebe ich zurück.

»Wäre das so schlimm?«, fragt Perselos.

»Alban meint, wir dürfen nicht auffallen.«

»Das werden wir spätestens, wenn wir das Frühstück nicht bezahlen können«, seufzt Tora. »Aber meinetwegen, suchen wir uns einen Platz.«

Abseits der anderen Gäste finden wir eine ruhige Nische. Tora lümmelt sich auf einen Stuhl und schaut sich um. »Erinnert irgendwie an den Strandpalast. He, vielleicht servieren die hier Cocktails zum Frühstück.«

Solange es kein Getreidebrei ist ... Richtig Lust hätte ich auf einen Obstsalat. So einer, wie meine Mutter ihn macht mit allem Drum und Dran: Krokant, Sahne, Kokosflocken, ich kann fast schmecken, wie sich die Süße der Mangos auf meiner Zunge ausbreitet und sich mit der milden Säure der Ananas und dem nussigen Aroma der Kokosflocken mischt.

Florimel kommt mit einem Tablett und stellt fünf Schüsseln vor uns hin. Obstsalat. Mit Krokant, Sahne, Kokosflocken.

»Lecker.« Perselos zieht seinen Stuhl näher an den Tisch heran und löffelt los.

Ich starre in meine Schüssel. Der Obstsalat meiner Mutter. Genau so, wie ich ihn mir vorgestellt habe.

Weil ich ihn mir vorgestellt habe?

Ungeahnte Möglichkeiten tun sich vor mir auf. Dattelkuchen, gebackene Bananen, Pralinen – aber vor allem muss ich an die weichen Brötchen denken, die ich als Kind jeden Morgen essen wollte und die mein Vater für mich butterte. Wie damals rieche ich den Duft der Schokoladenflocken, mit denen ich die Brötchen bestreute, spüre, wie meine Finger die Flocken in die Butter drücken ...

Florimel kommt. Brötchen, ein Topf Butter, Schokoladenflocken, bitte sehr. Die anderen futtern los.

»Ich ... ich hab mir das vorgestellt«, stammele ich. »Und jetzt steht es hier.«

Sanders Blick, der mich vorhin noch zurückweichen ließ, verändert sich. Mit höchster Konzentration mustert er mich, fast kann ich hören, wie hinter seiner Stirn die Gedanken rattern. »Was ist mit Eiern und Speck?«, fragt er.

»Wie bitte?«

»Versuch's. Ich will das sehen.«

Wenig später stellt Florimel eine Pfanne auf den Tisch, aus der es heiß und fettig duftet. Tora steckt sich einen Streifen Speck in den Mund. »Können wir auch Mandelkuchen bekommen?«

»Nein!«, ruft Perselos. »Bitte keinen Mandelkuchen.«

Verdutzt schauen wir ihn an.

»Den ... den vertrag ich nicht«, stottert er.

»Dann Kaffee?«, fragt Tora.

»Moment.« Sander berührt leicht meinen Unterarm. Mit einem Mal glüht die Stelle, auf der seine Finger liegen. »*Ich* will das versuchen.« Er schließt die Augen. Sitzt ruhig da. Wehrlos, denke ich und kann den Blick nicht von ihm abwenden. Vor Konzentration wirkt sein Gesicht ganz zart und irgendwie ... verwundbar.

Florimel kommt. Kaffee, Milch, Zucker, sonst noch Wünsche? Sander lächelt, er sieht richtig stolz aus.

Jetzt wollen es auch die anderen probieren. Tora murmelt: »Melonensaft, Melonensaft«, Perselos läuft vor Anstrengung rot an und Tammo konzentriert sich so stark, dass er schielt. Sonst passiert nichts. Offenbar funktioniert es nur bei Sander und mir. Er schaut mich an. Lange hält er meinen Blick fest. Es fühlt sich an, als wäre da eine geheime Verbindung, die allein zwischen uns besteht, etwas, das nur wir beide miteinander teilen.

»Was ist mit unseren Seelenpartnern?«, fragt er leise.

Ich schüttele den Kopf. »Ich glaube nicht, dass wir die einfach herbeifantasieren können.«

»Lass es uns trotzdem versuchen.«

Am Tisch wird es still. Sander schließt die Augen. Ich tue es ihm gleich und will mir die Gestalt des einen, mir Bestimmten vorstellen, den, der mir in meiner Fantasie so oft begegnet ist und dessen Gesicht ich nie gesehen habe. Auch jetzt kann ich es nicht sehen. Ich sehe überhaupt nichts.

Oder?

Ich blicke in schräg stehende Augen, sehe den silbernen Fleck in der linken Iris. Ich sollte mich von Sander ablenken, mich auf jemand anderen konzentrieren, auf ... auf Reno zum Beispiel. Auf Larena, die Wirtin des Towalu. Auf den allseits beliebten Getreidebrei ...

Wenige Sekunden später taucht Florimel mit einer Riesenschüssel voll grauer Pampe auf. »Wenn's denn schmeckt?« Sie stellt die Schüssel auf den Tisch. Kurz streift ihre Hand die von Perselos. Wenn er vorhin rot angelaufen ist, so ist das nichts im Vergleich zu dem, was jetzt passiert. Florimel lächelt ihn an und lässt ihre Wimpern flattern. »Doch lieber was Süßes?«

Liebe Götter. Meine Mutter macht Perselos schöne Augen ...

Nicht meine Mutter. Florimel.

»Deine Seelenpartnerin?«, grinst Tora, nachdem Florimel verschwunden ist und einen Perselos zurückgelassen hat, der wohl am liebsten vor Scham zu einer Pfütze zerfließen würde.

»Natürlich nicht«, knurrt er und schiebt seinen Teller weg. »Fertig? Können wir gehen?«

»Erst muss ich euch was erzählen.« Ich schaue kurz zu Sander, dann wende ich mich wieder den anderen zu. »Etwas wollte Sander daran hindern, den Übergang zu vollziehen.«

»Ja. Meine Seelenpartnerin«, murmelt er.

»Das glaube ich nicht.« Ich beschreibe ihnen die Tentakelfinger. Auch auf die Geistergestalten komme ich zu sprechen. Danach ist es lange still.

Schließlich schüttelt Tammo den Kopf. »Ich habe keine Finger gesehen. Und auch keine Geister. Ich bin in dieses Boot gestiegen, eingeschlafen und in Nurnen aufgewacht. Dazwischen war nichts.«

Perselos und Tora nicken.

»Habt ihr wenigstens die Stimmen gehört?«, frage ich.

»Die unsere Namen gesungen haben?« Tora schenkt sich Kaffee nach. »Erst schon. Dann war ich weg.«

Etwas zieht über Tammos Gesicht wie eine dunkle Wolke, als würde er Tora gern widersprechen, doch er äußert nur knapp: »Ging mir genauso.«

»Mir auch«, meint Perselos.

Über den Rand meiner Kaffeetasse blicke ich Sander an. »Und du?«

»Ich bin eingeschlafen und im Dunkeln aufgewacht – mit dem Gefühl, dass meine Spiegelseele ganz nah ist. Du warst auch in der Nähe.« Seine Stimme klingt tonlos, sein Lächeln kann ich nicht ergründen, doch ich spüre, wie sich die Verbindung von gerade eben löst. In meiner Brust bleibt eine Stelle zurück, die sich leer anfühlt. »Mariel glaubt«, wendet er sich an die anderen,

»dass sie mir geholfen hat. *Ich* glaube, sie hat die Begegnung mit meiner Seelenpartnerin verhindert, wenn auch unabsichtlich.«

»Die Spiegelseelen leben in Nurnen«, meint Tammo langsam. »Und da waren wir noch nicht, richtig? Wir waren im Grenzland.«

Es ist schon erstaunlich, wie er sogar jetzt, in dieser absolut merkwürdigen Situation, den klaren Blick für die Fakten behält.

Sander zerwühlt sein ohnehin strubbeliges Haar. »Ich habe sie gespürt«, murmelt er und sinkt auf seinem Stuhl zusammen.

»Können wir trotzdem los?« Perselos schielt zum Nachbartisch, wo Florimel eine neue Gruppe von Gästen bedient.

»Gleich.« Ich wende mich wieder an Sander. Zögernd lächele ich ihm zu. Er versucht nicht einmal mehr, das Lächeln zu erwidern. Wenn er mich wenigstens anschauen würde! Entschlossen fahre ich fort: »Dieses Lied zu Beginn des Übergangs ... das müssen die Priester gewesen sein. Sie haben unsere Namen gesungen, aber dein Name war nach einer Weile nicht mehr dabei.«

Endlich guckt er mich an – und schüttelt den Kopf, als würde ich rückwärts oder in einer fremden Sprache sprechen.

Meine Stimme bebt. »Ich glaube, ich weiß auch, warum.«

Er hebt die Augenbrauen.

»Die Priester haben gemerkt, dass irgendetwas schiefläuft.«

»Sonst noch was?«, fährt er mich an.

Verletzt zucke ich zurück. Warum nur lehnt er alles ab, was aus meinem Mund kommt? Ich straffe mich. »Sie wollten deinen Übergang unterbrechen, bevor diese ... diese Hände kamen und dich packten und ...«

»Und?«, ruft er.

»... und etwas Schlimmes passiert!«, rufe ich noch lauter. Zu gern würde ich meine Stimme noch schärfer klingen lassen, doch es gelingt mir nicht. Mir tut einfach nur weh, wie er mich ansieht.

Tora schiebt sich ein weiteres Stück Speck zwischen die Zähne. »Ich glaube, du hast dir das eingebildet, Mariel. Nein, hör zu: Wir hatten alle Angst vor dem Übergang. Ich hatte jedenfalls ordentlich die Hosen voll, hab mich gefragt, was mit mir passiert, ob es wehtut, ob ich komische Sachen fühle, ob mein Gehirn explodiert oder so. Bestimmt hätte ich alles Mögliche gesehen, wenn ich deine Fantasie hätte.«

Es kränkt mich, dass sie sich auf Sanders Seite schlägt. Plötzlich habe ich keine Lust mehr, zu argumentieren oder Erklärungen abzugeben, bei denen ich mir selbst nicht sicher bin.

Mit einem Ruck und ohne mich noch einmal anzublicken, schiebt Sander seinen Stuhl zurück. »Unsere Zeit läuft. Lasst uns mit der Suche anfangen.«

Warum weiß er immer, was zu tun ist? Und warum wirkt er schon wieder so ruhig und unnahbar, während in meinem Innern alles drunter und drüber geht?

»Endlich.« Perselos steht so schnell auf, dass sein Stuhl umkippt.

»Und immer gut zuhören.« Tora stellt den Stuhl wieder hin. »Wenn das Herz von irgendwem etwas meldet, schlagt ihr Alarm, klar?«

Statt einer Tür, durch die wir den Gastraum verlassen könnten, gibt es nur einen Torbogen, in dem eine riesige goldene Wurst hängt. Als wir gerade hindurchgehen wollen, kommt Florimel angekeucht.

»Man will mich verlassen, den Rest der Herberge Geminon besichtigen?« Sie spitzt die Lippen. »Schön, schön, schön. Mir scheint allerdings, die werten Gäste der Goldenen Wurst haben versäumt, vielleicht auch vergessen und verschwitzt, für ein feines, leckeres, köstliches Mahl eine Kleinigkeit, was Winziges oder auch nur etwas Nettes zu entrichten.« Sie schenkt Perselos einen glühenden Blick. Mit hochrotem Kopf starrt er auf seine Schuhspitzen. Tammo wühlt in seinen Taschen. Während ich mich noch auf eine Handvoll Münzen konzentriere, tritt Sander schon vor und drückt Florimel einen Kuss auf die Wange. Sie bedankt sich und verschwindet.

Jetzt bin ich es, die die Augenbrauen hebt. »Und was war das?«, frage ich kühl.

Sander lächelt schief, wenigstens das kriegt er wieder hin. »Hat mein Herz mir gesagt.«

»Das ist aber ein kluges Herz«, murmele ich.

23

Wir gehen unter der goldenen Wurst hindurch und finden uns auf einer Galerie wieder. Von hier oben haben wir einen weiten Blick in alle Richtungen.

»A-aber …«, stottert Perselos. Auch ich kann kaum glauben, was wir sehen: Unter einer meerblauen Kuppel setzt sich die Herberge Geminon so weit in alle Richtungen fort, wie wir schauen können. Tempel und Dachgärten, Palmenhaine und Säulengänge, Brücken und Konstruktionen, die mich an das Tarla Theater erinnern, schachteln sich ineinander und bilden ein Meer aus Steinen, Ziegeln und Holz, das sich in der Ferne verliert.

Tora beißt auf ihre Nägel. »Sieht so aus, als würde es noch eine Weile dauern, bis wir aus der Herberge rauskommen.«

»Vielleicht müssen wir gar nicht raus. Vielleicht sind unsere Seelenpartner irgendwo hier«, gibt Tammo zurück.

Glaubt er das wirklich oder will er vor allem Tora widersprechen?

Von der Galerie geht es in eine Säulenhalle, die mit ihren steinernen Bänken an den Saal erinnert, in dem wir auf unsere Unterredung mit Alban gewartet haben. Sogar die fünf Bilder hängen an der Wand, nur sind sie hier in Nurnen pechschwarz.

Am Ende der Halle gelangen wir auf eine Promenade, auf der sich Männer, Frauen und Kinder tummeln. Manchmal meine ich, Nachbarn oder Bekannte aus Amlon zu erkennen, doch sobald ich genauer hinschaue, bemerke ich die feinen Unterschiede. Aus allen Ecken tönt Musik, eine Mischung aus Trommeln und Gitarren. Trödelläden reihen sich an Kaffeehäuser, Wahrsagerbuden an Tätowierstände, wir gehen an Handlesern vorbei, Künstler stellen ihre Bilder aus.

Ein Mann mit einem Bauchladen voller Olivengläser und kandierter Orangenscheiben kommt uns entgegen. Tammo bleibt stehen, was ich ihm nicht verdenken kann. Bis auf das Kinn, das wie eine geballte Faust aus dem Gesicht ragt, könnte der Händler ein Zwilling seines Vaters sein. Tammo will zurückweichen, da schießt eine Hand des Kerls nach vorn. Schnell schubse ich Tammo in eine Seitengasse. Die anderen folgen uns, schirmen uns gegen den Händler ab. Ich nehme Tammo bei den Schultern und schüttele ihn, erschrocken darüber, dass ausgerechnet er, der starke, vernünftige Tammo, schon zum zweiten Mal von seiner Angst überrumpelt wurde. »Hörst du mich, Tammo? Denk an vorhin, denk an die Treppe. Es ist nicht wirklich, es ist deine Angst.«

Er holt tief Luft. »Ja. Nur meine Angst.«

Perselos klopft ihm auf den Rücken. »Geht's wieder?«

Tammo nickt.

Zögernd kehren wir auf die Promenade zurück. Der Händler ist verschwunden. Wir schieben uns weiter durch die Menge. Vor einem Kaffeehaus sitzen eine Akkordeon- und eine Cellospielerin vor einem Mann, der uns den Rücken zukehrt. Er singt aus voller Kehle eine kreischende Melodie. Als wir an der Gruppe vorbeigehen, wendet er uns das Gesicht zu. Neben mir stößt Sander ein Keuchen aus.

Der Mann hat keinen Mund. Seine grauen Augen sind riesig. Der weiße Fleck in seiner linken Iris funkelt.

»Sander?«, flüstere ich. »Wer ist das?«

Er antwortet nicht. Ich greife nach seiner Hand. »Sander, hörst du mich?«

Wie in Trance wendet er mir das Gesicht zu. »Er ist nicht echt?«, murmelt er.

»Nein«, flüstere ich. Auf einmal ist es ganz leicht, seine Hand weiter festzuhalten, ihre Wärme zu spüren, ihm in die Augen zu schauen. »Das ist er nicht.«

Wir gucken wieder hin. Der Mann ist verschwunden. Sanders Hand ruht noch immer in meiner. »Danke, Mariel.« Kurz wie ein Flügelschlag streicht sein Daumen über meinen Handrücken. Dann lässt er mich los.

»So. Waren das genug Gruselgestalten für heute?« Tora weicht einer Gruppe von Tänzerinnen aus, die über das Pflaster turnen und sich dabei wie Schlangen winden. Ihr Gesicht wird grün und mir fällt ein, dass sie sich vor Schlangen fürchtet. Rasch schiebe ich sie in die nächste Gasse.

»Ich würde mal behaupten, alles in allem war dieser Spaziergang hilfreich«, meint Sander noch leicht benommen.

»Hilfreich?« Tora lacht auf.

»Doch, es ist gut, uns gleich am Anfang so ... vorzuführen. Mit unseren wunden Punkten. Unseren Ängsten.«

»Wie eine kalte Dusche am Morgen.« Perselos schüttelt sich. »Hallo, aufwachen! Aufpassen!«

»Aufpassen. Genau«, nickt Sander.

Wir folgen der Gasse bis auf einen von Hütten umgebenen Platz. Vor den Hütten sitzen Leute und unterhalten sich.

»Neue Flüchtlinge?« Eine Frau lächelt uns zu. »Aus welchem Bezirk kommt ihr? Pinara? Golderath, Anderis?«

Perselos und Tammo starren die Frau an.

»Ähm«, macht Tora.

Nicht auffallen, denke ich und antworte schnell: »Golderath.«

»Ah«, seufzt die Frau. »Wunderbarer Ort. Nirgends habe ich schärfere Speisen genossen, niemals in Palästen geschlafen, in denen man sich schneller verirrt. Zu schade, dass eure Heimat vernichtet wurde. Aber ihr findet sicher eine Unterkunft, groß genug ist die Herberge ja. Noch ...«, fügt sie nach einer kurzen Pause hinzu, steht auf und stiefelt davon.

»Neue Flüchtlinge?«, fragt Tora. »Herrscht in Nurnen Krieg oder was?«

Perselos runzelt die Stirn. »Das hier ist das Spiegelreich, nicht die Außenwelt.«

»Keiner hat behauptet, in Nurnen wäre es so friedlich wie in Amlon«, murmelt Tammo.

Während wir weiterziehen, meint Sander ruhig: »Ob in der Außenwelt immer noch Kriege herrschen, weiß sowieso keiner. Warum kommen die, die von Xerax lossegeln, nie zurück? Vielleicht fühlen sie sich dort ja wohl.«

Ich beäuge Sander skeptisch von der Seite, doch vor allem gehen mir Tammos Worte im Kopf um: *Friedlich wie in Amlon.* Wenn es so friedlich war, warum stecken wir dann so voller Angst?

Die nächste Promenade, auf die wir geraten, könnte die des Sternenhafens sein. Allerdings fehlen die Schiffe. Hinter der Mole erhebt sich nur eine Mauer, die bis zu der blauen Kuppel emporragt. Auf den Terrassen der Kaffeehäuser wird gegessen, getrunken, geredet. Weil wir allmählich wunde Füße bekommen, legen wir eine Pause ein und suchen uns einen freien Platz.

Für ein paar Augenblicke versinken wir in unserer Müdigkeit und sitzen einfach schweigend da. Umso deutlicher höre ich, was ein Mann am Nachbartisch seinen Zuhörern berichtet: Seine Familie und er hätten nicht einmal Zeit gehabt, die Koffer zu packen; für gar nichts hätte man Zeit, wenn die Finsternis komme, da bleibe nur die Flucht und, ja, gewiss, sie fühlten sich wohl in der Herberge Geminon, nur seine Tochter habe den Schock noch nicht verwunden. Ob man sie wohl gesehen habe …

»Bitte«, wende ich mich an den Mann und deute zu der Mauer, »ist das Ihre Tochter?«

An der Mauer, ein oder zwei Schritte von einer schwarzen Tür entfernt, kauert ein kleines Mädchen und weint.

Langsam erhebt sich der Mann. »Mist«, flüstert er, dann brüllt er los: »Verdammt, komm da weg, Zanni, weg von der Tür!« Seine Lippen schwellen an und färben sich rot, seine eben noch glatten Haarsträhnen locken sich zu einer blonden Mähne …

Ich kenne den Mann – ich kenne ihn.

»Mariel?«, höre ich Tammo wie aus weiter Ferne flüstern. »Alles in Ordnung?«

Der Mann stürzt an mir vorbei, reißt das Mädchen von der Tür weg und schüttelt es, schleudert es immer heftiger hin und her. Der Kopf des Kindes schlackert von einer Seite zur anderen, in Stirn und Wangen bilden sich Risse, sein Kopf wird zerbrechen, wie eine Muschel wird er zersplittern, und es ist meine Schuld, ich habe nicht aufgepasst, den Mund nicht gehalten … Ich möchte aufspringen und dem Kind helfen, da legt sich eine Hand um meinen Arm. Als ich Tammo abwehren will, packt er nur fester zu.

»Mariel«, ruft er, »Mariel, du musst es kontrollieren!«

Und ich begreife. Was dort geschieht, kommt aus meinem Innern. Ich kann es herauslassen – oder wieder in mir verschließen. Ich kneife die Augen zu, dränge die Bilder zurück, höre, wie die Schreie des Mannes leiser werden … verklingen …

Als ich die Augen öffne, ist die Hafenpromenade verschwunden. Der Mann, das Kind, die schwarze Tür – alles weg. Wir stehen auf einem leeren Platz. Ich sacke zu Boden und fange an zu weinen. Ich weine und weine und merke kaum, wie sich jemand neben mich kniet und eine Hand auf meinen Rücken legt.

»Mariel.« Sanders Stimme klingt so weich und leise, dass wohl nur ich ihn höre. »Es ist vorbei.« Er streichelt meinen Rücken und das ist so wohltuend, dass es mir schließlich gelingt, die Tränenflut einzudämmen. »Das hast du gut gemacht«, flüstert er. »Du hast es kontrolliert, du hast ...« Mit den Fingerspitzen berührt er mein Gesicht.

»Nein«, murmele ich. »Habe ich nicht. Nicht wirklich. Es steckt irgendwo in mir und es wird wiederkommen. Dieser Mann ... Ich kenne sein Gesicht. Ich habe es gemalt. In der Nacht nach dem Kamelienritual. Aber ich weiß nicht, wer er ist.«

»Und das ist auch besser so.« Nicht eine Sekunde wendet Sander den Blick von mir ab. »Wir sind in Nurnen. Du darfst nicht zulassen, dass deine Ängste die Oberhand gewinnen. Hör auf, an die Vergangenheit zu denken. Nur die Gegenwart zählt.«

Tammo kommt dazu und beugt sich zu mir herunter. »Geht's wieder?«, fragt er weich, streckt eine Hand aus und will mir auf die Füße helfen, doch Sander schiebt seine Hand beiseite und zieht mich behutsam empor. Noch einmal drückt er meine Schultern. Endlich habe ich das Gefühl, dass zwischen uns wieder alles gut ist. Mehr als gut. So, wie er mich anschaut, würde ich am liebsten meinen Kopf an seine Brust lehnen.

Erschrocken halte ich inne: Wir müssen unsere Seelenpartner finden. Dem darf sich nichts in den Weg stellen. Niemand!

Sander lässt mich los und wendet sich hastig ab.

»Diese schwarze Tür«, bemerkt Tammo, nachdem wir eine Weile gegangen sind. »Ist euch aufgefallen, dass es die erste Tür in der Herberge war? Nicht mal die Hütten und Läden haben welche.«

»Trotzdem hätte ich nicht durchgehen wollen«, meint Perselos. »Mit der Tür stimmt irgendwas nicht.«

»Als wäre sie ...« Tora kratzt sich das rote Haar und schüttelt langsam den Kopf. »Tot.«

»Türen sind immer tot.« Nach einer Weile fügt Tammo hinzu: »Aber ich weiß, was du meinst.«

Wir biegen in die nächste Gasse ein.

»Bitte durchlassen«, krächzt jemand von hinten und schiebt sich an uns vorbei. »Dringender Termin in Nundilar.« Ein greises Männlein lächelt uns zahnlos an. »Meine Verlobte wartet. *Nundilar, Nundilar*«, singt das Männlein und springt auf die zweite Tür zu, die wir in der Herberge zu Gesicht bekommen. Sie ist moosgrün und entschieden anheimelnder als ihr schwarzer Zwilling. Mit Schwung reißt der Greis sie auf – und sie erlaubt uns einen Blick in einen Zauberwald. Zwischen sattem Grün leuchten Hibiskus- und Magnolienblüten, wie ich sie aus Amlon kenne, doch neben den vertrauten Pflanzen wachsen auch pagodenartige Bäume, die ich noch nie gesehen habe. Andere haben zopfartig ineinander verschlungene Silberstämme oder sind durchscheinend wie Kristall. Ich sehe goldene Früchte und Blütenblätter, die Schmetterlingsflügeln gleichen. Blumen in allen Regenbogenfarben ergießen sich von den Zweigen wie Wasserfälle. Der Greis springt in den Wald hinein und verschwindet zwischen den Bäumen.

»Los!«, ruft Sander.

Doch als wir über die Schwelle treten – finden wir uns im Gasthof zur Goldenen Wurst wieder. Kein Greis, auch die grüne Tür und der Wald sind fort. Dafür kommt Florimel angewuselt und begrüßt uns mit einem breiten Lächeln. Wie betäubt lassen wir uns in unsere Nische führen. Auf dem Tisch dampfen bereits fünf Schüsseln. »Fischsuppe nach einem Rezept aus dem Bezirk

Rabisal«, zwitschert sie. »Man nehme Fisch, das ist das Geheimnis. Sonst wäre es ja nur Suppe.« Mit einem Kichern und einem letzten Blick auf Perselos verschwindet sie.

Nach langem Schweigen ist Sander der Erste, der sich vortastet: »Vielleicht können nur die Bewohner von Nurnen durch die Türen gehen und die Herberge verlassen.«

Ich angele nach einer Krabbe, lasse sie aber zurück in die Suppe rutschen. »Das wäre schlimm für uns.«

Aufmerksam schauen die anderen uns an.

Seit ich die grüne Tür gesehen habe – nein, schon seit der schwarzen Tür – geistert ein Gedanke in meinem Kopf herum. Jetzt spreche ich ihn aus: »Die Herberge ist der falsche Ort. Hier werden wir unsere Seelenpartner nicht finden.«

Ist es meine Herzensstimme, die mir das sagt? Den anderen flüstert sie offenbar dasselbe zu, denn niemand widerspricht. Unablässig spiele ich mit meinem Löffel. Was mir sonst im Kopf herumgeht, behalte ich lieber für mich: Ist es Sanders und meine Schuld, dass wir in der Herberge gestrandet sind? Hat das kurze Steckenbleiben während des Übergangs genügt und uns an einen Ort befördert, an dem wir nun festsitzen? Der Gedanke beunruhigt mich so stark, dass ich sofort aufbrechen und weiter nach einem Ausgang suchen will. Wir haben ohnehin schon unnötig Zeit verloren. Achtundzwanzig Tage, mehr bleibt uns nicht.

24

Als wir erneut unter dem Torbogen hindurchtreten, geraten wir nicht wie beim letzten Mal auf die Galerie, sondern auf einen Platz, wo Hunderte übereinandergeschachtelter Hütten eine bunte Berglandschaft bilden, auch wenn sich Tora eher an die Korallenriffe in der Leeren Bucht erinnert fühlt. Beim Weitergehen wird uns klar, dass die Orte innerhalb der Herberge während unserer Suppenpause offenbar die Plätze getauscht haben.

Wir überqueren einen Kanal, in dem eine übel riechende Pampe gurgelt, die mich unangenehm an den allseits beliebten Getreidebrei erinnert. Als wir in einem Badezimmer von den Ausmaßen eines Fußballfeldes landen, sehen wir eine Gruppe von Menschen hinter einer silberfarbenen Tür verschwinden. Kurz blitzt ein See auf, aus dem sich ein strahlend weißes Gebäude erhebt. Goldene Dächer glitzern in der Sonne. Dann schließt sich die Tür.

Sander schaut uns an. »Versuchen wir's?«

Alle stimmen zu. Sander öffnet die Tür. Das Funkeln des Palasts blendet mich. Wir treten über die Schwelle – und stehen in der Goldenen Wurst. Tammos Mundwinkel sinken herab, Tora stöhnt. Als Florimel uns in unsere Nische führt, folgen wir ihr mit hängenden Köpfen und verdrücken mechanisch ein weiteres Mahl, auch wenn wohl keiner von uns hungrig ist. Jeder Bissen schmeckt wie Sägemehl.

Liegt es daran, dass wir uns so schwer und müde fühlen? Tora gähnt, Perselos fällt ein, dann können wir anderen uns auch nicht mehr zurückhalten.

»Wir sind ewig gelaufen und haben zu viel gegessen, das ist alles.« Sander lächelt uns zu, doch seine Lippen zittern.

»Wie viel von unserer Frist ist schon verstrichen?«, fragt Perselos leise.

Drei Stunden? Zwei Tage? In Nurnen haben wir jedes Zeitgefühl verloren. Doch es hilft nichts: Wir brauchen eine Pause.

Wenigstens die Treppe – diesmal zählt sie nur fünf Stufen – und unser Himmelbett sind noch da. Nachdem Tora Tammos kurzes Gebet mit einer noch kürzeren Bemerkung kommentiert hat, sind die anderen bald fest eingeschlafen. Ich lausche ihren Atemzügen, fühle mich allein … und ängstlich. Ich wende den Kopf leicht in Sanders Richtung. Seine Augen glitzern im Halbdunkel des Zimmers. Beobachtet er mich? Ich rücke ein Stück näher an ihn heran.

»Kannst du auch nicht schlafen?«, flüstere ich und strecke eine Hand nach ihm aus.

»Doch. Wenn du mich lässt.« Abrupt dreht er sich auf die andere Seite. Weg von mir.

Mit klopfendem Herzen schaue ich auf seinen Rücken. Warum ist er plötzlich wieder so abweisend? Ich sage mir, dass er genau richtig handelt, wir müssen uns auf unsere Seelenpartner konzentrieren, alles andere wäre tödlich, denn unsere Zeit läuft. Die Mattigkeit in meinen Gliedern spricht eine nur zu deutliche Sprache.

Trotzdem dauert es lange, bis ich einschlafen kann.

Weitere Fußmärsche führen uns zu weiteren Türen, von denen zum Glück keine so bedrohlich wirkt wie die schwarze. Da sich das Gefühl, dass wir die Herberge dringend verlassen sollten, weiter verstärkt, versuchen wir wieder und wieder, durch diese Türen zu entkommen. Gerade sehen wir noch ein Tal voller Kamelien, doch kaum treten wir über die Schwelle, verschwinden die Blüten und Florimel springt uns entgegen. So endet es jedes Mal: Für einen Moment erblicken wir Strände, Wälder, Berge – und finden uns in der nächsten Sekunde im Gasthof zur Goldenen Wurst wieder. Die Stimmung ist gereizt, Tora und Sander zanken wegen jeder Kleinigkeit, Perselos will schlichten, aber echte Sorgen mache ich mir um Tammo. Er spricht kaum noch. Die Ringe unter seinen Augen sehen aus, als hätte er einen Boxkampf hinter sich.

Wieder einmal essen wir schweigend unsere Suppe – ich mag mir nicht einmal mehr einen Obstsalat vorstellen –, da lässt Sander seinen Löffel zurück in die Schale klappern.

»Wir haben ein Problem, das ist euch doch klar?«

Über Toras Nasenwurzel bildet sich eine steile Falte. »Was, echt? Da ist mir ja glatt was entgangen.«

»Gut, dass du uns darauf aufmerksam machst, Sander, danke«, murmelt Tammo.

»Verdammt, Tammo, ich will darüber reden.«

»Aber ich nicht. Ich will essen. Und dann schlafen. Ich bin müde.«

»Genau. Du bist müde, weil unsere Zeit läuft, *das* ist das Problem.«

»Und was willst du dagegen tun?«, ruft Tammo. »Ein Purpurfest organisieren, bei Mondschein singen oder ...« Zu meinem Schrecken bricht er in Tränen aus.

Ich lege meinen Löffel hin und umarme ihn. Das letzte Mal habe ich ihn an dem Tag vor zwei Jahren weinen sehen, als er meinte, er müsse weg von seinem Vater.

»Ich will nicht sterben«, schluchzt er, »ich will zurück nach Amlon, ich ...«

»Das wollen wir alle, Tammo. Wir finden einen Weg.«

»Und wie?«, flüstert er.

Sander atmet tief aus. »Alban hat gesagt, ich soll nicht darüber reden. Aber vielleicht«, wendet er sich an Tammo, »beruhigt es dich ein wenig.«

Wir alle schauen ihn an.

»Alban und ich hatten auf Xerax ein Gespräch, er hat mich davon überzeugt, an Bord zu gehen, obwohl ich auf Xerax bleiben wollte. Er meinte, das dürfe ich auf keinen Fall. Als ich ihn fragte, warum, erwiderte er, manchmal wisse er, was die Zukunft für einen Menschen bereithalte. *Bei dir spüre ich es,* sagte er. *Du wirst deine Spiegelseele finden. Du wirst mit ihr zusammen sein.«*

»Das soll uns *beruhigen?«* Toras Stimme bebt vor Zorn. »Na, für mich hatte Alban keine frohen Botschaften. Für euch etwa?« Der Reihe nach schaut sie uns an.

Perselos schüttelt den Kopf.

»Nein«, presse ich hervor.

»Nein«, murmelt Tammo.

»Dann erklär uns doch mal«, wendet sie sich wieder an Sander, »wie uns das helfen soll.«

»Wir stecken in dieser verfluchten Herberge fest, richtig? Keiner von uns hat das Gefühl, dass seine Spiegelseele hier ist. Wenn aber Alban meine Zukunft spürt ... wenn er spürt, dass ich meine Spiegelseele finde, dann heißt das doch, dass ich irgendwie aus der Herberge rauskomme, sonst könnte ich ihr ja niemals begegnen. Oder? *Oder?«* Seine Stimme klingt beinahe flehend. »Wir finden einen Weg. Wenn wir uns gemeinsam und mit aller Kraft darauf konzentrieren, schaffen wir es.«

»Sehr hübsch. Glaubst du, wir hätten bisher was anderes getan?«, fragt Tora.

»Ja. Das glaube ich.« Er blickt ihr gerade in die Augen. »Bisher haben wir uns auf unsere Angst konzentriert.«

»Und was schlägst du vor?«, fragt Perselos.

»Ich schlage vor, dass wir jemanden um Rat bitten, der sich in der Herberge auskennt.«

Ich schüttele den Kopf. »Wir dürfen uns nicht als Fremde zu erkennen geben. Das waren Albans Worte.«

»Siehst du? Schon wieder Angst.« Er lächelt schief. Wie damals beim Kamelienritual. Etwas in mir wird weich und ich lächele zurück.

Tammo wischt sich ein paar Tränen ab. »Und wen fragen wir?«

»Florimel.« Sander schaut Perselos an. *»Du* fragst sie.«

»Was?« Perselos zuckt hoch. Sogar seine Haartolle scheint hochzufahren. »Warum ich?«

»Sie mag dich«, springe ich Sander bei. »Sie wartet nur darauf, dass du sie ansprichst.«

»Ich kann das nicht. Sie ... sie wird mich auslachen.«

Sander legt ihm eine Hand auf den Arm. »Lass dich nicht von deiner Angst leiten. Florimel wird dir gern einen Gefallen tun.«

»Nein«, flüstert er. »Wird sie nicht.«

»Komm schon.« Tora klopft ihm auf die Schulter. »Sag Hallo. Lächele. Sei mal ein bisschen mutig.«

Als hätte unser Gespräch sie herbeigerufen, schwebt Florimel mit einer Schüssel in den Händen vorbei und zwinkert Perselos zu. Er läuft tomatenrot an, bringt aber keinen Ton heraus. Sie legt den Kopf schief, zuckt die Schultern und verschwindet in der Nische nebenan.

»Hör mal, Perselos ...«, beginnt Tora.

»Still«, flüstert Sander.

»… noch mehr Flüchtlinge«, brummt eine Stimme aus der Nachbarnische.

»Hab's gehört, mein lieber Brutus«, zwitschert Florimel, »ich pule mir täglich das Schmalz aus den Ohren, höre alles, bleibe auf dem Laufenden, auch wenn mir darum oft die Tränen laufen.« Sie schnieft.

»Kommen immer noch mehr an. So schlimm und so lange hat die Finsternis noch nie gewütet.«

Inzwischen spitzen wir alle die Ohren.

»Wie viele Bezirke sind diesmal betroffen?«, fragt Florimel.

»Wir zählen noch. Wenn man nur wüsste, warum es passiert.«

»Bringt nichts, Brutus. Seit Ewigkeiten immer dieselbe Frage nach den Gründen. Aber es gibt keine. Was passiert, passiert. Die Finsternis kommt, weil sie kommt.«

»Wenn's so weitergeht, ist Nurnen irgendwann verschwunden. Ist an manchen Stellen schon löchrig wie ein Käse.« Nach kurzer Pause fügt Brutus hinzu: »Jetzt ist's auch im Bezirk Kys passiert. Mein Bruder hat dort gewohnt. Hab ihn oft besucht. Schöne Gegend. Herrliche Wiesen. Und nun? Alles weg. Als hätte Kys nie existiert. Kann's immer noch nicht fassen. Müssen sehen, wo wir die Pferde unterbringen. Die haben an die hundert Schimmelchen mitgebracht.«

»Na, ich hoffe, die hauen uns nicht die Ställe kurz und klein«, zirpt Florimel. »Wenn sie nur herrliche Wiesen kennen …«

»Die Leute aus Kys haben ihre Pferde im Griff. Gibt nirgends welche, die dir einen wilden Hengst schneller zähmen.«

Schweigen.

»Tote?«, fragt Florimel behutsam.

»Wenige.«

»Dein Bruder?«

»Hat's in die Herberge geschafft.«

»Wir müssen dankbar sein.«

»Dankbar, na vielen Dank. Und wenn irgendwann das letzte Stück Nurnen verschwindet? Sollen wir dann auch dankbar sein? Dankbar, wenn zuletzt die Herberge untergeht?«

»Die Herberge bleibt.«

»Weiß man's? Weiß man, wo die Finsternis angreift? Oder warum?«

»Warum, warum, die Finsternis braucht kein Warum! Na komm, Brutus. Noch Pudding? Ist heute alles drin: Mäusespeck, Rattendreck ...«

»Ach du.« Er lacht.

Als Florimel sich uns wieder zuwendet, gibt Tora Perselos einen Schubs, sodass er fast vom Stuhl und ihr vor die Füße fällt.

»Hoppla!« Florimel greift nach seinem Arm. »Nicht so stürmisch, junger Mann.«

Verzweifelt blickt Perselos zu ihr auf. »Bi-bi-bitte«, stottert er, »wir wollen hier raus.«

»Oh.« Florimel beginnt zu lächeln. Etwas stimmt nicht mit diesem Lächeln. Es sieht eher wie ein selbstgerechtes Grinsen aus. »Du willst mich verlassen?«, flüstert sie. »Langsam, langsam, Perselos.«

Er zuckt zusammen. Und ich auch. Woher kennt sie seinen Namen?

Florimel kichert. Ihr honigfarbenes Haar nimmt einen Mahagoniton an. Ihr Kichern wird schriller, springt auf die anderen Gäste über. Sie erheben sich von ihren Plätzen, starren Perselos an, rufen: »Langsam, langsam, Perselos!« Dabei kichern sie so grell und höhnisch, dass mir das Blut in den Adern gerinnt. Allen, selbst dem kahlköpfigen Baby ein paar Tische weiter, wächst dieselbe Mahagonimähne. Mit aschfahlem Gesicht schaut Perselos von einem zum anderen. Das Kichern hallt von den Wänden wider, jetzt platzen aus diesen Wänden Münder hervor, auch sie gackern schrill ...

Perselos kauert wie gelähmt auf seinem Stuhl. Ich zerre ihn hoch. »Los«, rufe ich den anderen zu, »raus hier!«

25

Wir sind über Brücken geflüchtet, Korridore hinunter und Treppen hinauf, verfolgt von Gelächter aus Hunderten Mündern, die überall aus den Wänden wuchsen. Wir haben Perselos angefleht, ruhig zu werden und es zu kontrollieren. Schließlich hat Tora ihm ein paar kräftige Ohrfeigen verpasst. Das half.

Inzwischen sind wir alle wieder zu Atem gekommen und biegen langsam in einen Korridor ein, der nach wenigen Schritten vor einer Tür endet.

Sie ist vollkommen schwarz. Und dieses Schwarz bohrt sich in meine Augen, bis es schmerzt. Die Tür drückt mir die Luft ab, doch zugleich übt sie eine düstere Anziehung auf mich aus. Ohne dass ich es will, mache ich einen Schritt auf sie zu.

Tammo hält mich am Ellbogen fest. »Nicht«, flüstert er. Da schiebt Tora mich beiseite und streckt einen Arm nach der Tür aus.

»Finger weg, Tora!«, ruft Sander.

Ich glaube, sie tut es, weil er will, dass sie es bleiben lässt. Weil sie Tora ist.

»Wir sollen keine Angst haben, oder?« Sie legt ihre Hand auf die Klinke und drückt sie herunter. Die Tür lässt sich nicht öffnen. Tora zieht und zerrt. Ich werde zur Seite gestoßen, eine Frau drängt an mir vorbei, reißt Tora von der Tür weg und starrt sie aus hervorquellenden Augen an.

»Bist du wahnsinnig, Mädchen?«, flüstert sie. »Berührst die Tür zu einem Bezirk, der von der Finsternis heimgesucht wurde?

Soll die Finsternis denn auch in die Herberge kommen? Sollen wir alle sterben? Willst du das?«

»Nein«, ruft Tora erschrocken, »natürlich nicht!«

Die Frau schaut wild um sich. »Vielleicht ist die Finsternis schon eingedrungen. Beginnt gerade ihr Zerstörungswerk. Wir müssen ... beten ...« Sie wendet sich ab und stürzt davon, rennt über den Brunnenplatz und brüllt aus Leibeskräften: »In die Große Halle! In die Große Halle! Eine schwarze Tür wurde berührt!«

Wir starren ihr nach.

»Und jetzt?«, fragt Tammo.

»Lasst uns verschwinden!«, ruft Sander.

Wir schlüpfen aus dem Durchgang und werden von einem Strom von Menschen erfasst. Nie hätte ich gedacht, dass so viele Männer, Frauen und Kinder in der Herberge leben, es müssen zigtausend sein. Alle sind in heller Aufregung. Kinder weinen und werden von ihren Müttern weitergezogen, Männer fluchen, Familien klammern sich aneinander. Im nächsten Moment finden wir uns in der Halle wieder, die wir kurz nach unserer Ankunft durchquert haben und in der die fünf schwarzen Bilder hängen. Die Gebete und Gesänge sind bereits in vollem Gange. Menschen liegen auf den Knien und flehen zu der blauen Kuppel empor, andere drehen sich wild im Kreis, wieder andere singen, jeder in einem anderen Rhythmus und nach einer anderen Melodie. Der Lärm ist ohrenbetäubend. Die Musik unzähliger Trommeln vibriert in meinen Knochen und sogar in meinen Zähnen. Der Steinboden zittert unter stampfenden Schritten und Sprüngen. Es riecht nach Parfum, Schweiß und Urin.

»Haltet euch fest!«, brüllt Sander und grapscht nach meiner Hand. Ich umfasse Perselos' Handgelenk. Tammo und Tora sind irgendwo rechts von mir. Wir drängen uns zwischen den Menschen hindurch. Vor mir stolpert ein Mann und fällt hin, ich will ihm ausweichen, doch von hinten schieben immer mehr Menschen nach. Mein Fuß tritt auf etwas Weiches. Als ich nach unten gucke, schaut der Mann zu mir hoch. Er ist es. Der mit den blonden Locken. Seine vollen Lippen verzerren sich zu einem Grinsen, Blut quillt zwischen seinen Zähnen hervor ...

Nicht jetzt!

Doch mein Blick wandert unwillkürlich wieder zurück.

Der Mann streckt eine Hand nach meinem Knöchel aus und packt zu. Im Mund schmecke ich etwas Saures, mein Pulsschlag lässt meinen Hals fast explodieren, ich kann die Luft nur noch wie durch ein dünnes Röhrchen in meine Lungen saugen.

Nein!

Mit einem Ruck reiße ich mich los – der Mann verschwindet. Weiter, weiter!

Zwischen Menschen eingekeilt kämpfen wir uns vorwärts. Müssten wir das Ende der Halle nicht längst erreicht haben? Die Menge lichtet sich ein wenig, immer mehr Menschen bleiben hinter uns zurück. Endlich ist niemand mehr vor uns – und ich sehe, dass sich die Halle ins Unendliche erstreckt.

»Da ist sie!«, brüllt eine Frauenstimme hinter uns. »Das Mädchen, das die schwarze Tür berührt hat!«

Ich schaue zurück. Die Menschen drängen auf uns zu. Menschen mit Schlangenköpfen, Frauen mit Mahagonimähne, Händler mit Bauchläden, Gestalten ohne Mund, Männer mit blonden Locken ... Sander zerrt mich weiter – oder zerre ich ihn? Rote Punkte explodieren vor meinen Augen. Mein Herz donnert in meinen Ohren. Bald wird mir der letzte Rest Luft ausgehen. Aber in einem versteckten Winkel meines Hirns regt sich ein letzter klarer Gedanke: Es ist wie mit dem Obstsalat. Konzentrier dich, Mariel! Wenn du ihn dir vorstellen kannst, wird er erscheinen. Obstsalat, Ausgang, wo ist der Unterschied?

Das Licht wird dunkler. Die Wände rücken näher und verwandeln die Halle in einen Gang, der schmaler und schmaler wird, während er sich spiralförmig nach innen dreht wie ... wie ...

Ein Muschelgehäuse.

Hinter uns höre ich unsere Ängste lärmen, Männer und Frauen, die unsere Namen kreischen, näher rücken. Tora beginnt, ganz hoch zu schreien. Tammo schluchzt. Tränen verschleiern meine Sicht.

»Weiter«, keuche ich, »weiter.«

Immer tiefer laufen wir in das Muschelgehäuse hinein, immer dunkler wird es, bis ich überhaupt nichts mehr sehe. Ich stolpere, strauchele, fange mich, höre ein Wimmern, vielleicht Perselos, vielleicht Tammo, mein Herz klopft in meinem Hals, in meinem Kopf, überall. Ich pralle gegen eine Wand. Wild tasten meine Hände durch die Dunkelheit. Der Gang ist zu Ende. Aus. Vorbei.

Das Kreischen und Heulen nähern sich. Hektisch gleiten meine Finger über die Wand. Es gibt eine Tür, es muss sie geben, ich spüre es. Meine suchenden Finger umfassen eine Klinke. Ich packe zu, meine schweißnassen Hände rutschen ab, finden die Klinke wieder, ich drücke sie herunter.

Nichts passiert.

Hände legen sich über meine. Sander. Ich spüre seinen Atem, seine Lippen an meinem Haar, dann an meinem Ohr. »Stell es dir vor, Mariel«, flüstert er. »Stell es dir vor!«

Wärme durchströmt mich. Für einen Augenblick weiß ich nicht, wo ich aufhöre oder wo Sander beginnt, wir scheinen zu verschmelzen, unsere Fantasie wird eins ...

Ein Ruck. Die Tür springt auf. Die anderen stürzen an uns vorbei.

Wir folgen ihnen.

26

Das Licht ähnelt dem der Abenddämmerung, kurz bevor die Sonne untergeht, diesem Schimmer, den die Portraitmaler auf Amlon so lieben.

Angespannt schauen wir uns um. Von der Herberge Geminon fehlt jede Spur. Verschwunden ist die Tür, durch die wir entkommen sind, verschwunden sind die Frauen mit Mahagonihaar und Schlangenköpfen, die Männer mit blonden Locken ...

Vor und hinter uns schlängelt sich ein Weg durch ein Tal. Gras wellt sich in allen erdenklichen Gelbtönen. Hier und da wachsen hohe Büsche, deren Blätter wie silbrige Palmwedel schimmern. Nach etwa hundert Metern endet die Grasebene zu beiden Seiten vor einer schwarzen Steilwand. Hoch über uns verschmelzen diese Wände mit undurchdringlicher Dunkelheit. Eine Wellenbewegung spielt auf ihrer Oberfläche, als würde Wind über Wasser streichen.

Neben mir sackt Tora ins Gras. »Tut mir leid«, flüstert sie, »ich brauche eine Pause. Ich bin so ... müde ...«

Müde. Bei dem Wort zucke ich zusammen. Habe ich Tora jemals müde erlebt? Doch auch mein Körper fühlt sich schwer an, als hätte jemand Sand hineingefüllt; schwer und zugleich schwach wie der Körper eines neugeborenen Kätzchens. Die Flucht durch die Herberge hat uns wohl alle erschöpft.

Tu nicht so, als ob es harmlos wäre, flüstert eine Stimme in mir. Es war nicht nur die Flucht. An einem fernen Ort in Amlon tickt eure Uhr unaufhaltsam ...

Tora ist bereits weggedöst, als wir anderen uns neben ihr ins Gras sinken lassen. Tammos Augen fallen zu, er hat nicht einmal die Zeit zum Beten, die er sich sonst vor dem Schlafen nimmt. Auch meine Lider wollen sich schließen ... da rückt Sander nah an mich heran. Sofort fliegen meine Augen auf.

»Das mit der Tür ...«, flüstert er. »Du hast uns gerettet.«

Ich lächele. Seine Mundwinkel zucken, dann lächelt auch er. Wie sanft sein oft so verschlossenes Gesicht dadurch wirkt!

»Wir, Sander. Das waren wir beide gemeinsam. Du und ich.«

Er streckt eine Hand aus, als wollte er mich noch einmal berühren, doch ehe sich unsere Fingerspitzen finden, zieht er sie hastig zurück. »Ruh dich aus. Ich passe auf dich auf. Auf euch alle«, fügt er rasch hinzu.

Wäre unsere Müdigkeit in Nurnen nicht so niederschmetternd und alles verschlingend, ich glaube nicht, dass ich noch schlafen könnte. Aber so kuschele ich mich ein und fühle mich trotz aller Ängste behütet.

»Sehen wir uns das an?«, fragt Sander, nachdem wir wieder wach sind; ob er wirklich gar nicht geschlafen hat?

Zögernd nähern wir uns der rechten Steilwand. Schattenhaft zeichnen sich unsere Umrisse darauf ab und verschwimmen wie Spiegelbilder auf bewegtem Wasser. Als ich eine Hand ausstrecke und die Wand berühre, spüre ich die Kühle, die von ihr ausgeht. Auch die anderen legen ihre Hände darauf.

»Ein Tal aus dunklen Spiegeln«, murmelt Perselos. »Habt ihr auch das Gefühl, dass wir diesmal am richtigen Ort gelandet sind?«

Alle nicken.

»Und wenn wir nach Amlon zurückkehren, vergessen wir alles, was hier ist. Alles, was in der Herberge passiert ist.« Tammo schüttelt den Kopf. »Wir *dürfen* es nicht vergessen.« Er klingt richtig verzweifelt. »Die Finsternis, von der alle reden – in Nurnen ist etwas im Gange. Vielleicht ein Krieg. Die Priester müssen davon erfahren. Sie müssen den Menschen in Nurnen helfen.«

Tora tritt von der Steilwand zurück. »Dann los. Sehen wir zu, dass wir schnell nach Amlon zurück…«

»Warte.« Mit einem Ruck fährt Tammos Hand durch die Luft und schneidet alle weiteren Worte ab.

Ich zucke zusammen, so kenne ich ihn gar nicht.

»Hast du kapiert, was du getan hast?« Er funkelt sie an.

Tora streicht sich durchs Haar. »Was denn?«

»Du wolltest die verdammte Tür öffnen!«, donnert er. »Darum ist dieser … dieser Scheiß passiert.«

Tora blickt auf ihre Hände. »Es tut mir leid.«

»Wir könnten alle tot sein.«

»Ich sage doch, es tut mir leid. Was willst du denn noch hören?«

»Dass es nie wieder vorkommt.« Jetzt ist es Sander, der antwortet. Wenigstens einmal scheinen Tammo und er sich ganz einig zu sein. Seine Stimme klingt gefährlich leise. »Ich hab's satt, dass du überall deinen Kopf durchsetzen musst. Wir sind eine Gruppe. Wenn die Gruppe beschließt, du sollst die beschissene Tür nicht anfassen, fasst du die beschissene Tür nicht an. Geht das in deinen Schädel?«

»Ich denke schon«, murmelt Tora. Auf einmal wirkt sie so schutzlos, als hätte sich ein äußerer Panzer aufgelöst. Wie ein Häufchen Elend steht sie da. Es tut mir weh, sie so zu sehen.

»Ohne Tora würden wir immer noch in der Herberge herumirren«, bemerke ich laut; sie soll nicht als Schuldige dastehen.

»Und was heißt das jetzt?«, fragt Sander.

»Der Druck war nicht hoch genug. Wir wollten aus der Herberge raus, aber irgendwie wollten wir's auch nicht. Die Herberge war sicher. Sie war bequem. Ein warmes Bett, gutes Essen. Wir sind erst rausgekommen, als unsere Ängste uns keine andere Wahl mehr gelassen haben.«

»Alban meint, wir dürfen uns nicht unseren Ängsten und Erinnerungen hingeben«, äußert Perselos vorsichtig.

»Alban war aber auch noch nie in Nurnen.«

»Willst du andeuten, wir können uns nicht auf das Wissen der Priester verlassen?« Tammo schüttelt den Kopf. »Du redest von den *Priestern*, Mariel.«

Meine Stirn legt sich in Falten. Manchmal treibt mich Tammo zur Verzweiflung! »Wir müssen selbst herausfinden, wie das Spiegelreich funktioniert«, gebe ich zurück, ohne weiter auf seinen Einwand einzugehen.

Wie lange sind wir schon auf diesem Weg unterwegs, der durch das Tal der Dunklen Spiegel führt? Der Duft des Grases, die Brise, die meine Haut streichelt, Tammo neben mir – nach den Ereignissen in der Herberge erscheint mir das alles sehr nah, klar und wertvoll. Nur eins irritiert mich.

»Warum sind hier überhaupt keine Menschen?«

Die anderen zucken ratlos die Schultern. Schließlich meint Tammo: »Weil das hier *unser* Weg ist?«

Wieder ist lange Zeit nichts zu hören außer dem Knirschen unserer Schritte. Irgendwann deutet Perselos nach rechts. »Seht mal.«

Im Dämmerlicht verschwimmt der Hintergrund, trotzdem glaube ich, in der Spiegelwand eine Öffnung zu erkennen. Der Eingang zu einer Höhle? Tora, schon wieder voller Tatendrang, will losstürmen, bremst sich aber. »Alle einverstanden, wenn wir uns das anschauen?«, fragt sie schüchtern.

Es ist tatsächlich ein Höhleneingang. Nicht weit entfernt davon wölbt sich etwas Großes und Dunkles aus dem Gras wie ein gestrandeter Delfin.

»Ein Stein?«, mutmaßt Perselos.

»Eher eine Samenkapsel«, meint Sander.

»Eine ziemlich große Samenkapsel«, findet Tora.

»Ein Kokon«, murmele ich. »Der Kokon eines Riesenschmetterlings.«

Tora tippt mit einem Finger dagegen. Ich tue es ihr nach. Hart wie Fels – und ebenso kalt. Wir gehen um den Kokon herum. Risse durchziehen seine Rückseite. Als Sander mit einer Fingerspitze darüberstreicht, bröckelt ein Stück weg. Nacheinander schauen wir durch das Loch ins Innere.

»Asche?«, frage ich unsicher.

»Sand«, schlägt Perselos vor.

»Oder die Reste eines Tiers, das sich darin verpuppt hat und gestorben ist«, wendet Tammo ein.

»Eine Raupe?« Perselos schaut sich beunruhigt um. »Muss groß gewesen sein.«

Tora hört zum Glück schon nicht mehr zu; Raupen dürften ebenso wenig ihre Lieblingstiere sein wie Schlangen. Forsch schreitet sie auf die Höhle zu, will hineingehen – und prallt zurück. Benommen reibt sie sich die Stirn, dann streckt sie vorsichtig eine Hand aus. Ihre Handfläche scheint auf einer Mauer zu ruhen. Nur ist dort keine Mauer.

Zwischen uns und dem Inneren der Höhle liegt eine Barriere, die weder hart noch weich, weder warm noch kalt ist. Sie ist unsichtbar. Unfühlbar. Und undurchdringlich.

Es ist nicht die letzte Höhle, an der wir vorbeikommen. Anfangs gehen wir noch hin, stoßen aber immer wieder gegen unsichtbare Barrieren. Auch einen weiteren Kokon finden wir, schiefergrau und ohne Risse, sodass wir nicht hineinschauen können. Als wir hungrig werden, stelle ich mir einen Obstsalat vor, doch anders als in der Herberge bleiben meine Fantasien ohne Ergebnis. Dafür hängt der nächste Busch voll silbriger Beeren. Hat meine Fantasie sie wachsen lassen? In Aussehen und Konsistenz ähneln sie den Mondbeeren in Amlon, also riskieren wir einen Versuch.

»Schmeckt nach Kaffee«, schmatzt Tora. »Mit Zimt und Kardamom.«

»Nee. Basilikum«, meint Perselos.

»Limone«, findet Tammo.

Sander ist für Kokosnuss und ich plädiere für Schokolade. Die Beeren stillen Hunger und Durst, wirken aber nicht gegen die Müdigkeit. Tora schleppt sich bald nur noch dahin, Perselos stolpert immer wieder und meine Füße hängen wie Steine an mir. Der Gedanke ans Schlafen behagt uns nicht, doch haben wir eine Wahl? Unter dem nächsten Mondbusch suchen wir uns ein Bett aus altem Laub. Tammo, der am wenigsten müde ist, übernimmt die erste Wache. Sander liegt ein Stück entfernt neben mir, hat sich jedoch weggedreht. So kuschele ich mich an Tora und bin im nächsten Augenblick fest eingeschlafen.

Als Tammo mich weckt, fühle ich mich nicht mehr so ausgelaugt, allerdings auch nicht so erholt wie nach unseren Pausen in der Herberge. Wie viel Zeit mag in Amlon vergangen sein, seit wir in Nurnen gelandet sind? Eine Woche? Vierzehn Tage?

Mehr?

Sander liegt noch in seinem Laubbett, hat sich aber im Schlaf zu mir hingewandt. Ich höre seine tiefen und regelmäßigen Atemzüge und rücke näher zu ihm hin. Wie jung und schutzlos er im Schlaf aussieht. Ich betrachte die schmalen dunklen Augenbrauen, den Schwung seiner Nasenflügel, die Lippen, die nah bei seinem rechten Mundwinkel leicht aufgesprungen sind, und ich mag mir kaum eingestehen, wie sehr mir dieses Gesicht gefällt. Zugleich fällt mir auf, dass ich mir Mervis gar nicht mehr richtig vorstellen kann.

Sander bewegt sich im Schlaf, eine Haarsträhne fällt ihm in die Stirn. Sein Haar wirkt fester als mein eigenes, dicker, drahtiger. Ich strecke eine Hand danach aus – und ziehe sie rasch wieder zurück.

Was ist los mit mir? Ich wage kaum, noch länger in mich hineinzulauschen, will das Durcheinander meiner Gefühle nicht wahrhaben.

Erneut zwinge ich meine Augen von ihm weg, starre auf den knotigen Stamm des Mondbuschs. Ich muss mich auf meinen Seelenpartner konzentrieren!

Sander zieht zischend den Atem ein. Seine Zähne klappern, erst nur leicht, dann immer stärker. Jetzt zittert er schon am ganzen Leib, als hätte er Fieber. Ich lege meine Hand auf seine Stirn. Trocken. Und eiskalt.

»Sander?«, flüstere ich.

Er reißt die Augen auf und starrt mich an. Nie zuvor habe ich einen so wilden und gleichzeitig so leeren Blick gesehen.

»Sander?«, rufe ich.

Sein Mund öffnet sich, doch die Kälte schüttelt ihn so sehr, dass er nur keuchen kann. Götter, was ist hier los? Was passiert mit ihm?

Inzwischen regen sich auch die anderen. Sie sind aufgewacht. »Was hat er denn?«, fragt Perselos und packt meinen Arm.

Wenn ich das wüsste. Einen solchen Anfall habe ich noch nie gesehen. Mir ist schwindelig vor Panik. Ich möchte Sander in eine Decke hüllen, doch wir haben nichts, womit wir ihn wärmen können, ich möchte ihn auf meinen Schoß ziehen, aber ich brauche die Hilfe der anderen.

»Wir müssen seine Hände und Füße reiben.«

Mit fliegenden Fingern schnüre ich Sanders Schuhe auf und zerre sie herunter. Tammo und Perselos übernehmen jeweils einen Fuß, Tora greift nach Sanders linker Hand, ich nach der rechten. Wir reiben und kneten, doch Sanders Hand wird in meiner kälter und kälter. Es tut weh, sie weiter festzuhalten, aber loslassen will ich ihn auf keinen Fall. Ich beuge mich über ihn und lege meine Wange an sein Gesicht, versuche, ihn zu wärmen ...

Weit entfernt höre ich eine Stimme, so verzerrt, als würde sie ein Sturm in Fetzen reißen: *»... musst ... dich ... be...eilen ...«*

Mein Blick zuckt nach oben, durch das Blattwerk des Mondbuschs nach rechts und links – woher kommt die Stimme? Was ist das?

»... beeilen ...«

»A...n«, flüstert Sander, er klappert so sehr mit den Zähnen, dass ich ihn kaum verstehe. »Al...ban ...«

Über seinen bebenden Körper hinweg schauen Tora und ich einander an. Was, um der Götter willen, hat die Stimme des Obersten Priesters im Spiegelreich verloren?

Plötzlich sind Albans Worte glasklar zu verstehen: *»Sander! Hör mir zu! Deine Seelenpartnerin ist nicht mehr in Nurnen, sie wartet im Palast der Liebe auf dich, du musst ...«* Albans Stimme zittert, bricht weg, verschwindet, kehrt zurück: *»Du musst den Weg zurück ins Grenzland finden! Du musst! Das ist deine einzige Möglichkeit zu überleben!«* Als seien die letzten Worte über ihre Kräfte gegangen, zersplittert die Stimme des Obersten Priesters und wird davongeweht. *»... be...eil ... dich«*, ist das Letzte, was wir hören.

Albans Stimme ist fort.

Ich halte immer noch Sanders Hand. Auch die anderen lassen nicht los. Wenn wir doch mehr für ihn tun könnten!

»Ich glaube, das Zittern lässt nach«, flüstert Perselos.

Auch ich merke, wie Sanders Körper ruhiger wird. Vor Erleichterung steigen mir Tränen in die Augen. Endlich liegt er still zwischen uns im Laub. Allmählich schmilzt auch der Eismantel, der sich um seine Finger gelegt hat. Die Leere weicht aus seinen Augen, langsam kehrt das Leben zurück. Der Silberfleck, der wie erloschen war, glitzert wieder.

»Sander?«, flüstere ich. »Sander, hörst du mich?«

Mühsam setzt er sich auf. Ich stütze ihn, so gut ich kann. Unverwandt hält er den Blick auf mich gerichtet – und dieser Blick ist so unerbittlich, dass ich seine Hand loslasse.

»Ich wusste, dass es meine Seelenpartnerin war.« Seine Stimme klingt schwach, trotzdem bebt sie voller Wut. Wie Messer schneiden seine Worte in mich hinein. »Ich habe es gewusst und jetzt ... jetzt ...« Aufgebracht starrt er mich an. »Verflucht, warum hast du dich eingemischt?« Er zerwühlt sein Haar, schüttelt wieder und wieder den Kopf.

Meine Hände verkrampfen sich zu Fäusten. Das Blut rauscht mir in den Ohren, alles geht wild durcheinander. Unsere Blicke treffen sich. In seinen Augen spiegelt sich dieselbe Verzweiflung, die ich empfinde.

»Es tut mir leid«, flüstere ich. »Ich war mir so sicher, dass ...«

»Lass gut sein.« Mit einer Hand schiebt er die Zweige beiseite und kriecht aus dem Mondbusch.

»Wo willst du hin?«, rufe ich ihm nach.

»Ich muss den Weg zurück ins Grenzland finden. Ich muss zu meiner Seelenpartnerin, muss diesen Ort finden, diesen Palast der Liebe.«

»Warte.« Ich krabbele aus dem Busch und höre kaum, wie die anderen uns folgen. »Keiner geht allein. Wir kommen mit.«

Sander wendet sich mir so langsam zu, als würde es ihn unmenschliche Anstrengung kosten. »Hast du nicht verstanden? *Ich* muss ins Grenzland. *Mein* Weg ist nicht mehr euer Weg.«

»Bitte, Sander. Das weißt du doch gar nicht.« Und als wäre mir nicht klar, wie gefährlich es ist, wenn wir zusammenbleiben, strecke ich die Hände nach ihm aus.

»Was soll ich denn tun?« Seine Stimme zittert, er macht einen Schritt auf mich zu und packt mich an den Schultern. Einen Augenblick frage ich mich, was geschehen wird. Ob er mich wegstößt?

Er lässt mich los und weicht schwer atmend von mir zurück. »Ich gehe. Und ich muss mich beeilen.«

Tammo schiebt sich vor mich, als wolle er mich beschützen. »Das müssen wir alle«, fährt er Sander an, seine Augen funkeln vor Zorn. Erst als er weiterspricht und sich dabei an die ganze Gruppe wendet, klingt er wieder wie der alte Tammo; derjenige, der klar sieht. »Hier gibt es nur einen Weg: den durch das Spiegeltal. Solange sich kein anderer Weg zeigt, werden wir ihn gemeinsam gehen.«

27

Einmal kommen wir an einem schwarzen Kokon vorbei, der fast vollständig zerbrochen ist und in dem wieder ein ascheähnliches Häufchen liegt. Ich bin so müde, dass ich erst aufblicke, als Perselos und Tora abrupt stehen bleiben und ich fast in sie hineinlaufe. Toras Augen glitzern. Auf Perselos' Wangen glühen rote Flecken. Fast gleichzeitig drehen sie sich zu der Spiegelwand links von uns um.

Jetzt sehe ich die beiden dunklen Öffnungen auch.

Perselos' Stimme, oft so ängstlich und leise, klingt klar und bestimmt. »Da rein.« Schnurstracks marschiert er auf die rechte der beiden Höhlen zu. In einer Sekunde hat Tora ihn eingeholt und am Arm gepackt.

»Erst die andere«, fährt sie ihn an.

In Perselos' Augen lodert etwas auf. Das habe ich noch nie an ihm gesehen. Er schlägt nach ihr, wie ein Dreschflegel rudert sein freier Arm durch die Luft. »Auf keinen Fall!«, brüllt er, jetzt wirbeln auch seine Beine und treten nach Tora aus. Die beiden gehen zu Boden und rollen ineinander verknäult durchs Gras.

»Aufhören!«, ruft Sander. »Was ist denn in euch gefahren?«

»Ihre Seelenpartner«, antworte ich.

»Was?«

»Du hast dich während des Übergangs genauso benommen. Sie spüren ihre Spiegelseelen.«

Zu dritt ziehen wir Tora von dem zappelnden Perselos herunter. Taumelnd kommt er hoch, sein Gesicht ist bleich wie der Mond.

»Ihr wollt in diese Höhlen?« Tammo spricht betont ruhig, doch ich kenne ihn gut genug und weiß, dass er sich nur mühsam beherrschen kann. »Schön. Wir gehen erst in ...«

»Meine Höhle«, unterbricht ihn Perselos. »Ich habe sie zuerst entdeckt.«

Toras Gesicht wird so rot wie ihr Haar.

Ich berühre ihre Schulter. »Lass ihm den Vortritt.«

Tora wirbelt herum. »Und wieso?«

»Er kann nicht so gut kämpfen wie du.«

»Das ist ja ein tolles Argument.« Sie zieht die Augenbrauen so fest zusammen, dass sie sich fast berühren. »Ich soll zurückstecken, weil Mädchen das so machen, ja?«

»Du bist doch sowieso nicht versessen auf deinen Seelenpartner, da kannst du ruhig etwas warten«, meint Sander.

Doch ein Blick in Toras Augen verrät, dass alles vergessen ist, was sie in den letzten Wochen, Monaten, vielleicht sogar Jahren geredet hat. Sie will zu ihm. Sofort.

»Sie zuerst, Perselos. Bitte!«, fleht Tammo. »Der Klügere gibt nach.«

»Ja, und dann bin ich der Dumme und meine Höhle ist weg.«

»Warum sollte sie weg sein?«, schreit Tora.

»Weil das hier Nurnen ist!«, brüllt Perselos.

»Ich muss viel dringender zurück. Im Gegensatz zu dir will *ich* nämlich etwas für die Sonderbaren tun.«

Perselos lacht höhnisch. »Und *ich* will Kinder. Du nicht. Hast du mir auf Xerax selbst erzählt. Also: Wer ist wichtiger?«

»Hat sich euer Hirn in Getreidebrei verwandelt?« Ich kann nicht fassen, was ich da höre. »Wenn ihr so weitermacht, könnt ihr allein in eure Höhlen gehen.«

Sie starren mich an, auf einmal flackert echte Angst in ihren Augen.

»Nein«, murmelt Tora.

»Bitte nicht«, haucht Perselos.

Ich habe nicht die Absicht, sie allein zu lassen, aber es kann nicht schaden, wenn meine Drohung sie zur Vernunft bringt.

Sander stellt sich neben mich. »Einigt euch.«

Tora und Perselos schauen sich an. Noch immer lodert die Angst in ihren Augen, aber jetzt mischt sich schon wieder Wut hinein. Die Spiegelwände wirken dunkler als zuvor und rücken auf uns zu, genau wie die Dunkelheit über uns. Langsam zieht sich das Tal zusammen und verwandelt sich in einen Raum – einen ... Keller? Ölfunzeln an den Wänden spenden notdürftig Licht. Bücher stehen in hohen Regalen. Tausende und Abertausende von Büchern.

»Wo habt ihr uns hingebracht?«, fauche ich Tora und Perselos an.

Ratlos schauen sie sich um. »Keine Ahnung.« Toras Stimme klingt winzig. »Ich wollte ganz bestimmt nicht hierher. Ich hasse Bücher.«

In diesem Moment fliegt ein Buch aus dem nächststehenden Regal und knallt ihr vor die Füße. Erschrocken weicht sie zurück. Das Buch klappt auf. Die Seiten sind mit rosa Buchstaben bedeckt; Buchstaben, die sich zuckend bewegen – aus dem schlichten Grund, dass es keine Buchstaben sind, sondern winzige rosa Schlangen. Sie winden sich über die Seiten, rutschen von ihnen herunter und gleiten auf Tora zu. Mit einem Schrei springt sie zurück und stößt gegen ein weiteres Regal, das sich neigt und krachend zu Boden stürzt. Bücher prasseln auf uns herunter – und entlassen ihre rosa Brut. Tora steht da wie gelähmt und kreischt. Ich packe ihre Hand und zerre sie in einen Gang zwischen den Regalen. Die anderen folgen uns. Die Luft drückt gegen meine Augäpfel, sie fühlt sich zäh und klebrig an, als müsste ich sie mit jedem Schritt beiseiteschieben. Ich höre den Atem der anderen, ihre Schritte, das schleifende Geräusch der Schlangen, das Zischeln ihrer Zungen ...

Weiter!

Mein Herz pocht, pocht, pocht, während sich meine Beine allmählich in Gelee verwandeln, mit jedem Atemzug bekomme ich weniger Luft in meine Lungen.

Der Gang endet in einem zweiten Kellerraum. Keine Bibliothek. Eher eine Galerie, deren Beleuchtung arg zu wünschen übrig lässt. Mehrere Skulpturen stehen in dem Raum, Frauen aus Stein mit großen Brüsten und langem Haar. Perselos erstarrt. Langsam wenden die Frauen ihm ihre Köpfe zu. Ihre Steinmünder öffnen sich, ein Kichern dringt heraus, hoch und schrill, als würde Kreide über eine Schiefertafel schrappen. Das Geräusch fährt mir in die Zähne und bis in die Knochen. Das Kichern schwillt an und wird von den Wänden zurückgeworfen. Wir weichen in den Gang zurück, doch von dort nähern sich die Schlangen ...

Ich wirbele zu Perselos und Tora herum. »Entscheidet euch! Wer geht zuerst?«

Sie schauen sich an. Einen Augenblick fürchte ich, dass sie wieder zu streiten beginnen, da senkt Tora den Kopf. »Du hast Nurnen zuerst gewählt«, sagt sie leise zu Perselos. »Dann kehr du auch als Erster zurück.«

Die Steinfrauen zerfallen zu Staub, die Schlangen rieseln als rosa Buchstaben zu Boden. Der Gang löst sich auf. Wir stehen wieder im Tal der Dunklen Spiegel.

Perselos lächelt Tora schüchtern zu. »Danke.«

Gemeinsam machen wir uns auf den Weg zu seiner Höhle. Diesmal gibt es keine Barriere, ungehindert tritt Perselos ein. Wir folgen ihm.

Es ist keine Höhle. Es ist der Durchgang zu einem Strand, der im Mondlicht bleich leuchtet. Bizarr geformte Felsen ragen aus dem Sand. Der Anblick ist fremdartig und doch vertraut.

Wie kommt der Strand der Tausend Gestalten von Amlon nach Nurnen? Ich kenne ihn gut, ich war oft mit den Nachbarskindern dort. Nirgends gab es schönere Kletterfelsen, nirgends Palmen mit süßeren Datteln. Hier, in Nurnen, hat sich der Strand ins Groteske verzerrt. Auf dem Wasser schillert ein gelblicher Film, der krank und giftig aussieht. Die Felsen sind von einer Kruste aus fahlen Seepocken überzogen und haben ihre Form verändert. Der Fels dort drüben erinnert noch immer an einen Delfin, nur staken die Wirbel seines Rückgrats hervor wie die Zähne einer Säge. Ein anderer Fels ähnelt wie in Amlon dem Gesicht eines alten Mannes, doch jetzt spaltet ein Riss die rechte Schädelhälfte bis zur Nase.

Die Luft ist eisig kalt.

Zwischen den Felsen bemerke ich einen dicken Jungen von zwölf oder dreizehn Jahren. Stand er schon die ganze Zeit da? Offenbar gehört er zu den Menschen, die man einfach übersieht, auch wenn sie sich mitten im Raum befinden. Über seiner Stirn rollt sich das karottenrote Haar zu einer Tolle.

Perselos.

Aber Perselos steht auch neben mir. Mit offenem Mund starrt er sein jüngeres Ich an. Der Junge drückt sich an einen Felsen, den ich sofort erkenne, ein schlanker Monolith mit sanften Rundungen, den die Kinder *Wellenfrau* nannten. Er presst sich an den von Seepocken verkrusteten Stein, umarmt ihn, streichelt ihn, küsst ihn erst sanft, dann immer heftiger.

»Ich liebe dich«, höre ich ihn flüstern, obwohl er eigentlich zu weit weg steht, »ich liebe dich, Marika.«

Es ist mir peinlich, den jungen Perselos bei seinem Tun zu

beobachten, aber es rührt mich auch. Seine Umarmungen und Küsse haben etwas so zärtlich Verzweifeltes.

Tora stupst mich in die Seite und deutet nach links, wo vier sechzehn- oder siebzehnjährige Mädchen durch die Brandung schlendern. Der Wind schmiegt die Kleider an ihre Brüste und Schenkel. Auch sie scheinen uns nicht zu sehen. Eine von ihnen kommt mir vage bekannt vor, sie hat eines dieser Gesichter, an denen der Blick haften bleibt wie an Honig: milchweiße Haut, Augen wie Smaragde, im Kontrast dazu das rote Haar, das sich über ihre Schultern bis zu den Hüften wellt. Eine Brise fährt hinein und trägt uns den Duft von Lavendel zu, vermischt mit einem Geruch, der aus dem Picknickkorb an ihrem Arm aufsteigt: Mandelkuchen. Er riecht warm und köstlich und dennoch nimmt mir seine Süße fast den Atem.

Als Erste von den vieren bemerkt die mit den Smaragdaugen den jungen Perselos und bleibt ruckartig stehen. Er bedeckt die Wellenfrau weiter mit seinen Küssen, murmelt weiter: »Marika, Marika ...«

Auch die anderen drei halten inne. Ihre Mundwinkel zucken, sie lächeln, lachen in sich hinein. Nur das Gesicht des Mädchens mit den Smaragdaugen bleibt vollkommen starr.

»Marika«, flüstert Perselos inbrünstig und inzwischen gar nicht mehr leise, »ich liebe dich, ich liebe dich ...«

Eine der jungen Frauen, deren Puppengesicht von einer Mähne aus mahagonifarbenem Haar umrahmt wird, kichert laut los. Perselos fährt zurück, als hätte die Wellenfrau Feuer gefangen.

»Langsam, langsam, Perselos«, prustet die mit der Mahagonimähne. »Oder willst du, dass ich Ärger mit meinem Freund kriege?«

Entsetzt schaut Perselos von ihr – es muss wohl Marika sein – zu dem stummen Mädchen und endlich erkenne ich sie: Es ist eine jüngere Ausgabe der Schönheit, die ich an dem Tag im Sternenhafen sah, an dem wir Amlon verließen.

Perselos' Schwester.

Noch immer stumm geht sie auf ihren kleinen Bruder zu. Als sie an der laut kichernden Marika vorbeikommt, verschmelzen die beiden Mädchen zu einer einzigen Gestalt, ihre Gesichtszüge vermischen sich und verschwimmen umso stärker, je näher die Gestalt Perselos kommt. Am Ende bleibt nur noch ein Mund übrig. Er wird groß, noch größer, füllt das ganze Gesicht aus und eine hohle Stimme flüstert: »Perselosperselosperselos ...«

Ich lege die Hände über meine Ohren, doch das Flüstern durchdringt mich. Ich taumele, sehe auch die anderen zurückweichen, nur Perselos, *unser* Perselos, steht wie gelähmt da und starrt auf die Gestalt. *Perselosperselosperselos,* die Stimme weht durch mich hindurch, wird ein Sturm, der über eine Ebene fegt und alles mit sich reißt. Noch nie habe ich solche Einsamkeit, nie solche Scham empfunden, die Gefühle durchdringen jede Pore meines Körpers, sind in meinem Atem, in jedem Schlag meines Herzens, aber es sind nicht *meine* Gefühle. Sie gehören Perselos, dem jungen wie dem älteren. Im selben Augenblick, als mir das klar wird, verklingt das Flüstern in mir. Scham und Einsamkeit lösen sich auf und ich sehe wieder, was außerhalb von mir geschieht.

Die Frauengestalt hat den jungen Perselos fast erreicht. Noch wenige Schritte, dann wird sie ihn ... was? Mit ihrem Riesenmund verschlingen? Ich will zu ihm laufen, doch erstens sind meine Füße wie mit dem Strand verschmolzen und zweitens ahne ich, dass ich ihn nicht von ihr wegziehen darf. Es ist nicht meine Aufgabe, diesen Jungen zu retten.

Verzweifelt schaue ich zu unserem rothaarigen Weggefährten. »Mach schon, Perselos!« Doch meine Stimme geht in dem Flüstern unter, das inzwischen die ganze Bucht erfüllt.

Perselosperselos ...

Was kann ich tun?

Das kann ich tun: mir etwas vorstellen. Wenn ich ruhig bleibe und mich konzentriere. Ich muss meinen Willen auf einen Punkt in meinem Innern zusammenziehen und wie einen Pfeil auf Perselos abschießen: Mach schon! Doch ich schaffe es nicht, es ist zu viel, ich kann das nicht allein. Mein Blick zuckt zu Sander, er steht ganz nah und starrt auf das Schauspiel vor uns. Ich strecke eine Hand aus, doch ich erreiche ihn nicht.

Sander! Schau mich an, verdammt!

Langsam dreht er den Kopf in meine Richtung und blickt auf meine Finger, die zu ihm hinüberzappeln.

Sander, bitte ...

Noch einmal schaut er zu dem jungen Perselos. Dann nimmt er meine Hand. Über seiner Nasenwurzel bildet sich eine Falte. Auch ich bündele die Kraft meiner Vorstellung – und diesmal gelingt es, gemeinsam dringen wir zu Perselos durch. Er wischt sich die rote Tolle aus der Stirn und schüttelt den Kopf, als wolle er etwas loswerden. Die Frauengestalt, deren Gesicht nur noch ein Mund ist, hat sein jüngeres Ich fast erreicht. Perselos stößt einen Schrei aus.

»Nein, Perselos!«, brüllt er seinem jüngeren Ich zu. »Du hast nichts Falsches getan, sondern *sie!*«

Wie ein Stier stürmt er los. Mit seinem ganzen Gewicht wirft er sich gegen die Frau und schleudert sie in den Sand. Die Gestalt zerläuft zu zuckenden Schlieren. Perselos zieht sein jüngeres Ich an sich. Eng umschlungen stehen sie da. Dann, langsam, schmilzt der jüngere Perselos in den älteren hinein. Verschwindet in ihm.

Und alles ändert sich.

28

Wir stehen noch immer an einem Strand. Sonnenschein verwandelt alles in Licht und Wärme. Der Sand unter unseren Füßen ist hellgelb und zartrosa, die Farben bilden Muster, die an manchen Stellen wie Strudel ineinanderfließen. Rechts erhebt sich ein Wald aus Felsen, deren Farben zwischen Silber und Perlmutt changieren. Links, ein Stück den Strand hinab, läuft türkisfarbenes Wasser in Wellen am Ufer aus. Wo der Sand nass wird, funkelt er wie Millionen winziger Edelsteine. Weiter draußen sehe ich Fische emporschnellen und wieder ins Wasser tauchen, wobei sie einen Regenbogen aus glitzernden Tropfen hinter sich herziehen. In der Ferne, kaum noch zu erkennen, liegt das andere Ufer; offenbar stehen wir an einem Fluss- oder Meeresarm.

Ich blinzele. Etwas stimmt nicht dort drüben. Ein schwarzer Bereich durchbricht die Uferlinie. Ein Abgrund? Aber wäre es ein Abgrund, müsste das Wasser hineinfließen, was es nicht tut. Es wirkt eher wie ... abgeschnitten. Ich habe so etwas noch nie gesehen. In mir breitet sich ein Gefühl der Beklemmung aus, eine Angst, für die ich keinen Namen habe. Rasch kehre ich dem Anblick den Rücken. Auch die anderen haben sich abgewandt. In stummem Einverständnis gehen wir ein paar Schritte in den Felsenwald hinein, bis wir die schwarze Zone nicht mehr sehen können.

»Denkt ihr, was ich denke?«, fragt Sander.

»Die Finsternis«, nickt Tora sofort. »Das, worüber Florimel und

Brutus in der Herberge gesprochen haben. Wie kommt so was zustande?«

»Eine Waffe?«, meint Sander.

Tammo lächelt kühl. »Sei nicht albern.«

»In der Außenwelt hatten sie Waffen, die alles Mögliche konnten, Dinge, die wir uns nicht mal vorstellen können«, wende ich ein. So habe ich es jedenfalls in *Die ersten Tage von Amlon* gelesen.

Perselos beteiligt sich nicht an unseren Mutmaßungen. In sich gekehrt streicht er mit einer Hand über einen Fels, der ein wenig der Wellenfrau ähnelt. »Damals ist gar nichts Besonderes passiert«, höre ich ihn murmeln. »Aber für mich war's der schlimmste Moment meines Lebens.« Er kehrt dem Fels den Rücken und setzt sich in den Sand.

Wir lassen uns um ihn herum nieder.

»Außerhalb meiner Familie hat mich kein Mensch je wirklich wahrgenommen«, beginnt er stockend. »Die Jungen im Dorf hat es nicht gestört, wenn ich bei ihren Spielen und Ausflügen dabei war; sie haben mich gar nicht bemerkt. Einmal waren wir im Wald unterwegs und ich habe sie gebeten, auf mich zu warten, weil ich pinkeln musste. Als ich wieder hinter dem Busch hervorkam, war ich allein. Sie hatten mich einfach vergessen. Und die Mädchen ...« Er zuckt die Schultern. »Wir haben im selben Klassenzimmer gesessen. In derselben Straße gewohnt. Trotzdem wussten sie kaum, wie ich heiße.«

Mir geht auf, dass auch ich Perselos während des Kamelienrituals oder im Tarla Theater übersehen habe. Natürlich waren dort Hunderte von Solitären, allerdings fürchte ich, er wäre mir nicht einmal dann aufgefallen, wenn er die Arme ausgebreitet hätte und davongeflogen wäre. Erst seine Entschlossenheit, nach Nurnen zu gehen, hat ihn sichtbar gemacht.

»Es machte mir nichts aus, im Wald vergessen zu werden. Aber ... ich hätte gern eine Freundin gehabt.« Perselos lässt eine Handvoll Sand durch seine Finger rieseln. »Ständig redete ich mir ein, ich müsse mich nur gedulden, in der Nacht der Verbindung würde sich auch mein Leben ändern. Doch das passierte viel früher.« Er streichelt wieder den Felsen. »Eines Tages brachte meine Schwester eine neue beste Freundin mit nach Hause. Marika *sah* mich – es war wie ein Wunder. Sie lächelte mich an, sprach mit mir, und wenn sie mit meiner Schwester unterwegs war, nahmen sie mich mit, ich durfte bei ihren Segelausflügen den Bootsjungen spielen ...« Mit sandigen Fingern wischt er sich die Haartolle aus der Stirn. »Es war die schönste Zeit meines Lebens. Bis ich bei einem Vorlesewettbewerb Mariels Geschichte hörte. *Die Felsenfrau.*«

Ich beuge mich vor. Erfahre ich jetzt, wie diese Geschichte, die ich selbst so wenig leiden kann, Perselos' Leben umgekrempelt hat?

Schüchtern lächelt er mich an. »Erzähl du sie.«

Ich mag die Geschichte wirklich nicht. Meine Lehrerin hatte mir zu viele Änderungen aufgezwungen, als dass es noch *meine* Geschichte gewesen wäre. Aber jetzt tue ich ihm den Gefallen: »Einmal lebten ein Mann und eine Frau mit ihrer Tochter auf einer Insel, deren Name heute vergessen ist. Jeden Morgen, wenn der Mann mit dem Boot zum Fischen hinausfuhr, bettelte seine Tochter, er möge sie mitnehmen, damit sie die Welt hinter dem Horizont kennenlernte.« Ich halte inne. »Den Satz musste ich streichen, meine Lehrerin meinte ...«

»Zu viel Außenwelt«, grinst Tora. »Weiter.«

»Der Mann sagte seiner Tochter, das Meer sei groß und stark und sie müsse warten, bis sie selbst groß und stark genug sei, um es mit ihm aufzunehmen. Da kletterte das Mädchen nachts heimlich in das Boot, löste das Tau und segelte los – mitten hinein in einen Sturm, der viele Stunden über dem Meer tobte. Am nächsten Morgen entdeckte der Vater am Strand die Trümmer des Bootes. Viele Menschen waren in der Sturmnacht ertrunken – auch seine Tochter.«

»Und das erzählt man den Kleinen, damit sie nicht heimlich aufs Meer rauspaddeln, ja?« Tora schüttelt den Kopf. »Sehr lehrreich.«

»In der alten Fassung war das nicht so«, verteidige ich mich, »da segelte das Mädchen bis zum Horizont und immer weiter, bis ...«

»Erzähl, was du damals vorgetragen hast«, unterbricht mich Perselos.

Ich seufze. »Der Vater trauerte um seine Tochter, doch nachdem einige Zeit verstrichen war, ging das Leben für ihn weiter. Für die Mutter des Mädchens jedoch war das anders. Tag für Tag saß sie auf einer Klippe und starrte aufs Meer hinaus. Sie weinte nicht, sprach nicht, aß nicht, schlief nicht, sie war wie versteinert.«

»Die *schwarze Nacht«,* murmelt Tammo. »Das passiert manchmal, wenn Eltern ein Kind verlieren.«

Schnell schaue ich zu ihm hinüber. Dabei streift mein Blick auch Sander. Er ballt die Fäuste im Schoß. Obwohl seine Miene unbewegt bleibt, strahlt der Schmerz wie ein dunkles Licht aus ihm heraus. Hastig fahre ich fort: »So verwandelte sich die Frau nach und nach wirklich in einen Stein. Alle sagten, niemand könne sie von ihrem Leid erlösen und der Mann müsse künftig an der Seite einer Frau aus grauem Fels leben. Doch er glaubte an die Liebe der Götter und trug die Felsenfrau durch Hitze und Staub und über steile Klippen zu dem einzigen Tempel auf der Insel, das war ein Weg von sieben Tagen.«

»Das ist doch Quatsch, niemand wohnt so weit von einem Tempel entfernt!«, ruft Tora.

Tammo verdreht die Augen. »Es ist eine Geschichte.«

»Hört ihr bitte zu?«, schaltet sich Sander ein.

»Nach sieben Tagen erreichte der Mann den Tempel, stellte die Felsenfrau ab und betete. Ein Jahr lang aß er nicht, trank nicht, schlief nicht, sprach zu niemandem außer den Göttern – und als sich das Jahr rundete, trat eine Träne aus den Augen der Felsenfrau. Den Rest könnt ihr euch denken, immer mehr Tränen, der Fels löst sich auf, der Mann und die Frau kehren nach Hause zurück, und wer sitzt vor der Tür?«

»Völlig unglaubwürdig«, knurrt Tora.

»*Ich* habe mir das nicht ausgedacht, das war meine Lehrerin. In *meiner* Geschichte trägt der Mann die Frau nicht zu einem Tempel. Er baut ein zweites Boot und segelt mit ihr los, weil sie nämlich ihre Tochter suchen, und von da an wird die Geschichte ziemlich kompliziert und gruselig, doch das fand meine Lehrerin ... unpassend.«

»Hast du den Wettbewerb wenigstens gewonnen?«, fragt Tora.

»Ja«, murmele ich zerknirscht.

»Ich mochte die Geschichte sehr. Und ich habe sofort mit der Suche nach *meiner* Felsenfrau begonnen.« Perselos blickt auf seine ineinander verschlungenen Finger. »Am Strand der Tausend Gestalten habe ich sie gefunden. Sie sah Marika sogar ein wenig ähnlich und ich wollte sie unbedingt in ein *richtiges* Mädchen verwandeln. Nacht für Nacht bin ich zum Strand geschlichen, habe gebetet und«, er errötet, »na ja, ihr habt gesehen, was noch. Ich hatte keine Ahnung, dass Marika dort mit meiner Schwester und ihren Freundinnen ein Mitternachtspicknick plante.« Er seufzt. »Keine große Sache, wie gesagt.« Seine Stimme knickt ein. »Aber für mich war es eine Katastrophe.«

Ich strecke eine Hand aus und lege sie sacht auf seinen Rücken.

»Ich habe mich so geschämt«, flüstert er. »Vor Marika. Den Freundinnen. Vor meiner Schwester.« Er bohrt einen Finger in den Sand. »Von Segelausflügen wollte ich nichts mehr wissen. Wenn Marika uns besuchte, habe ich mich versteckt.«

In dem Felsenwald bewegt sich etwas. Ein Mädchen biegt um eine Felsensäule und kommt auf uns zu. Ein paar Schritte hinter Perselos bleibt sie stehen. Als könne er ihren Blick spüren, wendet er den Kopf. Dann steht er langsam auf.

Wie oft habe ich diesen Blick gesehen – in der Nacht der Verbindung, im Tarla Theater.

Die junge Frau ähnelt Marika – und auch wieder nicht. Marika war perfekt wie eine polierte Perle. Dieses Mädchen ist weder perfekt noch poliert. Ihr Kinn ist ein bisschen zu groß, ihr Mund zu klein, ihre Schönheit ist nicht glatt und glänzend, es ist eine Schönheit mit Ecken und Kanten, doch genau an diesen Kanten bleibt der Blick hängen. Auf ihre Weise ist sie sogar schöner als Marika. Perselos jedenfalls macht ein Gesicht, als hätte er nie zuvor etwas so Wundervolles erblickt. Nur mühsam gelingt es ihm, den Blick von seiner Seelenpartnerin loszureißen und sich zu uns umzuwenden. Er lächelt. Nein. Er leuchtet.

»Danke«, sagt er. »Danke, dass ihr mitgekommen seid.«

Sander schenkt ihm ein schiefes Lächeln. »Schwing keine Reden. Geh zu ihr.«

Ernst blickt seine Seelenpartnerin ihm entgegen. Er bleibt so nah vor ihr stehen, dass er ihre Schultern umfassen könnte, aber seine Arme hängen herunter und scheinen nicht zu wissen, was sie als Nächstes tun sollen.

»Mach schon, alte Seegurke«, zischt Tora.

So vorsichtig, als fürchte er, sie zu zerbrechen, nimmt Perselos die Hände seiner Seelenpartnerin. Beide sehen so ungläubig und glücklich aus, dass ich richtig neidisch werde.

Etwas später raunt Tora: »Wenn wir nicht dafür sorgen, passiert hier nichts.«

»Ihr müsst gehen, Perselos!«, rufe ich ihm leise zu.

Er zuckt zusammen, als hätte ich ihn aus einem Traum gerissen. »Was?« Er schaut sich um. »Warum? Die Gegend gefällt mir.«

Die junge Frau lächelt. »Es ist Zadyr, der Bezirk Zadyr. Meine Heimat.«

»Perselos«, sage ich eindringlich, »denk an unsere Frist. Du musst nach Amlon zurückkehren.«

Perselos würdigt mich keines Blickes. »Wirklich schön hier.« Das klingt so begeistert, als plane er bereits einen längeren Aufenthalt. Er legt einen Arm um die Taille seiner Seelenpartnerin, zieht sie an sich und küsst sie ganz zart. Während sie eng umschlungen beieinanderstehen, beginnt in einiger Entfernung die Luft zwischen den Felsen zu flirren. Eine schillernde Fläche bildet sich, eine Art Spiegel aus schwarzem Glas. Aus dem Spiegel dringt leise und wie aus weiter Ferne der Gesang, den ich während des Übergangs gehört habe. Doch jetzt singen die Stimmen nur einen Namen: *»Perselos.«*

Wie beim letzten Mal glaube ich, in dem Lied eine vertraute Stimme zu erkennen, so hell und glockenrein, dass mir Tränen in die Augen steigen. Irina – meine Tante. Im nächsten Augenblick vereint sich ihr Gesang mit dem der anderen zu einem Chor.

Perselos verschränkt seine Finger mit den Fingern seiner Seelenpartnerin. Wollte er gerade noch in Zadyr bleiben, scheint das Spiegeltor die beiden jetzt magisch anzuziehen. Zwischen den Felsen hindurch gehen sie darauf zu, während ihnen im Innern des Spiegels ihre Abbilder entgegenkommen. Bevor sie das Tor erreichen, dreht sich Perselos noch einmal um. Sein Gesicht strahlt. Er winkt. Wir winken zurück. Auch seine Seelenpartnerin hebt eine Hand. Ich kenne nicht einmal ihren Namen. Die beiden wenden sich wieder dem Spiegel zu und verschmelzen für einen Augenblick mit ihren Abbildern. Dann treten sie hindurch und sind fort.

Ins Grenzland verschwunden.

29

Das Grenzland. Sander! Er muss auch dorthin. Er muss seine Seelenpartnerin finden. Der Gedanke schneidet mir messerscharf ins Herz. Ich fühle mich ihm so nah, kann mir nicht vorstellen, wie ich hier in Nurnen ohne ihn zurechtkommen soll. Aber das ist natürlich blanker Egoismus.

Langsam drehe ich mich um; mit unendlich müder Stimme sage ich: »Los, Sander. Hinterher.«

»Was?«, fragt er verwirrt.

Ich schiebe ihn auf den Spiegel zu, obwohl ich am liebsten das Gegenteil tun und ihn festhalten würde. »Der Weg zurück ins Grenzland. Schnell.«

Als wir vor dem Spiegel ankommen, blicken wir in glitzerndes Schwarz. Keine Spur von unseren Abbildern. Sander macht einen Schritt auf den Spiegel zu – und prallt zurück.

Bin ich erleichtert? Ich weiß es nicht. Oder will ich es mir bloß nicht eingestehen?

Tammo tritt zu uns. »Ich glaube, man kann nur mit seinem Seelenpartner hindurchgehen.«

»Dann habe ich wohl ein Problem«, murmelt Sander. Seine Augen suchen meine, doch ich kann seinen Blick nicht deuten. Da ist kein Groll mehr, sondern etwas anderes. Eindringlich und unergründlich. So leise, dass vielleicht nur ich ihn höre, fügt er hinzu: »In mehr als einer Hinsicht.«

Mir wird kalt, als ich begreife: Wenn er das Grenzland überhaupt nicht erreichen kann, ist er hier in Nurnen gefangen. Ein

Todesurteil ... An dieser Stelle blockiert mein Gehirn. Alles in mir wird taub. Kein Zittern. Kein Schmerz. Nur Leere. Was er mir noch sagen wollte, erlaube ich mir nicht zu verstehen.

Er setzt sich in den Sand und stützt den Kopf in die Hände. Ich knie mich neben ihn. Auch die anderen lassen sich nieder, doch das bekomme ich kaum mit. Wie gern würde ich ihn in die Arme schließen, aber ich wage kaum, eine Hand auf seinen Rücken zu legen. »Du findest einen Weg ins Grenzland«, flüstere ich. »Alban glaubt daran – und ich auch. Wir werden den Weg gemeinsam suchen.«

Da ist er wieder, dieser tiefe Blick voller ... Nein, Mariel! Schnell wende ich mich ab, doch ich weiß, was ich gesehen habe: Sehnsucht. Und so etwas wie Enttäuschung. Als ich mich widerstrebend zurück in seine Richtung drehe, flackert reine Verzweiflung in seinen Augen. Plötzlich ballt er eine Faust und schlägt auf den Sand, immer wieder, hart und fest. Sein Körper strafft sich. Er steht auf und schaut auf mich herunter, seine Stimme klingt fremd und kalt. »Sicher. Wir finden einen Weg, Mariel.«

Tora springt auf. »Dann können wir jetzt endlich zurück ins Tal der Dunklen Spiegel? Nachsehen, ob *meine* Höhle noch da ist?« Ihre Stimme klirrt vor Ungeduld.

Wenigstens unsere Rückkehr dürfte kein Problem sein: Die Höhle, die sich am Rand des steinernen Waldes in einem Fels öffnet, finden wir schnell. Doch etwas hält mich davon ab, sie zu betreten. So durcheinander und verzweifelt ich mich wegen Sander auch fühle, der Gedanke, dass Perselos' Seelenpartnerin eine Familie haben könnte und diese Menschen nie erfahren werden, was aus ihr wurde, ist mir unerträglich. Widerstrebend ist schließlich auch Tora mit einem weiteren Aufschub einverstanden und bereit, sich mit uns auf die Suche zu begeben, obwohl das sicher schwierig wird. Wir kennen ja nicht einmal den Namen des Mädchens.

Als wir uns von der Höhle abwenden, sehe ich in der Ferne wieder die seltsame Finsternis, den unheimlichen Abgrund. Schnell schaue ich woandershin und konzentriere mich auf die Familie, die wir finden müssen.

Leise wie ein Hauch erklingt eine Stimme im Felsenwald, ein Echo und eine Erinnerung, das Flüstern meiner Tante. *»Mariel«*, voller Liebe und Zärtlichkeit spricht sie meinen Namen aus, wieder und wieder, der Klang ist so vertraut, dass mir die Brust eng wird. Ich wende mich von meinen Reisegefährten ab. Ich muss dorthin, wo meine Tante ist, zurück zum Spiegeltor. Ich laufe los, zwischen den Felsen hindurch, doch das Tor ist nirgends zu finden, es ist einfach verschwunden ...

»Irina!«, rufe ich. »Irina?«

»Mariel«, flüstert ihre Stimme. *»Ich bin hier ... und hier ...«*

Die Worte springen zwischen den Felsen umher, glitzernd bricht sich das Sonnenlicht auf den Steinen und blendet mich, ich laufe nach rechts, wende mich nach links. Irinas Stimme ist an jedem Ort und nirgends zugleich, das Licht sticht mir in die Augen, überall grelle Sonne, überall Felsen ... Verwirrt bleibe ich stehen. Wo bin ich? Ist vorn hinten? Ist hinten vorn? Bin ich von rechts gekommen oder von links? Ich stolpere zurück, obwohl »zurück« ganz woanders sein könnte. Hektisch blicke ich mich um ... Die anderen sind fort. Felsen, überall Felsen. Kein Durchkommen. Verängstigt drehe ich mich im Kreis, stürme vorwärts, stoße mich schmerzhaft an einer Kante und schürfe mir den Ellbogen auf. Schweiß rinnt mir übers Gesicht und in die Augen. Ich ringe nach Atem.

»Irina?«

Keine Antwort.

»Sander? Tammo, Tora? Wo seid ihr?«

Stille. Weiß glühendes Licht. Ich renne wieder los, pralle gegen den nächsten Fels, falle hin, rappele mich hoch. Mein Herz jagt.

Schritte knirschen durch den Sand. Eine Gruppe von Leuten kommt auf mich zu. Ich blinzele, erkenne nur ihre Umrisse, die im Licht flirren.

»Sander?«, rufe ich verzweifelt. »Tammo? Tora? Seid ihr das?«

Eine Gestalt löst sich aus der Gruppe und tritt auf mich zu. »Hast du dich verletzt?«, fragt die Stimme eines Mannes. Finger streichen sanft über meinen aufgeschrammten Ellbogen. Die Berührung ist kühl und angenehm, der Schmerz hört sofort auf. Mein Blick sucht und sucht, langsam erkenne ich den, der vor mir steht. Ein angenehmes Gesicht mit einem freundlichen Lächeln, die Sonne schimmert auf blonde Locken.

Plötzlich schließt sich seine Hand um meinen Arm wie eine Eisenkralle.

»Du kommst jetzt mit«, zischt er. Mit einem Schrei fahre ich zurück.

»Mariel?«

Das grelle Licht löst sich auf. Ich schaue in Sanders erschrockenes Gesicht. »Was ist los, warum rennst du hier wie verrückt zwischen den Felsen herum?« Warm ruhen seine Hände auf meinen Schultern. Sein Gesicht ist meinem so nah, dass sein Atem über meine Wange streicht. Ein silbernes Glitzern in seiner Iris.

Ich fahre mit einer Hand über meine Augen. Aufhören. Schluss! Das alles wächst mir über den Kopf, es ist nicht zu schaffen, die Aufgabe ist zu groß, für mich ... für Sander ... für uns alle. Selbst wenn wir nicht so müde wären ...

Wie eine Flut steigt die Erschöpfung, diese bleierne Schwere in mir hoch. Meine Beine geben nach, mein Körper sackt zusammen und ich sinke in den Sand. Schwarze Flecken tanzen vor meinen Augen.

»Mariel?« Sander kniet neben mir nieder. Ich spüre, wie seine Hand mein Gesicht sanft, aber bestimmt in seine Richtung zieht.

»Mir geht's gut«, nuschele ich, was eine glatte Lüge ist.

Vorsichtig streicht er über die Schramme an meinem Ellbogen und ein Prickeln überläuft meinen Körper. Am liebsten würde ich … Nein! »Du … wir …«

Sander hört mich offenbar nicht. Seine Hand wandert höher, fährt über meinen Rücken, sein Arm legt sich um meine Schultern – dann zieht er ihn zurück, als hätte er sich verbrannt.

»Wir dürfen dem nicht nachgeben.«

Spricht er von der Müdigkeit? Von etwas anderem? Vielleicht weiß er es in diesem Moment selbst nicht.

Mit einem Ruck steht er auf, streckt mir eine Hand hin und zieht mich hoch. »Wir dürfen das nicht«, sagt er mit Nachdruck.

»Sicher«, murmele ich, doch ich lasse seine Hand nicht los. Und er meine genauso wenig. Ohne mich anzusehen, führt er mich zurück zu den anderen. Tammo und Tora schauen uns verunsichert entgegen.

»Alles in Ordnung?«, fragt Tora.

Ich nicke. Meine Knie zittern immer noch. Sander schließt seine Hand fester um meine, die Wärme seiner Haut dringt in meine Haut und ich fühle mich etwas besser.

»Dann suchen wir bitte schnell diese Familie, ja? Ich muss dringend zu …« Tora hält inne, blickt nach oben in den Himmel – und erstarrt.

An einem Punkt in der Ferne brauen sich schwarze Wolken zusammen. Wild strudeln sie umeinander, obwohl es hier, wo wir stehen, vollkommen windstill ist. Von weit her höre ich aufgeregtes Rufen – und noch etwas anderes. Eine Art jaulendes Heulen. Es nähert sich wie ein riesiger Vogel.

»Zurück zur Höhle – schnell!«, ruft Tammo.

Auch ich will hier weg, aber da sind Menschen, die sich vielleicht schon fragen, warum ihre Tochter nicht heimkehrt, wo ihre Schwester bleibt, Menschen, die wissen sollten, dass ...

Das Heulen schwillt an, wird lauter und lauter, kreist uns ein. »Lauft!«, brüllt Tammo und packt meine Hand, reißt mich von Sander los und zerrt mich mit. Für Proteste bleibt keine Zeit, Sander und Tora folgen uns, in wilder Flucht jagen wir zwischen den Felsen hindurch und zurück zu der Höhle. Wir stürzen uns hinein.

Von einem Augenblick zum anderen finden wir uns im Tal der Dunklen Spiegel wieder. Die Höhle, der Zugang zum Bezirk Zadyr, ist verschwunden.

Auch von Toras Höhle fehlt jede Spur.

Sie nimmt es bemerkenswert gelassen zur Kenntnis. »War doch klar, oder? Aber die finde ich schon wieder.« Ihr Lächeln wirkt gezwungen, doch sie hebt stolz das Kinn, als sei sie entschlossen, sich notfalls mit ganz Nurnen anzulegen.

»Was war das?«, fragt Tammo matt. »Ein Unwetter? Ein Sturm?«

»Es hat nicht nach einem Sturm geklungen«, widerspricht Sander. »Eher nach ... einer Waffe?«

Tammo reibt sich die Stirn. »Vielleicht ist in Nurnen wirklich ein Krieg im Gange.«

Der Gedanke ist nicht neu und er ist alles andere als beruhigend. In diesem Moment wird mir bewusst, wie sehr ich Perselos vermisse. So ängstlich er war, er strahlte stets Zuversicht aus. Die stille, aber ansteckende Gewissheit, dass er seine Seelenpartnerin finden wird, fehlt uns jetzt. Auch an den Ablauf unserer Frist werden wir erinnert: Tora gähnt so heftig, dass ihr bald eine Kiefersperre droht, und Tammo und Sander können kaum noch aus den Augen gucken. Bevor die Suche weitergehen kann, müssen wir uns unter einem Mondbusch ausruhen. Trotz meiner Schwäche bestehe ich darauf, die erste Wache zu übernehmen; ich habe über vieles nachzudenken.

Bald höre ich leises Schnarchen von dort, wo sich Tammo und Tora zusammengerollt haben. Als hätte er auf das Geräusch gewartet, kriecht Sander zu mir herüber. Auf einmal ist alle Müdigkeit wie weggewischt. Er setzt sich nah neben mich und mein Körper lädt sich mit Wärme auf.

»Du«, ich muss mich räuspern, ehe ich weitersprechen kann, »du solltest etwas schlafen.« Meine Stimme zittert, ich hoffe, er hört es nicht.

»Später.« Liegt auch in seinen Worten ein feines Beben oder bilde ich mir das ein? Seine Hände zucken. Ich muss sie immerzu anschauen ... Ich schließe die Augen. Wieso spüre ich eine Berührung, die gar nicht stattfindet, wie ist das möglich?

Neben mir atmet Sander tief ein.

»Perselos hätte es ohne unsere Hilfe nicht geschafft.« Seine Stimme klingt betont sachlich. »Sind wir uns da einig?«

Blinzelnd öffne ich die Augen und rufe mir die Situation mit Perselos mühsam ins Gedächtnis. »Du hast recht. Wenn wir ihm nicht geholfen hätten, wäre er von seiner Erinnerung überwältigt worden.« Was dann geschehen wäre, mag ich mir gar nicht ausmalen.

»Du und ich, wir kommen im Spiegelreich besser klar als die anderen«, sagt er leise. »Alban hat immer nur davon gesprochen, dass unser Glaube an die Götter uns helfen wird, aber in Wirklichkeit ist es unsere Vorstellungskraft, unsere Fantasie, die uns in Nurnen rettet.« Er schaut mich so eindringlich an, dass ich mir nicht sicher bin, ob er nicht noch etwas anderes sagen möchte, doch er bleibt stumm.

»Alban wusste es nicht besser, er war ja nie in Nurnen. Nach unserer Rückkehr müssen wir ihm unbedingt davon erzählen.«

»Falls wir uns dann noch daran erinnern können«, wendet er ein.

Ich pflücke eine Mondbeere und zerdrücke sie zwischen Daumen und Zeigefinger, lecke den Saft ab, schmecke die herbe, schokoladige Süße auf der Zunge. Das alles kommt mir so intensiv vor, so wirklich. Wie ich hier neben Sander sitze – seine Nähe spüre und auch mich selbst ... es *ist* wirklich. Wie kann das alles aus meinem Gedächtnis verschwinden, wenn ich nach Amlon zurückkehre?

Falls ich zurückkehre.

»Wie steht es um Tora und Tammo?«, fragt er, noch immer mit dieser betont beherrschten Stimme. »Du kennst sie besser als ich. Wie ist es um ihre Fantasie bestellt?«

Ich rufe meine Gedanken zur Ordnung. »Wir erklären ihnen, worauf es ankommt, dann schaffen sie es.«

»Und worauf kommt es an?«

»Nun ...« Ich taste nach Worten. Wieder treffen sich unsere Blicke, der Silbersplitter in Sanders Iris leuchtet. Mit einem Mal löst sich meine Zunge. »Weglaufen bringt nichts. Dastehen und nichts tun ist auch keine Lösung. Man muss sich anschauen, was passiert – und dann darauf zugehen, auf seine Angst und alles Schlimme und ... man geht weiter, auch wenn es einen fast kaputtmacht. Man stellt sich vor, wie man es verändert, damit etwas Gutes daraus wird. Dann schafft man es. Egal wie schmerzhaft es wird.«

Wirklich?, flüstert eine Stimme in mir. Und was war das vorhin, zwischen den Felsen? Hat ja prima geklappt.

Ich schiebe die Stimme beiseite.

»Wir müssen an uns glauben«, flüstert Sander. »An unsere eigenen Kräfte, nicht an die Kräfte der Götter.«

Gut, dass die Priester uns nicht hören. Aber können wir uns sicher sein? Schließlich haben *wir* Alban gehört – und die Stimmen, als Perselos mit seiner Seelenpartnerin durch das Spiegeltor ging.

»Reicht die Fantasie von Tammo und Tora aus?«, hakt Sander nach. »Ganz ehrlich, auch wenn Perselos gewusst hätte, worauf es ankommt, hätte er sich ohne unsere Hilfe vorstellen können, diese Gruselgestalt wegzupusten?«

Ich schaue auf meine Hände. »Wahrscheinlich nicht.«

»Dann müssen wir Tammo und Tora helfen, wenn es nötig wird.«

Ich gucke zu den beiden hinüber. Nach langem Schweigen frage ich leise: »Und wenn sich vorher dein oder mein Weg nach Hause öffnet?«

Seine Hand liegt so nah bei meiner, dass sich unsere Fingerspitzen fast berühren. Er atmet tief ein. Als er mir antwortet, kann ich hören, wie alle Kühle, alle Distanz aus seiner Stimme weicht. »Tora hat es uns vorgemacht. Sie hat gewartet. Wir gehen erst, wenn Tammo und Tora in Sicherheit sind. So lange bleiben wir. Du und ich.« Die Worte klingen dunkel und etwas rau. Mein Blick ruht immer noch auf unseren Händen. Ich wage es nicht, Sander in die Augen zu schauen. »Bist du damit einverstanden, Mariel?«

Ich will nur noch hören, wie er meinen Namen ausspricht.

»Mariel?« Sanft berühren seine Finger meine Hand.

Ich schließe kurz die Augen. »Warum tust du das, Sander?« Ich kann nicht anders, als auch ihn bei seinem Namen zu nennen, zu hören und zu spüren, wie mein Mund diese beiden Silben formt. »Ich hatte nie den Eindruck, dass dir sonderlich viel an den beiden liegt.«

Seine Worte sind kaum noch mehr als ein Flüstern. »Nenn mich egoistisch, aber wenn sie sterben und ich das hätte verhindern können ... Damit würde ich nicht leben wollen.«

Da erwidere ich den sanften Druck seiner Hand und höre auf, seinem sorgenumwölkten Blick auszuweichen. Ich muss an seine Mutter denken, die tot ist; an das Gerücht, dass er etwas damit zu tun hatte. Ist das der Grund für seine Entscheidung? Ich würde so gern mit ihm darüber reden, viel mehr über ihn erfahren. Doch wenn ich an dieser Stelle tiefer in ihn dringe, wird er sich verschließen, das spüre ich.

Die Frage, was aus demjenigen wird, der zuletzt übrig bleibt – ob Sanders oder meine Kräfte ausreichen, unserer Angst allein entgegenzutreten –, stelle ich nicht. Er auch nicht. Für einen von uns wird der Augenblick kommen. Wenn es so weit ist, werden wir uns trennen müssen. Jetzt nicht.

Hat sich Sanders Gesicht meinem ein wenig genähert? Ein Schauer durchfährt mich. »Du und ich, wir machen es anders als die, die bisher nach Nurnen gereist sind und es nicht geschafft haben, Mariel. Wir sorgen dafür, dass es diesmal anders läuft.«

Das Herz klopft mir bis zum Hals und das liegt weniger an seinen Worten als an der Tatsache, dass er meine Hand weiter fest in der seinen hält und mich unverwandt ansieht. Wenn ich den Kopf nur ein wenig in seine Richtung neige, könnte ich ...

»Keiner von uns geht, bevor nicht alle in Sicherheit sind«, flüstere ich. »Ist das unser Versprechen?«

Statt einer Antwort drückt er meine Hand. Ich erwidere den Druck.

»Sander«, hauche ich, und weil mein dummes Herz überall in meinem Körper und auch in meiner Kehle klopft, kommt sein Name diesmal arg zerquetscht heraus. Er schaut mich noch immer an. In seiner linken Iris funkelt der Silberfleck wie ein winziger Stern. Die Luft zwischen uns beginnt zu glühen. Langsam nähert sich sein Gesicht dem meinen. Oder mein Gesicht seinem ...

»Nersil ...« Die Stimme klingt leise, aber voller Panik. Ich erstarre augenblicklich. »Nersil ...« Das Wort geht in ein Schluchzen über.

»Tammo!«, rufe ich.

Der Silberfleck in Sanders Auge erlischt. Er lässt meine Hand los.

Schnell krieche ich zu Tammo, der im Schlaf leise weint, und rüttele an seiner Schulter. »Tammo?«

Er schlägt die Augen auf und guckt benommen zu mir hoch. Nur langsam erkennt er mich. Ich nehme seine Hand. Kalt und verkrampft liegt sie in meiner. Er setzt sich auf, wischt sich die Tränen ab und murmelt: »Nur ein Traum.« Und dann: »Kann ich die nächste Wache übernehmen? Ich will nicht noch einmal einschlafen.«

Während er die Hände zum Gebet faltet, rolle ich mich im trockenen Laub zusammen. Noch nie habe ich mich so ausgelaugt und zugleich wie angezündet gefühlt. Ich bin völlig durcheinander, meine Gedanken kreisen um Sander, immer wieder muss ich zu ihm hinüberschauen. Er liegt ein gutes Stück von mir entfernt, doch ich kann seine Anwesenheit in jeder Faser meines Körpers spüren. Was ist bloß los mit mir? Wir sind nach Nurnen gereist, weil wir unsere Seelenpartner finden und mit ihnen nach Amlon zurückkehren wollen.

Ich muss mich konzentrieren.

Ich möchte nicht sterben wie meine Tante Irina.

Die zunehmende Müdigkeit, die schwer auf meine Lider drückt, ist Warnung genug.

Seufzend strecke ich eine Hand aus und lege sie auf die Stelle, wo Sander und ich gesessen haben. Er und ich. Die Stelle fühlt sich weder warm noch kalt an. Nur leer.

»Aufstehen, Schlafmütze!« Tora rüttelt mich an der Schulter. »He, bist du krank? Du siehst aus wie Ziegenquark.«

So komme ich mir auch vor: blass und matschig. Allerdings bezweifele ich, dass Ziegenquark Gefühle hat, wofür man ihn glatt beneiden könnte. Ich dagegen trage einen ganzen Klumpen davon in mir herum; Gefühle, von denen ich nicht weiß, wie ich sie zum Schweigen bringen soll. Sander, der eine Handvoll Beeren nascht, schaut zu mir herüber. Besser wäre es, ich würde den Blick senken, doch ich schaffe es so wenig wie er. Seine Lippen zucken, als wolle er lächeln. Dann wendet er mit einem Ruck den Kopf ab.

Ich atme tief ein und versuche, an meinen Seelenpartner zu denken – an den, der mir bestimmt ist. Ob auch Sander in diesem Augenblick die Gedanken auf seine Spiegelseele richtet? Ganz bestimmt tut er es. Er *muss* es tun. Wie sonst soll er den Weg ins Grenzland finden?

Wie sie wohl aussieht? Ist sie in seinen Träumen schon aufgetaucht? Ich hoffe es – und hoffe es nicht ...

Bevor wir aufbrechen, rücken wir noch einmal unter dem Beerenbusch zusammen und erzählen Tammo und Tora, was wir unter vier Augen besprochen haben. Unseren Vorsatz, dass wir Nurnen erst verlassen, wenn sie beide in Sicherheit sind, erwähnen wir nicht. In Sanders rechtem Mundwinkel schimmert ein Tropfen Beerensaft. Meine Hand hebt sich, möchte ihn abtupfen, doch im selben Moment tippt sich Tora an die Lippen: »Du hast da was.«

Sander wischt sich mit dem Handrücken über den Mund. Meine Hand sinkt zurück in meinen Schoß.

»Habe ich das richtig verstanden?« Tammo reibt sich die Stirn. »Wenn wir von unseren Ängsten angegriffen werden, dürfen wir nicht weglaufen, sondern müssen ihnen ... entgegentreten?«

»Vor allem müssen wir uns vorstellen, wie das, was einmal war, sich in etwas anderes verwandelt«, erklärt Sander. »So hat Perselos seine Angst besiegt.«

»Es geht um unsere Vergangenheit?«

»Wir vermuten es.«

»Ängste können sehr stark sein«, murmelt Tammo.

»Wir auch«, erwidere ich.

Tora kichert. »Kämpfen statt beten. Find ich gut.«

Tammo strafft sich. »Darüber wollte ich sowieso mit euch sprechen.«

»Übers Beten?« Sie verzieht das Gesicht.

»Am Tag der Verbindung sind unsere Seelenpartner nicht gekommen, weil wir an den Göttern gezweifelt haben. Das sagen die Priester. Diese Zweifel müssen wir in Nurnen überwinden. Aber was Perselos erlebt hat ...« Tammo streicht über den widerspenstigen Haarwirbel an seinem Hinterkopf. »Mir kam es so vor, als hätte er die Zweifel an sich selbst überwinden müssen. Die Zweifel daran, dass ...«, er schluckt, seine Stimme ist kaum noch zu verstehen, »... dass er liebenswert ist.«

»Na, ich kämpfe lieber mit meinen Selbstzweifeln als mit den Zweifeln an den Göttern. Da geht's wenigstens um was *Fassbares«,* meint Tora. »Das kommt mir leichter vor.«

Ich bin mir nicht sicher, ob sie damit richtigliegt. Doch weil ich ihre Zuversicht keinesfalls dämpfen will, halte ich den Mund.

Tammo beißt die Zähne zusammen, bis seine Kiefermuskeln wie Kugeln hervortreten. »Und es hat immer etwas mit unserer

Vergangenheit zu tun?« Sein Gesicht ist blass. »Was passiert ist, ist passiert. Man kann es nicht einfach verändern.«

»Dass es einfach wird, hat keiner gesagt«, murmelt Sander.

Es ist erschreckend, wie schnell wir eine weitere Rast brauchen. Als mich Tora zur Wachablösung weckt, lehne ich mich müde an den Stamm des Mondbuschs, unter dem wir uns ausgestreckt haben – Tammo natürlich erst nach einem ausführlichen Gebet. Meine Lider sind schwer wie nasse Tücher. Ich zwicke in meinen Handrücken, damit ich wach bleibe – und rieche, wie von oben ein süßer Duft heranschwebt und mir in die Nase dringt. Ich schaue hinauf. Hängen da Orangen zwischen den Mondbeeren? Ich strecke einen Arm aus, pflücke eine Frucht, betrachte sie, beschnuppere sie, ziehe langsam die Schale ab und beiße vorsichtig hinein. Orangensaft spritzt mir in den Mund. Der Geschmack ist so köstlich, dass mir Tränen in die Augen steigen. Als ich die anderen zu diesem Festmahl wecken will, merke ich, dass Tammo bereits mit weit offenen Augen daliegt und zu den Orangen hinaufstarrt. Ich krieche zu ihm.

Er wendet mir das Gesicht zu. Seine Lippen zittern. »Die ganze Zeit muss ich an das denken, was kommt. Und es wird kommen. Ich spüre es. Ich ... sehe es.« Er schaut wieder zu den Orangen hoch.

»Haben die Orangen etwas damit zu tun, Tammo? Mit dem, was war?«

Er richtet sich auf. »Der Atem der Götter – wie sicher wirkt der? Wenn man mal damit behandelt wurde, kann die Erinnerung trotzdem zurückkehren?«

»Vielleicht wäre das gut«, sage ich behutsam.

»Wäre es nicht. Ich will mich nie wieder erinnern. Ich ... halte das nicht aus.«

»Du musst es nicht allein durchstehen.«

Seine Stimme ist kaum noch ein Hauch. »Es ist *meine* Erinnerung. Da kann mir kein anderer helfen.«

Ich denke an das Versprechen, das Sander und ich einander gegeben haben. Aber da ist auch Tammo; Tammo, der vor Angst beinahe stirbt. Einen Augenblick zögere ich noch, dann gebe ich mir einen Ruck.

»Wir helfen dir. Wir haben auch Perselos geholfen.« In knappen Worten erkläre ich ihm, wie Sander und ich Perselos beigestanden und was wir anschließend beschlossen haben. Mit gerunzelter Stirn hört er zu.

»Ihr verlasst Nurnen erst, wenn Tora und ich in Sicherheit sind?«, fragt er.

»Verrate ihr bitte nichts davon. Sie würde es nicht wollen.«

Eigentlich müsste er mir jetzt erklären, warum auch er diese Hilfe keinesfalls annehmen kann und dass ich mich selbst in Sicherheit bringen und das Spiegelreich schnellstmöglich verlassen sollte. Stattdessen murmelt er: »Danke.« Und da begreife ich erst, wie sehr er sich fürchtet; niemals würde er sonst zulassen, dass ich mich seinetwegen in Gefahr begebe.

»Schlaf jetzt, Tammo«, flüstere ich. Er nickt und rollt sich auf der Seite zusammen. Bald höre ich seine tiefen, regelmäßigen Atemzüge.

Als wir uns wieder auf den Weg machen, kommen wir an weiteren Kokons vorbei, manche silbrig grau und noch heil, andere schwarz und zerfallen, ab und zu zeigt sich ein Mondbusch, obwohl es eigentlich keine Mondbüsche mehr sind. Aber nach Orangenbäumen sehen sie auch nicht aus.

Noch nicht ganz.

Ich schaue zu Tammo, um mich vom Schlaf abzulenken, der

sich schon wieder schwer auf meine Lider legen will. Mein bester Freund geht mit steifem Rücken vor mir und ich kann sehen, dass die Erschöpfung auch auf seinen Schultern lastet. Wie lange wird er die Erinnerung in Schach halten können? Wenn es so weit ist – werden Sander und ich ihm wirklich helfen können? Und was, wenn ich gar nicht so weit komme?

Da wendet sich mein Kopf wie von selbst nach rechts. Die Höhle schaut mich an wie ein Auge. Als ihr Blick mich erreicht, stockt mir der Atem. Meine Hand zuckt zu meiner Brust, etwas hat mich dort getroffen, als hätte ein Bogenschütze einen Pfeil abgeschossen, an dem ein Faden befestigt ist. Jemand zieht am anderen Ende des Fadens, zieht mich zu der Höhle, zu meinem Ort. Mein Seelenpartner wartet dort auf mich. Ich muss zu ihm ... nein! Ich darf nicht! Noch nicht. Tammo, denke ich verschwommen und klammere mich mit aller Kraft an seinen Namen. Ich bleibe bei dir, ich gehe erst, wenn ...

»Mariel?« Sander taucht neben mir auf. »Ist alles in Ordnung?« Ich blinzele. Er steht neben mir, doch sein Blick ist auf die Höhle gerichtet. »Ist das der Ort?«, flüstert er.

Ich nicke. Nicht nur meine Hände zittern. Ich will dorthin. Ich darf nicht. Tammo braucht mich. Als meine Füße trotzdem einen Schritt auf die Höhle zumachen, legt mir Sander sachte, aber bestimmt eine Hand auf den Rücken, wie er es das erste Mal getan hat, als wir auf der Heiligen Insel über die Tempelbrücke gehen mussten. Mit kräftigem Druck schiebt er mich zurück auf den Weg. Das Zittern lässt nach. Der Faden, der an mir zieht, lockert sich ... löst sich ... verschwindet. Ein dumpfer Schmerz bleibt, doch während wir unseren Weg fortsetzen, ebbt auch er ab. Dafür spüre ich die Wärme umso intensiver, die von Sanders Hand an meinem Rücken abstrahlt und in mich hineinströmt. Würde diese Hand doch immer dort liegen bleiben!

Ich rufe mich zur Vernunft und schreite schneller voran, bis Sanders Hand von mir abgleitet und ich Tammo einhole. Tief in Gedanken stapft er dahin und hat von alldem nichts mitbekommen.

Meine Glieder sind so schwer, meine Schultern können die Last der Arme kaum noch tragen. An Tammos Seite lasse ich mich zurückfallen und beobachte die anderen. Tora fallen immer wieder die Augen zu und auch Sander sieht erschöpft aus.

Schwach rieche ich den Duft der Mondbeeren, als eine plötzliche Kälte auf mich herabfällt, mich in die Knie zwingt und umschließt. Meine Zähne schlagen aufeinander. Durch einen Nebel erkenne ich, wie die anderen einen Kreis um mich bilden. Ich spüre meine linke Hand nicht mehr, halte sie mit der rechten, Tammo legt seine Hände um meine und reibt sie. Jemand umschlingt mich von hinten, drückt sich an mich.

»Ruhig bleiben«, flüstert Sanders Stimme an meinem Ohr, ich möchte seine Wärme aufsaugen, doch alles wird immer eisiger.

Aus der Ferne, wie von einem Sturm zerrissen, dringt eine Stimme zu uns: *»Mariel!«* Die Stimme faucht und kreischt, entfernt sich, kehrt zurück. *»Sander mussss sich«,* das Zischen verzerrt sich in grelle Höhen, *»vom Palassst ...«,* die Worte verwischen, ein Heulen und Stöhnen, dann klingt die Stimme mit einem Mal vollkommen klar: *»... vom Palast der Liebe fernhalten ...«*

Elvin. Ich spüre förmlich, wie dieser verdammte Priester drüben in Amlon im Tempel auf Ningatta meine linke Hand umklammert, als wäre sie seine Verbindung ins Spiegelreich.

»Lass mich los«, schreie ich, »verschwinde!« Mit der ganzen Kraft meines Seelen-Ichs stoße ich Elvin zurück. Ein Kreischen gellt durch die Luft. Dann nichts mehr.

Ich kauere auf dem Boden. Tammo hält noch immer meine Hände. Tora streichelt meinen Arm.

»Ist gut, Mariel«, flüstert Sander hinter mir. »Er ist weg.«

Erst da bemerke ich, dass ich weine.

»Was ist das für ein Mist?«, ruft Tora auf einmal wütend. »Was machen die Priester in ihrem verfluchten Tempel bloß?«

»Sie ... sie helfen uns«, stammelt Tammo.

»Das glaubst du doch selbst nicht«, knurrt Tora.

»Wir *müssen* daran glauben. Was soll denn sonst aus uns werden?«

»Schöne Hilfe. Erst geht beim Übergang alles Mögliche schief, dann sagt Alban, Sander muss zurück ins Grenzland, weil seine Bestimmte in irgendeinem Palast rumschwirrt – Palast der Liebe? Nie gehört. Was soll das überhaupt sein? Und jetzt kommt Elvin und verbietet Sander den Palast, was soll der Scheiß?«

Obwohl mir nie weniger nach Lachen zumute war, hat Toras Zorn fast etwas Komisches.

»Elvin tickt doch nicht richtig, hab ich immer gewusst«, zetert sie weiter, »der zieht da heimlich eine Nummer durch, der will nicht, dass wir das hier schaffen. Der hat was gegen Leute, die glücklich werden, der ...«

»Hör dich doch mal reden, um der Götter willen!«, fällt ihr Tammo ins Wort. »So etwas würde Elvin nie tun. Er gehört zum Orden der Priester.«

Behutsam löst sich Sander von mir. »Meinetwegen kann er der Großneffe der Götter höchstpersönlich sein, das ändert gar nichts.« Er klingt bemerkenswert ruhig. »Ich habe Elvin nie über den Weg getraut. Warum wendet er sich an Mariel? Warum nicht an mich? Da steckt doch was dahinter!«

»Du musst seinem Rat trotzdem folgen«, fährt Tammo ihn an. »Halte dich vom Palast der Liebe fern.«

»Das war kein Rat, das war eine Drohung. Wenn ich mich wirklich fernhalten sollte, hätte Alban mir das selbst gesagt. Tora hat recht, Elvin spielt ein falsches Spiel.«

»Und wenn Alban verhindert war?«, gibt Tammo grob zurück. »Was, wenn er Elvin als seinen Stellvertreter geschickt hat?«

»Den?« Tora lacht. »Hör mir auf. Da wäre Melissa gekommen oder diese Dashna oder ...«

»Solange Alban mir nichts Gegenteiliges befiehlt, suche ich weiter den Weg ins Grenzland«, unterbricht Sander. »Und wenn meine Seelenpartnerin in diesem Palast der Liebe steckt, finde ich sie dort.«

Tammo öffnet den Mund. Sander macht eine abwehrende Geste und wendet sich an mich: »Was meinst du, Mariel?«

Palast der Liebe ... Seelenpartnerin ...

Als ich ihm antworte, kann ich nicht verhindern, dass meine Stimme zittert: »Mach es so, wie du es gerade entschieden hast.«

»Wie ich es entschieden habe«, wiederholt er leise. Dann strafft er sich. »Fühlst du dich kräftig genug, um weiterzugehen?«, fragt er sanft. Ich nicke. Er reicht mir die Hand und will mich auf die Füße ziehen, doch ich bin so schwach, dass ich gleich wieder zu Boden gehen würde, hielte er mich nicht fest.

»Ich schaff's nicht«, flüstere ich.

Sander schlingt seinen Arm fester um meine Taille und stützt mich mit dem anderen behutsam an der Schulter. Ich schließe die Augen und lehne mich an ihn. Für einen Moment vergesse ich meinen inneren Konflikt und versinke einfach nur in seiner Nähe.

»Du schaffst es«, flüstert er. »Du bist so viel stärker, als du glaubst. Das habe ich schon beim Kamelienritual begriffen und hier in Nurnen erst recht.« Er lässt mich los – aber nicht ganz. Seine Hand hält meine weiter umschlossen.

Tammo runzelt die Stirn. Plötzlich wage ich nicht mehr, ihn anzusehen. Und Sander auch nicht. Eigentlich müssten sich unsere Hände jetzt voneinander lösen, oder?

Ich bin es nicht, die zuerst loslässt.

Bei der nächsten Rast liege ich mit geschlossenen Augen da. Leise Stimmen dringen an mein Ohr. Obwohl mich Müdigkeit umnebelt, scheinen meine Sinne so geschärft, wie ich es in Amlon nie erlebt habe. Lauschen will ich eigentlich nicht, doch es lässt sich kaum vermeiden, dass ich Tammo und Sander höre.

»Es tut mir leid«, flüstert Tammo.

»Was tut dir leid?«, flüstert Sander zurück.

»Ich war in letzter Zeit nicht besonders freundlich zu dir.«

Schweigen. Dann raunt Sander: »Wegen Mariel?«

Ich halte den Atem an.

»Ich denke schon«, murmelt Tammo.

»Ich habe nicht vor, mich zwischen euch zu stellen, Tammo. Du bist und bleibst ihr bester Freund.«

»Und du? Was bist du für sie?«

Wieder Schweigen. Oder bin ich vor Erschöpfung eingenickt, ohne es zu merken?

»Ihr müsst aufpassen.« Tammos Stimme. »Ihr müsst euch auf eure Seelenpartner konzentrieren. Das ist das Allerwichtigste.«

»Es ist nicht leicht, oder?« Sander stockt. »Für dich auch nicht.«

»Nein. Und ich bin froh, dass du noch bleibst. Mariel hat mir von eurem Abkommen erzählt.« Obwohl meine Augen weiter geschlossen bleiben, weiß ich, dass Tammo in den Mondbusch blickt, der voller Orangen hängt. »Es ist nah. Und ich schaff's nicht allein.«

Tammos Worte klingen mir noch im Ohr, als wir längst wieder auf dem Weg sind. *Ich schaff's nicht allein.* Aber auch: *Ihr müsst aufpassen …*

Ich will ja aufpassen. Warum nur ist das so schwer? All meine Sinne sind auf Sander ausgerichtet, der hinter mir geht und dessen Nähe ich spüre, als würde in seinem Innern ein Feuer glühen, das mich wärmt. Ich sage meinen Füßen, dass sie schneller gehen sollen, weg von ihm, doch sie schaffen es nicht.

»Was beunruhigt dich, Mariel?« Er schließt zu mir auf, als hätte ich ihn gerufen. Ich nehme fast körperlich wahr, wie er darum ringt, dass die Worte kühl und sachlich klingen. »Machst du dir Sorgen wegen Elvin?«

»Eigentlich nicht«, murmele ich.

»Was ist es dann? Etwas geht dir doch im Kopf herum.«

»Warum hast du mich damals beim Kamelienritual nicht abblitzen lassen?«, rede ich drauflos. Eine dämliche Frage, ich kenne die Antwort ja, doch was soll ich ihm sonst erwidern?

»Was glaubst du denn?«

»Du hattest Angst, dass du ohne Kamelie dastehst. So wie ich.«

Er schüttelt den Kopf. »Das hätte mich nicht gestört. Aber mir hat dein Mut gefallen.«

»Mut? Welcher Mut?«

»Der Mut, etwas anderes zu tun als das, was man von dir erwartet. Und jetzt noch einmal: Was beunruhigt dich?«

Du. Du beunruhigst mich.

»Wir sind in Nurnen«, gebe ich schnell zurück, »da kann man schon mal nervös werden.«

Er schweigt, doch ich empfinde seinen Blick so intensiv, als hätten seine Augen Hände; Hände, die mich festhalten. Ich bleibe stehen und wende mich ihm zu. Er tut dasselbe. Reglos blicken wir einander an.

»Möchtest du wissen, was *mich* beunruhigt? Es hat auch etwas mit dem Kamelienritual zu tun. Denn sobald ich an den Palast der Liebe denke, sehe ich den Kameliensaal.« Seine Augen verengen sich schmerzlich. »Ich sehe, wie du ...« Er bricht ab.

... wie ich ihm meine Kamelie überreiche. *Küssen,* ruft jemand von den Rängen, *küssen* ...

»Wir müssen damit aufhören, Mariel«, flüstert er mühsam. Doch sein Blick lässt mich nicht los.

»Schnell, hinterher!«, ruft Tammo.

Wir fahren zusammen. Mein Kopf wendet sich nach links. Quer über die Grasebene läuft Tora mit langen Schritten auf eine Höhle zu, wird schneller und schneller. Wir rennen los, können ihr kaum folgen.

»Tora«, rufe ich, »warte!«

Vor der Höhle bleibt sie stehen und schaut sich nach uns um. »Bereit?«

Keuchend holen wir sie ein. »Bereit«, japse ich.

Kaum haben wir die Höhle betreten, finden wir uns in einem Garten wieder. Tote Oleanderstrünke ragen aus dem Boden. Vom Giebel eines Hauses hängen Windspiele aus Fischgräten und Vogelknochen. Eine Brise fährt hindurch und erzeugt ein hohes Sirren, das mir in den Zähnen wehtut. Spinnweben überziehen die Fensterscheiben.

»Falls ihr glaubt, bei diesem Anwesen handelt es sich um mein Elternhaus, liegt ihr richtig.« Toras Stimme klingt kalt, ihre Hände ballen sich zu Fäusten. Haben ihre Finger gerade gezittert? »Meiner Angst entgegengehen, richtig? Wollt ihr draußen warten?«

Ja. Bitte.

Sander wirft mir einen Blick zu. Seine Lippen formen stumme Worte: *Denk an unser Versprechen.*

Mit einem Kloß im Hals folge ich Tora und den anderen auf

dem Weg zur Haustür. Als Tora ihre Hand nach dem Türknauf ausstrecken will, biegt ein Junge um die Ecke und bleibt in einiger Entfernung stehen. Sandfarbenes Haar, breite Schultern, ziemlich gut aussehend.

Toras Hand sinkt herab. »Janol?«, fragt sie verdattert. »Was machst du denn hier?«

Janol. Auf Xerax hatte Tora ihn erwähnt – ihr erster Partner auf ihrem ersten Purpurfest, vielleicht der Einzige, in den sie je verliebt war.

Sie grinst schief, schaut kurz zu uns herüber und stellt fest: »Das ging ja leicht.« Dann macht sie sich auf den Weg zu dem Jungen.

»Warte!«, rufe ich.

Sie bleibt stehen. »Was?«

Keine Ahnung. Ich weiß nur: Hier stimmt was nicht.

»Was denn?«, wiederholt sie ungeduldig.

Janol blickt von Tora zu mir und wieder zu Tora. Sein Mund zuckt. Seine Augen glitzern. Nein – etwas läuft ganz und gar verkehrt.

»Er ist es nicht«, sage ich.

Tora starrt mich an. »Wie bitte?«

»Es geht zu glatt. Du musst ins Haus und ...«

»Sag mir nicht, was ich zu tun habe, Mariel!« Ihre Augen sprühen Funken, ihre Worte hängen in der Luft wie Dornen. »Du bist nicht die Einzige, die kapiert, wie es in Nurnen läuft! Glaubst du, ich kriege nicht mit, dass du dich aufführst, als könntest du hier alles bestimmen? Du und Sander!«

»Wie bitte?«

»Das hier ist *mein* Ort, ich brauche keine Ratschläge von dir!« Wütend stampft sie auf Janol zu. Er streckt ihr eine Hand entgegen und ...

»Tora, nein!«, schreie ich.

Sein Mund öffnet sich. Eine gespaltene Zunge gleitet heraus und schlängelt sich auf Tora zu, feucht und glänzend, dick wie ein Unterarm. Sie kann gerade noch zur Seite springen. Sämtliche Knochen scheinen aus Janols Körper zu verschwinden, er sinkt zu Boden und windet sich auf Tora zu, sie weicht zurück und prallt gegen die Hauswand. Mit schreckgeweiteten Augen blickt sie dem Schlangenjungen entgegen. Er richtet sich vor ihr auf, ihre Gesichter berühren sich fast, wieder zuckt seine Zunge hervor, diesmal nur die Spitze, langsam, genüsslich ... Angst und Ekel flackern in Toras Augen – und eine unbändige Wut.

»Weg von mir!«, kreischt sie. »Weg, weg, weg!«

Die Zungenspitze zittert – und streicht über ihr Gesicht. Einen Augenblick ist Tora wie erstarrt. Dann fliegen ihre Hände nach oben und schlagen die Zunge weg. Im selben Moment, als sie den Schlangenjungen berührt, bricht der Damm, wie irr trommeln ihre Fäuste auf ihn ein, erst nur auf sein Gesicht, dann auf den ganzen Körper und mit jedem Schlag wird dieser Körper blasser, unwirklicher, löst sich endlich auf.

Tora zittert am ganzen Leib. Langsam rutscht sie an der Hauswand hinunter. Ich laufe zu ihr und will sie an mich ziehen, doch sie wehrt ab.

»Mir geht's gut«, japst sie. »Und du hattest recht. Ich muss in das Haus. Hilf mir hoch.«

»Du musst dich erst ausruhen.«

Sie schüttelt den Kopf. »Wenn ich jetzt aufhöre, schaff ich's nicht.«

Immerhin lässt sie zu, dass ich sie stütze, als sie auf die Tür zuwankt. Die anderen folgen uns. Sie dreht den Knauf. Die Tür öffnet sich knarzend. Wir treten ein und landen in einem Meer von rosa Wänden, rosa Teppichen, sogar ein rosa Bett steht im

Zimmer. Auf der rosa Decke sitzt ein Mädchen im rosaroten Kleid. Wie alt mag die kleine Tora sein? Acht? Neun? Eine rosa Schleife steckt schief in ihrem roten Haar, sie ist völlig fehl am Platz, und weil das Haar zu einem struppigen Busch geschnitten ist, erscheint der Anblick regelrecht absurd. Wahrscheinlich hat sie sich die Frisur selbst verpasst. Eine zweite Tür öffnet sich und eine Frau tritt in das Zimmer. Lippen und Wangen schimmern rosig, passend dazu trägt sie ein rosa Kleid, das ihren Körper umschmiegt und ihre Brüste und die Taille betont. In den Händen hält sie ein Buch mit rosa Einband. Als sie »Hallo, mein Röschen« sagt, kraust sich ihre Nase, wie ich es von unserer Tora kenne. Ihre Stimme klingt zögernd, das Lächeln wirkt unsicher.

»Hallo, Mama«, antwortet die kleine Tora steif.

Ihre Mutter setzt sich auf die Bettkante und klappt das Buch auf. Rosa Schlangen kriechen von den Seiten, fallen auf die Bettdecke und winden sich auf die kleine Tora zu.

Tora – unsere Tora – legt die Hände an die Schläfen. Ihr Gesicht wird leer, ihr Körper steif. Ich schaue zu Sander. Er nickt und schiebt seine Hand in meine. Als sich unsere Finger verschränken, durchfließt mich eine wohltuende Wärme. Für einen Augenblick kann ich nichts tun als dastehen und diese Wärme spüren, die mich erfüllt und die ich nicht zulassen darf. Sander nickt langsam, als könnte er meine Gedanken lesen. Sein Gesicht sieht blass aus, seine Lippen werden schmal. Doch seine Hand bleibt in meiner liegen.

Ich schließe die Augen und wende mich innerlich von ihm ab. Es kostet mich unendlich viel Kraft und ich kann mich nur mühsam auf Tora konzentrieren. Sie muss aus ihrer Starre erwachen und ihrem jüngeren Ich zu Hilfe eilen, sie muss ...

»Tora«, flüstert die rosa Mutter. In ihrem Mund verwandelt

sich der Name in eine mit Zuckerguss überzogene Praline. Ich öffne die Augen und sehe das wehmütige Lächeln, das ihre Lippen umspielt. *»Tora, Tora ...«*, singt sie leise, ihre Stimme klingt so traurig und zerbrochen, dass jede Vorstellung und meine Fantasien in sich zusammensinken. »Ich hab dich doch lieb, meine Tora, mein Röschen, mein Mädchen.«

Noch immer ist unsere Tora völlig erstarrt und ich habe keine Idee, wie ich ihr helfen könnte. Ihre Augen erinnern an Inseln, die von ihren Bewohnern verlassen wurden. Ich muss etwas tun, aber der Gesang der rosa Mutter lähmt auch mich. Da höre ich eine zweite Stimme, ein leises Summen, schwach und brüchig. Sander. Sein wortloses Lied, so unsicher es klingt, ist wie ein Meißel, der sich in meine Lähmung bohrt und sie zerbricht. Meine Hand löst sich aus seiner, ich mache einen Schritt auf Tora zu – und verpasse ihr eine schallende Ohrfeige. Noch nie habe ich jemanden geschlagen. Die Wirkung überrascht mich selbst. Toras Kopf fliegt zur Seite. Sie taumelt und blinzelt verwirrt zu mir hoch.

»Tu was.« Ich stoße sie auf das Bett zu.

Sie stolpert, fällt beinahe, rudert mit den Armen, findet ihr Gleichgewicht, doch da erblickt sie die Schlangen, die über die kleine Tora kriechen. Ihr entsetztes »Nein!« hallt von den rosa Wänden wider. Sie stürzt zu ihrem jüngeren Ich, packt es, will es an sich ziehen, als sich ein Wind aus dem rosa Buch erhebt und die beiden zwischen die Seiten saugt. Auch wir anderen werden von dem Sog erfasst, verzweifelt klammern wir uns aneinander, alles dreht sich in einem rosa Wirbel wie auf einem Karussell. Dann ein Knall, als würden zwei Buchdeckel geschlossen ...

Dunkelheit.

Nach einer Weile höre ich Sander leise fragen: »Irgendeine Ahnung, wo wir sind?«

Tammo lacht beklommen. »In einem Buch?«

Neben mir wimmert ein Kind, es muss die kleine Tora sein.

»Läuft nicht so wie bei Perselos«, krächzt die ältere Tora heiser.

Nein. Sie hat wohl eine härtere Nuss zu knacken.

Langsam gewöhnen sich meine Augen an die Dunkelheit – und mir stockt der Atem.

»Bewegt euch nicht«, flüstere ich. »Sitzt ganz still.«

Schwarze Korallenäste ragen wie zum Skelett abgemagerte Hände aus dem Boden. Zwischen den Ästen hängen Koronamuscheln mit fingerlangen, messerscharfen Zacken, die genau auf uns gerichtet sind. Auch die anderen merken nun offenbar, dass wir in einem tödlichen Korallenwald gelandet sind.

»Scheiße«, flüstert Tora. Ihr jüngeres Ich weint leise vor sich hin. Sie zieht es fester an sich – und wie bei Perselos schmilzt das Kind in sie hinein. Tora atmet tief durch und drückt beide Hände auf ihre Brust. Auf ihrem Gesicht erscheint ein schwaches Lächeln.

Müssten wir jetzt nicht in dem Bezirk landen, in dem Toras Seelenpartner lebt? So war es bei Perselos. Doch hier passiert nichts. Fieberhaft überlege ich. Auch zwischen Sanders Augenbrauen bildet sich die vertraute Falte. Doch diesmal hat Tammo eine Idee.

»Erzähl uns deine Geschichte, Tora.«

»Hab keine.«

»Aber wir stecken schon mittendrin.«

Sie dreht ihre Hände hin und her, als müsse sie die Geschichte irgendwo zwischen ihren Fingern hervorzaubern. Ihr abwehrend aufgerichteter Rücken sinkt in sich zusammen. »Also schön. Es geht wohl um ... meine Mutter.« Sie schluckt. »Eine Frau, die stundenlang vor dem Spiegel saß und sich für meinen Vater schön machte. Völliger Schwachsinn, er war ihr Seelenpartner, er hätte sie auch geliebt, wenn sie sich einen Sack über den Kopf gestülpt hätte. Aber sie zupfte von morgens bis abends an sich herum. Falls sie nicht gerade eines seiner Leibgerichte kochte.« Tränen steigen ihr in die Augen. »Sie hatte keine Ahnung, was meine Brüder oder ich gern aßen. Das wusste nur mein Vater.« Sie wischt sich über die Augen und lächelt mühsam. »Fischklößchen. Die liebte ich. Mein Vater hat sie mindestens einmal in der Woche für mich gemacht. Er brachte mir auch das Reiten bei, zog stundenlang mit mir über die Insel. Nur er und ich. Meine Mutter war jedes Mal tödlich beleidigt, weil er nicht jede freie Sekunde mit *ihr* zusammen war.« Sie lächelt noch immer, aber jetzt ist es ein anderes Lächeln, traurig und wütend, böse und verzweifelt.

»Klingt, als hättet ihr um deinen Vater gekämpft, deine Mutter und du«, sagt Sander leise.

»Ich hab ihn geliebt. Und meine Mutter, die habe ich gehasst. Aber irgendwie auch nicht ...« Tora weint jetzt, scheint es jedoch nicht zu merken, die Tränen laufen einfach aus ihren Augen heraus. Sie macht keine Anstalten, sie wegzuwischen. »Ihr ging's umgekehrt wohl genauso.«

»Mütter hassen ihre Kinder nicht«, murmelt Tammo.

Tora zuckt die Schultern. »Keine Ahnung. Auf alle Fälle hat sie mir jeden Abend was vorgelesen. Die Geschichten habe ich auch gehasst, aber ich hab's über mich ergehen lassen. Ich dachte, meine Mutter liest mir vor, weil sie mich doch ein klein wenig lieb hat.«

»Was waren das für Geschichten?«, frage ich.

»Geschichten von kleinen Mädchen.« Tora klingt angewidert. »Mädchen, die von allen gemocht werden, die klug und mutig sind und von morgens bis abends anderen Kindern aus der Klemme helfen, armen Hunden das Leben retten und gemeine

Leute austricksen. Und nie, nie wollen sie ihren Müttern den Mann streitig machen. Ich hasste die Geschichten. Ich hasste die Mädchen. In meiner Fantasie krochen sie in mich rein wie widerliche rosa Schlangen, aber die Vorlesestunden ertrug ich trotzdem. Es war die einzige Art, wie meine Mutter und ich zusammen sein konnten. Und das war's. Mehr gibt's nicht zu erzählen.« Sie schaut sich um. »Können wir jetzt hier raus?«

»Ich glaube nicht, dass das alles ist.« Tammo nickt in Richtung der Korallen. »Was bedeuten sie, Tora? Was bedeuten die Muscheln?«

Sie reibt sich die Schläfen, dann seufzt sie lange und tief. »Also gut, Kapitel zwei: Mein neunter Geburtstag. Ratet, was meine Mutter mir geschenkt hat.«

»Ein rosa Kleid?«, fragt Tammo.

»Das habe ich früher selbst getragen, mein Röschen.« Tora gelingt es ziemlich gut, die traurig-sanfte Stimme ihrer Mutter zu imitieren. *»In dem Kleid bekam ich meinen ersten Kuss. Nur ein Junge aus der Nachbarschaft, aber von da an wusste ich, dass eines Tages der Richtige kommt. Mein Seelenpartner. Der eine, der mir bestimmt ist. Du wirst deinen Seelenpartner auch eines Tages treffen.«* Tora ballt die Fäuste so fest, dass die Knöchel weiß hervorspringen. »An dem Tag hab ich zum ersten Mal einen Jungen verprügelt. Auf meiner eigenen Geburtstagsfeier. Er wollte mich küssen. Mervis, ihr wisst schon.«

Sie wirft mir einen schnellen Blick zu und lächelt schief. Ich gebe ein ersticktes Husten von mir und kann einen Moment lang kaum fassen, wie nahezu spurlos Mervis aus meinen Gedanken und Gefühlen verschwunden ist.

»Ihr habt ja gesehen, dass ich hart zuschlagen kann«, fährt Tora fort. »Mervis brach in Tränen aus und meine Mutter machte gleich mit, was nicht unbedingt etwas Neues war, sie weinte oft, aber jetzt schrie sie mich auch noch lauthals an: *Warum bist du so? Warum kannst du nicht wie alle Mädchen sein?* Da hab ich mich losgerissen und bin weggerannt. Sollten sie meinen Geburtstag doch ohne mich feiern! Das rosa Kleid hab ich mit Steinen beschwert und im Meer versenkt. Dann bin ich selbst rein und so tief untergetaucht, bis ich dachte, ich sterbe. Aber ich bin nicht gestorben. Das hab ich von da an ständig gemacht. Je tiefer ich getaucht bin, desto schöner wurden die Muscheln. Wenn ich da unten war, musste ich die Gefühle nicht mehr fühlen, die Wut, den Schmerz. Im Meer war ich frei. Einmal hab ich gehört, wie meine Eltern deswegen stritten. Mein Vater sagte, sie solle mich lassen, aber meine Mutter meinte, das mit dem Tauchen würde ich nur machen, um sie zu ärgern. Und damit hatte sie nicht mal unrecht. Ich wollte, dass sie Angst um mich hat! Als ich von Amlon wegmusste, hab ich gedacht: Jetzt hat sie endlich ihren Frieden. Jetzt hat sie meinen Vater für sich ganz allein. Und dabei liebe ich sie doch ... und ich kapier nicht, warum wir es uns so schwer gemacht haben ... warum wir's nicht besser hingekriegt haben ...«

Die letzten Worte sind kaum noch zu verstehen, Tora weint wieder; ein lautes, heftiges Schluchzen, als breche etwas aus ihr heraus, das sie jahrelang in sich eingeschlossen hat. Ich lege die Arme um sie, ihr Kopf fällt gegen meine Schulter, sie weint und schluchzt, bis ich ganz klebrig von ihren Tränen bin, aber ich halte sie weiter – und endlich kommt Bewegung in die Sache. Buchstäblich. Korallen und Muscheln zerbröseln zu kalkigem Staub. In der Dunkelheit dahinter glaube ich, ein Rascheln und Zischen zu hören. Noch mehr Schlangen? Zu sehen ist nichts. Aber irgendwo stöhnt jemand. Ruft leise um Hilfe.

Tora löst sich von mir. Angestrengt späht sie ins Dunkle. »Das ist er«, flüstert sie und steht auf. »Ich muss zu ihm.«

»Es könnte sein, dass dort Schlangen sind«, warne ich sie. »Sollen wir mitkommen?« Ich erhebe mich ebenfalls.

Tora presst die Lippen aufeinander und schüttelt den Kopf.

»Und wenn du in Panik gerätst?«, wendet Sander ein.

»Da muss ich allein durch.«

Vorsichtig tastet sich Tora in die Dunkelheit. Bevor sie darin verschwindet, schaut sie noch einmal zurück. »Finster, oder? Da kann ich mir doch einbilden, es wären keine Schlangen, sondern ... Algen?« Sie lächelt verkrampft. Im nächsten Moment ist sie im Dunkeln verschwunden.

Nach einer Weile höre ich ihre Stimme: »Gib mir deine Hand. Gib sie mir. Ich hab dich.«

Die Dunkelheit löst sich auf. Sonnenlicht wärmt mir Kopf und Schultern. Verblüfft schaue ich mich um.

Der Dachgarten hat eine gewisse Ähnlichkeit mit dem der Bibliothek in Amlon. Blumen in allen nur denkbaren Farben verströmen einen so intensiven Duft, dass mir leicht schwindelig wird. Ein Stück entfernt, neben einer Hängematte, die zwischen zwei silberstämmigen Bäumen aufgespannt ist, steht Tora. Sie hält die Hand eines jungen Mannes, der im Schlaf leise stöhnt.

Vorsichtig nähern wir uns.

»Ich hab dich.« Toras Finger umspannen die Hand des Fremden mit aller Kraft, doch in ihrem Gesicht gibt es keine Spannung mehr. Ganz weich und gelöst wirkt sie. So habe ich Tora noch nie gesehen.

Er öffnet die Augen und richtet sich auf. Was mir zuerst auffällt, ist seine Nase. Sie ist so perfekt, als wäre sie das Urbild aller Nasen. Ein schmaler, fester Mund, die Wangen etwas zu hohl. Während er Tora anschaut, breitet sich ein warmer Glanz über seine eben noch vom Schlaf benommenen Züge. »Du warst in meinem Traum ... Es war ein grässlicher Traum, alles war voller Schlangen – aber dann bist du gekommen! Du hast mich da rausgeholt.« Sein fester Mund entspannt sich zu einem Lächeln. Ohne ihre Hand loszulassen, klettert er aus der Hängematte. Sein Blick ruht unverwandt auf ihr, als hätte er noch nie etwas so Schönes erblickt. »Du bist nicht von hier. Ich hab dich noch nie in Endorath gesehen.«

Tora schmunzelt. Dann lacht sie. »Wenn ich mal hier gewesen wäre, hätte ich schon dafür gesorgt, dass du mich siehst. Vielleicht hätte ich deinetwegen sogar die Bibliothek betreten.« Und weil es wohl zu kompliziert wäre, ihm das alles zu erklären, fügt sie hinzu: »Ich bin hier bloß auf der Durchreise.« Dann wendet sie sich uns zu. Ihr Gesicht ist noch immer ein einziges Strahlen. »He. War ich gut oder nicht?«

Und das ist das Schöne: dass wir für Tora nicht verschwinden, nur weil ihr Seelenpartner jetzt da ist. Sie lässt ihn los, kommt zu uns, umarmt Sander, dann Tammo und zuletzt mich.

»Danke, Mariel«, flüstert sie mir ins Ohr und drückt meine Schultern wie zur Bekräftigung noch einmal etwas fester. »Danke.«

Toras Seelenpartner heißt Aaron. Sein Vater ist Lehrer, seine Mutter Fischerin. Er deutet auf ein Haus, das nicht weit entfernt in einer grünen Hügellandschaft steht. »Da wohnen wir. Mein Bruder geht noch zur Schule. Meine Schwester hilft meiner Mutter beim Fischen und ich betreue die Bibliothek.«

Ein Bibliothekar für Tora. Ich muss fast lachen, als ich das höre. Das Lachen vergeht mir allerdings, als Aaron berichtet, wie schwer es sei, ein Leben in ständiger Furcht vor der Finsternis zu führen. Ehe ich mich zurückhalten kann, sind mir die Worte schon herausgerutscht: »Was hat es mit dieser Finsternis auf sich? In Amlon gibt es so was nicht. Hat das mit einem Krieg zu tun? Ist sie eine Art Waffe?«

Aaron runzelt er die Stirn. *»Amlon?* Wo ist das?«

Tammo und Sander sehen mich wütend an. Ich werde feuerrot. Aber Tora meint gelassen: »Amlon ist unsere Welt. Die Welt, aus der wir kommen. Ich bin auf der Durchreise, erinnerst du dich? Und ich muss bald zurück.«

Aaron nimmt das erstaunlich ruhig zur Kenntnis. »Und in deiner Welt, diesem Amlon ... Dort gibt es keine Finsternis?« Er lächelt. »Es muss ein schöner Ort sein.«

Sie greift wieder nach seiner Hand. »Ich will, dass du mich dorthin begleitest. Allerdings ...« Pause. Dann sagt sie es. »Wenn du mitkommst, kannst du nicht zurückkehren. Du wirst alles vergessen, was in Nurnen war. Deine Freunde. Deine Familie. Alles.«

Auf einmal habe ich fürchterliche Angst, er könnte sich weigern. Was soll dann aus Tora werden? Doch als ich den Blick sehe, mit dem er sie anschaut, weiß ich, wie er sich entscheiden wird. Tora hebt den Kopf. Ihre Lippen berühren sich, versunken in ihren ersten Kuss. Ein Stich fährt mir in die Brust, nicht weil ich neidisch auf Tora oder Aaron wäre, aber ich beneide sie um diese Klarheit. Niemand, der sie sieht, könnte noch daran zweifeln, dass sie füreinander bestimmt sind.

Hinter der Brüstung des Dachgartens flirrt die Luft. Das Spiegeltor öffnet sich. Aus weiter Ferne höre ich die Stimmen, sie singen Toras Namen – so anders, als ihre Mutter es tat. Es klingt wunderschön und ...

Irina. Ihre Stimme. Da ist sie wieder.

Nein – nein! Es ist nur ein Wunsch, eine Sehnsucht ... aber es klingt so wirklich. Ich mache einen Schritt auf das Spiegeltor zu, da schließt sich eine Hand um meine.

Sander. Er hält mich fest, hält mich, bis Irinas Gesang mit den anderen Stimmen verschmilzt und darin verschwindet.

Nur eine Fantasie ...

Aaron und Tora lösen sich aus ihrem Kuss. Er blickt zu dem Spiegeltor. »Dann gehen wir jetzt?«, flüstert er.

Sie nickt. Ein letztes Mal kommt sie zu uns, ein letztes Mal spüre ich ihre Arme, die sich um mich legen. Ich drücke sie so fest an mich, dass es wehtut. Sie sagt, dass sie mich lieb hat. Ich sage ihr, wie sehr sie mir ans Herz gewachsen ist und wie wichtig sie mir geworden ist.

»Denk daran, Alban zu warnen«, flüstere ich. »Sag ihm, dass Elvin etwas im Schilde führt. Sag ihm, er soll ein Auge auf Elvin ...«

Traurig schüttelt sie den Kopf. »Das kann ich nicht.«

»Warum?«

»Weil ich alles vergessen werde, was ich mit euch erlebt habe. Aber eins vergess ich bestimmt nicht«, da ist es wieder, dieses spezielle Tora-Grinsen, »dass ich was für die Leute auf Xerax tun muss. Für die Sonderbaren. Denn Xerax vergisst man ja wohl nie.«

Sie nimmt Aarons Hand. Gemeinsam treten sie vor das Tor. Schwach sehe ich die Reflexion ihrer Gestalten darin. Ein letzter Blick über die Schulter, ein letztes Winken, dann sind sie fort. Ihr Nachbild scheint noch einige Augenblicke in dem Spiegel zu zittern, als sei es zu intensiv, um sofort zu verschwinden. Doch auch der Spiegel verblasst bereits. Kurze Zeit später ist er verschwunden.

Langsam wendet sich Sander zu Tammo und mir um. »Sie hat es geschafft. Schon die zweite, die auf dem Heimweg ist.« Der Silberfleck in seiner Iris funkelt wie ein Stern.

Ich kann mich nicht länger zurückhalten, mache einen Schritt auf ihn zu und ziehe ihn in eine feste Umarmung. Erst als sich Tammo hinter uns räuspert, lösen wir uns hastig voneinander.

»Ja, sie hat es geschafft, aber warum war es bei ihr so schwierig?«, fragt er.

Tammo hat recht. Nach außen hat Tora immer so stark und selbstbewusst gewirkt – und trotzdem konnte sie mit ihren Ängsten und Selbstzweifeln schlechter umgehen als Perselos. Ich denke, sie war sehr einsam trotz der vielen Liebschaften und des Respekts, den sie sich zu verschaffen wusste.

Tammo beantwortet seine Frage gleich selbst: »Sie hatte es fester in sich verschlossen als Perselos. Sie musste tiefer rein. Tiefer runter. Außerdem«, fügt er nach kurzem Überlegen hinzu, »wird es vielleicht schwieriger, je länger wir in Nurnen sind.«

Seine Worte scheinen ihn selbst zu erschrecken. »Das ist nur eine Vermutung«, fügt er hastig hinzu.

Das Problem dabei ist, dass Tammo mit seinen Vermutungen meist richtigliegt.

»Dann müssen wir uns umso mehr beeilen.« Suchend schaut sich Sander um. Im Bezirk Zadyr gab es eine Höhle, durch die wir in das Spiegeltal zurückkehren konnten – und eine Höhle entdecken wir auch hier, in der Außenmauer der Bibliothek, versteckt zwischen Blütenvorhängen aus weißen Kamelien. Tammo will schon hindurchschlüpfen, aber ich halte ihn zurück.

»Aarons Familie sollte erfahren, dass er weggegangen ist. Sie müssen wissen, dass es ihm gut geht. In Zadyr hat es nicht geklappt, aber das Elternhaus von Aaron ist ja ganz nah.«

»Glaubst du, es ist klug, ihnen von Amlon zu erzählen?«, wendet er ein. »Alban meinte, wir dürfen uns nicht als Fremde zu erkennen geben.«

»Alban hat sich auch in anderen Punkten geirrt«, hält Sander dagegen. »Mariel hat recht. Aarons Familie sollte wissen, was mit ihm passiert ist. Alles andere wäre zu quälend.«

Tammo kämpft mit sich. Ginge es nur um ihn, würde er ins Spiegeltal zurückkehren, doch er schaut ein letztes Mal sehnsüchtig zu der Höhle, räuspert sich und sagt: »Also schön. Gehen wir.«

Über die Außentreppe steigen wir in eine Auenlandschaft hinunter, die von einem Fluss durchschnitten wird. Schiffe fahren darauf, nicht von Sonnensegeln angetrieben wie in Amlon, sondern von Riesenflügeln, die sich wie von selbst bewegen. Am Ufer wachsen Bäume mit silbernen Stämmen und bunt belaubten Kronen, angeordnet zu Kreisen und Doppelkreisen, und in jedem steht ein bunt bemaltes Haus. Alle Farben scheint es hier zu geben – bis auf Rosa. Ich muss lächeln.

Das Haus, das Aaron uns gezeigt hat, haben wir bald erreicht. Unter einem Sonnensegel, das ebenfalls einem riesigen Flügel gleicht, sitzt ein junges Mädchen auf der Veranda und flickt ein Netz. Als sie uns kommen sieht, legt sie es beiseite und blickt uns freundlich entgegen. Sie ist ihrem älteren Bruder wie aus dem Gesicht geschnitten. Bei ihrem Anblick begreife ich zum ersten Mal voll und ganz, dass die Verbindung, die wir in Amlon so sehnlich herbeiwünschen, gleichzeitig bedeutet, dass anderswo Verbindungen für immer durchtrennt werden.

Das junge Mädchen steht auf. »Seid ihr neu im Viertel? Ich habe euch hier noch nie gesehen.«

»Wir sind auf der Durchreise«, nehme ich Toras Idee auf. »Und wir würden gern mit deinen Eltern sprechen.«

»Die kommen erst heute Abend zurück. Kann ich euch helfen?«

»Es geht um deinen Bruder«, sage ich zögernd.

»Niyosh?« Sie lacht. »Hat er schon wieder die Schule geschwänzt?«

»Nein, ich spreche von Aaron.«

Sie runzelt die Stirn. »Aaron? Ich kenne keinen Aaron.«

»Dein Bruder. Der Bibliothekar«, versuche ich es noch einmal.

Verwirrt schüttelt sie den Kopf. »Im Bezirk Endorath gibt es keinen Bibliothekar. Die Stelle ist seit Ewigkeiten frei.«

»Aber ...« Ein Geräusch unterbricht mich. Ein fernes Heulen. Erschrocken blicke ich zum Himmel. Das Heulen nähert sich. Von allen Seiten ziehen schwarze Wolken auf und ballen sich über dem bunten Haus zusammen. Das Heulen schwillt an und steigert sich in unerträgliche Höhen. Rufe dringen vom Fluss herauf und hallen zwischen den Bäumen wider:

»Die Finsternis!«

»Zur Herberge!«

»Schnell!«

Wir stehen da, unfähig, uns zu rühren, während die Angst über uns herfällt wie ein großer Schlund, für den wir kaum ein Happen sind. Das junge Mädchen kommt als Erste zu sich. »Zum Fluss, die Schiffe sind am schnellsten!« Schon rennt sie durch den Garten und verschwindet zwischen den Bäumen.

Entsetzt sehe ich die anderen an. Tammo schüttelt den Kopf. Sein Gesicht ist weiß, doch seine Stimme klingt ruhig, beinahe unbeteiligt. »Zurück zur Bibliothek. Dort ist unser Zugang zum Spiegeltal.«

In diesem Augenblick stößt Sander einen Ruf aus. Rings um das Haus bilden sich Risse im Boden und breiten sich schnell aus. Ein Riss kommt direkt auf uns zu. Ich springe zur Seite. Der Riss schiebt sich unter dem Gartenzaun hindurch und über die Wiese dahinter, bildet neue Risse, die sich in Richtung des nächsten Hügels verzweigen. Immer mehr Risse laufen zwischen den Häusern hindurch und dehnen sich weiter und weiter aus.

»Weg hier«, ruft Sander, »schnell!«

Wir sind kaum durch das Gartentor, da höre ich ein Geräusch hinter uns, das mir die Haare zu Berge stehen lässt: ein seufzendes Stöhnen, als würde ein gewaltiges Tier im Todeskampf liegen. Ich wende den Kopf – und was ich sehe, raubt mir den Atem: Das Haus, in dem Aaron mit seiner Familie wohnte, sackt in die Tiefe und ... löst sich in Nichts auf. Verschwindet einfach.

Wie gelähmt starre ich in den klaffenden Abgrund. Wie weit es hinuntergeht, kann ich nicht erkennen, mein Blick stürzt in undurchdringliche Finsternis und findet keinen Boden.

Tammo zerrt an meinem Arm. »Weiter.«

Zwischen silberstämmigen Bäumen bahnen wir uns einen Weg. Die Bibliothek, vorhin noch so nah, können wir nicht mehr so einfach erreichen, entlang der Risse sinkt an immer mehr Stellen der Boden ein. Alarmglocken läuten, Menschen eilen aus ihren Häusern, wenden sich zum Fluss, springen ins Wasser und schwimmen auf die Schiffe zu. Keine zehn Schritte vor uns rutscht eine Ziege in den Abgrund – und löst sich auf. Immer mehr Teile des Bezirks, in dem Aaron lebte, brechen ein, Häuser, Bäume, Tiere, dann rutschen die ersten Menschen in den Abgrund und verschwinden. Wir rennen über die Wege, die noch bleiben und die Finsternis wie Brücken überspannen; trügerische Pfade, an immer mehr Stellen sacken auch sie ein. Woher wir die Kraft für diese Flucht nehmen, weiß ich nicht. Die Männer, Frauen und Kinder, die noch nicht auf den Schiffen sind, laufen hierhin und dahin. Das Blut rauscht mir in den Ohren, sogar in den Augen spüre ich meinen Herzschlag. Wieder und wieder wechseln wir die Richtung, je nachdem, wo der Boden wegsinkt und sich ein weiteres Stück Nurnen in Nichts auflöst. Ein Mann klammert sich schreiend am Rand des Abgrunds fest, doch seine Finger finden keinen Halt, er rutscht ab ... und ist fort.

Nur noch wenige Schritte bis zur Außentreppe der Bibliothek. Wie durch ein Wunder hat die Finsternis das Gebäude bisher verschont. Gerade als es so aussieht, als könnten wir die erste Stufe erreichen, spüre ich, wie sich meine Füße neigen und der Boden unter mir wegsackt. Ich hechte nach vorn, doch die unterste Stufe ist zu weit entfernt. Ich lande auf dem Bauch und grabe meine Finger in den Boden. Unter mir bricht alles weg.

Irgendwo stößt jemand einen Ruf aus: »Mariel!«, Sander streckt einen Arm nach mir aus, doch zwischen uns klafft bereits ein Spalt. Ich strampele wild mit den Beinen und will mich hochziehen, doch meine Kraft reicht nicht. Wie ein Sack liegt mein Oberkörper auf der Erde, gerade noch gehalten von meinen Fingern, die sich verzweifelt festkrallen.

Das ist nicht wie damals auf der Treppe in der Herberge Geminon, wo ich nur auf Tammo einreden musste und wir wieder Halt unter den Füßen bekamen ... Unwillkürlich schaue ich nach hinten und nach unten und wünschte, ich hätte es nicht getan. In der Tiefe wabert die Finsternis. Unaufhaltsam steigt sie höher, bildet erste Ausläufer, die sich nach oben tasten wie Arme. Einer davon streckt sich in meine Richtung, als könnte er mich spüren, schiebt sich höher ... Ich will meinen Körper nach vorn ziehen, doch ich schaffe es nicht. In diesem Augenblick begreife ich, dass ich sterben werde.

Wenn es nur schnell geht. Bitte, lass es schnell gehen. Der Tod soll mir nicht wehtun.

Eine Hand umschließt meinen linken Unterarm. Tammos Gesicht ist meinem ganz nah, er hat sich hingelegt, damit sich sein Gewicht besser verteilt. Der Boden unter ihm ist rissig wie ein gesprungener Spiegel.

»Tammo«, japse ich, »hau ab, bring dich in Sicherheit.«

Er hält mich weiter fest. Mit der freien Hand stützt er sich ab, seine Armmuskeln spannen sich, Schweißperlen treten auf seine Stirn. Unter ihm bilden sich weitere Risse. Langsam robbt er rückwärts, während er mich gleichzeitig mit sich zieht, weg von der Abbruchstelle. Bald liegen meine Hüften, Beine, Füße wieder auf festem Boden – sofern man in diesem Chaos noch von »fest« sprechen kann. Jeden Moment wird alles auseinanderbrechen.

Es gibt einen fürchterlichen Ruck und nun ist es Tammo, unter dem der Boden wegsackt. Er lässt meine Hand los. Im letzten Moment bekomme ich seine Finger zu fassen und verhake sie mit meinen.

Jetzt hängt Tammo über einem Abgrund und ich weiß, dass ich ihn nicht lange halten kann.

»Ich ... lass ... nicht ... los«, keuche ich.

»Du musst«, flüstert Tammo.

Unter ihm wallt die Finsternis, sie steigt und steigt, berührt seine Füße, umstreicht sie ... doch anders als bei den Menschen, die ich bisher in die Finsternis stürzen sah, verschwindet Tammo nicht. Dort, wo ihn die Finsternis berührt, verwandelt sie sich in ein silbriges Gespinst, das seine Füße umhüllt.

»Lass mich nicht allein, Tammo.« Ich merke kaum, dass ich weine. »Was soll ich denn ohne dich tun?«

Tammo blickt zu mir empor.

»Ich muss dir noch etwas zeigen«, flüstert er. »Nicht hier, sondern in Talymar ... Und dann ... musst du mich loslassen.«

Erst verstehe ich nicht, doch dann schließt er die Augen und ich spüre, wie er mich mitnimmt. Nicht in die Finsternis. In eine letzte Geschichte.

Seine Geschichte.

33

Hand in Hand stehen Tammo und ich auf einem von Felsbrocken übersäten Plateau. Der Duft von Orangenblüten erfüllt die Luft, silbrig grüne Olivenblätter flirren im Sonnenlicht. Ich kenne diesen Ort; es ist der Steinerne Garten, ein viele Quadratmeilen großes Gebiet auf Talymar, unserer Heimatinsel, berühmt für seine Orangen- und Olivenhaine. Hier kann man auch wunderbar klettern. Habe ich mir sagen lassen.

Jemand lacht, der fröhliche Laut zieht wie ein frischer Wind über uns hinweg. Noch können wir das Mädchen nicht sehen, doch sein Lachen nähert sich schnell.

»Warte!«, ruft eine zweite Stimme. Obwohl sie etwas höher klingt als heute, erkenne ich sie sofort.

Tammo. Sein jüngeres Ich.

Hinter einem Fels taucht ein Mädchen auf. Schwarzes Haar flattert um seinen Kopf. Es hat die gleiche kurze Nase wie Tammo, seinen herzförmigen Mund, die gleichen nussbraunen Augen.

Nersil.

Ich schaue zu Tammo; meinem Tammo. Still steht er da. Das Lachen seiner Schwester schneidet mir ins Herz. Warum musste sie uns verlassen, als sie noch so jung war?

Hinter dem Fels taucht der jüngere Tammo auf. Schnell holt er seine Schwester ein. Zwischen den Orangenbäumen kommen sie auf uns zu – und ich bemerke die Felsspalte, die das Plateau in zwei Hälften teilt, kaum einen Meter breit, nicht einmal für ein Kind von acht Jahren ein großes Problem. Trotzdem hält Nersil inne, während ihr Bruder leichtfüßig hinüberspringt.

»Komm zurück, Tammo!«, ruft sie.

»Nein, komm du rüber.« Er streckt ihr eine Hand entgegen. Heftig schüttelt sie den Kopf. Er lacht leise und wackelt mit den Fingern. »Wer wollte ein Abenteuer erleben? Nimm meine Hand. Ich halte dich. Dir kann überhaupt nichts passieren.«

Nersil kämpft mit sich, dann streckt sie einen Arm über die Spalte und verschränkt ihre Finger mit denen ihres Bruders.

»Bei drei.« Er nickt ihr zu. »Eins ... zwei ... drei!«

Nersil drückt sich vom Boden ab. Im selben Augenblick bricht ein Geröllbrocken unter ihr weg. Sie stößt einen hohen Schrei aus, verliert den Halt und rutscht ab. Tammo wird zu Boden gerissen. Am liebsten würde ich die Augen schließen.

Aber es ist die Geschichte meines besten Freundes.

Am Rand der Felsspalte liegt Tammo auf dem Bauch. Nersil hängt an seiner Hand über dem Abgrund, die Füße in der Luft, ihre Beine rudern wild. »Halt still«, keucht er. »Ich hol dich hoch.« Mit der freien Hand stützt er sich ab, während er versucht, seine Schwester nach oben zu ziehen. Er ist kräftig, aber nicht so stark, wie er später sein wird. Sosehr er sich auch anstrengt, er schafft es nicht.

Nersils Angstschrei fliegt weit über das Plateau. »Nicht loslassen«, kreischt sie, »lass nicht los! Lassnichtloslassnicht ...«

»Ich lass nicht los«, ächzt er. Wieder spannen sich seine Armmuskeln. Und Tammo – mein Tammo – steht neben mir und wirkt wie jemand, der eine Flutwelle heranrollen sieht und einfach auf das Unglück wartet, weil es zu spät zum Fliehen ist.

»Tammo?«, flüstere ich. »Hilf ihnen. Es ist noch nicht zu spät.«

Keine Reaktion.

Ich schließe die Augen und stelle mir vor, wie Tammo seine

Starre abschüttelt, zu der Felskante läuft, sich neben dem jüngeren Tammo auf den Boden legt und sie Nersil gemeinsam nach oben ziehen. Doch als ich die Augen öffne, hat sich Tammo nicht von der Stelle gerührt. Der Duft der Orangenblüten, vor wenigen Augenblicken noch so süß und lieblich, wird zum Verwesungsgestank, das Zwitschern der Vögel zum Geschrei. Panisch schaue ich zu dem jüngeren Tammo, dessen Gesicht von Schweiß glänzt wie eingeölt. Bald werden ihn seine Kräfte verlassen, selbst ich kann förmlich spüren, wie Nersil immer schwerer wird und ihn langsam nach vorn über die Felskante zieht, ich spüre den Schmerz, der in Wellen von seinem Rücken in die Schulter schießt, während sein Arm sich so weit streckt, dass der Knochen aus dem Gelenk zu springen droht.

»Hilfe«, ruft er, »helft uns doch!«

Keine Menschenseele weit und breit. In der Ferne zeichnen sich die Häuser unseres Dorfs ab, über denen sich der blaue Himmel wölbt. Die Männer und Frauen, Jungen und Mädchen, die dort leben, wissen nichts von dem, was hier oben geschieht, sie verbringen den Tag in ihren Gärten oder am Strand, auf einem Fest oder bei der Arbeit. Auch Tammos und Nersils Eltern sind irgendwo dort unten und ahnen nichts.

»Hilfe!«, ruft Tammo.

Niemand kommt. Wenn er nicht mit seiner Schwester abstürzen will, muss er sie loslassen.

Ist da wirklich niemand?

Zwischen den Orangenbäumen taucht ein Mann auf. Das weißblonde Haar fällt in einem geflochtenen Zopf über seinen Rücken. Er ist doppelt so groß wie ein gewöhnlicher Mensch. Tammos Vater – und auch wieder nicht. Neben seinen beiden Kindern bleibt er am Rand der Felsspalte stehen und verschränkt die Arme vor der Brust.

»Ich wusste es«, zischt er. »All die Jahre wusste ich, dass es deinetwegen geschah. Deinetwegen ist sie gestorben.«

Neben mir erschauert der ältere Tammo – mein Tammo. Verzweifelt wende ich mich ihm zu. »Hör nicht hin. Bitte, hör nicht hin!«

Ohne Vorwarnung knicken seine Beine weg. Er fällt auf die Knie, fängt den Aufprall nicht im Mindesten ab, faltet die Hände und presst sie gegen die Stirn.

»O Gott, o Göttin«, murmelt er, »blickt auf mich, ich lege meine Not in eure Hände und flehe um eure Liebe und Hilfe ...« Wie Kieselsteine purzeln die Worte aus seinem Mund, die uns die Priester gelehrt haben und die hier völlig nutzlos sind.

»Tammo!« Ich knie neben ihm nieder, packe seine Schultern und schüttele ihn – ohne Wirkung, er betet und betet. Der silberblonde Hüne lacht. Aus tränenden Augen schaue ich zu ihm auf, höre die gluckernden Laute aus seinem Mund, ein schrill gurgelndes Kreischen ...

Alles verblasst.

Verschwindet.

Um mich wird es dunkel, aber es ist nicht die Finsternis. Dieses Dunkel ist weich und friedlich.

Bin ich alleine hier?

Nicht nur der Ort hat sich verändert, ich höre auch Tammo nicht mehr beten. Er kniet nicht neben mir – wo ist er? Ich schaue mich um, sehe ihn ein Stück von mir entfernt liegen und krieche zu ihm. Seine Brust hebt und senkt sich mühsam. Als ich ihn erreiche, streiche ich ihm sanft die schwarzen Locken aus der Stirn.

»Tammo?«

Seine Lider flattern, seine Augen öffnen sich halb. Ich streichele ihn weiter, spüre die Wärme seiner Haut. Doch diese Wärme verlässt ihn bereits.

Was kann ich nur tun?

Bei ihm bleiben. So, wie ich vor vielen Jahren an Mervis' Geburtstag bei dem Silberkehlchen blieb. Oder vor noch längerer Zeit bei meiner Katze Floh.

Jetzt sehe ich auch wieder das silbrig weiße Gespinst, das Tammos Füße einhüllt. Langsam steigt es höher und tastet sich seine Beine hinauf.

»Mein Vater ...«

Ich muss mich tief zu ihm hinunterbeugen, um ihn zu verstehen.

»Er hat sich bemüht, mir nicht die Schuld an Nersils Tod zu geben. Aber es war meine Schuld.« Unverwandt schaut er mich an. Ein Schleier hat sich über seine Augen gelegt, die sonst nussbraune Iris ist grau.

Zärtlich lege ich meine Hand an seine Wange. »Still, Tammo. Es war nicht deine ...«

»Doch«, flüstert er. »Ich habe ihr gesagt ... spring ...«

Das Gespinst erreicht seine Unterschenkel.

»Der Duft der Orangen, die Vögel ... sie haben gesungen, als wäre nichts ... die Häuser in der Ferne ... und ich habe sie gehalten ... war zu schwach ... konnte sie nicht retten ...«

Das Gespinst umhüllt seine Knie.

»Mir hast du das Leben gerettet«, flüstere ich. »Ohne dich wäre ich tot. Du trägst keine Schuld an dem, was passiert ist.«

Sein Blick klammert sich an mich. »Nicht?«

»Jeder hätte Nersil diesen Sprung zugetraut, noch dazu an deiner Hand. Du hast nichts vorgeschlagen, was zu schwer war. Du konntest nichts dafür, dass die Felskante weggebrochen ist. Es war ein Unfall.«

Ein langer, tiefer Seufzer hebt seine Brust. »Es quält mich so ...«

Ich beuge mich zu ihm hinunter, küsse ihn auf die Wangen, die Stirn, den Mund. »Ich hab dich lieb, Tammo. Ich hab dich so lieb.«

»Dich hab ich gehalten, ja?«, haucht er.

Vor Kummer kann ich kaum sprechen. »Das hast du.«

»Für dich war ich stark genug. Glaubst du ... glaubst du, damit hab ich es für die Götter wiedergutgemacht?«

»Nicht nur für die Götter, Tammo. Für dich.«

Seine Lider flattern. »Lass mich gehen, Mariel. Kehr zurück und bring dich in Sicherheit.«

Ich schüttele den Kopf, schaue auf das Gespinst, das bis zu seinen Hüften hochgewandert ist. »Ich bleibe bei dir, solange ich kann.« Meine Augen füllen sich mit Tränen. »Ich wollte das nicht«, bricht es aus mir heraus, »ich dachte, wenn wir Aarons Familie suchen ... Es war falsch, wir hätten sofort gehen müssen, ich bin ...«

Jetzt ist er es, der die Worte flüstert: »Du bist nicht schuld. Es war meine Entscheidung, nicht nur deine. Wir können vorher nie wissen ... welche Folgen unser Handeln hat.« Als er wieder spricht, muss ich mich tiefer zu ihm hinunterbeugen, so schwach ist seine Stimme. »Erinnerst du dich ... die schwarzen Wolken in Zadyr?«

»Wo Perselos' Seelenpartnerin lebte?« Ich nicke, auch das muss die Finsternis gewesen sein; auch diesen Bezirk hat sie heimgesucht.

»Finsternis ... Fortgehen der Seelenpartner ... hängt zusammen ...« Seine Stimme ist nur noch ein Wispern und ich bin nicht sicher, ob ich die folgenden Worte richtig verstehe. »Nurnen stirbt ... unseretwegen.« Ich streichele seine Hand. Seine

Finger schließen sich mit letzter Kraft um meine. »Die Priester ... müssen erfahren ...«

»Das werden sie, Tammo. Ich bin hier und höre dir zu. Es ist gut.« Aber nichts ist gut, gar nichts. Das Gespinst schiebt sich zwischen unsere Finger. Es fühlt sich nicht hart an, nicht weich, nur kühl und trocken. Ich lege meine Hand wieder an Tammos Wange. »Ich hab dich lieb, Tammo. Ich liebe dich«, flüstere ich mit tränenerstickter Stimme.

Das Gespinst erreicht seinen Hals, dann sein Gesicht. Ein Wimmern dringt aus seiner Brust, ein zitternder Laut, und ich weiß, das ist das Leben, das ihn verlässt. Unbarmherzig dringen die silbrigen Fäden zwischen uns, bis ich die Hand von seiner Wange nehmen muss. Seine Augen schließen sich. Das Gespinst kriecht über sein Gesicht.

»Tammo«, flüstere ich.

Für einen Augenblick sehe ich den silberweißen Kokon, der ihn umhüllt. Dann verschwindet alles.

Als ich blinzelnd die Augen öffne, bin ich wieder im Bezirk Endorath. Es können nur Sekunden vergangen sein. Ich liege auf dem Bauch, am Rand des Abgrunds. Tammo ist fort. Einen Augenblick starre ich in die Finsternis, die ihn verschlungen hat und jetzt auch nach mir tastet, dann wälze ich mich vom Abgrund weg und krieche zur Treppe der Bibliothek. Der Boden unter mir zittert.

Mühsam ziehe ich mich die ersten Stufen hinauf. Sie sind bereits von Rissen durchzogen und ein meterbreiter Abgrund, in dem die Finsternis wabert, teilt die Treppe in der Mitte. Als ich mich aufrichte, sehe ich Sander auf der anderen Seite des Abgrunds. Sein Gesicht ist schweißbedeckt.

»Nach oben!«, ruft er.

Woher soll ich die Kraft nehmen?

Stufe um Stufe schleppe ich mich hinauf, muss mit beiden Füßen auf jeder Stufe rasten, doch schließlich erreiche ich den Dachgarten. Wie durch ein Wunder ist er noch unversehrt. Schon ist Sander an meiner Seite und packt meine Hand. Der Vorhang aus weißen Kamelien und die Höhle dahinter sind keine zwanzig Schritte entfernt, doch bevor wir ihn erreichen, gerate ich aus dem Gleichgewicht. Der Boden unter uns stellt sich schräg, die Bibliothek neigt sich und alles rutscht davon. Sander zerrt mich weiter, ich falle beinahe über meine stolpernden Füße, er reißt den Kamelienvorhang beiseite und zieht mich mit in die Dunkelheit.

Unvermittelt finden wir uns im Tal der Dunklen Spiegel wieder. Ein Stück von uns entfernt liegt ein silbrig weißer Kokon.

»Tammo«, flüstere ich und strauchele darauf zu. Meine Beine geben nach, das letzte Stück muss ich kriechen. Ich lehne meine Stirn gegen den Kokon und weine und weine. Sander streichelt meinen Rücken, während mir die Tränen übers Gesicht laufen. »Es tut mir leid«, schluchze ich. »Ich konnte ihn nicht retten.«

»Ich weiß«, murmelt er. »Ich weiß. Und ich konnte euch nicht helfen. Ich wollte euch noch erreichen, aber es ging zu schnell.«

Seine Hand gleitet höher und streicht über mein Haar. Dann zieht er mich in seine Arme und lässt mich an seiner Brust weinen, bis keine Tränen mehr kommen.

»Er hat mich in seine Geschichte mitgenommen«, flüstere ich, während mein Kopf weiter an seiner Brust ruht.

»Erzählst du mir seine Geschichte?«, fragt Sander leise und das tue ich.

Immer wieder von neuen Schluchzern unterbrochen, berichte ich ihm von dem Ausflug, den Tammo vor Jahren mit seiner

Schwester unternahm – *ein Abenteuer erleben,* so nannte Nersil es. Das taten die beiden oft. Was genau während ihres letzten Abenteuers geschah, darüber hat Tammo nicht einmal mir gegenüber jemals ein Wort verloren. Und er musste mit dem Atem der Götter behandelt werden, um es selbst vergessen zu können.

Meine Augen füllen sich erneut mit Tränen. Ich erinnere mich, wie ich meinen besten Freund bei einem Strandfest kennenlernte, ein Wirbelwind von fünf Jahren, der schwimmen und klettern konnte wie kein zweites Kind. Von Jahr zu Jahr wurde er wagemutiger, ritt die wildesten Pferde, streifte nachts allein durch die Wälder – bis zu jenem Sommer, in dem Nersil starb. Danach veränderte er sich. Mithilfe des Atems der Götter sperrte er die Erinnerung tief in sich ein, damit sie ihn nicht vollständig zerstören konnte – doch etwas bleibt wohl immer zurück. Warum sonst trainierte er seinen Körper plötzlich mit einer Verbissenheit, die alle erschreckte? Er stemmte Gewichte und schleuderte Sandsäcke, die andere nicht einmal heben konnten, wurde unglaublich stark. Er wollte nie wieder körperlich versagen.

Mühsam schlucke ich die Tränen hinunter. »Sein Vater hat es nie offen ausgesprochen, aber er gab ihm die Schuld am Tod seiner kleinen Schwester. Allein die Art, wie er Tammo angesehen hat, war ein Vorwurf. Oder die Art, wie er ihn *nicht* angesehen hat.«

Sander streichelt weiter mein Haar. »Und seine Mutter?«

Beim Gedanken an Tammos rundliche, etwas schusselige Mutter, die ihn auch dann noch *mein kleiner Sandpups* nannte, als er ihr längst über den Kopf gewachsen war, muss ich trotz aller Tränen lächeln. »Für sie hätte die Wahrheit nichts geändert. Wahrscheinlich hätte sie ihm all die Situationen vor Augen geführt, in denen sie selbst etwas Unbedachtes getan hat und es reines Glück war, dass niemand zu Schaden kam.«

»Sie war diejenige aus Nurnen?«

Ich schüttele den Kopf.

»Ein Seelenpartner ist wohl nicht immer die reinste Freude für alle anderen«, murmelt Sander.

Ich erinnere mich an meine Besuche in Tammos Elternhaus; wie er, sobald sein Vater auftauchte, an Substanz verlor. Einschrumpfte. Für Tammos Mutter mochte dieser Mann der Richtige gewesen sein. Für Tammo nicht.

Jetzt liegt er dort drüben, eingewoben in seinen Kokon. Eines der vielen Seelen-Ichs, die in Nurnen zurückbleiben mussten, besiegt von ihrer Angst, den Zweifeln an sich selbst, verschwunden in den Kokons, die im Laufe der Zeit gemeinsam mit den Seelen-Ichs zerfallen. Bald müssen wir meinen besten Freund hier zurücklassen. Aber jetzt noch nicht, das bringe ich nicht übers Herz. Und wir sind auch zu schwach, um schon weiterzugehen, wir schaffen es ja kaum, unter den nächsten Mondbusch zu kriechen und uns im trockenen Laub zusammenzurollen. Neben mir spüre ich Sanders Wärme – und in allem Schrecklichen ist sie mir ein Trost. Er richtet sich halb auf, pflückt eine Handvoll Beeren und hält sie mir hin. Die Beeren tun mir gut, doch sie werden nicht verhindern, dass unsere Kräfte weiter schwinden. Unsere Zeit läuft ab.

Sander bettet die letzten Beeren in das trockene Laub und deckt sie zu. »Könnte man doch alle Bewohner von Nurnen nach Amlon holen und vor der Finsternis bewahren«, murmelt er.

»Glaubst du, Aarons Schwester konnte sich retten?«

»Sie war eine der Ersten, die zu den Schiffen gerannt sind. Falls es überhaupt seine Schwester war. Sie kannte ihn ja gar nicht.« Er runzelt die Stirn. »Ob sie ihren Bruder in dem Augenblick vergessen hat, als er Nurnen verließ?«

»Wie sollte das möglich sein?«

»So, wie es möglich ist, dass Aaron seine Schwester vergisst. Und alles, was er in Nurnen erlebt hat. Wenn es so wäre, dann wäre es ... gnädig.« Wie zögernd er dieses Wort ausspricht. »Solange sich niemand an Aaron erinnert, tut es auch niemandem weh, dass er gegangen ist.«

Keine Erinnerung, das bedeutet kein Verlust, kein Schmerz, keine Trauer.

Aber ist es so einfach?

Stockend berichte ich Sander von Tammos letzter Vermutung.

»Die Finsternis bricht immer dann aus, wenn ein Seelenpartner Nurnen verlässt?« Sander stützt den Kopf in die Hände. Als er wieder aufblickt, steht eine steile Falte zwischen seinen Augenbrauen. »Ich könnte sagen, dass die Götter etwas so Schreckliches niemals zulassen würden. Nur glaube ich nicht mehr recht an die Götter und ihre Güte. Allerdings denke ich, dass ... eine Art Ordnung existiert. Ein Prinzip, das Nurnen und Amlon im Gleichgewicht hält.« Seine Stimme klingt fast zornig. »Etwas, das in Amlon für Erfüllung und ein gutes Leben sorgt, soll in Nurnen der größte Schrecken sein? Das kann nicht stimmen!«

Doch der Gedanke glitscht weiter in meinem Kopf herum wie ein Algenfaden. Dass solche Ideen überhaupt in uns aufsteigen, zeigt wohl, wie erschöpft wir sind. Wir zweifeln – und Zweifel können wir uns nicht leisten.

Nun spricht alles, was wir erlebt haben, für Tammos Theorie.

Sander drückt sich an mich, legt erst einen Arm um mich, dann beide. Ich bin so müde. Schwere und Traurigkeit erfüllen mich wie sumpfiges Wasser. Ich möchte nichts mehr wissen, nichts mehr fühlen und nichts mehr tun, möchte für immer hier liegen bleiben, in Sanders Armen und in Tammos Nähe.

Wie soll ich meinen besten Freund zurücklassen?

Doch wenn ich liegen bleibe, dann stirbt auch Sander. Wir müssen weiter. Eine andere Wahl bleibt uns nicht.

»Sollen wir jetzt deine Höhle suchen?«, flüstert Sanders Stimme an meinem Ohr, als könnte er meine Gedanken lesen. »Wir waren ihr schon einmal so nah.«

Bei seinen Worten überläuft mich ein Frösteln. Ich rücke ein Stück von ihm ab und lege eine Hand an seine Wange. »Wenn wir sie finden, wenn ich ...«, ich muss mich zwingen, es auszusprechen, »... wenn ich nach Amlon zurückkehre, wärst du im Spiegelreich allein. Ich lasse dich nicht im Stich. Deine Aufgabe ist die schwerste und ich will dich nicht auch noch verlieren.«

Er setzt sich auf und zieht auch mich in die Höhe. Ernst blickt er mich an. »Du verlierst mich nicht. Ich schaffe es, Mariel. Ich komme zurück. Das verspreche ich dir.«

Und wie willst du dieses Versprechen halten?, würde ich am liebsten rufen, aber ich spüre seine Angst und bremse mich. Ich kann auch seinen Drang fühlen, mich zu bitten, bei ihm zu bleiben. Alles spüre ich, das Schwache und Verletzliche, den anderen Sander, der nie nach außen dringt und der trotzdem zu ihm gehört. Ich rücke dicht an ihn heran, hebe das Gesicht zu ihm empor und küsse ihn so zart und vorsichtig, wie ich auf die Flügel des Grünblatts gepustet habe, das in der Pfütze auf der Treppe der Bibliothek fast ertrunken wäre. Damals, am Tag des Abschieds. Vor einer Ewigkeit, in einer anderen Zeit, in einer anderen Welt.

Sander regt sich nicht. Ich spüre seine Anspannung. Dann ist sein Körper auf einmal dicht an meinem, so nah, dass ich fühle, wie ihn ein Beben durchläuft. Seine Lippen öffnen sich, als er mich küsst. Alles in mir gibt nach, ein bisschen schmerzt dieses Nachgeben, aber es ist ein wunderbarer Schmerz, schöner als jeder Traum in meiner Hängematte auf dem Dach der Bibliothek.

Das kurze Glück verfliegt, als sich unsere Lippen voneinander lösen. Gerade noch hat mein Körper geglüht, jetzt scheint er wieder zu erlöschen. Wie zwei geschwächte Tiere kriechen wir aus dem Mondbusch und richten uns auf. Ich werfe einen letzten Blick auf den Kokon, in dem mein bester Freund verborgen liegt. Könnte ich Tammo nur noch einmal sehen, ihn ein letztes Mal berühren! In mir steigt eine solche Sehnsucht auf, dass mir wieder die Tränen kommen. Sander hält mich, während ich weine. Als es vorbei ist, sagt er leise: »Komm.«

Und so verlasse ich Tammo.

34

Die Höhle zu meinem Seelenpartner muss irgendwo hinter uns liegen. Will ich sie denn finden? Will ich ihn finden? Und dann? Ich werde Sander nicht allein zurücklassen.

Ich möchte bei ihm bleiben.

Wenn ich bei ihm bleibe, sterbe ich.

Und wenn ich ihn verlasse, stirbt er.

Unser Rückweg dauert endlos. Meine Beine sind wie Blei, jeder Schritt ist unsagbar schwer und nur zu schaffen, weil da Sanders Hand ist, warm und fest liegt sie in meiner. Wir gehen und gehen. Genau wie ich torkelt auch Sander immer wieder vor Müdigkeit, dann ist es die Verbindung unserer Hände, die ihn hält. Nichts ist zu sehen als der Weg vor uns.

Schließlich bleibe ich stehen und spreche aus, was wir beide seit einer Weile denken: »Die Höhle ist weg.«

»Du musst dich stärker auf ihn konzentrieren.«

»Auf wen?«

»Deinen Seelenpartner.« Ein schmerzlicher Zug geistert über seine Züge.

Ja, mein Seelenpartner ... Ich möchte mir vor meine geschlossenen Augen holen, was ich in meinen Träumen und Fantasien sah: eine dunkle Gestalt, die einen Goldfuchs mit silberner Mähne reitet, doch das Bild will sich nicht zusammenfügen. Schließlich zerlaufen selbst die wenigen Einzelheiten und verschwinden.

Ich seufze und wir stolpern ziellos weiter durch die Einöde des Spiegeltals.

Irgendwann geben wir die Hoffnung auf, dass wir die Höhle finden – und ja, ich bin erleichtert über den Aufschub des Unvermeidlichen, auch wenn das alles andere als vernünftig ist. Unter einem Mondbusch legen wir eine Rast ein. Sander setzt sich ins trockene Laub. Ich lasse mich neben ihm nieder. Er schaut mich an und ich spüre sein Zögern, aber eine Sekunde später streckt er schon die Arme aus und zieht mich an sich. Seine Hände streichen über meinen Rücken, so, wie auch ich ihn streichele, dann macht er sich los. Seine Augen sind dunkel und traurig, der Silberfleck darin leuchtet in einem eigentümlichen Licht.

»Ich möchte bei dir sein.« Seine Stimme klingt brüchig. »Und ich möchte leben. Das eine geht nicht und das andere ist mehr als unwahrscheinlich. Aber wenigstens du sollst leben, Mariel. Wir *müssen* deinen Seelenpartner ...«

Ich lege einen Finger an seine Lippen. So gern würde ich ihn küssen, doch er hat recht ...

Sander gibt einen gequälten Laut von sich und zieht mich wieder in seine Arme, schmiegt sich enger an mich, schließt mich immer fester in seine Umarmung ein. In meiner Brust öffnet sich etwas wie eine Muschel und perlmuttfarbenes Licht breitet sich in mir aus. Alles Denken löst sich auf. Ich bin einfach nur hier, in seinen Armen.

Ein Kälteschwall reißt mich aus meiner Versunkenheit. Sander zittert, sein ganzer Körper bebt, seine Zähne schlagen aufeinander.

Ich rücke von ihm ab. »Sander?« Ich packe seine Hand und lasse sofort wieder los, sie ist so eisig, dass es sich anfühlt, als hätte ich mich verbrannt. Ich weiß, was kommt, und lege erneut die Arme um ihn, doch meine Wärme erreicht ihn nicht mehr. Jetzt höre ich sie, Albans ferne Stimme, die viel schwächer klingt als beim ersten Mal, kaum noch ein dünner Faden, so leise, dass ich die Worte fast nicht verstehe: *»Sssan…der … Grenzzzland … Palassst … wenig Zeit …«*

Die Stimme wird fortgerissen. Sanders Zittern lässt nach und hört endlich auf. Benommen löst er sich aus meinen Armen.

»Könnten wir diese verdammte Reise doch abbrechen«, murmelt er.

Er spricht mir aus der Seele, doch ohne unsere Bestimmten gibt es keine Rückkehr nach Amlon. Wenn wir am Leben bleiben wollen, dürfen wir uns nicht in Wunschträumen verlieren. Wir müssen nach Wegen suchen, die möglich sind. Und so zwinge ich mich, die Vernünftige zu sein. »Das geht nicht.«

»Behauptet wer?«

»Die Priester.«

Sein Körper spannt sich an. Ich sehe, wie er unter großer Anstrengung die Fäuste ballt. Seine Lippen haben jede Farbe verloren. »Und wenn sie sich auch in dem Punkt irren?« Einen langen Augenblick schaut er mich an, dann flüstert er: »Ich rede mit Alban. Vielleicht hat er ja doch eine Idee.«

»Alban ist in Amlon.«

»Er ist zweimal nach Nurnen durchgedrungen. Sogar Elvin hat das hinbekommen. Das heißt, es muss auch umgekehrt möglich sein.«

»Und wie stellst du dir das vor?«

»Genau so: Ich stelle es mir vor. Macht man das nicht so im Spiegelreich?« Er küsst mich zart, dann rückt er ein Stück von mir ab. »Jetzt gleich.«

Ich packe seine Handgelenke. »Aber …«

»Lass es mich wenigstens versuchen. Ich verspreche dir, ich passe auf.« Sanft löst er sich aus meinem Griff und schließt die Augen. Sein Gesicht wird still.

Nach einer Weile flüstere ich: »Sander?« Er sitzt da wie eine Statue. Ängstlich beobachte ich ihn, berühre seine Schulter. Er regt sich nicht. »Sander?«

Auf einmal geht ein Ruck durch seinen Körper und sein Atem jagt los, abgehackt und viel zu schnell. Ich schlinge die Arme um ihn, halte ihn fest, will ihn beruhigen. »Hörst du mich, Sander? Ich bin es. Ich bin hier. Sander?«

Er bekommt keine Luft mehr. Sein Gesicht wird blass, seine Lippen färben sich blau.

»Sander!«, rufe ich panisch, dann schreie ich los: »Sander!«

Er reißt die Augen auf, saugt keuchend die Luft in seine Lungen und stößt sie wieder aus.

»Du bist wieder da«, flüstere ich und ziehe ihn an mich, »du bist wieder da.«

»Mir geht's gut«, sagt er schwach. »Da war ... ich weiß nicht. Es hat sich angefühlt wie ein Sturm. Er hat alles weggerissen. Alles. Und ... es gab keine Luft mehr zum Atmen. Ich dachte, ich ersticke. Dann hast du mich gerufen.« Er löst sich aus meinen Armen und fährt sich mit der Hand über die Stirn. »Das ist zu groß für uns, Mariel. Viel zu groß.«

Wenig später liegen wir wieder eng aneinandergeschmiegt unter dem Mondbusch. Sander ist eingeschlafen, tiefer erschöpft denn je. Bevor er die Augen schloss, hat er mich fest angeblickt. »Denk nicht mal daran«, flüsterte er.

»An was?«

Er lächelte schief. »Versuch ja nicht, was ich versucht habe.«

»Das würde ich nie tun.«

»Versprich es mir.«

»Ich verspreche es.«

Jetzt lausche ich seinen Atemzügen. Nach einer Weile setze ich mich auf. »Sander?« Er regt sich nicht. Vorsichtig rücke ich ein Stück von ihm ab. Egal was ich versprochen habe – dies ist wichtiger.

Wenn ich Alban erkläre, was hier los ist, kommt ihm vielleicht wirklich eine Idee. Wenigstens versuchen muss ich es; es könnte der einzige Ausweg sein, der uns noch bleibt. Das zählt mehr als ein gebrochenes Versprechen.

Ich schließe die Augen und suche mein Innerstes wie mit einer hellen Lampe ab, sammele jedes Körnchen Mut, das ich finden kann, atme ein und lasse in meiner Vorstellung Albans Gesicht entstehen. Mit jedem Atemzug wird es deutlicher: in ihrem Nest aus Falten die großen Augen, die mich sanft und voller Sorge anblicken ... die gefurchte Stirn ... ich sehe sogar eine Kerbe in seinem Kinn, die mir zuvor nie aufgefallen ist.

Ein Geräusch nähert sich. Das Brausen eines Sturms. Draußen bleibt es still, während er in mir tobt und an meinem Innern zerrt, es herumwirbelt und in Fetzen reißen will. Vielleicht war das hier doch keine so gute Idee. Ich möchte die Augen öffnen, aber ich schaffe es nicht, möchte Luft holen, doch mein Atem wird nach innen gesogen. Je mehr ich kämpfe, desto stärker wütet der Sturm, ich werde in mir selbst ertrinken ... Da bahnt sich der Lichtstrahl eines Gedankens seinen Weg durch all das Wüten und Brausen: Wie beim Tauchen. Lass einfach los.

Und ich lasse los.

Wo bin ich?

Ich schaue mich um und blicke in ein vollkommenes weißes Licht. Es hüllt mich ein, ist warm und weich und ich fühle mich darin geborgen. Tobte nicht eben noch ein wilder Sturm in meinem Innern? Flüchtig denke ich daran, wie schnell ich es früher mit der Angst bekam, wie ich tausend Dinge gar nicht erst versucht habe oder auf halbem Weg wieder umgekehrt bin, um mich mit Schokolade zu trösten; wie ich mich davor fürchtete, im Meer zu tauchen, dem Unbekannten zu begegnen ... Jetzt habe ich keine Ahnung, wo ich bin, und trotzdem ist mir so leicht zumute, dass ich leise lachen muss. Ich bin nicht einfach nur in dem Licht, ich kann mich darin bewegen, darin schwimmen wie ein Fisch im Wasser. Eine wunderbare, nie gekannte Empfindung durchströmt mich, ein Gefühl grenzenloser Freiheit. Habe ich mich je so unbeschwert gefühlt?

Eine Weile bewege ich mich selbstvergessen durch das weiße Lichtmeer, doch allmählich wächst in mir der Wunsch, mich zu orientieren. Wo bin ich? Und was gibt es hier außer mir? Warum kann ich überhaupt nichts sehen? Ich will nach meinen Augen tasten und merke, dass ich weder Hände noch Augen habe noch überhaupt eine Gestalt. Ich bin ...

»Wer?«, frage ich leise. »Wer bin ich?«

Auch wenn ich mich weder sehen noch ertasten kann, meine Stimme höre ich. Sie klingt hell und klar, schöner, als sie je geklungen hat. Eine Stimme – das bin ich. Eine Stimme, die mit

Alban sprechen will. Nur, wo finde ich ihn? Ich lausche in das Licht. In der Ferne, so leise, dass ich mir nicht sicher bin, ob ich sie wirklich höre, murmeln andere Stimmen. Ich schwimme auf den Klang zu, das Murmeln wird deutlicher, nur sehen kann ich noch nichts. Was könnte dort sein? Ich stelle es mir vor, lasse wie in einem Traum die Bilder kommen, bis ich die Silhouetten von zwei, drei, immer mehr Gestalten erkenne ...

Elf Männer und Frauen in perlmuttfarbenen Gewändern. Flüsternd umstehen die Priester von Amlon ein Lager. Alban, der Oberste Priester, liegt darauf, in eine Decke gewickelt, zwischen Kissen, die ihn stützen. Er wirkt unendlich zart und zerbrechlich. Seine Augen sind geschlossen, schläft er? Dass es kein erholsamer Schlaf ist, kann ich hören, sein Atem keucht und rasselt. Am Kopfende des Lagers wacht Priesterin Melissa. Ihr schwarz gesträhntes Silberhaar ist unordentlich aufgetürmt, ihre Augen sehen rot und geschwollen aus. Ich schwimme näher heran, bis ich höre, was sie den anderen Priestern zuraunt: »... niemals zulassen dürfen, dass er noch einmal Kontakt zu Sander aufnimmt. Nicht innerhalb so kurzer Zeit. Diese zweite Reise hat ihn zu viel Kraft gekostet.«

»Und warum bist *du* nicht gegangen?«, fragt eine andere Priesterin kühl. Ich erkenne sie an ihrem schwarzlockigen Haar: Dashna, die mich im Tempel auf meinen Übergang vorbereitet hat. »Du bist seine Stellvertreterin.«

»Wenn ich seine Kräfte besäße, hätte ich es getan«, antwortet Melissa mit brüchiger Stimme. »Aber in der Leere findet sich nur Alban zurecht, das weißt du. Nur er kann sie einigermaßen kontrollieren.« Leise fügt sie hinzu: »Dort muss es schlimm sein.«

Der Priester, der mit einem Tuch an Albans Stirn herumtupft, hebt den Kopf und schaut die beiden an. Er sieht blass und krank aus. Seine Augäpfel liegen wie tote Kugeln in den Höhlen. Elvin.

Ja. Die Leere ist schlimm. Ich war dort, ich habe es heimlich getan, denn Alban hätte es mir nie gestattet – und nun weiß ich auch, warum.

Obwohl ich seine Stimme deutlich höre, bemerkt sie niemand sonst. Er senkt den Blick wieder und betupft weiter Albans Stirn, während Melissa liebevoll die Hand des Obersten Priesters streichelt.

»Noch sieben Tage. Wir können nur hoffen, dass Sander das Grenzland bald findet.«

Wega, eine Priesterin, die kaum größer als ein Kind ist, zirpt mit Glöckchenstimme: »Und wir können nichts anderes tun als ...«

»Beten? Nein. Nur die Götter können Sander den Weg ins Grenzland öffnen. Nur sie können ihn zum Palast der Liebe und zu seiner Seelenpartnerin führen.«

Elvin runzelt die Stirn, was von Melissa nicht unbemerkt bleibt. »Findest du unsere Gebete überflüssig?« Jetzt liegt Zorn in ihrer Stimme. »Hast du eine bessere Idee?«

»Nein«, murmelt er.

»Du siehst krank aus. Fehlt dir etwas?«

»Ich sorge mich um Alban, genau wie du«, sagt er steif. *Und wenn ich verhindern kann, dass Sander den Palast erreicht, werde ich es tun, Melissa.*

»Irgendwie müssen wir Sander doch helfen!«, ruft Gerlot, der jüngste Priester, der mit seiner runden Brille einer verschreckten Eule ähnelt.

»Nicht irgendwie.« Melissa fährt sich mit einer Hand über die Augen. Sie steht da, als würde sie jeden Moment der Schlaf überfallen. »Wir helfen ihm durch unsere Fürbitten.«

»Wenn wir wenigstens wüssten, warum Alban während des Übergangs die Kontrolle verloren hat«, murmelt Dashna. »Vielleicht würde uns das weiterhelfen.«

Melissa strafft sich. »Nun, wir wissen es nicht und es ist müßig, sich etwas anderes zu wünschen. Da war eine Kraft am Werk, die weit über alles hinausgeht, was wir uns hätten ausmalen können.«

»Diese Tora«, sagt Elvin auf einmal, er spuckt den Namen fast hervor. Seine eben noch toten Augen sprühen. »Sollten wir sie nicht langsam stoppen?«

»Warum?«, fragt Melissa.

»Der Radau, den sie wegen Xerax schlägt, ist nicht gerade hilfreich. Ein paar wichtige Leute hat sie schon auf ihre Seite gezogen. Zum Beispiel diesen ... wie heißt er gleich?« Er rümpft seine lange Nase. »Tadeus.«

»Anneus«, antwortet Melissa ruhig.

Ich horche auf. Der Bestimmte meiner Schwester?

»Keine Sorge«, sie winkt ab. »Es interessiert kaum jemanden, was auf Xerax vor sich geht.«

Ja, denke ich. Das könnte sogar stimmen. Wahrscheinlich will niemand davon hören, geschweige denn etwas verändern. Sie fürchten sich davor.

Elvin wischt einen weiteren Schweißfaden von Albans Schläfe. »Anneus hat dafür gesorgt, dass Tora morgen im Parlament spricht. Beunruhigt dich das gar nicht?«

Melissa reibt sich die roten Augen. »Um ehrlich zu sein: nein.«

»Du findest es in Ordnung, dass Tora für die Rechte der Sonderbaren eintritt?«

Habe ich da ein kaum merkliches Lächeln über Elvins Gesicht huschen gesehen? Wie seltsam dieser Priester ist ...

Sie streicht über Albans Finger, streckt eine Hand aus und

legt sie an seine Wange. »Nein. Aber mir machen ganz andere Dinge Kummer.« In ihre Stimme schleicht sich ein feines Zittern. »Wie geht es Sander? Wie steht es um Tammo und Mariel? *Das* beschäftigt mich. Außerdem sorge ich mich um die Menschen, bei denen die drei früher gelebt haben. Perselos und Tora haben überall herumposaunt, wer sie nach Nurnen begleitet hat.«

Gerlot seufzt. »Den Familien geht es wirklich schlecht. Wäre das nicht etwas, das man künftig bedenken könnte?« Seine Eulenaugen halten dem Blick von Melissa tapfer stand. »Man, äh, könnte überlegen, ob man im nächsten Jahr offiziell verkündet, wer von den Sonderbaren nach Nurnen reist. Damit die Familien Bescheid wissen.«

»Es sind nicht mehr ihre Familien«, sagt Melissa fest. »Die Sonderbaren sind kein Teil der Gemeinschaft. Der Schnitt wird in dem Augenblick vollzogen, in dem sie nach Xerax reisen. So steht es im Heiligen Gesetz; so ist es leichter für alle.«

Alban stöhnt im Schlaf.

Melissa beugt sich über ihn. Die Sorge gräbt tiefe Furchen in ihr Gesicht. »Er braucht Ruhe. Es ist ohnehin Zeit, dass wir mit den Meditationen und Gebeten fortfahren.«

Mit raschelnden Gewändern verlassen die Priester den Raum. Elvin geht als letzter. Bevor er durch die Tür verschwindet, schwimme ich nah an ihn heran.

»Finger weg von Sander«, zische ich. *»Ich liebe ihn und ich lasse nicht zu, dass du ihm etwas antust.«*

Er fährt zurück, dreht den Kopf nach mir und starrt suchend in die Luft. »Mariel?«, haucht er. »Wo ...«

»Tammo ist tot. Ich werde Sander nicht auch noch verlieren. Das schwöre ich dir.«

Sein Gesicht ist kalkweiß. »Warte, ich muss ...«

»Elvin?« Melissa steht mit verschränkten Armen in der Tür. »Kommst du bitte?«

Ich folge ihnen nicht. Ich habe Wichtigeres zu tun. Nachdem ihre Schritte verklungen sind, nähere ich mich dem Obersten Priester. *»Alban?«*, flüstere ich.

Er seufzt leise.

»Alban?«, frage ich lauter.

Seine Lider zucken.

»Alban!«, rufe ich.

Seine Finger bewegen sich schwach. Ich würde ihn gern wach rütteln, doch da ich nur eine Stimme bin, funktioniert das nicht. Wieder und wieder rufe ich ihn – ohne Erfolg.

Es ist Zeit. Ich muss zu Sander zurückkehren und ihm eröffnen, dass uns nur noch eine Woche bleibt, was in Nurnen eine erheblich kürzere Zeitspanne sein dürfte, und dass die Priester keine andere Idee haben als beten.

Albans Lager weicht zurück. Ich schwimme wieder in dem Meer aus weißem Licht, fühle die wunderbare Losgelöstheit. Warum gelingt mir so mühelos, was Alban fast umgebracht hat? Auch über die Gegenkraft denke ich nach, von der Melissa sprach und die während des Übergangs dafür sorgte, dass Alban den Vorgang nicht mehr beherrschen konnte. Was war das für eine Kraft? Wie stark ist der Oberste Priester wirklich und wie sehr habe ich Sander geschadet, als ich ihn zwang, den Übergang nach Nurnen mit uns zu vollziehen? Eine Welle der finstersten Gefühle überspült mich: Scham, Schuld, Verzweiflung ... Ich habe ihn überhaupt erst in diese Lage gebracht. Hätte ich ihn nur während des Übergangs in Ruhe gelassen! Meinetwegen ist er jetzt hier und wird in wenigen Tagen sterben, wenn es mir nicht gelingt, ihn zu retten.

Auch für mich selbst habe ich keine Lösung, habe keinen

Schimmer, wie ich zurückkommen soll, jetzt, wo ich meinen Seelenpartner nicht mehr spüre. Ich kann ihn mir nicht einmal mehr vorstellen.

Sander und ich – wir wollen leben. Ist das zu viel verlangt?

Finden wir unsere Seelenpartner nicht, weil wir uns ineinander verliebt haben? Aber in Amlon funktioniert es doch auch! Viele sind an ihrem Tag der Verbindung in irgendjemanden verliebt. Warum kommen ihre Seelenpartner trotzdem?

Die Antwort liegt auf der Hand: weil die Priester die Sache für dich klarmachen. Nein – die Götter. Sie holen die Seelenpartner für dich nach Amlon. Du musst dich nicht anstrengen, musst nur ins Tarla Theater spazieren und abwarten.

Was sollen wir tun?

Egal, wie oft ich die Frage wegschiebe und wieder heranhole, wie oft ich sie auch verändere und in meinem Kopf umherwandern lasse, die Antwort bleibt dieselbe:

Wir müssen uns trennen. Solange wir zusammenbleiben, verhindert unsere Liebe, dass wir unsere Spiegelseelen finden.

Gibt es keinen leichteren Weg?

Aber den gibt es wohl nie.

Sander verlassen. Allein weitergehen. In mir wird es leer. Und außerhalb von mir auch. Ich schwimme in dem Meer aus weißem Licht, nur ist es kein selbstvergessenes Schweben mehr, kein unbeschwertes Gleiten. Wie ein Stück Treibholz dümpele ich dahin. Ich will heraus aus dem Meer, will zu Sander. Mich von ihm trennen, nicht wissen, was aus ihm wird – wie soll ich das aushalten? Was, wenn er den Palast der Liebe nicht findet? Dann sehe ich ihn nie wieder …

Ich werde nicht bei ihm sein, wenn er stirbt.

Wenn ich bei ihm bleibe, werden wir beide sterben. Wenn wir uns trennen, haben wir vielleicht eine Chance.

Mich trennen ...

Wie beim Tauchen. Lass los.

Ich öffne die Augen. Ich liege unter dem Mondbusch. Ein Gesicht beugt sich über mich. »Mariel«, flüstert Sander, seine Wangen glänzen feucht. Hat er geweint?

»Hallo.« Ich lächele schwach. Er packt mich an den Schultern, umschließt sie so fest, als wären seine Finger aus Eisen. Mit einem Ruck zieht er mich hoch. Schüttelt mich. Seine Augen funkeln vor Tränen und Zorn. »Ich konnte dich nicht wecken – ich konnte dich nicht wecken!« Seine Stimme überschlägt sich, auf einmal habe ich richtig Angst vor ihm.

»Du tust mir weh.«

Er lässt mich los und fährt sich mit den Händen durchs Gesicht. Mühsam bringt er seine Stimme unter Kontrolle. »Was hast du getan, Mariel?«

»Was Alban getan hat.«

Sein Gesicht verdunkelt sich. Seine Hände ballen sich zu Fäusten.

»Sander, bitte. Mir ist nichts passiert. Es ist alles gut.« Doch als ich eine Hand nach ihm ausstrecke, weicht er zurück.

»Lass das. Du hast mir versprochen, dass du es nicht versuchst.«

»Ich hab's ja auch nicht versucht.« Verletzt ziehe ich meine Hand zurück. »Ich hab's gemacht.«

»Soll das komisch sein?« Einen Moment kann er nicht sprechen, so wütend ist er. Der Silbersplitter in seinem Auge lodert. »Ich habe dir vertraut. Ich ... ich dachte, du kommst nicht mehr zurück. Verdammt, Mariel, ich dachte, du stirbst!« Seine Fäuste sind noch immer geballt, er presst sie so fest zusammen, dass die Knöchel weiß werden. Eine Träne rollt über seine blasse Wange.

»Aber ich bin nicht gestorben.« So vorsichtig, als wollte ich ein wildes Tier anfassen, hebe ich wieder meine Hand. Einen Augenblick fürchte ich, dass er sie wegschlägt, doch diesmal lässt er die Berührung zu. Ich streiche über sein Gesicht, wische behutsam die Träne fort. »Nach dem ersten Sturm war es leicht, wirklich«, flüstere ich. »Und ich habe etwas herausgefunden.« Ich schlucke und meine Stimme wird so schwer, als läge ein Stein auf meiner Zunge. »Leider ist es nichts Gutes.«

Stockend berichte ich von meinem Besuch bei den Priestern, denen nichts anderes einfällt als beten und dass unsere Frist beinahe abgelaufen ist.

Auch von dem, was ich über Tora aufgeschnappt habe, erzähle ich, langsam und in kurzen Sätzen, fast ist es zu anstrengend, überhaupt noch zu sprechen und das Wichtigste zu sagen: Trennung. Trennung, um zu überleben.

Als ich zum Ende komme, ist es lange still. Sander pflückt eine Handvoll Beeren – die Orangen sind längst verschwunden – und hält sie mir hin. Doch die Früchte schenken uns keine Kraft mehr. Noch sieben Tage. Ich weiß so sicher, als stünde es auf seiner Stirn geschrieben, dass er sich mit dem gleichen Gedanken quält: Sieben Tage sind in Nurnen viel weniger, hier wird die Zeit rasend schnell vergehen. Ich lehne mich an ihn. Langsam hebt er eine Hand und streichelt mein Haar. Es fühlt sich an, als koste ihn die Bewegung große Anstrengung. Ich blicke zu ihm auf und sehe, wie er kurz die Augen schließt, als müsse er seine verbliebenen Kräfte sammeln, um das Folgende auszusprechen. »Du hast recht. Wenn wir es schaffen wollen, dürfen wir nicht zusammenbleiben. Dafür reicht die Zeit nicht mehr.«

Nein!, will ich rufen. Stattdessen höre ich mich flüstern: »Du glaubst also auch, dass wir uns trennen müssen?«

Sein Körper spannt sich und beginnt an meinem zu zittern.

Mir dröhnt mein eigener Puls so heftig in den Ohren, dass ich seine Worte kaum verstehe: »Ich sehe keine andere Möglichkeit.«

Er nimmt mich in die Arme, küsst meine Stirn, meine Lippen. Als ich den Kuss erwidern will, legt er die Hände an meine Wangen und drückt mein Gesicht von sich weg. So oft habe ich in diese Augen mit dem seltsamen Silbersplitter geschaut – doch nie zuvor haben sie mich so traurig angeblickt.

Der Druck seiner Finger verstärkt sich. »Lass es uns gleich tun.«

Klein und gebrochen sitze ich da und wage kaum, ihn anzusehen. Ihm bleibt so wenig Zeit, seinen Tod zu verhindern. Ich sehe vor mir, wie er sich allein auf den Weg macht, und fühle mich schuldig. So unendlich schuldig.

»Hätte ich mich während des Übergangs nicht eingemischt, wäre das alles nicht passiert«, flüstere ich.

Seine Hände ruhen noch immer auf meinen Wangen. Sein Blick lässt mich keine Sekunde los. »Ja. Das alles wäre nicht passiert. Und gerade deshalb bin ich froh, dass du es getan hast.«

Ungläubig blinzele ich ihn an. Seine Hände lösen sich von meinem Gesicht, doch er schaut mir weiter unverwandt in die Augen. Ein leises Lächeln umspielt seinen Mund. »Wären wir nicht gemeinsam hierhergekommen, hätten wir einander nie gefunden.«

Ich hebe eine Hand und streiche über die Haut seiner Schläfe, die so zart ist, dass ich fühlen kann, wie die Adern darunter pulsieren. »Ich will dich nicht verlieren«, flüstere ich.

»Du wirst jemanden finden, mit dem es mehr ist. Mehr als das, was wir haben.«

»Aber ich will nicht *mehr.* Ich will das, was jetzt ist. Ich will bei dir bleiben.«

»Dann verlierst du mich. Und ich verliere dich.« Er nimmt

meine Hand und drückt sie fest gegen seine Brust. Meine Finger spreizen sich ein wenig, als wollten sie sein Herz umschließen. »Uns bleiben noch sieben Tage, Mariel. Danach sterben wir. Wenn wir leben wollen, müssen wir nach Amlon zurückkehren.«

Ich fühle das Leben – sein Leben – unter meiner Hand beben, spüre, wie zart es ist, zerbrechlich wie eine Muschel.

»Und wie willst du ohne deine Seelenpartnerin das Grenzland erreichen?«

»Ich finde schon einen Weg.«

Meine Finger krallen sich in sein Hemd. »Und unser Weg – endet hier?«

»Nein. In Amlon sehen wir uns wieder.«

Aber wir werden dort andere Menschen sein. Wir werden mit unseren Seelenpartnern leben und nicht mehr die füreinander sein, die wir jetzt sind. Das sage ich nicht laut, doch ich spüre, dass er das Gleiche denkt. Er lässt sich ins Gras sinken und zieht mich mit. Mein Kopf liegt an seiner Brust. Ich schließe die Augen. Sander rückt ein wenig nach unten, bis sich unsere Gesichter berühren, legt eine Hand über meine geschlossenen Lider und summt eine Melodie. Zum ersten Mal höre ich von ihm eine Musik, die weder schräg noch beängstigend klingt, im Gegenteil, die zarten Töne beruhigen mich. Könnte man die Sterne singen hören, würde es so klingen, wenn sie nachts aufgehen.

Irgendwann verklingt das Lied. Sander zieht seine Hand zurück. Ich lasse meine Augen geschlossen, bin so müde, möchte schlafen ... schlafen ... Laub und Zweige rascheln, als er geht. Während sich seine Schritte langsam entfernen, schlägt mein Herz immer schneller. Schließlich halte ich es nicht mehr aus. Mit Mühe gelingt es mir, die Augen zu öffnen. Ebenso mühsam krieche ich unter dem Mondbusch hervor und blicke in die Richtung, in die er verschwunden ist.

Sander ist nur noch ein Strich am Horizont. Woher nimmt er die Kraft für diesen Weg?

»Sander!«

Er ist zu weit entfernt, um meinen schwachen Ruf zu hören.

Lass ihn los, Mariel.

In dem Moment umschließt eine Klaue aus Eis meine linke Hand. Kälte durchströmt mich. Ich sinke auf die Knie, zittere haltlos.

Elvins kreischende Stimme löst sich aus der Luft: *»Sander und du … zusammenbleiben …«*

Und das ist der letzte Hinweis, den ich brauche. Wenn Elvin will, dass wir zusammenbleiben, kann das nur falsch sein.

»Verschwinde«, flüstere ich, »lass uns in Ruhe …«

Ist es die Angst, die mir noch einmal Kraft verleiht? Ich entreiße Elvin meine Hand und schleudere ihn zurück in die Leere. Sein Schrei zerfetzt mir fast das Trommelfell. Dann ist da nichts mehr.

Nur zögernd kehrt ein kleiner Rest Leben und Wärme in mich zurück. Ich schaue mich um. Sander ist längst fort.

36

Ich schaffe es kaum, mich aufzurichten. Wie soll es bloß weitergehen, wenn ich so schwach bin?
Wie soll ich je den Heimweg finden?

Ganz einfach, denke ich resigniert. Mich weiterschleppen – und hoffen, dass sich in den Spiegelwänden ein Zugang öffnet.

Auch wenn ich durch dieselbe Dämmerung wanke wie immer, kommt es mir vor, als sei die Finsternis hier unten eingedrungen. Wieder und wieder taucht Sanders Gesicht vor mir auf und es ist so anstrengend, nicht an ihn zu denken, dass ich nicht einmal weinen kann.

Wie viele Stunden bleiben uns noch in Nurnen? Die Zeit rollt sich an den Rändern nach innen und mein Schmerz weicht einer dumpfen Verzweiflung. Nirgends ist eine Höhle zu sehen. Da ist nicht mal ein Loch in den Spiegelwänden. Wahrscheinlich ist es sowieso besser, wenn ich meinen Seelenpartner nicht finde. Denn sollte Tammo richtig vermutet haben und die Finsternis kommen, sobald eine Spiegelseele aus Nurnen verschwindet, würden Menschen sterben, falls ich das Spiegelreich an seiner Seite verlasse. Finde ich meinen Seelenpartner aber nicht, bleiben diese Menschen am Leben. Dann sterbe nur ich.

Wäre ich eine Heldin, würde ich meinem Schicksal unerschrocken ins Auge blicken. Sterben? Klar, kein Problem. Heldinnen opfern sich. Heldinnen gehen für andere in den Tod. Heldinnen machen das so.

Doch ich bin keine Heldin. Ich war es nie und werde nie eine sein. Ich will *leben.*

Und war das nicht das Versprechen, das Sander und ich einander gegeben haben? Nurnen erst zu verlassen, wenn alle in Sicherheit sind? Ich muss einen Weg finden, wie wir alle überleben können. Die Menschen in Nurnen. Sander. Ich.

Nur – wo ist dieser Weg?

Ich sacke zu Boden, ziehe die Knie an und umschlinge sie mit den Armen. Ich kann nicht mehr. Ich will nur noch schlafen.

Es könnte dein letzter Schlaf sein, flüstert diese grausame kleine Stimme in mir.

Also stemme ich mich hoch, bis ich wenigstens wieder sitze. Mehr geht noch nicht. Und jetzt?

Ohne es zu merken, habe ich begonnen, Sanders Abschiedslied zu summen. Musikalisch war ich nie, aber sogar aus meinem Mund klingt es wunderschön. Und es beruhigt mich, lässt mich wieder klar sehen.

Zu meinem Erstaunen taucht der Sternenhafen vor meinem geistigen Auge auf. Ich höre Wellen gegen den Bug des Grauen Schiffes klatschen, spüre die Hand meines Vaters auf meiner Schulter, rieche Salz und Seetang. Aber da ist noch ein anderer, feinerer Geruch, von dem ich nicht sicher bin, ob ich ihn wirklich wahrnehme, ein Duft, der für mich immer mit dem schwarzen Tag vor zehn Jahren verbunden sein wird – dieser Duft nach Zitrone und Vanille, vermischt mit einem Hauch von Frangipaniblüten.

Ich öffne die Augen.

Vor mir liegt ein stilles Meer. Die roten Wogen sind wie erstarrt, die Schaumkronen haben die Farbe von geronnenem Blut. Die Luft ist weder kalt noch warm. Obwohl es keine Sonne gibt, weiß ich, dass früher Morgen ist. An einer von Seepocken verkrusteten Mole ankert das Graue Schiff. Schimmel überzieht seinen Rumpf, die Segel hängen in Fetzen. Ein Wind, den ich nicht spüren kann, heult um die Masten.

Dort drüben, in dem abgetrennten Rondell, wartet meine Tante Irina. Das schwarze Haar hängt ihr wirr um den Kopf. Sie trägt das graue Kleid der Sonderbaren, auch ihre Haut sieht grau aus, doch ihre Augen strahlen. Unverwandt blickt sie das Mädchen an, das hinter dem Tau steht – dem Tau, das die Sonderbaren von den gewöhnlichen Menschen trennt. Ich kenne das Mädchen. Sie heißt Mariel und ist acht Jahre alt. Es ist der Tag des Abschieds, der ein völlig anderer Abschied ist als der zwei Nächte zuvor im Strandpalast.

Ich habe den Tag den *schwarzen Tag* genannt. Doch die Gedanken im Kopf des Mädchens, die ich so deutlich wahrnehme, als spräche sie die Gedanken in mich hinein, sind grau: Irina muss weg. Die Götter haben sie nicht mehr lieb. Aber ich hab sie lieb. Ich hab sie so lieb.

»Du musst nicht mitkommen«, haben die Eltern zu ihr gesagt. »Du kannst zu Hause bleiben, Mariel.« Doch schlimmer, als die Bilder zu sehen, wäre es, sie sich vorzustellen.

Die Hand des Vaters ruht schwer und beschützend auf ihrer Schulter. Ich bin bei dir, sagt die Hand, wir sind alle bei dir, die ganze Familie. Wir helfen einander, dies durchzustehen.

Und wer hilft Irina?, denkt das Mädchen.

Die Frau, die noch gestern ihre Tante war, kommt den mit Tauen abgetrennten Gang herauf. Sie hält den Rücken gerade, doch ihre Schultern krümmen sich wie unter einer schweren Last. Das Mädchen umklammert einen der Pfosten, an denen das Tau festgenagelt ist, mit beiden Händen, bis sich kleine Holzsplitter in seine Finger bohren. Die Frau nähert sich mit gesenktem Kopf. Als sie fast auf einer Höhe mit dem Pfosten ist, hebt sie den Blick. Er ist so weich und traurig, dass das Mädchen unter dem Tau hindurchkriechen, zu der Frau laufen und: *Bleib da, bitte bleib da!,* rufen möchte, doch was würde es nützen? Die Götter haben anders entschieden.

Die Frau lässt eine Hand in die Tasche ihres grauen Kleides gleiten, das kein Kleid, sondern ein Kittel ist, und holt eine Muschel heraus, blassgelb leuchtend wie die Sonne an einem kühlen Tag. In diesem Augenblick weiß das Mädchen, dass sein Vater es nicht hindern wird, eine Hand unter dem Tau hindurchzuschieben, damit die Frau die Muschel hineinlegen kann. Er wird es erlauben, weil er das Mädchen genauso liebt wie die Frau, die noch gestern seine Schwester war.

In dem Moment, als das Mädchen den Arm ausstreckt, sieht es auf der anderen Seite des Gangs den Jungen, der neben ihm saß, als das Silberkehlchen starb. Mervis. Warum ist er hier? Aus seiner Familie muss niemand nach Xerax gehen. Hat er sich mit den anderen Jungen, die ihn umringen und miteinander tuscheln, zum Sternenhafen geschlichen, um die Sonderbaren anzustarren wie Geschöpfe, mit denen etwas nicht stimmt – ein Schmetterling mit verkrüppelten Flügeln, ein Fohlen mit verdrehten Beinen, eine Muschel mit verformter Schale?

Mervis schaut Mariel an. Und Mariel schaut Mervis an. Ihr Gesicht wird heiß. Sie zieht die Schultern hoch und den Kopf ein, als könnte sie sich auf diese Weise unsichtbar machen. Sie schämt sich, hier zu stehen, schämt sich, weil jemand aus ihrer Familie nach Xerax geht. Doch vor allem schämt sie sich dafür, sich zu schämen – für die Frau, die noch gestern ihre Tante war, es noch immer ist und immer bleiben wird.

Und vor lauter Scham und Verwirrung und Liebe und Schmerz zuckt Mariels Hand so heftig zurück, dass ein Waffenträger aufmerksam wird und sein Pferd näher herantreibt. Unter seinen blonden Locken blitzen blaue Augen hervor. Seine vollen Lippen verziehen sich.

Ich kenne diese Locken, kenne diese Lippen. Ich habe sie auf dem Bild gesehen, das ich nach dem Kamelienritual malte. Und in der Herberge Geminon.

Von Mariel schaut der Blonde zu Irina, die stehen geblieben ist. Er zwingt sein Pferd so dicht an die Sonderbare heran, dass die Brust des Tieres gegen sie stößt und sie taumeln lässt. Er deutet auf ihre Faust. »Was hast du da?«

»Nichts.«

Er springt aus dem Sattel. Irina will ihre Hand hinter dem Rücken verstecken. Blitzschnell packt er ihren Arm mit seiner behandschuhten Rechten und zieht mit der anderen Hand ihre Finger auseinander. Er starrt auf die blassgelbe Muschel, schaut von Irina zu dem Mädchen und wieder zu Irina.

»Du weißt, dass es verboten ist«, zischt er. »Du weißt es!« Mit einer heftigen Bewegung fegt er die Muschel zu Boden. Sein bronzefarbener Stiefel hebt sich. Mit wütender Wucht tritt er auf die Muschel und dreht seinen Fuß hin und her. In diesem Augenblick passiert es. Irina schlägt ihm mitten ins Gesicht. Es ist, als würden sich in dem Schlag aller Zorn und die Bitterkeit sammeln, die sich in der letzten Nacht in ihr aufgestaut haben, und sich ins Gesicht des Waffenträgers entladen.

Die Haut einer Unreinen berührt seine Haut. Der Waffenträger weicht einen Schritt zurück, wischt sich mit einem behandschuhten Finger über die Nase und schaut fassungslos auf das Blut. Zwei weitere Waffenträger eilen herbei, einer von ihnen schiebt im Laufen noch einmal seine Handschuhe zurecht, keiner will Irina berühren, keiner darf Irina berühren. Sie drehen ihr die Arme auf den Rücken, doch ehe sie die Sonderbare wegführen können, brüllt der Blonde: »Du Drecksstück! Du hast mich angefasst! Hast mich besudelt!« Er stößt ihr mit solcher Gewalt den Schaft seines Betäubungsgewehrs ins Gesicht, dass sie auf die Knie sinkt. Wie rasend tritt er auf sie ein.

Sofort sind weitere Waffenträger zur Stelle, zerren ihn von ihr weg, halten den Tobenden fest. Andere drängen die Zuschauer zurück und schirmen sie mit ihren Körpern ab, sodass die Menschen nicht mehr sehen können, was im Innern des Ganges geschieht.

Aber das Mädchen ist bereits unter dem Tau hindurch in den Gang gekrochen – und es sieht alles. Irina liegt auf dem Boden, sie blutet aus mehreren Wunden an Gesicht und Körper. Das Mädchen schreit wie am Spieß und will zu seiner Tante robben, da hebt ein Waffenträger es hoch. Das Mädchen wehrt sich wie wild gegen den Griff, aber der Mann klammert seine Arme nur fester um es. Elend und entsetzt schaut es über seine Schulter; zwei Waffenträgerinnen schleifen Irina zum Grauen Schiff. Doch ehe sie die Rampe erreichen, reißt sich der Blonde los und will Irina nach, will weiter auf sie eintreten, stößt wie von Sinnen sein Pferd aus dem Weg. Mit rollenden Augen reißt das Tier den Kopf hoch, steigt. Seine Vorderbeine schlagen durch die Luft, ein Huf trifft den Blonden mit Wucht an der Schläfe. Es gibt ein knirschendes Geräusch. Blut und etwas Graues spritzen aus seinem Schädel. Der Blonde fällt zu Boden. Das Mädchen hört ein schrilles Kreischen, es kommt aus seinem eigenen Mund. Der Waffenträger, der es hält, lässt es los und stürzt zu dem Blonden. Das Mädchen landet bäuchlings im Sand und kreischt und kreischt. Blut vermischt sich mit dem grauen Zeug – und hellgelben Muschelsplittern. Die Welt verschwimmt. Bevor sie ohnmächtig wird, schließt sie ihre Finger um die Splitter ...

Ich schlage die Hände vors Gesicht und sinke auf die Knie. Das Entsetzen steigt tief aus meinem Innern auf und dringt in lauten, abgehackten Schluchzern aus meinem Mund. So war es also. Dies ist meine wahre Erinnerung. Die andere, in der meine Tante mir die Muschel gab und sie in der Nacht unter meinem Kissen zerbrach, hat sich mein Kopf zurechtgelegt, nachdem meine Eltern mich mit dem Atem der Götter behandeln ließen. Ich sollte das Grauen nicht mehr fühlen, nicht die Schuld und die Scham darüber, dass ich meine Hand zurückgezogen hatte, diesen schrecklichen Widerwillen gegen mich selbst, weil ich meine Tante verleugnet und eine Katastrophe losgetreten hatte. Auf diese Weise musste ich das Winseln und Schreien in mir nicht mehr hören, das mich anklagte und mir vorhielt, dass meinetwegen ein Mensch getötet worden war. Wäre ich kein schlechtes, undankbares Kind gewesen, hätte ich den Mann nicht auf uns aufmerksam gemacht. Weder Irina noch dem blonden Waffenträger wäre ein Leid geschehen.

Wie viel Zeit vergeht?

Als die Schluchzer verebben und ich die Hände sinken lasse, ist das Graue Schiff verschwunden. Der Hafen liegt verlassen da. Die Menschen, die Waffenträger, der Tote – fort. Nur das Mädchen und ich sind noch da. Schwerfällig rappelt sie sich vom Boden auf. Dann steht sie einfach da, die Splitter in der Faust, und schaut über das Meer. Niemand hat sich in irgendetwas oder irgendwen verwandelt. Weder Mervis noch mein Vater, weder Irina noch der blonde Waffenträger. Alles ist genauso geschehen wie an jenem längst vergangenen Tag – und es wird weiter nichts geschehen, wenn ich es nicht geschehen lasse.

Langsam gehe ich auf das Mädchen zu, das ich einmal war, noch immer bin und für alle Zeiten sein werde. Zögernd wendet sie sich mir zu. Mit jedem Schritt, den ich mich nähere, wächst sie, bis sie so groß ist wie ich, mich erst um einen Kopf überragt, dann um zwei. Ihre Augen, die auf mich herunterschauen, sehen kalt und hasserfüllt aus. Hass auf mich, erbitterter Hass auf sich selbst.

»Mariel«, flüstere ich und strecke eine Hand nach ihr aus.

Ihr Gesicht verkrampft sich, als wolle es sich in etwas Fremdes verwandeln, eine Grimasse, ein Fratzengesicht.

»Ich bin es«, flüstere ich. »Und egal was du getan hast ... ich hab dich lieb.«

Ihr Blick flackert, jetzt glänzen Tränen darin. Ihre Finger zucken – und schließen sich um meine. Ich ziehe sie an mich und spüre, wie ihr Körper wieder auf seine natürliche Größe schrumpft. Ihre Wange legt sich an meine und auch meine Augen füllen sich mit Tränen. Ich drücke das Kind ganz fest an mich, erlaube mir, mir selbst zu verzeihen – und bin zurück im Tal der Dunklen Spiegel.

In meiner linken Hand, die in der des Kindes lag, spüre ich ein warmes Kribbeln. Ich öffne die Finger und blicke benommen auf meine Handfläche. Ein Muschelsplitter liegt darin. Er schimmert silbrig und erinnert mich an etwas.

Während ich den Splitter betrachte, regt sich eine Sehnsucht in mir, von der ich nicht weiß, woher sie kommt oder auf was sie sich richtet. Das Gefühl ist wie ein Strudel, den man erst bemerkt, wenn man ihm so nahe kommt, dass er einen ergreift und in die Tiefe zieht. Ich ringe nach Luft, das Herz tut mir weh, als wäre es zu klein für diese Sehnsucht.

Lass los.

Und ich lasse los. Bis auf den Grund des Strudels sinke ich hinab. Die Sehnsuchtswellen überspülen mich, bis ihre Wucht allmählich nachlässt und sie mich nur noch sanft wiegen. Ich spüre wieder den Muschelsplitter in meiner Hand, und während ich ihn fest umschließe, öffnet sich in der Spiegelwand eine Höhle. In meiner Brust meldet sich ein Ziehen, so zart, dass ich nicht sicher bin, ob ich es wirklich empfinde, doch als ich auf die Höhle zuwanke, verstärkt es sich.

Ich trete ein.

37

Übergangslos finde ich mich in einem Hafen wieder; in einem völlig anderen als dem in meiner Erinnerung. Sonnenstrahlen fallen auf das Meer und lassen es türkisblau leuchten. An einer Kaimauer ankert ein gleißend weißes Schiff. Wellen plätschern gegen den Bug. Eine leichte Brise streicht warm über mein Gesicht.

Aus der Ferne nähert sich Hufgetrappel. Ich wende den Kopf und sehe ein Pferd um eine Felsklippe biegen. In raschem Galopp nähert es sich. Seine silberne Mähne wogt wie Meerschaum, sein Fell schimmert golden. Auf dem Rücken des Goldfuchses sitzt ein junger Mann in dunklem Hemd und dunkler Hose. Sein schwarzes Haar flattert, Sand spritzt unter den Hufen des Pferdes auf, als die beiden an der Küste entlang auf die Kaimauer zupreschen – und auf mich. Ein gutes Stück entfernt zügelt er das Pferd, sodass es schlitternd zum Stehen kommt. Er neigt den Kopf, als wolle er mich grüßen, dann steigt er ab und kommt auf mich zu. Der Schatten, den eine Felsklippe wirft, verdeckt seine Augen, doch seine Wangenpartie, die Nase und den Mund kann ich bereits erkennen. Überall auf meiner Haut und unter der Haut wird es warm. Langsam gehe ich ihm entgegen. Mit jedem Schritt schlägt mein Herz heftiger. Nah voreinander bleiben wir stehen, als wollten wir den Augenblick noch hinauszögern, in dem wir einander berühren. Zum ersten Mal schaue ich in das Gesicht des einen, mir Bestimmten; ein dunkles, schönes Gesicht, sonnengebräunt, strahlend und frisch vom Reiten im

Küstenwind und vom Salz in der Luft; zum ersten Mal atme ich seinen Geruch nach Gras, frischem Tau und Leder ein. Seine Augen sind von einem so tiefen Braun, dass sie fast schwarz wirken. Forschend mustert er mich, bis sein Blick in meinem zur Ruhe kommt. Er ist da. Und er ist mir so vertraut, als würden wir einander ein Leben lang kennen.

»Ich bin Ramin.«

Seine Stimme klingt weich und dunkel und ein wenig verhangen, sein Blick ist so intensiv, dass er mich zittern lässt.

»Ich heiße Mariel«, flüstere ich.

Er schaut mich weiter an, als sei ich das Kostbarste, was er je gesehen hat. Dann sagt er, so ernst und langsam, als würde er mir eine Frage stellen: »Seltsam. Ich habe immer gewusst, dass ich dich eines Tages treffe.«

Ich möchte so vieles von ihm wissen, nur leider gehen mir auf dem Weg zum Mund sämtliche Worte verloren. Ramin nimmt eine Haarsträhne, die mir ins Gesicht gefallen ist, und schiebt sie mir behutsam aus der Stirn. Zum ersten Mal berühren seine Finger meine Haut und ich fahre zusammen, als hätte mich ein Blitz getroffen. Sofort zieht er seine Hand zurück, dabei möchte ich doch von ihm berührt werden.

»Du bist nicht aus dem Bezirk Shangrya, oder?«, fragt er mit mühsam beherrschter Stimme.

»Nein. Ich komme von weit her«, sage ich – und gebe auf. Ich drücke mich an ihn, fühle, wie seine Brust sich unter dem Hemd immer heftiger hebt und senkt, sein Herzschlag immer schneller wird.

»Mariel ...«, beginnt er, sein Gesicht ist so nah an meinem, dass ich seinen Atem an meiner Wange spüre. Eine Welle des Glücks durchflutet mich – und die Gewissheit, dass ich endlich angekommen bin. Ich fühle mich vollständig, nein, mehr als das: Von nun an kann ich die Mariel sein, die ich selbst in meinen kühnsten Träumen nie war, schöner, besser, wertvoller, begehrenswerter, als ich es mir je hätte ausmalen können.

Ich schließe die Augen und küsse Ramin. Dieser Kuss ist wie das Ende eines langen Wartens, keine Vorsicht, kein Zögern. Es gibt nur noch ihn. Mich. Uns.

Und den leisen Gesang.

Unsere Lippen lösen sich voneinander. Ramin schaut über meine Schulter. »Was ist das?«, flüstert er.

Ich wende den Kopf. Am Ende der Rampe, die an Bord des weißen Schiffes führt, hat sich das Spiegeltor geöffnet. Für einen Moment glaube ich, die Stimme meiner Tante zu hören. Doch diesmal lasse ich mich nicht darauf ein und ihr Lied versinkt im Gesang der anderen Stimmen.

»Es ist der Weg nach Amlon«, sage ich leise. »Das Tor in meine Welt.«

Als würde es ihn magisch anziehen, macht Ramin einen Schritt darauf zu. Weil er mich noch immer umschlungen hält, muss ich ihm folgen. Nach ein paar weiteren Schritten bleibt er stehen. Verwirrt blickt er mich an. »Ich habe so etwas noch nie gespürt, Mariel. Einen solchen ... Sog.« Benommen fährt er sich mit einer Hand durchs Haar. »Als würde das, was auf der anderen Seite ist, mich rufen – schon seit einer Ewigkeit. So, wie du mich gerufen hast.«

Kann es so einfach sein? Alles scheint sich zu fügen, als könnten wir nur in diese Richtung steuern.

Doch so geht es nicht, denke ich verschwommen. Es gibt etwas, das Ramin wissen muss. Und da ist noch mehr ... dieses Gefühl, dass ich etwas zurücklasse. Hier, im Spiegelreich.

Ramin legt einen Arm um meine Taille und macht einen weiteren Schritt auf die Rampe zu.

»Warte.« Sanft löse ich mich von ihm – und im selben Augenblick sinkt die Müdigkeit wieder auf mich herab. Ich möchte mich auf den Boden legen und dann soll Ramin zu mir kommen, damit ich mich an ihn schmiegen, die Augen schließen und schlafen kann – nur noch schlafen. Doch diesem Wunsch darf ich nicht nachgeben, wer weiß, ob ich noch einmal erwachen würde. Die Zeit ist knapp.

Ramin ist stehen geblieben. In seiner Stimme erklingt plötzliche Sorge. »Was ist mit dir, Mariel? Du bist ganz blass. Und«, er greift nach meiner rechten Hand, umschließt sie mit seinen beiden Händen, »du zitterst.«

Sobald er mich berührt, fühle ich mich etwas besser. Wenn da nur nicht dieses Gefühl wäre, dass ich etwas vergessen habe ...

»Mariel?«

Erinnern, ich muss mich an etwas erinnern ...

»Mariel!«

»Hm?«

»Du wirkst plötzlich so ...«, er schüttelt den Kopf, » ... ich weiß nicht ... erschöpft. Müde.«

»Das bin ich auch«, murmele ich.

»Was fehlt dir?«

»Mein wahrer Körper. Er ist in Amlon. Was du siehst, ist nur ein Teil von mir. Es ist mein Seelen-Ich.«

Er runzelt die Stirn. »Was soll das heißen? Bist du ... eine Vorstellung von mir?«

Ich zögere. Schließlich kann ich nur antworten: »Ich weiß es nicht.«

»Bin ich eine Vorstellung von dir?«

»Auch das weiß ich nicht, Ramin. Ich weiß nur, dass ich nicht mehr lange in deiner Welt bleiben kann.«

»Dann ist der Weg nach Amlon für uns umso dringlicher.« Er

schlingt den Arm wieder um meine Taille und schiebt mich auf die Rampe zu.

»Nein, warte.« Ich suche nach den richtigen Worten, um es ihm schonend beizubringen, doch alles, was mir einfällt, ist die schlichte Wahrheit. »Wenn du mich begleitest, kannst du nie wieder nach Nurnen zurückkehren. Du wirst alles vergessen, was hier war, und ...« Ich hole tief Luft. »Die Menschen, die du kennst, deine Familie, deine Freunde, das alles wird für dich nicht mehr existieren. Willst du das?«

»Ich will mit dir dorthin gehen, wo du leben kannst. Für mich ist das weniger schlimm, als du vielleicht denkst. Meine Eltern sind vor langer Zeit gestorben und Geschwister habe ich nicht.«

»Und deine Freunde?«

»Ich werde neue Freunde finden.« Sein Blick ist so intensiv, dass ich ihn fast wie eine Berührung spüre.

»Da ist noch etwas, Ramin ...«

»Erzähl es mir später. Wenn wir in Amlon sind«, drängt er und setzt einen Fuß auf die Rampe.

Auch ich spüre den Sog des Spiegeltors, aber noch gelingt es mir, mich ihm entgegenzustemmen. »Ramin, hör zu. Wenn du Nurnen verlässt, wird dein Bezirk ...«

Er umschließt meine Linke mit seiner viel größeren Hand, um mich auf die Rampe zu ziehen. Etwas sticht in meinen Handteller, meine Faust zuckt zurück – und öffnet sich. Der Muschelsplitter, der die ganze Zeit darin verborgen lag, hat sich tief in meine Haut gebohrt. Ein Blutströpfchen quillt hervor.

»Was ist das?« Behutsam löst Ramin den Splitter und legt ihn auf meinen Handteller.

Er sieht aus wie der Fleck in Sanders Iris.

Sander! Ich darf erst nach Amlon zurückkehren, wenn alle in Sicherheit sind. Das Versprechen gilt noch immer. Ich werde Sander nicht im Stich lassen. Doch gleichzeitig spüre ich, wie das Spiegeltor mich mit aller Macht zu sich zieht. Einfach mit Ramin hindurchgehen und aus Nurnen verschwinden – wie verlockend der Gedanke ist. Und wie schrecklich, dass ich so etwas denke. Es ist schlimm genug, dass ich Tammo verloren habe.

Tammo. Er wird nie zurückkommen ... Alles stürzt auf mich ein. So viele Sonderbare, die nach Nurnen reisten, um ihren Seelenpartner zu finden, und hier gestorben sind. Und falls Tammos Vermutung stimmt und die Finsternis über die Bezirke jener Spiegelseelen hereinbricht, die nach Amlon gingen – dann sind hier in Nurnen im Laufe der Jahrhunderte unzählige Menschen zu Tode gekommen, damit wir in Amlon ein glückliches Leben führen können. Bei diesem Gedanken tanzen blinde Flecken vor meinen Augen. Meine Knie geben nach, doch es hilft nicht, ich muss meine Bedenken mit Ramin teilen.

»Wenn wir durch das Tor gehen, versinkt Shangrya in der Finsternis«, sage ich leise.

Ramin starrt mich an. »Was?«

Ich erkläre es ihm, so gut ich kann. Danach ist es eine Weile still.

»Das heißt ... du wirst ohne mich nach Amlon zurückkehren?«, fragt er stockend. In seinen Augen liegt eine so tiefe Verzweiflung, dass ich es nicht übers Herz bringe, ihm die Wahrheit zu sagen. Als ich nicht gleich antworte, schüttelt er langsam den Kopf. »Du kannst nur an meiner Seite durch das Tor gehen, oder?«, flüstert er. »Allein lässt es dich nicht passieren.« Mein Schweigen ist ihm Antwort genug. Seine Lippen werden weiß.

Ich atme tief ein. »Noch habe ich ja etwas Zeit.« Und in dieser Zeit kann es nicht um uns gehen. Niemand soll zurückbleiben. Ich drücke Ramins Hand. »Ein Freund ist mit mir nach Nurnen gereist. Ich muss ihn suchen. Wir haben einander versprochen, uns gegenseitig zu helfen. Wenn ich das schaffe, schaffen wir auch alles andere.«

»Aber wie ...«

Ich hebe eine Hand und berühre seine Wange. »Bitte, Ramin. Vertrau mir.«

Er küsst mich sacht auf den Mund. »Wo beginnt unsere Suche?«

Ich deute auf eine nahe Klippe; auf die Höhle, durch die ich gekommen bin.

Ramin hebt die Augenbrauen. »Die habe ich hier noch nie gesehen.«

»Vertrau mir«, sage ich noch einmal.

Er nickt. Dann ruft er leise: »Jolinor!«

Der Goldfuchs mit der Silbermähne trabt auf uns zu. Obwohl ich mich vor Pferden immer gefürchtet habe, strecke ich eine Hand aus und berühre seinen Hals. Er wendet den Kopf und schaut mich an. Ich streichele seine Nase, die sich zart und weich wie ein Pfirsich anfühlt. Jolinor beschnuppert meine Finger. Als er seinen Atem darüberbläst und ich das Kitzeln an meiner Haut spüre, muss ich leise lächeln.

Ramin schwingt sich auf Jolinors Rücken, streckt einen Arm aus und hilft mir hinauf. Ich umschlinge seine Hüften und spüre, wie sich die Muskeln des Goldfuchses spannen, als er sich unter uns in Bewegung setzt und auf die Höhle zugeht. Ein Schnalzen genügt: Ohne Zögern betritt Jolinor die Dunkelheit – und mit uns auf seinem Rücken das Spiegeltal.

38

»Wo sind wir?«, fragt Ramin heiser.

»Wir haben es das Tal der Dunklen Spiegel genannt. Sander – der Freund, den ich finden will – muss hier irgendwo sein.«

Aber weiß ich das?

Nein. Ich spüre es nur.

Ramin wendet den Kopf und schaut mich an, die Stirn tief in Falten gelegt. »Mit diesem Ort stimmt etwas nicht. Kennst du die Herberge Geminon?«

Überrascht nicke ich. »Dort hat unsere Reise begonnen.«

»Wir nennen die Herberge auch das Herz von Nurnen. In jedem Bezirk findet man eine Tür, die nach Geminon führt. Umgekehrt gelangt man von der Herberge in jeden Bezirk, sofern man ihn bei seinem Namen nennt. Das erleichtert uns das Reisen.« Während er spricht, streichelt Ramin unablässig Jolinors Hals, als müsste er nicht nur das Pferd beruhigen, das schnaubend umhertänzelt, sondern auch sich selbst. »In Geminon gibt es Türen, durch die niemand mehr irgendwohin gelangt. Es sind die schwarzen Türen. Hinter ihnen ...«

»Ist die Finsternis«, flüstere ich. »Dort ist nichts mehr. Kein Leben. Kein Atem. Nichts.«

Er beißt sich auf die Lippen. »Ich habe die Herberge oft besucht. Wenn ich an einer schwarzen Tür vorbeikam, habe ich mir das, was dahinter liegt, als einen verlassenen Ort vorgestellt. Einen Ort wie diesen, den niemand aus Nurnen je wieder betreten kann.«

»Du kannst es.«

»Vielleicht nur deinetwegen. Weil wir gemeinsam hier sind und du nicht aus Nurnen kommst.« Ein Beben durchläuft ihn. »Niemand von hier kann diesen Ort erreichen«, flüstert er. »So, wie niemand das Ende der Finsternis erreichen könnte.« Nach einem langen Schweigen murmelt er: »Wenn wir deinen Freund finden wollen, müssen wir uns beeilen. Halte dich fest. Jolinor ist schnell.«

Jolinor fällt in einen zögernden Galopp, als müsste er im Tal der Dunklen Spiegel erst Tritt fassen, doch dann greifen seine Beine immer weiter aus. Ich sehe die Mondbüsche aus den Augenwinkeln an uns vorbeifliegen. In mächtigen Galoppsprüngen jagt Jolinor dahin, seine Hufe scheinen den Boden kaum noch zu berühren. Der Wind zerrt an meinem Haar. Tränen schießen mir in die Augen, bis ich sie schließen muss. Ich spüre Jolinors Muskeln an meinen Beinen, drücke mich fester an Ramin, rieche den Duft des Pferdes, der sich mit Ramins Duft nach Gras, Tau und Leder mischt. Wir drei verschmelzen zu einem Körper, es ist wie ein Rausch, aus dem ich erst erwache, als Ramin ruft: »Da vorn!«

Blinzelnd öffne ich die Augen und gucke an seiner Schulter vorbei. Vor uns schwankt eine Gestalt durch das Tal. Jolinor verkürzt seine Galoppsprünge und fällt in einen weichen Trab. Sander torkelt in Schlangenlinien von einer Seite zur anderen. Für einen Augenblick spüre ich wieder meine eigene bleierne Müdigkeit. Ohne Ramin und Jolinor käme ich nicht mehr weit.

Als wir auf einer Höhe mit Sander sind, hebt er den Kopf. »Mariel«, flüstert er, strauchelt und sinkt zu Boden.

Ich rutsche von Jolinors Rücken und knie mich neben ihn. Ramin steigt ab und kommt zu uns. Als sich Sander langsam aufrichten will, stützen wir ihn, doch er ist zu schwach und wir lassen ihn behutsam wieder zu Boden gleiten. Über seinen schwer atmenden Körper schauen wir uns an.

»Wie können wir ihm helfen?«, fragt Ramin.

»Wir müssen das Grenzland und einen Ort finden, der Palast der Liebe heißt. Die Frau, die Sander bestimmt ist, wartet dort irgendwo auf ihn.«

Ramins Augenbrauen ziehen sich zusammen. »Von einem Grenzland habe ich noch nie gehört.«

»Es liegt zwischen Nurnen und Amlon. Man erreicht es durch das Spiegeltor. Das hoffe ich jedenfalls.«

Er strafft die Schultern. Neben Sander, der so schmal und blass aussieht, wirkt er noch größer und kräftiger. Seine Mundwinkel zucken, sein Kiefer schiebt sich leicht nach vorn, während er nachdenkt. »In welchem Bezirk hat die Frau früher gelebt?«

»Das wissen wir nicht«, sage ich etwas mutlos.

»Wir müssen es herausfinden. Dort entdecken wir vielleicht eine Spur von ihr.« Wie genau diese Spur uns weiterhelfen könnte, ist mir schleierhaft, trotzdem ahne ich, dass wir es genau so machen sollten.

»Und wie viele Bezirke gibt es in Nurnen?«, meldet sich zu meinem Erstaunen Sanders brüchige Stimme. Ich habe gedacht, er hätte gar nicht mitbekommen, was wir gesprochen haben, und in seiner Schwäche auch gar nicht recht begriffen, wen ich da bei mir habe.

»Das weiß keiner«, antwortet Ramin. »Manche sind klein wie Shangrya, wo kaum ein Dutzend Menschen lebt, andere sind riesig, dort wohnen Tausende – aber niemand hat die Bezirke je gezählt. Das wäre, als wollte man die Wassertropfen in einem See zählen.«

Doch wenn Amlon so weitermacht, wird irgendwann auch der letzte Tropfen verschwunden sein ...

»Und wie sollen wir jemals den richtigen Bezirk finden?«, flüstert Sander.

Die Antwort kommt wie von selbst aus meinem Mund: »Mit Fantasie.«

»Tut mir leid, Mariel, ich habe keine Kraft mehr, mir irgendwas vorzustellen.«

»Ich helfe dir.« Ich nehme seine Hand. »Erzähl mir von deiner dunkelsten Erinnerung.«

»Warum?«

»Weil diese Erinnerung für uns alle der Weg war.«

Lange ist es still.

»Musik«, murmelt Sander schließlich. »Sie ist der Anfang. Seit ich denken kann, habe ich Musik gemacht. Klavier, Schlagzeug, Gitarre ... mein Vater hat mir alles beigebracht. Er war einer der besten Geigenbauer in Amlon. Nein«, beantwortet er meine stumme Frage, »er kam nicht aus dem Spiegelreich.« Erschöpft muss er kurz innehalten, ehe er fortfahren kann. »Wir hatten oft Besuch. Alle waren beeindruckt, wie gut ich spielte. Das mochte ich. Aber die Stücke waren ...«, er ringt nach Atem, tastet nach Worten, » ... etwas hat immer gefehlt. Da habe ich begonnen, eigene Stücke zu komponieren. Sie waren dunkel. Schräg. Verrückt. Sie waren, wie ich es wollte. Meinem Vater haben sie nicht gefallen. Unseren Besuchern auch nicht. Aber meine Mutter«, wieder hält er inne, das Sprechen kostet ihn unendlich viel Kraft, » ... sie sagte, ich solle weitermachen. Sie sagte ... wenn es zwei Inseln gibt ... erkunde die, auf der weniger Leute unterwegs sind.« Er richtet sich etwas auf und wir stützen ihn vorsichtig. »Sie sagte, meine Musik sei wertvoll. So wertvoll wie ich. *Lass dir nie etwas anderes einreden, Sander. Fahr auf deinem Fluss. Benutz deine eigene Karte. Sing dein eigenes Lied.*«

»Das klingt schön«, murmelt Ramin.

Ja. Es klingt, als hätte Sanders Mutter ihm das gegeben, was wohl jeder Mensch braucht. Das Vertrauen, für das geliebt zu werden, was man ist – diesen Schild gegen alles, was einen verletzen kann.

Sander lächelt schwach. »Mein Vater war anderer Meinung. Aber er hat sich nach meiner Mutter gerichtet. So war es immer. Nie hat er mit ihr gestritten. Als hätte er Angst, sie zu verlieren. Als wäre er sich ihrer nie ganz sicher gewesen.«

Sander seufzt und hält kurz inne. Diesmal nicht nur aus Erschöpfung.

Als er fortfährt, kommen die Worte mühsam aus seinem Mund: »Und da war auch etwas. Meine Mutter war glücklich in Amlon, doch auf eine eigenartige Weise war sie es manchmal auch nicht. Dann zog sich ein Teil von ihr an einen Ort zurück, an dem niemand sie erreichen konnte. In diesen Zeiten hat sie kaum gesprochen, hat kaum etwas gegessen, streifte tagelang allein über die Insel. Die Heiler sagten, es sei die *schwarze Nacht.*« Sander sinkt schwer in unsere Arme zurück. »Sie behandelten sie mit allen möglichen Kräutern und Tränken. Auch mit dem Atem der Götter. Aber richtig geholfen hat nichts.« Er holt rasselnd Luft. »Sie ist ertrunken, als ich dreizehn war. Dabei war sie eine gute Schwimmerin. Ihr Herz hat versagt – auch das war die Meinung der Heiler ...« Seine Stimme bricht weg.

Ich streiche über seine Augen und decke sie zu, spüre das zarte Pochen seiner Schläfenadern unter meinen Fingern. Dann mache auch ich die Augen zu und stelle mir alles so genau wie möglich vor.

Das weiße Boot ankert noch am Ufer. Darin liegt eine Frau in einem weißen Gewand. Borkenbraunes Haar fließt über ihre Schultern. Ich sehe einen winzigen Leberfleck an ihrem Kinn. Violette Äderchen durchziehen ihre geschlossenen Lider. Früchte und Blumen, Muschelketten, Korallenschmuck und Figürchen aus Marmor und Ton umgeben sie. Dazwischen steckt ein einziges Notenblatt. Das alles taucht so deutlich vor mir auf, als wäre ich dabei gewesen.

Ich öffne die Augen.

Ramin und ich sitzen an einem grellweißen Strand, über dem sich ein ebenso greller Himmel wölbt. Zwischen uns hat sich Sander halb aufgerichtet. Das Licht scheint von nirgendwoher zu kommen – oder von überall. Die Palmen werfen keine Schatten, genau wie die Trauergäste, die das weiße Boot und die Frau darin umstehen. Ein Mann von etwa vierzig Jahren beugt sich über die Reling und legt eine weiße Muschel auf ihre Brust. Sandfarbenes Haar fällt ihm in die Stirn. Seine Augen stehen etwas schräg. Er tritt von dem Boot zurück und umfasst die Schultern eines Jungen mit borkenbraunem Strubbelkopf, als wollte er ihn trösten – oder sich auf ihn stützen? Sein Gesicht sieht fahl aus. Der Junge blickt zu dem Mann auf, dann greift er langsam nach einer Gitarre, die an seinem Bein lehnt, hängt sie sich um den Hals und beginnt zu spielen.

Es ist das Lied, das Sander auch für mich gesungen hat. Die Melodie klingt traurig und fast unerträglich schön, genau wie sein Gesang. Ein seltsam klagendes Lied ohne Worte, das so anders ist als alles, was man in Amlon sonst hört. Egal ob Strandfest oder Trauerritual, Musik ist in Amlon wie ein Menü, bei dem alle Zutaten harmonisch aufeinander abgestimmt sind und sich ein Gang glatt an den nächsten fügt. Kein irritierender Nachgeschmack, alles leicht verdaulich. Sanders Musik dagegen scheint einen überallhin führen zu können. Dorthin, wo das Licht ist, aber auch in die Schatten.

Die ersten Trauergäste runzeln die Stirn, andere tuscheln. Das Gesicht von Sanders Vater bekommt Risse. Dann bricht es auseinander. Tränen stürzen aus seinen Augen. Er fällt auf die Knie, sein Kopf kippt nach vorn in den Sand. Das ist kein Weinen mehr, das sind die Klagelaute eines Tiers.

Eine Frau tritt zu Sander. Obwohl wir ein gutes Stück entfernt sitzen, höre ich sie murmeln: »Hör auf, Sander. Hör auf damit.«

Er lässt die Hände sinken. Einige Trauergäste richten seinen Vater auf und werfen Sander halb verwirrte, halb ängstliche Blicke zu. Müsste sich die Szene jetzt nicht verändern? Müsste sich nicht eine der Gestalten verwandeln? Doch alles verblasst wie eine Zeichnung, die jemand in nassen Sand geritzt hat und die von den Wellen fortgespült wird. Wir sind wieder im Spiegeltal.

Sanders Hand zittert in meiner. Ich höre ihn aufschluchzen, dann beginnt er zu weinen und ich ziehe ihn auf meinen Schoß. Alles, was ich nicht mehr fühlen konnte, seit Ramin aufgetaucht ist, strömt wieder in mich ein. Sander. Er ist hier und ich liebe ihn noch immer. Meine Brust wird nass von seinen Tränen, nie hätte ich gedacht, dass so viel Kummer aus einem Menschen fließen kann.

Irgendwann löst sich Sander aus meinen Armen. Ramin hilft ihm, sich aufzusetzen. Er ist so schwach, dass wir ihn von beiden Seiten stützen müssen.

»Nach ihrem Tod hat sich zwischen meinem Vater und mir alles verändert«, flüstert Sander. »Früher haben wir unsere Späße miteinander getrieben, sind aufs Meer rausgesegelt, haben gemeinsam musiziert. Damit war nun Schluss. Mein Vater war wie in einer Muschel eingeschlossen, hat sich für nichts und niemanden mehr interessiert. Mich hat er nur mit diesem Blick betrachtet, als wäre ich überhaupt nicht da. Ich habe ihn von einem Konzert zum nächsten geschleppt, aber wenn wir dort waren, hat er gar nicht hingehört. Und wenn ich ihn in seiner Werkstatt besucht habe, saß er nur da und starrte aus dem

Fenster. Ich hab ihn ja verstanden, ich habe auch viele Nächte lang geweint, weil ich meine Mutter so vermisste. Und trotzdem ... wir hatten doch immer noch einander, oder? Aber er hat nur noch das Nötigste mit mir gesprochen. Meine Mutter hat er nie erwähnt. Und dann habe ich mich zum großen Konzert angemeldet. Ich hatte die verrückte Idee, das könnte uns wieder zusammenbringen.« Er lächelt schwach. »Der Höhepunkt meiner Karriere.«

»Tammo hat mir davon erzählt«, murmele ich. »Jemand hat dich von der Bühne geholt.«

»Und am nächsten Tag stand Elvin vor der Tür.«

»Der Priester?«

Sander nickt. »Er ist selbst ein ausgezeichneter Musiker. In dem Jahr saß er in der Jury. Er hat dafür gesorgt, dass ich die Bühne verlassen musste. Jetzt wollte er mit meinem Vater reden. Und mit mir.«

»Worüber?«, frage ich, obwohl ich es bereits ahne.

»Über meine Musik. Er sagte, sie überschreite eine Grenze und es könne sein, dass diese Musik meine Mutter in die *schwarze Nacht* geführt hat.« Sander stößt einen tiefen Seufzer aus. »Mein Vater hat mir die Musik nie verboten, aber nach dem Gespräch bat er mich, künftig darauf zu achten, dass niemand mich hört. Ich hab's ihm versprochen. Und an dieses Versprechen habe ich mich gehalten.«

Die Szene auf dem Grauen Schiff fällt mir ein: Kewat, der Sander bittet, das Gesumme zu lassen; Sanders Erschrecken, als er merkt, dass wir ihn gehört haben ... Auch an die Feuerbucht denke ich – daran, wie zornig Sander war, weil ich ihn belauscht hatte ...

Ich wage kaum, es auszusprechen. »Glaubst du, Elvin hatte recht?«

»Darüber habe ich lange nachgedacht. Die Antwort – *meine* Antwort – habe ich erst hier gefunden. In Nurnen.« Langsam schüttelt er den Kopf. »Es war nicht meine Musik, die meine Mutter in die *schwarze Nacht* geführt hat. So etwas kann Musik nicht. Da war etwas Größeres am Werk.«

»Die Frau, die mich im Haus der Wandlung zurechtgemacht hat, kam auch aus Nurnen.« Angestrengt erinnere ich mich an Fionas Worte. »Sie sagte, während der ersten Zeit in Amlon hatte sie einen Schmerz und eine Leere in sich, als ... als hätte sie etwas zurückgelassen. Oder jemanden. So empfinden das anfangs wohl manche Spiegelseelen. Was, wenn das Gefühl bei jemandem nicht vergeht? Deine Mutter ist vielleicht nie darüber hinweggekommen.«

Lange sitzen wir still da.

»Das Lied gerade eben – ein ähnliches habe ich schon einmal gehört.« Ramins Stimme klingt leise und fern, als würde er an etwas ganz anderes denken. »Es war im Bezirk Teliin, auf dem Geigenkonzert einer jungen Frau. Sollten wir dort mit unserer Suche beginnen?«

Verzweifelt schaue ich an den Spiegelwänden empor. »Und wie kommen wir hin?«

»Dieses Tal kann einen theoretisch in jeden Bezirk führen, nicht wahr?«

»Theoretisch«, gebe ich mutlos zurück. »Sofern man seinen Seelenpartner spürt.«

»Und wenn es noch einen anderen Weg gibt?«

»Welcher Weg sollte das sein?«

Ramin lächelt. »Derselbe wie in der Herberge. Wenn wir den Bezirk bei seinem Namen nennen, öffnet sich vielleicht ein Durchgang.« Sein Lächeln wird breiter. »Kannst du aufstehen, Sander?«

Doch er ist zu schwach. Ramin hebt ihn vorsichtig hoch, setzt ihn auf Jolinors Rücken und hilft ihm, seinen Oberkörper auf dem Hals des Pferdes abzulegen. Sanders Wange drückt sich in die silbrige Mähne. »Schön hier«, flüstert er.

Als wir bei der Spiegelwand ankommen, bittet Ramin ihn, seine Hand daraufzulegen. Dann meine Hand. Als letzte seine eigene. Mit seiner dunklen und warmen Stimme sagt er: »Teliin.«

Einen Augenblick passiert nichts. Dann öffnet sich dort, wo unsere Hände liegen, ein Spalt, der sich zum Eingang einer Höhle weitet.

Ramin legt einen Arm um mich und ich fühle Sanders Blick auf mir; auf mir und auf Ramin. Erst jetzt scheint er meinen Seelenpartner wirklich wahrzunehmen. Er lässt uns nicht aus den Augen. Ich spüre eine Spannung in den Schultern, die zuvor nicht da gewesen ist. Wieder schaue ich kurz zu Sander. Noch immer ruht sein Blick auf uns.

»Gehen wir?«, fragt er heiser.

Und so betreten wir die Höhle gemeinsam – und den Bezirk Teliin.

Oder besser gesagt das, was davon geblieben ist.

Eine winzige Insel ragt noch aus der Finsternis. Ein schmaler Grat führt hinüber – und auf dem stehen wir. Augenblicklich verwandeln sich meine Beine in Mus. Ich fasse nach Ramins Arm. Stark und sicher wie ein Baum steht er da. Jolinor rollt mit den Augen, doch auch er wird ruhig, als Ramin sanft seinen Hals streichelt.

Drüben auf der Insel erhebt sich ein einzelnes Gebäude. In der Schwärze leuchtet es in einem unnatürlichen Rubinrot. Die baumhohen Korallen, die es umgeben, schimmern in derselben Farbe, ihre zarten Äste wirken in der Dunkelheit wie mit Tusche gezeichnet. Ich staune über so viel Schönheit an diesem toten Ort.

»Das Konzerthaus von Teliin.« Ramins Stimme klingt schwer von Kummer, für ihn muss all die Zerstörung noch unerträglicher sein.

Eigentlich brauche ich keine Bestätigung mehr. Der Anblick zeigt nur, was ich tief im Innern längst weiß: Tammo hatte recht. Wenn eine Spiegelseele nach Amlon geht, versinkt ihr Bezirk in der Finsternis. Meine Gedanken springen wild umher, ich erinnere mich, wie Florimel, die Wirtin der Goldenen Wurst, mit einem Gast über den von der Finsternis verschlungenen Bezirk Kys sprach: dass seine Bewohner hundert Schimmel mitgebracht hätten und niemand einen wilden Hengst schneller zähmen könne als die Leute aus Kys; auch an Sanjas Pferdemann mit dem Brusthaar muss ich denken, den sie sich so sehnlich herbeiwünschte – ob er es war, der am Tag der Verbindung aus Kys verschwand? Meine Mutter, Anneus, der Bestimmte meiner Schwester, Sanders Mutter, Tammos Vater, Fiona – in welchen Bezirken haben sie gelebt? Was wurde aus ihren Familien und Freunden, als sie Nurnen verließen? All diese kleinen Welten, die am Tag der Verbindung in der Finsternis versinken ... Vielleicht geschieht es nicht auf einen Schlag, schließlich folgt die Zeit in Nurnen anderen Gesetzen, vielleicht geschieht es nach und nach, nicht überall im selben Augenblick und nicht überall in derselben Geschwindigkeit. Über Zadyr etwa, den Bezirk von Perselos' Seelenpartnerin, brach die Finsternis viel langsamer herein als über Aarons Bezirk. Doch über all das will ich jetzt nicht nachdenken, weil ich sonst den Verstand verliere. Ich muss mir einen klaren Kopf bewahren und Sander heil nach Hause bringen. Das ist alles, was zählt.

39

Vorsichtig gehen wir über den Grat auf das letzte Gebäude von Teliin zu. Eine Treppenflucht führt zum Portal des Konzerthauses. Über dem Portal hat man eine Geige und eine Gitarre mit gekreuzten Hälsen in den rubinroten Stein gemeißelt. Ein Stück weiter, an der Ecke des Hauses, bemerke ich einen zweiten Eingang: eine Tür aus schlichtem Holz. Auch über ihren Sturz hat man etwas eingemeißelt und es dann golden angemalt.

Eine Wurst.

Ramin lächelt schwach, als er mein verdutztes Gesicht sieht. »Das ist die Tür, von der ich dir erzählt habe. Man findet sie in jedem Bezirk: der Zugang zur Herberge Geminon.«

Sander stützt sich an Jolinors Hals ab, während er sich mühsam aufrichtet. »Ihre Geige«, flüstert er. »Sie ist noch hier. Ich brauche sie.«

Doch als ich mich anschicke, die Stufen zum Konzerthaus hochzulaufen, hält er mich zurück.

»Ich spüre sie ... in der Finsternis. Sie ist noch nicht ganz verschwunden.«

Dass Sander die Geige selbst aus der Finsternis holt, kommt nicht infrage, er kann sich ja kaum auf Jolinors Rücken halten. Und Ramin darf auf keinen Fall hinuntertauchen, auch wenn er sich sofort bereit erklärt. Aber das lasse ich nicht zu.

»Die Finsternis würde dich auslöschen.«

»Und dich etwa nicht?« Seine dunklen Augen sprühen Funken.

Ich bemühe mich, meine Angst auszublenden, seinem Blick

standzuhalten, nicht an Tammo zu denken – an das, was mit ihm geschehen ist, als die Finsternis nach ihm griff.

»Ich komme nicht aus Nurnen. Und ich habe viel Fantasie«, füge ich hinzu, auch wenn ich keine Ahnung habe, ob ich die Finsternis damit fernhalten kann. »Bitte, Ramin. Ich muss es tun.« Ich zwinge mich zu einem Lächeln. »Eine Freundin hat mir das Tauchen beigebracht. Ich bin gut darin.«

»Nein.«

Ich spiele meinen letzten Trumpf aus. »Wenn wir einfach nur abwarten, stirbt Sander. Und ich auch.«

Lange blickt mir Ramin in die Augen, dann fasst er mich an den Schultern und zieht mich an seine Brust. Irgendwann lässt der Druck seiner Arme und Hände nach. Er gibt mich frei.

Ich wende den Kopf und schaue Sander an. Er lächelt. Es ist ein kleines, wehmütiges Lächeln, das sich in seinen Mundwinkeln versteckt. Ein tonnenschwerer Stein versinkt in meiner Brust. Rasch wende ich mich ab, trete an den Rand des Grates und schaue nach unten, doch die Finsternis gibt nichts preis, sie verschlingt meinen Blick. Ich schließe die Augen, atme noch mal tief durch und springe kopfüber hinein.

Die Finsternis überfällt mich wie die tausendfache Wirkung des Atems der Götter. Alle Gedanken werden aus meinem Kopf gesogen und ich vergesse, was war oder werden soll. Warum bin ich hier? Ich weiß nur eins: Ich bin vollkommen allein. Panik überfällt mich. Ich ringe nach Atem, doch da ist keine Luft. Gar nichts ist hier. Und je mehr ich um Orientierung ringe, desto stärker dringt die Finsternis auf mich ein. Sie wird mich einspinnen, mich verschlingen, mich töten.

Doch durch all meine Angst bahnt sich ein einzelner Gedanke seinen Weg: *Wie beim Tauchen. Lass einfach los.*

Und es gelingt mir. Wieder lasse ich los.

Ich bin ein Etwas ohne Namen und Erinnerung. Alles kommt zur Ruhe. Und in dieser Ruhe ... bin ich. Nur das.

In der Finsternis funkelt etwas auf. Langsam treibe ich darauf zu, sehe ein kleines Ding mit einem geschwungenen Körper, zart wie Spinnweben oder ein Nebelschleier. Es ist ein ... eine ... doch ich erinnere mich nicht an das Wort. Ich strecke eine Hand aus. Berühre es. Unfassbar zerbrechlich fühlt es sich an. Ich muss es haben. Warum? Auch das weiß ich nicht. Vorsichtig schließen sich meine Finger darum – und ein weiteres Stück meiner Erinnerung meldet sich: Ich gehöre nicht hierher. Ich muss zurück. Zurück zu ... wem? Ich sehe ein Gesicht vor mir, dunkel und entschlossen mit beinahe schwarzen Augen, die mich fest anblicken, dann wieder wirkt das Gesicht zart und blass, in hellen Augen leuchtet ein silbriger Splitter.

Langsam tauche ich aus der Finsternis empor. Eine Hand streckt sich mir entgegen. Ich ergreife sie – und alles kehrt zurück. Mein Name ist Mariel. Ich bin in Nurnen, im Bezirk Teliin. Sander und Ramin warten auf mich. Ich bin nicht allein.

Ramin zieht mich auf unsere kleine Insel und legt einen Arm um mich. Erschöpft lehne ich mich an ihn. In meinem Schoß glitzert etwas wie eine große und sehr zerbrechliche Muschel. Es ist eine Geige. Der Bogen ist unter die Saiten geklemmt. Das Instrument wirkt wie aus Nebel gesponnen, geisterhaft und kaum noch vorhanden, fast ausgelöscht von der Finsternis.

Ramin und ich helfen Sander, von Jolinors Rücken zu gleiten und sich auf die unterste Stufe vor dem Portal zu setzen. Vorsichtig lege ich ihm Geige und Bogen in den Schoß und lasse mich neben ihm nieder. Ramin kommt zu mir, sein Blick ist voller Kummer und Zärtlichkeit. Warum er so traurig ist, darüber will ich jetzt nicht nachdenken, sonst breche ich zusammen. Schweigend strecke ich eine Hand aus und ziehe ihn neben mich auf die Stufen. Ganz fest verschränken wir unsere Finger. Die Stille, die uns umgibt, ist vollkommen. Sander streichelt den Hals der Geige. Dann hebt er sie an sein Kinn.

Es ist das Lied, das er für seine Mutter spielte. Und auch für mich. Das Abschiedslied. Die Musik ist dünn wie ein Nebelfaden, der jeden Augenblick im Wind zerreißt, sie klingt so unendlich traurig. Eine zweite Melodie mischt sich in die Geigenklänge. Trotz seiner Schwäche klingt Sanders Stimme überraschend kräftig. Mal ist sie dunkel und rau, dann wieder hell und weich, als komme in seinem Gesang alles zusammen, was wir erlebt haben, in Amlon, auf Xerax und in Nurnen, alles Schöne und alles Schreckliche. Seine Musik umschließt die ganze Welt. Auch Ramin lauscht wie verzaubert. Ich drücke seine Hand. Als er den Druck erwidert, spüre ich seine Kraft, die Wärme, das Leben in ihm. Ich schließe die Augen und tauche in diese Empfindung ein, bis ich nicht mehr weiß, wo er aufhört und ich anfange. Er ist so wirklich – und auch wieder nicht. Er ist ein Teil von mir, aber auch ein Teil dieser Welt, während ich in die Welt gehöre, aus der ich gekommen bin.

Sanders Spiel bricht ab.

»Schau«, flüstert Ramin.

Ich öffne die Augen. Dort, wo sich das Portal des Konzerthauses befand, schimmert ein Spiegeltor.

»Und dahinter liegt das Grenzland?«, fragt Ramin leise.

»Das hoffe ich.«

Sander will sich aufrichten, doch als Ramin und ich ihm helfen wollen, schüttelt er den Kopf. »Ich muss es allein schaffen.«

Weil er zu schwach zum Gehen ist, kriecht er auf das Tor zu. Der Anblick zerreißt mir fast das Herz, aber Ramin handelt schon: Er bricht einen Korallenast von einem der Bäume und legt ihn vor Sander auf die Stufen. Mithilfe des Astes kommt

Sander mühsam auf die Beine und stützt sich schwer darauf, als er wie ein alter Mann zu dem Tor emporhumpelt. Ramin und ich folgen ihm. Auch ich schaffe den Weg nur noch, weil Ramins Nähe mir Kraft gibt. Als Sander dem Spiegel so nah ist, dass er ihn berühren kann, streckt er eine Hand aus und streicht mit den Fingerspitzen über die dunkle Oberfläche.

Der Spiegel lässt ihn nicht durch.

Wie konnten wir das vergessen? Das Spiegeltor kann nur an der Seite des Seelenpartners durchschritten werden.

Das ist der Augenblick, in dem eine Stimme in mir flüstert: *Geh mit ihm.*

Aber ich bin nicht seine Seelenpartnerin.

Du kannst es werden, flüstert die Stimme. *Wenn du es willst.*

Will ich das?

Als ich mich zu Ramin umwende, liegt in seinen Augen eine so große Traurigkeit, dass ich ihn am liebsten sofort in die Arme schließen möchte. Er weiß, was in meinem Kopf vorgeht.

Das Herz tut mir weh, es ist wie zerrissen von all den Gefühlen, die auf mich einströmen. Mit Ramin ist es vollkommen und beinahe wie ein Traum. *Er* ist vollkommen, meine perfekte Ergänzung, und ich liebe, was ich an seiner Seite sein kann. Wenn ich mich für ihn entscheide, mit ihm und Jolinor durch die Holztür in die Herberge gehe und dann weiter nach Shangrya und durch unser Spiegeltor auf dem weißen Schiff, wird Shangrya untergehen. Ramin hat gesagt, dort lebt kaum ein Dutzend Menschen, wir könnten sie vorher warnen. Sie könnten sich nach Geminon retten.

Und Sander? Er würde in Nurnen sterben. Der Gedanke ist unerträglich. Er ist es, den ich liebe. Wir haben so vieles miteinander durchgestanden, haben so vieles gemeinsam. Ich liebe seine Musik und ich glaube, er würde meine Bilder lieben. Wir brauchen uns. Wir gehören zusammen. Ihn will ich, nicht das Vollkommene. Auch wenn das bedeutet, dass ich einfach nur Mariel bleibe.

Ramin schaut mich weiter an. Und schweigt.

»Ich gehe mit Sander«, sage ich, flüstere es beinahe nur.

Langsam wendet sich Sander zu uns um und schüttelt den Kopf. Seine Stimme ist kaum noch ein Hauch. »Nein, Mariel. Das Tor wird uns nicht durchlassen. Du bist nicht meine Seelenpartnerin.«

»Wenn ich mich dafür entscheide, werde ich es sein.«

Lange ist es still. In Ramins Gesicht arbeitet es. »Ich kann dich nicht zwingen«, sagt er mit belegter Stimme. »Ich kann dich nur bitten: Bleib.«

Wir schauen uns an und ich möchte schreien und weinen und das Schicksal verfluchen, dass es mich vor diese Entscheidung stellt. Aber ich weiß, dass ich nur eine Wahl habe.

»Ich kann nicht bei dir bleiben, Ramin.« Jedes meiner Worte schneidet wie ein Messer in mein Herz. Ich möchte ihm erklären, dass Sander sterben würde, wenn ich mit ihm ginge; dass der Preis zu hoch ist, auch für die Menschen in Nurnen. Doch als ich den Mund öffne, schüttelt er den Kopf. Er weiß genau, was ich sagen würde, kennt alle Gründe und er versteht. Weil er mich kennt. Weil er mich liebt.

»Dann geht es für mich jetzt nach Hause?« Er lächelt traurig. Als ich dieses Lächeln sehe, weiß ich, dass ich es nie vergessen werde.

»Ich werde mich immer an dich erinnern, Mariel. An die kurze Zeit, die wir miteinander hatten. An diesen schönen Traum von der perfekten Frau.«

So lange habe ich auf ihn gewartet und nun werde ich ihn nie wiedersehen. Der Schmerz drückt mir fast die Kehle zu. Ein letztes Mal schließe ich ihn in die Arme und spüre seine Wärme, schaue in seine dunklen, schmerzerfüllten Augen – es ist so schwer.

Er wendet sich ab und bedeutet Jolinor stumm, ihm zu folgen. Als sie die Holztür erreichen, blickt er noch einmal zurück. Seine Lippen formen drei Worte: Du schaffst es.

Ich werde dich nie vergessen, antworte ich stumm.

Er öffnet die Tür und verschwindet mit Jolinor in der Dunkelheit.

Die Tür schließt sich.

Sie sind fort.

Endlich habe ich mich so weit gefasst, dass ich mich umdrehen kann. Wie betäubt stolpere ich auf Sander zu, der immer noch vor dem versperrten Spiegel steht, schwer auf seinen Korallenstock gestützt. Ja, ich fürchte mich vor dem nächsten Schritt. Ich fürchte mich vor dem Ort auf der anderen Seite. Werden wir wirklich ins Grenzland gelangen? Vielleicht warten dort bereits die riesigen Hände mit den Tentakelfingern auf uns.

Trotzdem hebe ich entschlossen den Kopf. »Bist du bereit?«

»Wenn du es bist«, flüstert er.

Erst erkenne ich in dem Spiegel nur ihn, dann gewinnt auch meine Gestalt immer deutlichere Konturen. Ich reiche ihm meinen Arm und kann ihn kaum halten, so schwer fällt er gegen mich. Der Stock klappert zu Boden.

Ich schaue Sander an.

Er nickt.

Gemeinsam treten wir durch den Spiegel.

Die Dunkelheit um uns flirrt wie von Wind bewegtes Wasser. Ich erkenne es sofort wieder: das Spiegelmeer vom Beginn unserer Reise, das Grenzland zwischen Nurnen und Amlon. Doch diesmal sinken wir nicht in die Tiefe; wir steigen empor. Wohin? Nach Amlon? In den Tempel auf der Heiligen Insel? In der Ferne sehe ich den Silberschleier, der mir schon während des ersten Übergangs aufgefallen ist und hinter dem die Geistergestalten vorbeigezogen sind. Wie damals strebt Sander energisch in diese Richtung. Dafür, dass er sich gerade kaum noch auf den Beinen halten konnte, entwickelt er jetzt erstaunliche Kräfte. Meine Kräfte dagegen schwinden. Spürt er seine Spiegelseele? *Ich* wollte doch seine Spiegelseele sein! Soll ich mich ihm entgegenstemmen, ihn mit nach Hause nehmen? Aber ich kann nicht mehr ... kann nicht mehr. Ich schließe die Augen und lasse mich von ihm durch das schwarze Meer ziehen. Wie gut er tut, dieser anstrengungslose Augenblick, am liebsten würde ich mich ganz und gar seiner Führung überlassen und einschlafen ...

Helligkeit dringt durch meine Lider. Als ich die Augen öffne, liege ich flach auf dem Boden und blicke zu einer Kuppel aus silbrigem Nebel empor. Wärme hüllt mich ein. Ich schaue nach rechts, nach links. Sander liegt neben mir und sieht mich an.

»Wo sind wir?«, flüstert er. Und dann: »Ist sie hier?«

In mir krampft sich alles zusammen. »Keine Ahnung.« Ich setze mich auf.

Wasserfälle rauschen über Felsen in große Marmorbecken, Schmetterlinge gaukeln zwischen Blumenbeeten, in blütenbedeckten Bäumen zwitschern Vögel. Mühelos komme ich auf die Beine. Die Müdigkeit ist wie weggeblasen. Auch der Gedanke an Sanders Seelenpartnerin rückt von mir ab. Ich könnte einen dieser Bäume ausreißen, einen Acker umgraben, ein Haus bauen ... Es ist herrlich, sich so stark und einfach gut zu fühlen – besser, als ich mich je in Amlon oder Nurnen gefühlt habe. Traumhaft gut geradezu.

Auch Sander ist aufgestanden. Er nimmt meine Hand. »Schauen wir uns um?«

Wie verzaubert wandern wir durch diesen blühenden Ort. Wir sind nicht allein hier, ein Paar spaziert an uns vorbei und nickt uns freundlich zu. So ebenmäßige Gesichter, so vollkommene Gestalten habe ich noch nie gesehen. In einer Laube sitzt ein zweites Paar und unterhält sich leise, auch diese beiden sind überirdisch schön. Ein drittes Paar – überflüssig zu erwähnen, dass Gesichter und Gestalt makellos sind – kommt uns entgegen.

»Bitte, was ist das für ein Ort?«, spreche ich die beiden an.

»Der Palast der Liebe natürlich«, lächelt der Mann.

Haben wir den Palast tatsächlich gefunden? Unaufhaltsam kehrt der Gedanke an Sanders Seelenpartnerin zurück. Ist sie hier irgendwo?

Was wird aus mir, wenn wir sie finden?

Der Augenblick, in dem ich nicht mehr wichtig für Sander bin, überflüssig werde, ist vielleicht schon ganz nah. Ich habe ja selbst erlebt, dass ich Sander in dem Moment vergessen habe, als Ramin aufgetaucht ist. Schön, ich habe mich wieder erinnert und mich für ihn entschieden, kann aber kaum verlangen, dass er dasselbe für mich tut. Bervor er mir meine widerstreitenden Gefühle anmerkt, wende ich mich schnell von ihm ab und der nächstliegenden Frage zu: Sind wir schon in Amlon? Ich war davon ausgegangen, dass der Palast der Liebe im Grenzland liegt, aber dieser Garten fühlt sich so sehr nach zu Hause an. Und doch – etwas stimmt nicht mit diesem Ort.

»Wo genau sind wir hier?«, frage ich das Paar. »In Nurnen? In Amlon? Im Grenzland?«

»Wie bitte?«, fragt der Mann.

»Wo sind wir? Und woher kommt ihr? Aus Amlon? Aus Nurnen?«

Die Frau lächelt nachsichtig. »Wir kommen nirgendwoher. Wir kommen überallher. Wir waren schon immer da. Wir sind Götter, du Dummchen.«

Ich starre sie an. Das hier soll unsere Göttin sein? Und der Mann an ihrer Seite – unser Gott?

Irgendwas stimmt *überhaupt* nicht.

Die Frau deutet auf das Paar in der Laube. »Sie sind auch Götter«, erzählt sie munter. »Alle sind Götter. Seid ihr neu? Ihr wisst wirklich noch nicht viel.«

Das Paar in der Laube steht auf und nähert sich. Wie vom Donner gerührt starre ich den beiden entgegen. Mein Herz rast. Das ist unmöglich. Es muss ein Traum sein, eine Fantasie: An der Seite eines hochgewachsenen Mannes mit gebogener Nase und grau melierten Schläfen kommt meine Tante Irina auf mich zu.

Sie ist es – und ist es auch nicht. Diese Frau ist hundertmal schöner als meine Tante. Und doch ist die Ähnlichkeit nicht von der Hand zu weisen. Sogar die winzige Kerbe an ihrer Oberlippe kann ich erkennen, genau wie bei meinem Vater.

Das ist unmöglich. Irina ist tot.

Die Frau, die nicht Irina sein kann, strahlt mich an. »Wie wunderbar, euch zu sehen! Es sind so lange keine neuen Götter eingetroffen.« Sie greift nach der Hand des Mannes an ihrer Seite. »Milas und ich waren die letzten. Es ist so herrlich, dass ihr da seid«, plappert sie, »es ist ja fast etwas langweilig geworden, seit Seline uns verlassen hat. Ach«, ruft sie bekümmert, »beim großen Gesang war das, einfach fortgegangen ist sie, oh, es war entsetzlich traurig, ich vermisse sie noch immer schrecklich! Aber jetzt«, ihr Strahlen kehrt zurück und wird breiter und breiter, »seid ihr da. Wir werden sicher die besten Freunde.«

Eine Frau, die wie meine Tante aussieht, mich anlächelt wie der letzte Schwachkopf und behauptet, eine Göttin zu sein? Es wird immer verrückter. Doch bei dem Namen Seline klingelt etwas bei mir, ich habe diesen Namen schon einmal gehört ...

Die Frau blickt mich mit leerem Lächeln an. »Du hast schönes Haar. Schöne Wimpern.« Ihre Lider flattern. »Meine Wimpern sind auch sehr schön. Mögt ihr Pralinen?« Sie schaut auf ihre Finger, schließt die Augen, öffnet sie wieder und hält eine Kristallschale voller Pralinen in den Händen. Wie kleine Kunstwerke aus Schokolade sehen sie aus. Ich erkenne sie sofort: Pralinen aus der Konditorei meines Vaters.

Sander greift zu, doch mir ist der Appetit vergangen.

»Irina?«, krächze ich. »Erkennst du mich nicht? Ich bin es, Mariel! Deine Nichte. Wir haben zusammen unter dem Mangobaum gesessen. Wir haben dort gemalt. Erinnerst du dich?«

Sie schaut mich weiter mit diesem leeren Ausdruck an, es macht mir richtig Angst.

»Der Mangobaum, Irina. Das Äffchengesicht. Du musst dich doch erinnern!«

Sie steht noch immer da, ein Lächeln wie eine Maske vor dem Gesicht, die Pralinenschale in den Händen, die sie einfach hergezaubert hat ...

Mir kommt eine Idee.

Auch ich schließe die Augen. So genau wie möglich male ich mir die dunkelgrünen Blätter und den geraden Stamm mit der grauen Rinde aus. Sogar den aromatisch süßen Duft der reifen Mangos kann ich riechen. Doch vor allem stelle ich mir den Knubbel vor, der manchmal ein Äffchengesicht war und manchmal eine Dämonenfratze.

Als ich die Augen öffne, steht er da, nur wenige Schritte von uns entfernt. Der Mangobaum aus dem Garten meiner Eltern. Langsam geht Irina darauf zu und legt eine Hand auf den Knubbel. Ich trete zu ihr und lege meine Hand darüber. Ihre andere Hand folgt, zum Schluss noch einmal meine Hand, wie wir es früher taten, um die Knubbelkraft zu wecken.

»Ich ... wollte nicht ... nach Nurnen.« Ihre Stimme klingt mühsam, als müsse sie die Worte von einem weit entfernten Ort heranholen. »Ich wollte ... auf Xerax bleiben. Dort konnte ich malen. Alles, was mir gefiel. Ich war ... zufrieden. Dann ist Alban gekommen. Er hat mit mir gesprochen. Er hat gesagt, manchmal spüre er ... was die Zukunft für einen Menschen bereithält. *Bei dir spüre ich es deutlich. Du wirst deine Spiegelseele finden. Du wirst ... mit ihr zusammen sein.«*

Ich schaue kurz zu Sander. Hat der Oberste Priester ihm nicht dasselbe erzählt?

»Er hat gesagt, mein Seelenpartner wartet schon auf mich und ich kann für immer mit ihm zusammen sein. Ich bin auf die Heilige Insel gereist ... in den Tempel ... habe mich in einem Boot schlafen gelegt und ... und bin hier aufgewacht. Bei meinem Seelenpartner.« Sie blinzelt. Das maskenhafte Lächeln kehrt zurück. »Und wer bist du? Wie war noch dein Name?«

»Mariel. Ich bin deine Nichte Mariel.«

Irina lächelt nachsichtig. »Ich habe keine Nichte. Ich bin eine Göttin. Götter haben keine Nichten. Die sind für dich.« Sie drückt mir die Pralinenschale in die Hand, pflückt eine Mango vom Baum und verschwindet mit Milas zwischen Blumen und Sträuchern.

Meine Beine sind so wackelig, dass ich mich setzen muss. Mechanisch stelle ich die Schale auf meinen Schoß und beginne zu essen. Die Schokolade beruhigt mich ein wenig. Was bedeutet das alles? Was ist mit meiner Tante geschehen? Wenn sie ihren Seelenpartner gefunden hat, warum ist sie nicht mit Milas zu uns zurückgekehrt? Warum wohnen die beiden und die anderen schönen Paare hier in diesem Palast? Und warum hat Irina den Verstand verloren? Das alles ergibt überhaupt keinen Sinn.

Während ich mich bis auf den Grund der Schale futtere, verwirren sich meine Gedanken immer mehr. Als ich aufblicke und Sander fragen will, was er von alldem hält, ist er verschwunden. Ich springe auf, die Schale rutscht von meinem Schoß und zerschellt auf dem Boden.

»Sander?« Meine Stimme zittert. »Sander!«

Ich irre zwischen Bäumen und Blumen umher, rufe in wachsender Panik seinen Namen, treffe das Paar, das wir zuerst angesprochen haben und das mich leer anlächelt, als ich nach dem Jungen mit dem borkenbraunen Haar und den schräg stehenden Augen frage. »Nein, er ist uns nirgends begegnet.« Ich eile weiter, bis ich in der Ferne einen silbrigen Schimmer bemerke. Hat Sander sich dorthin locken lassen? Ich gehe auf das Leuchten zu und komme zu einem See. Jedenfalls glaube ich, dass es ein See ist. Er ist ganz aus Nebel. Vor meinen Augen dehnen sich dunstige Silberwellen, die sich langsam bewegen, es gibt Strömungen und Wirbel, die sich drehen und umeinanderwogen. Schwaden steigen empor und bilden hoch oben die Nebelkuppel, unter der dieser unheimliche Garten liegt.

Nah dem Ufer steht Sander – und bei ihm eine junge Frau. Er

hält ihre Hand. Eine elfenzarte Figur, schimmernd blondes Haar, das sich bis zu ihren Hüften wellt, in jeder Einzelheit entspricht sie Amlons Schönheitsideal. Ihr Blick ist tief in seinen versunken.

Mein Herz klopft so laut, dass es bestimmt auch außerhalb meiner Brust zu hören ist. Jeder Atemzug ist wie ein Messerstich. Es ist so weit.

Eine graue Leere will sich in meinem Kopf ausbreiten.

Das darf ich nicht zulassen. Ich kann mir keine graue Leere erlauben, ich muss uns hier rausbringen. Alle. Auch Irina darf ich nicht zurücklassen. Dieser von Nebel umschlossene Ort ist falsch. Ich weiß nicht, warum, ich weiß nur, dass ich es weiß.

Langsam nähere ich mich dem Ufer des Nebelsees. Eine Schwade löst sich und treibt auf mich zu. Ihr silbernes Leuchten verdrängt die graue Leere aus meinem Kopf. Als der Nebel mich einhüllt, durchströmt mich eine wundervolle Wärme. Ich möchte die Augen schließen und schlafen ... schlafen ...

Weit hinten in meinem Kopf ertönt eine warnende Stimme: Tu das nicht! Bleib wach! Der Ort ist falsch. Schau hin, dann siehst du es.

Ich konzentriere mich, bis mein Blick den Nebel durchdringt, der mich umgibt – und etwas geschieht, das mir oft passiert ist, früher, wenn ich ein Bild meiner Tante betrachtete. Der Blick scheint sich zu schärfen und dann zu kippen und mit einem Mal sieht man in dem ersten ein zweites Bild: einen Mangobaum voller goldroter Früchte, in dem sich ein zweiter Baum, nein, ein Baumgerippe verbirgt, dessen Rinde sich zu einer Dämonenfratze knüllt.

Man schaut auf das wahre Bild.

Der Nebel reißt auf wie ein Vorhang, der beiseitegezogen wird – und ich sehe es. Das wahre Bild.

Kein traumhafter Garten. Ich stehe in einem von grellem Licht erfüllten Saal. In der Mitte steigt eine Fontäne aus schwarz spiegelndem, erstarrtem Wasser empor und verschwindet durch eine Öffnung in der Decke. Als ich genauer hinschaue, bemerke ich, dass sich dieses Wasser langsam bewegt, Wellen, Wirbel und Strömungen bildet.

Ich sehe das schwarze Spiegelmeer, das Grenzland, die Zone zwischen Amlon und Nurnen. Aber ich bin nicht darin. Ich bin ...

In Amlon. Ich spüre es so deutlich, als wäre ich ein Puzzlestück, das wieder an seinem vorgesehenen Platz liegt.

Nicht ganz.

Wo ist mein Körper?

Ich schaue auf meine Hände, die flüchtig aussehen wie Schattenhände. Niemand muss mir erklären, was das bedeutet. Ich bin hier als mein Seelen-Ich, so, wie es sich in Amlon zeigt.

Nicht weit von der schwarzen Fontäne entfernt schimmert ein Boot. Anders als die Boote, in denen die Priester uns schlafen legten, ist es leuchtend weiß. Und dort, über die Reling gebeugt, steht Sander, so schattenhaft wie ich.

»Sander?«

Ich trete zu ihm. Er achtet nicht auf mich. Er hat einen Arm in das Boot gestreckt und hält die Hand seiner Seelenpartnerin, die darin eingerollt liegt wie ein Tierchen im Nest. Im Gegensatz zu uns hat sie einen wirklichen Körper, ist ein vollständiger Mensch. Doch in diesem Bild, dem *wahren* Bild, schaut sie Sander nicht an.

Sie schläft.

»Sander! Wenn das hier die Wirklichkeit ist, war der Garten dann eine Fantasie? Ein ... Traum?«

Er beachtet mich noch immer nicht, ist ganz auf seine Seelenpartnerin konzentriert. Von ihm ist im Augenblick keine Hilfe zu erwarten.

Ich schaue mich um, als könnten hier irgendwo die Antworten herumliegen, die ich brauche. Ein Stück entfernt steht ein weiteres Boot. Ich lasse Sander bei seiner Seelenpartnerin zurück, gehe hinüber und schaue hinein. Leer. Immer mehr weiße Boote entdecke ich, in einem Kreis umgeben sie die Fontäne, etwa ein Dutzend müssen es sein – doch nur in sieben Booten liegen aneinandergerollte Paare, tief schlafend. Genau wie Sanders Seelenpartnerin haben sie einen wirklichen Körper, doch sie sehen verkümmert und verdorrt aus, groteske Abbilder der überirdisch schönen Menschen, die durch den traumhaften Garten flanierten. Einige haben schlohweißes Haar und von tiefen Falten durchzogene Gesichter, sie müssen uralt sein. In dem letzten Boot, in das ich schaue, liegt neben dem Mann, der Milas heißt, meine Tante Irina. Ihre geschlossenen Lider sind von bläulichen Adern durchzogen. Das dunkle Haar ist ihr in Strähnen ausgegangen, an vielen Stellen schimmert die Kopfhaut durch.

Was ist mit Irina geschehen? Wer hat ihr das angetan?

Meine Gedanken wirbeln verzweifelt im Kreis. Der Garten war kein Garten. Was war er? Ein Traum, den all diese Menschen hier träumen? Ein Traum von einem Leben als Götter in einem Paradies? Ein Traum, in den Sander und ich geraten sind, als er mich aus dem Grenzland heraus- und in den Palast der Liebe hineingezogen hat?

Ich überlege fieberhaft. Warum liegt meine Tante mit ihrem Seelenpartner in diesem Boot? Warum ist sie nicht mit Milas zu uns nach Talymar zurückgekehrt? Warum träumen die beiden einen Traum, aus dem sie offensichtlich nicht erwachen können? Ich verstehe nichts. Nur eins ist mir klar. Sander und ich müssen hier weg. Und meine Tante und die anderen *Götter* auch. Alle, die hier liegen, müssen weg. Sie müssen aufwachen.

»Irina?« Wenigstens habe ich eine Stimme, auch wenn sie schwach und flattrig klingt. »Irina!«

Meine Tante bleibt reglos. Ich beuge mich über die Reling und streiche über ihr Haar, obwohl die Berührung meiner schattenhaften Finger sie kaum erreichen dürfte. »Irina, hörst du mich? Ich bin es. Mariel. Deine Nichte. Erinnerst du dich, wie wir unter dem Mangobaum gesessen haben? Du konntest jedes Bild malen, das du wolltest, jeder Fantasie konntest du eine Gestalt geben. Du hast die Farben und Formen anders gemischt als andere Menschen. Und du hast es mir beigebracht. Einmal habe ich drei Tage lang an einem Strandbild herumgemalt, es wollte mir einfach nicht gelingen. Weißt du noch? Ich dachte, für einen Strand braucht man Sonne und weißen Sand und blaues Wasser ...«

Irinas Lider flattern.

»Du hast mir gezeigt, wie es geht. Man braucht viel mehr. Du hast mir beigebracht, Bilder zu malen, die alles enthalten, das Licht und den Schatten. Das Helle und das Dunkle. Das Schöne und das Schreckliche.«

Langsam öffnen sich Irinas Lider. Wie ein Fisch auf dem Trockenen schnappt sie nach Luft.

»Irina«, flüstere ich.

Benommen starrt sie zu mir hoch. Nach einer Weile haucht sie: »Mariel?«

Wie gern würde ich ihr helfen, sich aufzusetzen. Aber ohne Körper gelingt mir das nicht. Nach mehreren vergeblichen Versuchen richtet sich meine Tante mühsam auf. Jetzt öffnet auch Milas die Augen – weil sie denselben Traum geträumt haben und einer nicht ohne den anderen sein kann?

»Wo sind wir?«, wispert er.

»Das hier ist Amlon«, sage ich behutsam.

»Nein«, flüstert Irina. »Wir leben im Palast der Liebe. Wir sind Götter ...«

»Irina, hör zu ...«

»Ich singe die Namen der Spiegelseelen ... hole sie von Nurnen nach Amlon ...« Ihre Stimme versagt.

So kommen die Spiegelseelen nach Amlon? Durch den Gesang meiner Tante – und der anderen *Götter,* die hier liegen?

»Irina, hör mir zu! Der Palast der Liebe ... der Garten ... das alles ist nicht wirklich.« Ich hebe den Arm zu einer Geste, die den grellweißen Saal umschließt. »Das hier ist die Wirklichkeit.«

Die beiden starren mich an.

»Mariel.« Irina blinzelt. »Ich kann dich sehen. Aber du bist ... wie ein Schatten ...«

»Ich bin nicht richtig hier. Nicht ganz. Aber das ist nicht wichtig. Wichtig ist, dass wir dich von diesem Ort wegbringen. Wir bringen dich ...«

»... zu den Priestern?«

Ich sehe die Angst, die sich dunkel in ihren Augen ausbreitet. Ich glaube, diese Angst ist es, die ihr hilft, die Benommenheit abzuschütteln.

»Nicht zu den Priestern.« Sie drückt sich an Milas, der beschützend einen Arm um sie legt.

»Sie geht nirgendwohin«, teilt mir seine brüchige Stimme mit.

»Sie werden mir wehtun.« Irinas Augen füllen sich mit Tränen. »Sie haben mir schon einmal wehgetan. Es war ... grauenvoll.« Ihre Stimme klingt abgehackt. »Ich bin auf die Heilige Insel gereist. Ich habe mich in ein Boot gelegt und bin eingeschlafen. Ich wollte nach Nurnen. Dann hat mich etwas gepackt. Jemand. Ich hatte Schmerzen. Schreckliche Schmerzen. Es hat mich fast zerrissen. Und da war eine Stimme. Die Stimme von«, sie zieht scharf den Atem ein, »Alban.«

»Was hat er gesagt?«

»Dein Wille ist der Wille der Göttin.«

Das alles klingt völlig verrückt. Und es klingt, als hätte Irina den Tempel, die Heilige Insel, Amlon nie verlassen – als hätte sich ihre Seele niemals vollständig von ihrem Körper getrennt. Sie sieht auch wirklich wie ein ganzer Mensch aus, im Gegensatz zu mir, die ich nur als verschwommener Schatten sichtbar bin. Ihre Augen sind weit geöffnet und klar.

»Ich will nach Hause«, flüstert sie.

Ich weiß nicht, was die Priester ihr angetan haben – und all den Menschen, die jetzt langsam erwachen, als hätte ich auch sie aus ihrem Traum geholt, indem ich Irinas Traum unterbrochen habe. Nur eins weiß ich: Die Priester dürfen sie nicht noch einmal in die Finger bekommen.

Ich möchte Irina nicht verlassen, selbst wenn es nur für kurze Zeit ist, aber jetzt muss ich mit Sander reden, egal ob ihm das passt oder nicht. Vielleicht weiß er ja, was wir tun müssen. Ich weiß es nämlich nicht.

Wie alle anderen ist auch Sanders Seelenpartnerin inzwischen erwacht. Unverwandt schauen die beiden einander an. Mein Herz zieht sich zusammen. Das Mädchen will Sanders Hände ergreifen, doch seine Finger gleiten durch seine Schattengestalt hindurch.

»Sander«, flüstere ich.

Er wendet den Kopf. Verwirrt blinzelt er mich an. »Warum kann ich sie nicht berühren?«

»Nur dein Seelen-Ich ist hier.«

»Was ist passiert? Wo ist der Garten? Wo sind wir?«

»In der Wirklichkeit«, erwidere ich so ruhig wie möglich. »Wir sind wieder in Amlon – an dem Ort, an dem sich das Tor zwischen beiden Welten befindet. Und wir sind noch nicht in Sicherheit. Am besten kommt ihr beide mit.«

Auch die anderen Männer und Frauen sind aus ihren Booten geklettert. Unsicher schwankend sammeln sie sich bei Irina und Milas. Manche von ihnen sind so alt und schwach, dass sie sich kaum auf den Beinen halten können.

»Ihr müsst von hier verschwinden. Alle.« Ich sehe meine Tante an, Milas, die Männer und Frauen, die uns umringen. »Ich verstehe nicht, warum die Priester euch hier gefangen halten, aber ich weiß, dass ihr ihnen nicht noch einmal begegnen dürft.«

Benommen schauen sie mich an, blinzeln verwirrt, als würden sie mich nicht richtig erkennen. Nur der Blick meiner Tante ist vollkommen klar. Sie wendet sich zu der schwarzen Fontäne – dem Tor zwischen Amlon und Nurnen, dem Zugang zum Spiegelmeer – und sieht wieder mich an.

»In Amlon können wir nicht bleiben«, sagt sie leise. »Die Priester würden uns überall finden und uns zurück in den Traum schicken, den wir hier träumen mussten. Ich will nicht in einem Traum leben. Ich will ... leben.« Sie schaut Milas an und streckt ihm eine Hand entgegen. »Wir gehen nach Nurnen. In deine Welt.«

Milas runzelt die Stirn, auch sein Blick klärt sich langsam. »Ich ... ich erinnere mich an keine Welt, nur an diesen Saal. Ein Mann im perlmuttfarbenen Gewand sagte, ich müsse hier auf jemanden warten. Auf eine Frau. Dann bin ich eingeschlafen ... und im Palast der Liebe aufgewacht.«

Irina umschließt seine Hand. »*Jetzt* bist du aufgewacht. Und es ist Zeit zurückzukehren.«

»Aber das könnt ihr nicht!«, sage ich heftig. »*Du* kannst es nicht, Irina. Das kann nur dein Seelen-Ich und es würde nicht länger als einen Mondzyklus überleben.«

Sie lächelt. »Aber ich gehe zusammen mit Milas. Warum sollte ich an der Seite meiner Spiegelseele nicht als vollständiger Mensch nach Nurnen gelangen?«

Ich öffne den Mund, um zu widersprechen.

»Hast du eine bessere Idee?«, fragt sie sanft.

Kurz frage ich mich, ob die Finsternis nach Amlon kommt, wenn meine Tante geht. Ob ein Teil von Amlon im Nichts versinken wird. Doch eigentlich glaube ich das nicht. Die Finsternis gehört zum Spiegelreich.

Ich blicke in die verängstigten Gesichter der Männer und Frauen um uns herum. Wie lang währte der Traum für manche von ihnen schon? Irina hat recht: Sie müssen fliehen, es wenigstens versuchen. Nur – wohin in Nurnen sollen sie reisen? Die Spiegelseelen, die hier stehen, haben ihr Zuhause verloren; als sie nach Amlon gingen, sind ihre Bezirke in der Finsternis versunken.

»Ihr müsst die Herberge Geminon erreichen«, sage ich zu Irina und Milas und ihnen allen. »Dort wird man euch helfen.« Ich zwinge mich zu einem Lächeln. »Schaut im Gasthaus zur Goldenen Wurst vorbei. Florimel, die Wirtin, serviert einen tollen Obstsalat.«

Was rede ich da? Ich möchte Irina festhalten, sie soll bei mir bleiben, ich will sie kein zweites Mal verlieren. Aber ich will auch, dass sie lebt. Und in Amlon wäre sie niemals sicher.

Irina umarmt mich. Mein Seelen-Ich. Obwohl ich keinen Körper habe, spüre ich ihren lebendigen Herzschlag, ihren Atem an meinem Ohr.

»Danke, Mariel«, flüstert sie. »Danke.«

Sie tritt einen Schritt zurück und nimmt Milas' Hand. Ein letztes Winken, ein letzter Blick, dann gehen die beiden zu der Fontäne. Dicht davor bleiben sie stehen. Das schwarz spiegelnde Wasser wogt, eine Welle scheint herauszuwehen, ein schwarzer Schleier, der die beiden umschließt und mit sich zieht. Dann sind sie verschwunden.

Hand in Hand folgen ihnen die anderen Paare.

Auch als ich sie nicht mehr sehen kann, blicke ich ihnen noch lange nach. Aus ganzem Herzen wünsche ich mir, dass Milas und die anderen Spiegelseelen in der Herberge ihre Familien und Freunde wiederfinden, all die Menschen, die sich hoffentlich rechtzeitig retten konnten, als die Finsternis kam. Und ebenso wünsche ich mir, dass diese Freunde und Familien, falls sie noch leben, sich wieder an sie erinnern und dass umgekehrt die Erinnerung auch zu Milas und den anderen zurückkehrt. Ob es so kommt, werde ich nie erfahren. Aber wünschen – wünschen kann ich es mir.

Nur Sanders Seelenpartnerin ist noch bei uns. Fragend blickt sie Sander an; langsam streckt sie seinem Seelen-Ich eine Hand entgegen. Sander schaut auf die Hand und dann in die strahlenden Augen des Mädchens. Da weiß ich es. Er wird mit ihr ins Grenzland gehen. Irgendwie wird er seinen Körper wiederfinden, der wohl noch immer in einem schwarzen Boot liegen muss, sich mit ihm verbinden und an der Seite seiner Spiegelseele nach Nurnen reisen. Als er den Kopf wendet und mich ansicht, flackert reine Verzweiflung in seinem Blick.

»Sander«, flüstere ich. In mir ist alles taub. Keine Tränen, kein Zittern. Nur Leere. Ich möchte einen Arm heben und ihn berühren, doch ich schaffe es nicht. Alle Kraft, jeder Wille hat mich verlassen.

Seine Augen – die Augen seines Seelen-Ichs – stehen voller Tränen. »Sag mir, was ich tun soll, Mariel.«

»Das kann ich nicht.«

»Dann sag irgendwas.«

»Erinnerst du dich an das Kamelienritual?« Keine Ahnung, warum mir ausgerechnet das jetzt einfällt. »Ich kannte nicht einmal deinen Namen. Ich wusste nur, dass ich deine Hilfe brauchte. Ich habe dir erzählt, wie wir uns kennengelernt haben könnten. Eine Geschichte, die ich mir ausgedacht habe, und du hattest recht: Es war keine gute Geschichte. Den spannenden Teil habe ich weggelassen. Ich glaube, in Nurnen haben wir diesen Teil erlebt. Und er ist noch nicht vorbei. Ich will so gern wissen, wie die Geschichte weitergeht. Ich will es zusammen mit dir herausfinden. Aber was du willst, das kann ich nicht entscheiden.«

Er hebt eine zitternde Hand und berührt meine Wange. Obwohl mein Gesicht und seine Fingerspitzen so unwirklich sind, spüre ich ihn. Lange sehen wir einander an. Der Silbersplitter in seiner Iris leuchtet fast unerträglich hell. Doch seine Gestalt erscheint mir flüchtiger denn je. Vorsichtig nimmt er mein Gesicht in beide Hände.

»Küss mich«, flüstert er.

Ich küsse ihn. Es ist ein langer und zärtlicher Kuss, und obwohl es der Kuss zweier Seelen ist, fühle ich ihn. Ich fühle ihn so intensiv wie keinen anderen Kuss je zuvor.

Der Druck seiner Lippen lässt nach. Seine Hände geben mich frei. Langsam wendet er sich ab und geht zu seiner Seelenpartnerin. Ich spüre, wie etwas in mir zerbricht. Alles verschwimmt vor meinen Augen. Ich trete von den beiden zurück und drehe mich weg.

Sander. Bitte nicht. Ich kann nicht ... kann dich nicht gehen lassen.

Aber er hat sich entschieden.

Wie blind taumele ich zu dem Boot, in dem seine Seelenpartnerin lag. Ich möchte hineinklettern und mich darin zusammenkrümmen. Was spielt es für eine Rolle, ob ich meinen Körper wiederfinde, es ist egal, alles ist egal. Ich möchte irgendwohin, wo nichts mehr ist. Das Boot ist ein guter Ort, um in dieses Nichts zu reisen. Meine Finger legen sich um die Reling. Hilflos schaue ich auf meine unwirklichen Hände, die Sander so gern festgehalten hätten und es nicht konnten.

»Mariel? Hörst du mich?«

Hinter mir ist eine Stimme. Sie klingt wie Sanders Stimme. Sofort löscht mein Gehirn den Funken Hoffnung. Es ist nur eine

Fantasie, ein Wunsch, ich bilde mir ein, ihn zu hören. Seine Stimme und sein Seelen-Ich sind mit einer anderen in das Spiegelmeer gegangen. Ich werde ihn nie wiedersehen.

»Mariel. Schau mich an.«

Ich drehe mich um. Alles ist verwischt. Da ist ein Gesicht vor mir. Es kann nicht sein Gesicht sein, das ist unmöglich. Er kann nicht hier sein, aber er steht vor mir. Nimmt mich in die Arme. Küsst mich. Sein Kuss ist warm und wirklich.

Als er sich behutsam von mir löst, kann ich nur stammeln: »Wie … warum … und sie?«

»Sie reist in die Herberge Geminon. Ich habe ihr erklärt, dass sie von dort nach Shangrya gehen soll«, Sander lächelt, »weil dort ein junger Mann lebt, der Ramin heißt und ihr sicher helfen wird. Sie soll ihn von uns grüßen.«

Dann fühle ich seine Hand, die sich um meine Hand legt. Er führt mich zu der Fontäne. Benommen schaue ich in das schwarze Glitzern. Doch die Säule schimmert nicht mehr überall. An manchen Stellen, die klein wie Fingerabdrücke sind, verblasst sie allmählich.

»Ich glaube, das Tor zwischen Amlon und Nurnen schließt sich«, flüstert Sander.

Gebannt schauen wir auf die winzigen Flecken. So langsam, wie es geschieht, wird es Wochen, wenn nicht Monate dauern. Aber es geschieht. Die schlafenden Menschen haben das Tor offen gehalten; jetzt, wo sie fort sind, wird es mit ihnen verschwinden – und das ist gut so.

Es ist gut.

Meine Gedanken wenden sich wieder Sander zu. Nicht nur das Tor vergeht, auch unsere Seelen-Ichs werden schwächer. Unsere Zeit läuft ab.

»Müssen wir noch einmal zurück?«, frage ich leise.

»Ins Grenzland? Ins Spiegelmeer?« Er überlegt. »Ich denke ja. Wir haben den Übergang unterbrochen. Jetzt müssen wir ihn zu Ende bringen.«

Ich habe Angst. Was, wenn es uns zurück nach Nurnen zieht?

Aus der Ferne höre ich das Trampeln vieler Füße, dazwischen erregtes Rufen. Die Priester, sie haben mitbekommen, dass etwas im Gange ist. Sie kommen. Wir müssen hier weg. Ich umfasse Sanders Hand und schließe die Augen.

Seite an Seite gehen wir in das Spiegelmeer.

Sofort spüre ich den Sog, der uns in die Tiefe ziehen will.

Wir müssen nach Amlon – wir müssen! Ich konzentriere mich mit letzter Kraft ... spüre, wie auch Sander seine letzten Kräfte auf dieses Ziel richtet ... stelle mir die weißen Strände von Amlon vor ... das Sonnenlicht, das auf den Schalen der Muscheln funkelt ... das blau glitzernde Wasser, das Grün der Wälder ... das rote und goldene Leuchten der Kamelien, die süßen Düfte der Mangos ...

Langsam steigen wir empor. Wir halten uns aneinander fest, schweben durch die Dunkelheit weiter hinauf. Auch in mir wird es dunkel. Meine letzten Kräfte fließen aus mir heraus und versinken im Spiegelmeer. Ich bin müde ... so müde ...

Alles wird schwarz.

Als ich zu mir komme, liege ich auf festem Boden. Mühsam öffne ich die Augen. Dunkelheit. Dann glimmen hier und da winzige Lichter auf. Das Dunkel gewinnt an Kontur. Um mich herum ist ein Boot aus schwarzem Stein; dasselbe Boot, in dem mein Körper, eingehüllt in ein türkisfarbenes Gewand, einen Mondzyklus lang auf die Rückkehr meiner Seele wartete.

Ich bin angekommen. Zu Hause. In Amlon. In meinem Körper. Während ich hier liege, tobt in mir ein Kribbeln, als versuche sich meine Seele in diesem Körper wieder einzurichten und als sei er ihr plötzlich zu eng. Das Kribbeln lässt nach, trotzdem komme ich mir noch immer wie eine Besucherin in einem fremden Haus vor, die sich an den Möbeln stößt und über den Teppich stolpert. Vorsichtig bewege ich Arme und Beine. Sie fühlen sich schwach und zittrig an. Ich greife nach der Reling und will mich in eine sitzende Position bringen. Beim dritten Versuch gelingt es.

Zögernd schaue ich mich um.

Wie von einer unsichtbaren Schnur gezogen gleitet mein Boot über den schwarzen Spiegel in der Mitte des Saals, an den ich mich noch gut erinnere. Auch auf dieser Spiegelfläche verblassen bereits einzelne Stellen. Sicher dauert es noch, bis alles verschwunden ist. Doch es geschieht.

In einiger Entfernung sehe ich ein zweites Boot schwimmen. Ich kann nur hoffen, dass Sander darin liegt. Sachte stößt mein Boot gegen das Ufer. Noch etwas schwindelig klettere ich hinaus. Keine Schritte sind zu hören, kein Rufen, nur das Knirschen, mit dem das zweite Boot am Ufer landet.

Sander setzt sich auf und hievt sich so langsam über die Reling, dass ich schon glaube, er schafft es nicht. Doch bevor ich ihn erreiche und ihm helfen kann, ist er ausgestiegen. Er streicht sich über Brust und Arme. »Kommt es dir auch so vor, als gehöre das alles noch nicht wieder zu dir?« Er blickt mich an. Ich nicke, wanke den letzten Schritt auf ihn zu, verliere den Halt und falle ihm in die Arme. Er fängt mich auf. Unsere Körper berühren sich – unsere *wirklichen* Körper. Endlich komme ich in mir an. Ganz fest halten wir einander umschlungen. Ich möchte für immer in seinen Armen bleiben, doch das Glück, das mich durchströmt, wird nicht lange andauern, es ist zerbrechlich wie eine Muschelschale. So, wie die Dinge stehen, haben wir wenig Aussicht auf ein gutes Ende unserer Geschichte.

Die Priester werden Fragen stellen. Viele Fragen.

Ich habe auch die eine oder andere.

»Erinnerst du dich an Nurnen?«, flüstert Sander.

»An alles«, lalle ich; meine Zunge muss sich wohl auch noch an die Wirklichkeit gewöhnen. »Und du?«

»An jede Einzelheit. Und ich werde es nie vergessen.« Er küsst mein Haar oder vielmehr die Stoppeln, die Dashna mir gelassen hat. »Sonst würde ich ja vergessen, was zwischen uns war.«

Auch ich werde nichts vergessen. Die Fünf, die an der Seite ihrer Seelenpartner aus Nurnen heimgekehrt sind, konnten sich nicht an das Spiegelreich erinnern. Dasselbe mag auch für Perselos und Tora gelten. Doch Sander und ich, wir erinnern uns. Weil sich unser Leben schon immer zu großen Teilen in unserer Fantasie abgespielt hat? Konnten wir unsere Erinnerungen mitnehmen, weil wir dem Spiegelreich nichts genommen haben, als wir heimgekehrt sind?

Ich habe das Gefühl, all das sollten wir vorerst für uns behalten.

Solange nur die Priester von unserer Rückkehr wissen und wir im Tempel feststecken, sollten wir vieles für uns behalten.

Sander teilt meine Meinung.

Im Tempel droht uns weiter Gefahr, doch hier ist auch der Ort, an dem wir Antworten finden können. Alban ist sie uns schuldig. Suchen müssen wir ihn wohl nicht; über Sanders Schulter sehe ich seine Stellvertreterin Melissa auf uns zukommen. »Sie sind da«, flüstere ich. Die letzte Runde beginnt.

Melissas Robe schimmert im Dunkeln. Neben ihr geht Dashna. Sie fasst mich am Arm, will mich von Sander wegziehen.

»Nein.« Das Lallen ist aus meiner Stimme verschwunden, laut

und klar hallt sie durch den Saal. Dashna zuckt zurück. Ich löse mich von Sander, halte aber seine Hand weiter umfasst. Er schaut mich an und lächelt. In diesem Moment spüre ich, dass wir es schaffen können.

Melissa räuspert sich. »Alban will euch sehen.«

»Nein«, wiederhole ich ruhig. »*Wir* wollen *ihn* sehen.«

42

Dashna und Melissa haben uns gewaschen und mit sauberen Kleidern und einem Trank versorgt, der nach der langen Fastenzeit verhindern soll, dass sich unsere Mägen in Albans Gegenwart schlecht benehmen. Nun warten wir in einer Halle, ähnlich jener, in die man uns vor knapp vier Wochen brachte, als wir im Tempel eintrafen. Vor Nervosität kann ich kaum still sitzen. Niemand in Amlon weiß von unserer Rückkehr. Es ist wie damals vor vielen Jahren, als ich mich im Wald verirrte und die wilden Tiere hörte und fürchtete, sie könnten mich fressen. Es dauerte Stunden, bis meine Eltern mich fanden. Auch jetzt habe ich Angst. Es wäre verrückt, keine Angst zu haben. Aber damals weinte ich und vergaß, wie es war, wenn man seine Arme und Beine bewegen und seine Gedanken wie an einer Schnur auffädeln konnte, einen nach dem anderen. Jetzt sind meine Gedanken geordnet und klar. Ich würde gern in die Leere gehen und Kontakt zu Tora aufnehmen, sie sollte wissen, dass wir zurückgekehrt sind; dass wir leben. Doch sosehr ich mich auch bemühe, es gelingt mir nicht. Dieser Weg funktioniert wohl nur von einer Welt in die andere, nicht innerhalb derselben Welt.

Eine Tür öffnet sich. Stumm winkt uns Dashna zu sich.

In dem Raum hinter der Tür brennt ein Feuer im Kamin. Warme, schwere Düfte ringeln sich mir entgegen. Eine Tafel biegt sich unter der Last von Speisen. Mein Magen, unbeeindruckt von allem, um was es hier geht, knurrt los. Jedem Trank zum Trotz scheint er einem Bissen sehr zugeneigt. Einem *wirklichen* Bissen.

Am Tisch sitzen die Priester. Nur Alban fehlt. Ist er noch krank?

Dann sehe ich Elvin. Unverwandt hält er seine toten Augen auf mich gerichtet. Erinnert er sich an unsere letzte Begegnung in Nurnen? Seine kreischende Stimme, die seiner Singstimme so wenig ähnelt, befahl mir, bei Sander zu bleiben. Er hat mir den richtigen Rat gegeben. Ausgerechnet Elvin, dem wir nie über den Weg getraut haben.

Sander schaut mich kurz an. »Elvin?«, haucht er.

Ich nicke.

Melissa und Dashna bringen uns zu unseren Stühlen und reichen uns Brot, das mein Magenknurren dämpft, und Kelche mit gewürztem Wein. Als ich den ersten Schluck nehmen will, knarrt die Tür und Alban kommt herein – mit einer Platte, auf der sich ein Turm aus frittierten Hühnerbeinen erhebt. Langsam stelle ich meinen Kelch ab. Der Oberste Priester sieht blass und erschöpft aus, doch seine blauen Augen funkeln. Hundert Lachfältchen kräuseln sich in seinem Gesicht.

»Sander. Mariel. Wie gut, euch wiederzusehen. Darf ich euch eines dieser köstlichen Beinchen anbieten?«

»Nein«, erwidern Sander und ich wie aus einem Mund. Dieses Spiel spielen wir nicht mit. Kein Essen in gemütlicher Runde.

»Dann vielleicht später.« Alban setzt sich, belädt seinen eigenen Teller und greift nach dem Besteck. »Entschuldigt«, nuschelt er zwischen zwei Bissen, »ich bin hungrig wie ...«

Was geht mich sein Hunger an? »Ich will über den Ort reden, an dem meine Tante eingesperrt war.« Zornig schlage ich auf den Tisch. Sanders Kelch kippt um, der Wein ergießt sich über den Boden.

Alle Priester starren mich an, nur Alban steckt bedächtig Messer und Gabel in eine Kartoffel. »Wir haben uns immer bemüht, das Richtige für Amlon zu tun.« Traurig sieht er auf einmal aus. Müde und alt. Fast tut er mir leid.

Fast.

»Wir Priester müssen die tiefsten Geheimnisse bewahren. Aber Sander und du, ihr sollt diese Geheimnisse jetzt mit uns teilen.«

»Alban«, haucht Melissa, »du darfst nicht ...«

Er hebt eine Hand. »Vertrauen gegen Vertrauen. Der Tempel«, wendet er sich wieder an uns, »schützt einen Ort, den wir den *Innersten Ort* nennen. Dort haben die Götter vor bald tausend Jahren das Tor zwischen Amlon und Nurnen geöffnet; dort lebt seither eine Gruppe von auserwählten Menschen, Gesandte der Götter, die am Tag der Verbindung den Göttlichen Willen vollziehen und die Spiegelseelen aus Nurnen zu uns rufen.«

»War Irina so eine Gesandte?«, frage ich tonlos.

Alban nickt. »Und Sander ist es auch.«

»Komisch«, meint Sander ruhig. »Ich dachte, ich bin ein Sonderbarer.« Er füllt seinen Kelch mit frischem Wein und trinkt einen Schluck. »So machen Sie das, ja? Sie stufen einen *Auserwählten* erst mal zum Sonderbaren herunter. Eine gute Idee. *Normale* Menschen, *vollwertige, verpartnerte* Menschen kann man nicht einfach für immer im Tempel verschwinden lassen. Das würde zu viele Fragen nach sich ziehen.«

Alban seufzt. »Ihr versteht noch nicht, wie alles zusammenhängt.«

»Dann klären Sie uns auf.« Meine Stimme klirrt wie Glas. »Erklären Sie es in einfachen, verständlichen Worten.«

»Ich konnte Sander nicht offenbaren, wozu er bestimmt ist. Nur eine reine Seele, die nicht um ihre Göttlichkeit weiß, darf den Willen der Götter vollziehen.«

»Das«, Sander tupft seinen Finger in den Wein und fährt damit am Rand des Kelches entlang, sodass ein hoher Ton entsteht, »klingt nach absolutem Schwachsinn.«

»Nein. Es klingt wie etwas, das genau so im Heiligen Gesetz steht, nicht wahr?«, frage ich Alban.

Er senkt den Kopf. »Ja.«

»Die Verfasser müssen viel Mühe darauf verwendet haben, das alles so heilig und erhaben zu formulieren.«

»Ich habe mich oft gefragt, ob der Orden es sich damit zu leicht gemacht hat.« Dashna spricht so leise, als wollte sie lieber nicht gehört werden. Gequält blickt sie in die Runde. »Hätte man ...«, sie räuspert sich, dann setzt sie erneut an: »Hätte man nicht mit den Gesandten reden, es ihnen erklären sollen?«

»Dashna«, zischt Melissa, »wer bist du, dass du das Gesetz infrage stellst?«

Mit hochrotem Kopf blickt Dashna auf ihren Teller. »Vielleicht hätten sich die Gesandten freiwillig in den Heiligen Schlaf begeben, hätten es als Ehre empfunden.«

Erregtes Murmeln. Nur Alban isst gelassen ein weiteres Hühnerbein. Die knusprige Kruste zerkracht zwischen seinen Zähnen. Als er das Knöchelchen sauber abgenagt hat, dreht er sich von Dashna weg und fährt fort, als sei nichts geschehen.

»Ein von den Göttern Gesandter kann seine Kräfte nur im Heiligen Schlaf entfalten. Dieser besondere Schlaf beginnt in dem Augenblick, in dem sich Körper-Ich und Seelen-Ich voneinander trennen wollen, auf der Schwelle zwischen Amlon und Nurnen. Der Gesandte gehört dann zu beiden Welten und kann in ihnen wirken wie ein Gott.«

Allmählich bekomme ich Kopfschmerzen, lange kann ich mir dieses Geschwafel nicht mehr anhören.

»Die Götter haben dich erwählt, Sander. Es war unsere Pflicht ...«

»Ihm vorzulügen, er sei sonderbar und würde in Nurnen seine Spiegelseele finden?«, zische ich Alban an. »Sie wollten seinen Übergang unterbrechen, ihm ein paar hübsche Rauschmittel verpassen, ihn aus dem schwarzen Boot herausholen und an diesen verdammten Innersten Ort verfrachten und in das schöne weiße Boot zu seiner Seelenpartnerin legen und ihm für alle Zeit einen perfekten Traum bescheren, stimmt's?«

Sein Schweigen ist mir Antwort genug.

Sander leert seinen Kelch. »Warum hätten die Götter ausgerechnet *mich* erwählen sollen? Ich glaube nicht einmal an sie. Nicht mehr.«

Ein bestürztes Raunen fährt durch die Reihen der Priester, doch Alban lächelt nur. »Das spielt keine Rolle. Die Götter glauben an dich. Das haben sie uns am Tag der Verbindung offenbart.«

»Das willst du ihnen auch erzählen?« Melissa sieht aus, als würde sie gleich ohnmächtig werden.

»Vertrauen gegen Vertrauen.« Alban wirkt völlig ruhig. »Am Tag der Verbindung begeben wir Priester uns an den Innersten Ort und singen die Namen der Solitäre, die im Tarla Theater ihre große Liebe erwarten. Die Gesandten erspüren, welcher Seelenpartner zu welchem Solitär gehört, und antworten mit seinem Namen: Sie rufen die Seelenpartner aus dem Spiegelreich. Für gewöhnlich singen sie deren Namen erst nach Stunden. Doch den Seelenpartner eines neuen Gesandten erspüren sie sofort.« Er nickt Sander zu. »Deine Seelenpartnerin haben sie augenblicklich beim Namen genannt. Cliva.«

»Cliva«, murmelt Sander.

Im Raum wird es still.

»Ein neuer Gesandter soll ich also sein?« Sanders Mundwinkel zucken nach oben, doch seine Augen bleiben eisig. »Gut für euch. Einige der Gesandten sahen ja so aus, als wären sie bereits halb tot. Da war Nachschub sicher willkommen.«

Elvin, der neben Alban sitzt, wird weiß wie Milch.

Alban nickt traurig. »Die Gesandten sind sterblich. In alter Zeit lebten zwölf von ihnen gemeinsam mit ihren Seelenpartnern am Innersten Ort. Doch die Verstorbenen konnten immer seltener ersetzt werden. Irgendwann waren es nur noch zehn ... dann neun ... Die Kraft der Gesandten genügte nicht mehr, um auch die Seelenpartner all jener nach Amlon zu holen, die an den Göttern zweifeln. Und weil wir uns in diesem Jahr von zwei weiteren Gesandten verabschieden mussten, blieben in diesem Jahr so viele Solitäre übrig wie nie.« Ein Seufzer. »Welwia starb vor sechs Monaten. Seline kam am Tag der Verbindung zu Tode.«

Elvins knöcherne Faust krampft sich um seine Serviette. Endlich fällt es mir ein: Seline war seine große Liebe, bevor seine Seelenpartnerin in Amlon eintraf. Seline, die nach Xerax reisen musste und die in Wahrheit eine Gesandte war. Ist Alban dem Tarla Theater ferngeblieben, weil er diesen wertvollen Besitz der Priester retten wollte? Alles steht mir so deutlich vor Augen, als wäre ich selbst dabei gewesen. Ich spüre die kalte Luft am Innersten Ort, höre Selines ersterbenden Atem, sehe das weiße Licht wie ausgegossen über ihr.

»Doch in ihrer Gnade offenbarten uns die Götter einen neuen Gesandten.« Albans Blick richtet sich liebevoll auf Sander. »Umso unverzeihlicher, dass wir dich während des Übergangs fast verloren hätten. Eine unbekannte Kraft hat dich uns entrissen, als wir dich in den Heiligen Schlaf führen wollten. Woher sie kam oder was sie wollte, wissen wir nicht.«

Nun, ich weiß es. Die geheimnisvolle Kraft ist eigentlich gar nicht so geheimnisvoll – sie stammt aus Amlon und wollte sicherstellen, dass Sander wohlbehalten in Nurnen ankommt. Auf einmal bin ich wahnsinnig froh, dass ich ihn mitgerissen habe, als die Tentakelfinger nach ihm greifen wollten. Ich suche Sanders Blick. Auch er weiß Bescheid.

»Wir mussten dich irgendwie zurückholen. Gewiss«, wendet sich Alban an mich, »lag uns auch deine Rückkehr am Herzen, ebenso wie die Rückkehr von Tora, Perselos und Tammo. Doch für Sander hegten wir die geringste Hoffnung. Seine Spiegelseele war bereits in Amlon eingetroffen und wartete am Innersten Ort in einem weißen Boot auf ihn, wie sollte er da den Rückweg finden? Zweimal habe ich mich in eine Trance versetzt, um ihn in Nurnen zu erreichen und ihm zu helfen, so gut ich konnte.«

Und das wäre fast tödlich für Alban ausgegangen, während es mir so leichtfiel, in die Leere zu gehen. Loslassen statt Kontrolle, das ist das Geheimnis. Aber das werde ich Alban bestimmt nicht auf die Nase binden.

»Ihr habt den Heimweg gefunden.« Das Gesicht des Obersten Priesters verwandelt sich in ein Strahlen. »Wir müssen den Göttern dankbar sein. Alles ist für eure Rückkehr vorbereitet.«

Stumm würgt Elvin seine Serviette.

»Wir dürfen nach Hause?«, frage ich skeptisch.

Alban lächelt. »Morgen bei Sonnenaufgang brecht ihr auf.«

»Keine Sorge, dass sich in Amlon einiges ändern wird, jetzt, wo sich das Tor zu schließen beginnt?«

Er faltet die Hände. Die Kerzen auf dem Tisch malen goldene Kreise auf seine Finger. »Was geschehen wird, wird geschehen.«

Als Dashna und Melissa uns hinausführen, wende ich mich noch einmal um. Elvin erwidert meinen Blick. In seinen sonst so toten Augen flackert es. Die Bewegung, mit der er ein Stück seines Kragens zurückschlägt, ist winzig.

Keiner außer mir sieht das Glitzern einer Muschelkette.

Melissa und Dashna führen uns in ein behagliches Zimmer. Ein Kissenlager unter einem Betthimmel, mit Schnitzereien verzierte Möbel, im Bad eine Wanne, in der man bequem eine Runde schwimmen könnte. Sogar neue Kleider liegen für uns bereit.

Ich ziehe Sander neben mich auf das Bett und lege sachte einen Finger an seine Lippen. »Wir müssen leise sein. Vielleicht belauschen sie uns.«

Sander schlingt einen Arm um mich und ich lehne den Kopf an seine Schulter. Seine Lippen berühren mein Stoppelhaar. Es tut so gut, ihn nah bei mir zu haben, seine zuverlässige Wärme zu spüren. Flüsternd erzähle ich ihm von der Kette aus Koronamuscheln, die Elvin trägt.

»Und was bedeutet das?«, murmelt er.

»Vielleicht, dass Tora und alle, die sie unterstützen, die Koronamuscheln zu ihrem Zeichen gemacht haben.«

»Darauf müssen wir setzen, oder? Ich hoffe, Elvin handelt schnell. Alban glaube ich jedenfalls kein Wort.« Er umfasst meine Hand und verschränkt seine Finger mit meinen. »Bei Sonnenaufgang aufbrechen? Bestimmt nicht nach Talymar oder zu mir nach Hause. Das Tor schließt sich – das werden die Priester mit allen Mitteln verhindern wollen. Und ich bin ein Gesandter. Der letzte. Wenn irgendwer das Tor einen Spaltbreit offen halten kann, dann ich. Und wahrscheinlich können sie sich bereits denken, dass deine Kräfte noch größer sind.«

Sein Daumen streicht über meinen Handrücken. Ich drücke mich enger an ihn. Ich fürchte, Sander hat recht. Das muss der Plan der Priester sein. Es sollte auch kein Problem sein, uns an den Innersten Ort verschwinden zu lassen, bisher weiß ja niemand, dass wir aus Nurnen zurückgekehrt sind. Die Priester werden behaupten, wir wären im Spiegelreich gestorben. Ob wir wollen oder nicht, sie würden uns zwingen, das Tor wieder vollständig zu öffnen. Und dann beginnt der Irrsinn von Neuem.

Wozu sind sie imstande? Folter? Eine spezielle Art des *Atems der Götter?*

Ich sollte Angst haben, oder? Doch ich habe keine Angst. Nicht mehr. Sanders Zärtlichkeit hüllt mich ein. Und ich spüre, dass auch er sich in meiner Nähe entspannt. Was wir jetzt tun müssen? Vertrauen – auf Elvin und auf Tora. Mir ist klar, dass unser Leben am seidenen Faden hängt und dass sich meine Zuversicht auf eine bloße Vermutung stützt. Doch ich weigere mich, mir auszumalen, was passieren wird, wenn ich Elvins Koronamuscheln falsch interpretiert habe. In Nurnen habe ich gelernt, dass ich mir und meinen Instinkten, aber auch meinen Freunden vertrauen kann. Und etwas anderes bleibt mir nun nicht übrig.

»Ich will mich immer an Nurnen erinnern«, flüstere ich.

Sander küsst mein Haar. »Das werden wir.«

»Glaubst du, die Priester sorgen dafür, dass man das Spiegelreich vergisst?«

Er schüttelt den Kopf. »Das geschieht von selbst.«

»Und bei uns nicht? Warum? Ist es, weil wir ... anders sind?« Ich schaue ihm ins Gesicht und lege meine Hand an seine Wange. »Glaubst du wirklich nicht mehr an die Götter?«

Nach einer langen Stille antwortet Sander leise: »Die außergewöhnlichsten Gefühle und Ideen scheinen aus dem Nichts zu kommen. Und das ist so erstaunlich, dass man kaum begreift, wie ein Mensch sie hervorbringen kann. Gefühle, Inspiration, Liebe – woher kommt das? Die Priester suchen die Quelle in einer höheren Welt, in der Götter herrschen. Sie halten die Quelle des Lebens und der Liebe für göttlich. *Ich* dagegen glaube, dass diese Quelle tief in unserem Menschsein verwurzelt ist.«

In Sanders Rücken geht hinter dem einzigen Fenster lodernd die Sonne unter. Der Rest des Zimmers liegt in geheimnisvoller Dunkelheit.

»Sander?«, flüstere ich. »Worin bestehen *deine* Kräfte? Was ist es, das dich zum«, es widerstrebt mir, das Wort auszusprechen, »Gesandten macht?«

Zwischen seinen Augenbrauen bildet sich die Falte, die ich schon so gut kenne und die sich immer zeigt, wenn er nachdenkt. »Du und ich, wir sind in Nurnen von Anfang an besser zurechtgekommen als die anderen«, tastet er sich vor. »Das Spiegelreich war uns fremd – und auch wieder nicht. Wir haben Dinge getan, die den anderen unmöglich waren. Wir konnten mit reiner Vorstellung unsere inneren Bilder in die Wirklichkeit holen.«

»Obstsalat zum Beispiel?«

Er lächelt. »Genau. Ich glaube, das ist die Kraft der Gesandten: Fantasie. Diese Kraft verhindert auch, dass wir Nurnen vergessen.«

Keine göttlichen Gesandten. Einfach Menschen, die über mehr Vorstellungskraft verfügen als andere und für die keine klare Grenze zwischen der Wirklichkeit und der Welt ihrer Fantasien existiert.

»Du«, Sander drückt meine Hand, »besitzt viel mehr von dieser Kraft als ich. Das war mir schon klar, als wir in der Herberge Geminon unser Frühstück bestellt haben. Wenn ich ein Gesandter bin, bist du es zehnmal.«

Ich schüttele den Kopf. »Alban hat gesagt, die Seelenpartner der Gesandten sind die ersten, die aus Nurnen nach Amlon kommen – bei Cliva war es so. Wäre ich eine Gesandte, wäre auch Ramin gekommen, aber er ist in Nurnen geblieben – wie die Seelenpartner aller Sonderbaren. Meine Zweifel an den Göttern waren zu stark, auch wenn mir das wohl nicht bewusst war.«

»Lass mal die Götter beiseite. Das Ganze hat nichts mit ihnen zu tun.«

»Und wer hat das Tor geöffnet, als das Zweite Zeitalter begann?«

»Wie wäre es mit Menschen?«

»Menschen könnten so etwas nicht, sie ...«

»... könnten es sich nicht einmal vorstellen?« Er lächelt. »Vielleicht haben ein paar Menschen genau das getan. Niemand bleibt übrig, weil er an irgendwelchen Göttern zweifelt, Mariel. Es geht um eine andere Art von Zweifel.« Unverwandt schaut er mich an. »Als Perselos nach Amlon zurückgekehrt ist, hat Tammo zum ersten Mal davon gesprochen.«

Tammo ... In meinen Augen spüre ich ein Brennen.

»Selbstzweifel. Und ich glaube, er hatte recht.« So sanft wie eine Feder berühren Sanders Finger meinen Handrücken. »Früher, als es noch zwölf Gesandte gab, genügten ihre Kräfte wohl meistens, um sogar die Seelenpartner der größten Zweifler nach Amlon zu holen. Aber als immer mehr Gesandte starben und als die Priester sie nicht mehr ersetzen konnten, blieben auch immer mehr Solitäre übrig.«

Solitäre wie Tammo und ich, Perselos und sogar Tora. Seit ich Toras Geschichte kenne, verstehe ich besser, warum auch sie an sich zweifelte. Wo ich in meine Träume und Fantasien floh, stürzte sie sich in eine Liebschaft nach der anderen und setzte beim Muscheltauchen ihr Leben aufs Spiel, um den Schmerz zu betäuben, den es ihr bereitete, nie sie selbst sein zu dürfen.

»Ramin ist nicht gekommen, weil du dich unwürdig gefühlt hast, weil du nicht sehen konntest, wie liebenswert du bist. Dass jemand dich lieben könnte, und zwar so, wie du bist«, flüstert Sander.

Ein dicker Kloß verschließt meine Kehle.

»Du konntest dich selbst nicht leiden, Mariel. Wenn ich dich beim Kamelienritual hätte beschreiben sollen, hätte ich gesagt: Sie ist wie ein Schmetterling, der es nicht wagt, seine Flügel auszubreiten und zu fliegen. Sie hat Angst vor ihrem eigenen Mut und traut sich nicht, allen zu zeigen, wie schön sie ist. Innerlich und äußerlich.«

Meine Augen füllen sich mit Tränen. Mir ist, als würde ich wieder im Raum der Erneuerung liegen. Fiona beschmiert mich mit Quark und Honig, die Glockenschläge künden die Ankunft der Seelenpartner auf der Heiligen Insel an ... und sie durchströmen mich wie schwarzes Wasser: die Zweifel und die Angst, dass ich nicht genüge, dass mein Bestimmter eine Partnerin braucht, die mutiger, fröhlicher, lebhafter, schöner ist als ich; dass er genau so eine Partnerin in Nurnen zurückgelassen hat ...

»Ich habe mich so nach meinem Seelenpartner gesehnt«, flüstere ich und wische mir über die Augen, »Jede Nacht habe ich von ihm geträumt. Aber als es so weit war ... Was, wenn er von mir enttäuscht gewesen wäre?«

Im nächsten Augenblick finde ich mich in Sanders Armen wieder. Seine Lippen streifen meinen Hals und wandern zu meinem Mund. Ich schließe die Augen und küsse ihn. Auf nichts achte ich mehr, nur auf seinen Geschmack, seine Wärme, nur darauf, wie seine Umarmung fester wird, drängender. Mein Körper glüht, als würden überall in mir kleine Feuer entzündet, weich und voll spüre ich seine Lippen, das Zimmer versinkt, der Tempel, dieser lange, seltsame Abend. Mit den Fingerspitzen berührt er meine Brust – und auf einmal hoppelt mein Herz ängstlich los. Ich habe keine Ahnung, Sander, ich weiß nichts, ich habe gerade erst verstanden, wie man jemanden küsst, und jetzt? Wie geht es weiter? Ich fühle mich wie auf meinem ersten Purpurfest: bloß nichts falsch machen, kein albernes Getränk bestellen, keinen lächerlichen Affentanz aufführen – diese Sorge, mich zu blamieren ... Ich rücke ein Stück von ihm ab und schaffe es auf einmal nicht mehr, ihn anzusehen.

»Mariel?«

»Ich ...«, meine Stimme bröckelt weg, ich schlucke, räuspere mich, »ich glaube, ich weiß nicht, ich meine, ich will ja ...«

Ich kann es nicht aussprechen. Das Nächste, was ich spüre, sind wieder seine Lippen auf meinem Mund. Es ist der sanfteste Kuss, den er mir je gegeben hat, nicht einmal beim Kamelienritual hat er mich so vorsichtig geküsst. Und weil er so sanft und vorsichtig ist, spüre ich, dass es der Anfang von etwas Neuem ist, vor dem ich mich ein wenig fürchte und das ich trotzdem so sehr will. Langsam lege ich mich auf das Kissenlager. Sander schmiegt seinen Körper enger an meine Hüften und ich erwidere den Druck. Etwas Warmes sinkt in mich ein. Das hier ist kein Spiel mehr. In meinem Bauch und zwischen meinen Beinen wird es immer schwerer, mein ganzes Ich sammelt sich dort und wird ein wunderbarer Schmerz.

Behutsam knotet Sander die Bänder auf, mit denen mein türkisfarbener Umhang verschnürt ist. Seine Hände streichen sanft und zugleich fest über meine Beine, meine Hüften entlang und zur Taille, bis zu meiner Brust. Dann streift er mir den Umhang über den Kopf. Wie ich mich fühle? Verwirrt. Ängstlich. Und voller Verlangen. Sein eigener Umhang fällt zu Boden und ich sehe seine mondlichtblassen Schultern. Als er sich über mich beugt, strecke ich die Arme nach ihm aus und ziehe ihn zu mir herunter. Sein Herz schlägt an meinem, ich spüre seine Wärme, seine Kraft – will ich wirklich mit ihm schlafen? Wäre es aus Liebe oder weil es wie ein Aufschrei wäre, ein Anerkennen, dass unser Weg hier endet?

Ich straffe mich und schiebe ihn von mir weg.

»Mariel?« Seine Stimme klingt gepresst, als koste ihn das Sprechen Mühe.

Ich umschließe seine Handgelenke. »Wir sollten aufhören.«

Sein Gesicht, dicht über meinem, spannt sich.

»Nicht hier.« Ich atme tief ein. »Das ist nicht der Ort. Nicht unsere Zeit.«

Verwirrt blickt er mich an. »Nicht unsere Zeit?«

»Lass uns warten, bis ... das Neue beginnt.«

Er nimmt mich in die Arme. Während er mich lange an seinem Körper hält, spüre ich Erleichterung und Enttäuschung zugleich. Ich will ihn noch immer, weiß aber, dass ich recht habe. Das hier ist nicht unsere Zeit. Noch nicht.

Eng umschlungen liegen wir da. Sander schaut mich an. »Irgendwelche Zweifel?«, flüstert er.

Ich schüttele den Kopf. Egal wie es weitergeht, ich bin die, die ich bin. Mariel. Keine Zweifel mehr. »Und du?« Ich berühre seine Wange. »Was ist mit dir?«

»Jeder hat Zweifel. Ich hatte sie auch, das weißt du. Wenn das, was dir das Liebste ist, als schlecht gilt wie meine Musik, wie soll man da nicht an sich zweifeln? Aber die Zweifel waren nicht so stark, dass meine Bestimmte nicht gekommen wäre. Das ist wohl etwas, das ich einer anderen Bestimmten verdanke.«

»Deiner Mutter?«

Er nickt.

Was war der Unterschied zwischen Sander und mir? Beide sollten wir unsere Art von Kunst nicht ausüben, er sollte schöne Musik machen, ich hübsche Bilder malen. *Sei du selbst, vertrau dem, was aus dir kommt,* das war die Botschaft seiner Mutter. *Lass es lieber, es ist nicht gut, sich mit dem Dunklen zu beschäftigen, versuch etwas anderes,* diese Botschaft empfing ich trotz aller Liebe immer wieder von meinen Eltern – und auch von meinen Lehrern und der Gesellschaft von Amlon, gegen die meine Eltern sich nicht stellen wollten. Harmonie, reines Licht, keine Schatten – das tötet die Fantasie. Und wenn Gesandte gerade diese Kraft brauchen, dann ist es kein Wunder, dass es in Amlon kaum noch welche gibt.

Wie es meinen Eltern wohl geht? Ich hoffe, dass sie sich nicht allzu sehr sorgen. Aber diese Hoffnung ist wohl vergeblich, ich jedenfalls wäre halb verrückt vor Angst, wenn mein Kind nach Nurnen ginge. Ich möchte sie so gern wiedersehen und ihnen sagen, wie lieb ich sie habe. Meine Gedanken wandern von einem zum andern, selbst bei unserem schrecklichen Nachbarn Zerbatt halten sie kurz inne – da schiebt sich von draußen ein Schlüssel ins Schloss.

Ich taste nach Sanders Hand und umfasse sie. Was, wenn ich mich in Elvin getäuscht habe oder die Priester uns schon jetzt an den Innersten Ort bringen? Ich werde Sander nie wieder loslassen. Wenn sie uns trennen wollen, müssen sie mir den Arm abhacken.

Der Schlüssel knackt im Schloss. Die Tür öffnet sich. Auf der Schwelle steht Elvin.

Wir springen auf. Langsam kommt der Priester auf uns zu. Mein Mund wird trocken, mein Puls rast los.

»Tora hat Xerax oft besucht, seit sie aus dem Spiegelreich

zurückgekehrt ist.« Elvin spricht gedämpft, als müsse er vermeiden, jemanden aufzuschrecken; und er spricht weich, als wolle seine Stimme unbedingt unser Herz erreichen, damit wir ihm glauben. »Sie mischt Amlon ganz schön auf. Aber so wusste ich wenigstens, dass ich ihr trauen kann. Vor ein paar Tagen habe ich Kontakt aufgenommen und einen Treffpunkt mit ihr vereinbart. Dort wartet sie jede Nacht und hofft, dass ihr zurückkehrt und ich euch zu ihr bringe.«

Er gibt keine weiteren Erklärungen ab. Ich kämpfe gegen mein Misstrauen, schaue auf die Muschelkette, die um seinen Hals hängt, schaue zu Sander und kann sehen, wie sein Blick sich ändert und seine Züge sich lösen, als beschließe er in dieser Sekunde, mit Elvin zu gehen. Und er hat recht, welche Wahl bleibt uns auch? Wir müssen ihm vertrauen und ihm folgen, als er vorauseilt.

Wir huschen durch Gänge und Treppenhäuser, der Tempel von Ningatta ist ein Labyrinth ohne Anfang und Ende. Wie findet sich Elvin nur zurecht? Durch eine Hintertür stehlen wir uns in den Tempelgarten. Inzwischen ist es völlig dunkel. Eine Möwe stößt einen Schrei aus. Im Tempel schließt jemand ein Fenster. Alle Geräusche klingen erschreckend nah und laut. Unsere Flucht kommt mir unwirklich vor; im Dunkeln davonschleichen, so etwas klappt doch nur in Büchern.

Wir verlassen den Tempelgarten und tauchen in die harzduftende Dunkelheit eines Kiefernwaldes. Elvin führt uns über den mit Nadeln bedeckten Boden zu einem Gewirr aus umgestürzten Bäumen. Dahinter parkt ein Sonnenmobil. »Einsteigen«, befiehlt er.

»Wohin bringen Sie uns?«, fragt Sander.

»Auf die Nordseite der Insel. Dort warten wir auf Tora. Sie läuft mit ihrem Boot eine geheime Bucht in einem entlegenen Teil der Insel an.«

Sander und ich klettern auf die Rückbank. Mit ausgeschalteten Scheinwerfern geht es einen Waldweg entlang, dann durch ein Tal voller Orangenbäume und palastähnlicher Häuser. Wohnen hier die Familien der Priester, leben hier ihre Bediensteten? Kein Mensch, kein einziges Sonnenmobil ist auf den Straßen unterwegs. Immer wieder schaue ich durch das Rückfenster, voller Angst, in der Dunkelheit Menschen auftauchen zu sehen. Doch niemand folgt uns, niemand hält uns auf. Wir verlassen den Ort über ein mit Katzenkopfsteinen gepflastertes Sträßchen.

Zu beiden Seiten leuchten weiße Kamelien wie Geisterblumen. Vom Meer ist nichts mehr zu hören. Das Silberlicht des Mondes verstärkt das Gefühl, durch eine Geisterwelt zu fahren. Die Gegend wird immer bergiger. Ich sehe Felshänge und die Umrisse ausgedehnter Wälder. Das Geräusch, mit dem das Sonnenmobil dahinrumpelt, erscheint mir unnatürlich laut, bestimmt dringt der Krach bis zum Tempel. Einmal glaube ich, in einem Taleinschnitt die Umrisse mehrerer Häuser zu erkennen. Als wir um die nächste Kurve biegen, sehe ich, dass es von Moos überwachsene Ruinen sind.

»Hier haben während des Ersten Zeitalters die Siedler von Ningatta gelebt«, sagt Elvin.

»Damals war doch nur Xerax bewohnt«, entgegne ich verblüfft.

»So hat man es euch in der Schule beigebracht. Aber in den letzten Jahren habe ich die Geschichte des Tors erforscht. Ich wollte verstehen, warum wir Priester tun, was wir tun. Ich habe die Tempelbibliothek nach Aufzeichnungen durchwühlt, die über das Erste Zeitalter existieren. Eine kümmerliche Ausbeute, auf die ich mir keinen Reim hätte machen können, hätte mir nicht vor langer Zeit jemand eine Geschichte erzählt.« Elvin hält kurz inne und atmet tief durch.

Eine Weile ist nur das Summen des Sonnenmobils zu hören.

»Sie hieß Seline. Wir waren jung damals – dreizehn, vielleicht vierzehn Jahre. Sie erfand ständig Geschichten. Ich liebte es, ihr zuzuhören.« Seine Stimme wird weich. »Die Erzählungen, die sich um die Götter rankten, fand sie langweilig. Sie meinte, Menschen wären interessanter. Also hat sie sich eine Geschichte ausgedacht, in der Menschen das Tor geöffnet haben.«

Wir umfahren die Überreste weiterer Häuser, wie Knochen ragen sie aus der Erde.

»Xerax, das wisst ihr, war die erste Insel, die von den Flüchtlingen aus der Außenwelt angelaufen wurde; eine große, fruchtbare Insel. Die Menschen blieben, besiedelten das Land, gründeten Dörfer. Die Bevölkerung wuchs – und mit ihr die Spannungen. Man eiferte um Besitz, Privilegien, Macht ... und das wirkte sich auf die Beziehungen aus. So hat man es euch in der Schule beigebracht, nicht wahr?«, fragt Elvin.

»Und so haben Sie es uns in der Kammer unter dem Tarla Theater erzählt«, fügt Sander hinzu. »Stimmt es denn nicht?«

»Wahr ist, dass Xerax fast bis zur Vernichtung ausgebeutet wurde und Kämpfe um das wenige entbrannten, das noch blieb. Wahr ist auch, dass die Menschen Hilfe von den Göttern erbaten. Aber nun kommt der Teil der Geschichte, den Seline nicht mochte.«

Schlagartig erinnere ich mich, wie Elvins Stimme in der Kammer unter dem Tarla Theater kurz wegbröckelte, ehe er klirrend weitersprach. Auch jetzt klirren seine Worte: »Die Götter erhörten die Gebete, öffneten das Tor zwischen Amlon und Nurnen und sandten den Menschen die Seelenpartner.«

Weitere Ruinen ziehen vorbei. Leise frage ich: »Erzählen Sie uns auch, was sich Seline ausgedacht hat?«

Seine Stimme verändert sich abermals und klingt jetzt so warm und voll, wie ich es nur von seinem Gesang kenne: »Xerax erfüllte den Menschen jeden Wunsch. Und je angenehmer und perfekter das Leben wurde, desto mehr wollten sie eine Liebe, die diesem Leben entsprach. Doch die Liebe entzog sich ihrer Kontrolle, sie war nicht immer nur wundervoll, stillte nicht jede Sehnsucht. Die Menschen trennten sich immer häufiger und nach immer kürzerer Zeit von ihren Partnern. Sie glaubten, irgendwo müsse es jemanden geben, mit dem es intensiver, aufregender, romantischer, leidenschaftlicher sei. Sie taten sich mit neuen Partnern zusammen, trennten sich, suchten weiter, wollten etwas, das noch besser ...«

»... schmeckte«, sage ich leise.

Elvin wendet den Kopf. »Wie bitte?«

»Es ist wie bei einem Buffet, auf dem mehr Speisen stehen, als man je essen könnte. Man wandert von Tisch zu Tisch, weil man glaubt, irgendwo müsse man ein Gericht finden, das einen restlos glücklich macht. Und schließlich geht man nach Hause und hat nicht mal einen Bissen Brot probiert. Oder man überfrisst sich an all den Kuchen und Puddings, bis einem schlecht wird.«

Elvin lacht leise. »Ja, je stärker die Menschen die perfekte Liebe suchten, desto weniger Liebe fanden sie. Also umgaben sie sich mit anderen Schätzen.«

»Der Besitz ersetzte ihnen die Liebe«, murmele ich.

»Nur eine kleine Gruppe von Menschen wollte es anders machen. Sie wussten nicht, was sie suchten, sie wussten nur, dass sie es auf Xerax nicht finden würden. Man warnte sie: Der Insel den Rücken kehren sei Selbstmord.«

Ja, das Meer war damals eine Todesfalle, auch das haben wir in der Schule gelernt. Heute kennen wir die sicheren Straßen, die durch Amlons Gewässer führen. Mit den Sonnenbooten lassen sich Strudel, gefährliche Strömungen und die gefürchteten Riesenwellen bewältigen. Und falls sich ein Mörderhai oder ein Feuerkrake in das Gebiet rund um die Inseln verirrt, gibt es Betäubungswaffen. Im Ersten Zeitalter hatte man die Waffen und Boote noch nicht entwickelt, damals waren die Menschen nur innerhalb des Felsenrings von Xerax sicher.

»Die Abenteurer ließen sich alle möglichen Tode prophezeien – und machten sich trotzdem auf den Weg. An dieser Stelle«, und jetzt kann ich ein Lächeln in Elvins Stimme hören, »hat sich

Seline eine Reise voller Gefahren ausgedacht, diesen Teil liebe ich besonders. Die Reisenden gewannen den Kampf gegen das Meer und erreichten die Insel, die heute Ningatta heißt. Was ihr hier seht«, er deutet auf die Ruinenlandschaft, »sind die Dörfer aus jenen Tagen.«

Ich ahne, dass Elvin noch nicht am Ende der Geschichte angekommen ist, trotzdem wechselt er plötzlich das Thema.

»Du besitzt große Kräfte, Mariel. Du bist zwischen Amlon und Nurnen gewandert, wie Alban es nie konnte – und ich ohnehin nicht. Unser Geist muss in ein Körper-Ich eindringen, um kurz in Nurnen zu landen. Alban hat es bei Sander getan, ich bei dir. Als du mich weggestoßen hast, habe ich deine Kräfte zum ersten Mal gespürt – da habe ich begriffen, dass du Sander nach Nurnen mitgenommen hast. Wenn es jemandem gelingen würde, ihn auch wieder nach Hause zu bringen, dann dir. Das wollte ich dir bei unserem zweiten Kontakt sagen.« Er lächelt mir bedauernd zu. »Die Botschaft ist nicht ganz angekommen.«

»Sie sind Priester«, sagt Sander scharf. So leicht kann er sein Misstrauen gegen Elvin offenbar nicht überwinden. »Sie gehören zu Alban. Warum helfen Sie uns?«

»Weil ich eine Schuld zu begleichen habe.«

Und das sind vorerst Elvins letzte Worte, er muss sich auf das Fahren konzentrieren. Die Straße führt steil bergan, dichter Wald ragt zu beiden Seiten auf und schluckt die letzten Reste des Mondlichts. Unvermittelt biegt er auf einen kaum noch erkennbaren Weg ab, der sich unentschlossen zwischen den Bäumen hin und her windet.

»Festhalten!« Elvin schlägt das Steuer scharf ein. Wir rumpeln ins Unterholz. Obwohl er Schritttempo fährt und seine Nase praktisch an der Windschutzscheibe klebt, rammt er beinahe einen Findling, der aus dem Nichts auftaucht; kurz darauf bleiben wir fast in einem Schlammloch stecken. Ich knalle schätzungsweise achtzigmal mit dem Kopf gegen das Dach. Elvin flucht, das Sonnenmobil ächzt und buckelt. Äste schrammen über den Wagen und dreschen gegen die Fenster. Als vor uns ein Dickicht aus Dornen und umgestürzten Bäumen auftaucht, hält Elvin an und schaltet das Sonnenmobil aus. »Ab hier müssen wir zu Fuß weiter.«

Wir steigen aus. Von jetzt an geht es leicht, aber stetig bergab. Außer Bäumen erkenne ich nichts, es ist zu dunkel und doch gerade dunkel genug; so sind wir für jeden unsichtbar. Haben die Priester unsere Flucht schon bemerkt? Die Anspannung ballt sich in vielen kleinen Knoten in meinen Muskeln, da tut die Bewegung gut. Als der Wald sich lichtet und wir nicht mehr so stark auf den Weg achten müssen, nehme ich das Thema von vorhin wieder auf.

»Sie sagten, Sie hätten eine Schuld zu begleichen.«

Es dauert lange, bis Elvin spricht. Seine Stimme klingt belegt.

»Seline und ich liebten uns seit unserer Kindheit. An einem Seelenpartner waren wir nicht interessiert. Dem Ritual im Tarla Theater mussten wir uns natürlich trotzdem unterziehen. Als meine Seelenpartnerin kam ... es war ein Gefühl, als hätte ich bisher geschlafen und würde endlich aufwachen. Besser kann ich es nicht ausdrücken. Ich habe nur noch Elinor gesehen, nur noch ihre magnetische Anziehung und diese tiefe Vertrautheit gespürt. Es war wie ein Zauber, dem ich erlag.« Er räuspert sich mehrmals, ehe er fortfahren kann. »Seline hatte dieses Glück nicht. Kein Seelenpartner. Sie blieb übrig – angeblich. Wie Sander war sie ein Mensch, der ...«

Wenn er jetzt *von den Göttern gesandt wurde* sagt, fange ich an zu schreien.

»... der fähig ist, die Seelenpartner nach Amlon zu holen.«

In der Nähe ruft ein Käuzchen und wir fahren zusammen. Ich kann mir keinen wilderen, traurigeren Laut vorstellen. Und keinen schöneren.

»Bevor ich in den Orden der Priester aufgenommen wurde, habe ich kaum noch an Seline gedacht.« Über uns flüstern die Blätter. Das Käuzchen ist verstummt. »Als ich sie wiedergesehen habe, lag sie schon seit über zehn Jahren im Heiligen Schlaf. Alban hat mich auf die Begegnung vorbereitet, trotzdem war es ein Schock. Sie war nur noch ein Schatten des Mädchens, das ich gekannt hatte. Wieder und wieder habe ich die Götter um Antworten angefleht. Ich bekam sie während meiner Gebete. Sie sagten, alles, was geschehe, müsse genau so geschehen.«

»Das haben Sie gehört, weil Sie es hören *wollten!*«, ruft Sander wütend. »Weil es einfacher war.«

Elvin wirkt unendlich müde. »Manchmal ist es leichter, sich von der Wahrheit wegzudrehen. Aber falls es dich tröstet: Mein Verstand hatte sich einen Platz bewahrt, an dem mein Denken noch funktionierte.«

»Und wann haben Sie den Platz entdeckt?« Sander klingt noch immer eisig. »Als Seline gestorben ist?«

»Ja«, erwidert Elvin schlicht. »Euer Tag der Verbindung war ihr Todestag. Als ich nach der Zeremonie auf die Heilige Insel zurückkehrte, hat Alban mich beiseitegenommen. Er sagte, mein Glaube und die Götter würden mich in dieser Zeit der Prüfung trösten. Ich wollte Seline ein letztes Mal sehen. Als ich auf ihren toten Körper hinunterblickte, brachen alle Zweifel, die ich jahrelang bekämpft hatte, über mich herein.«

Eine Weile ist da nur das Knirschen der Zweige unter unseren Schuhen. Sander und ich halten den Blick nicht mehr auf den Weg, sondern unverwandt auf Elvin gerichtet.

»Mein Leben lang habe ich an das Heilige Gesetz geglaubt und den Menschen die Liebe der Götter verkündet.« Der Mond ist wieder hervorgekommen, die Bäume stehen so licht, dass ich sehe, wie sein Gesicht sich verzerrt. »Wenn die Götter die Menschen lieben, wie können sie zulassen, dass die Gesandten so leiden? Immer wieder habe ich Alban diese Frage gestellt. Seine Antworten lassen sich in einem Satz zusammenfassen: Alles ergibt einen Sinn, auch wenn er uns nicht immer begreiflich ist.« Er tritt gegen einen Stein. »Mit anderen Worten: *Glaub einfach weiter, Elvin.* Doch dazu war ich nicht mehr bereit. Niemand sollte je wieder so leiden müssen wie Seline.« Er wirft mir einen Blick zu. »Ich wollte Sander vor diesem Schicksal bewahren – nur wusste ich nicht, wie. Dann hast du ihn vor Albans Zugriff gerettet und nach Nurnen mitgenommen. Heimlich habe ich Kontakt zu euch gesucht. Die Verbindung über Sander herzustellen, wagte ich nicht; ich fürchtete, Spuren zu hinterlassen, die Alban entdecken könnte. Als ich dann begriffen habe, welche Kräfte du besitzt, wusste ich, dass auch dir Gefahr droht. Die Priester dürfen keinen von euch je wieder in die Finger bekommen.«

Am Rand eines Abhangs suchen wir lange nach einer Stelle, an der wir hinunterklettern können. Wir gelangen auf eine von Geröll übersäte Ebene, die im Mondlicht gespenstisch leuchtet. Ich rieche das Meer. Ein Schwarm Möwen fliegt so unerwartet vor uns auf, dass ich mich kurz an Sander festhalten muss. Moos und Flechten wachsen auf Gesteinsbrocken, Klippen ragen schroff in den Himmel. Etwas so Wildes und Unberührtes habe ich noch nie gesehen. Wir kraxeln eine Klippe hinunter, ohne Probleme schafft das nur Sander, er bewegt sich so sicher wie eine Wildkatze. Ich versuche, nicht an die mindestens dreiundfünfzig Körperteile zu denken, die mir wehtun. Als sich unter mir ein Erdrutsch löst, schafft Elvin es gerade noch, mich um die Taille zu packen und festzuhalten.

»Danke«, murmele ich verlegen.

Verborgen zwischen den Klippen öffnet sich vor uns ein Tunnel. Elvin führt uns hinein. Am Ende des Tunnels gelangen wir auf eine Art Terrasse. Vor uns glitzert das Meer im Mondlicht. Ringsum bilden die Klippen einen versteckten Hafen, den man nur bei Flut erreicht. Weil das Wasser noch zu niedrig steht, müssen wir auf Tora warten. Wir setzen uns.

»Wie geht die Geschichte weiter, die Seline sich ausgedacht hatte?«, frage ich leise. »Wie wurde das Tor zwischen Amlon und Nurnen geöffnet?«

Elvin schaut über das mondbeschienene Meer.

»Die Abenteurer, die Xerax verließen, wollten auf Ningatta etwas Neues aufbauen. Nicht der Besitz sollte im Mittelpunkt stehen, sondern ein gutes Auskommen miteinander und mit der Insel. Die ersten Paare fanden sich, Kinder wurden geboren, Familien gegründet ... Nur eine junge Frau blieb allein.«

»Warum?«, frage ich sofort.

Elvin lacht leise. »Das habe ich Seline auch gefragt. Sie hat die Schultern gezuckt und meinte, man könne tausend Gründe finden, aber genauso gut könne man es lassen. Wichtig war, dass die junge Frau in ihrer Fantasie immer wieder an einen Ort reiste, an dem sie ein Leben führte, wie sie es sich erträumte: das Leben an der Seite eines Partners, der perfekt zu ihr passte. Diese Fantasie war es, die schließlich das Tor zwischen Amlon und Nurnen öffnete und ihren Partner zu ihr brachte.«

Nach einer Pause meint er leise: »Ich glaube, dass es sich so ereignete, wie Seline es erzählt hat – und dass auf Ningatta einige behaupteten, durch die junge Frau habe sich der Wille der Götter offenbart. Damals wurde wohl der Orden der Priester gegründet und man begann, einen Tempel um das Tor zu errichten. Die Menschen brachten der Frau Geschenke und Opfergaben und baten sie, auch für sie einen Seelenpartner aus Nurnen zu holen. Das hat sie getan – und am besten gelang es ihr in einem tiefen Schlaf.«

»Ein *freiwilliger* Schlaf?«, bohre ich nach.

»Anfangs wohl schon«, sagt Elvin schlicht. »Ihre Kräfte dürften nur kaum genügt haben, um für jeden einen Partner aus dem Spiegelreich zu holen. Doch mit der Zeit fanden sich noch andere Menschen, die über ähnliche Kräfte verfügten. So kam schließlich eine Gruppe von zwölf Männern und Frauen zusammen.«

Ich werfe Sander einen Blick zu. Menschen, die über mehr Fantasie verfügen als andere und die sich zwischen beiden Welten bewegen können.

Ein Geräusch lässt uns zusammenfahren, das Plätschern von Wasser, ein leiser Ruf. Ich stehe auf. Ein dunkler Umriss nähert sich. Ein Sonnenkraftsegel glitzert in der Dunkelheit. Das Boot geht in dem Klippenhafen vor Anker und eine Gestalt springt auf unsere Terrasse. Es ist Tora. Hinter ihr klettern zwei weitere Leute an Land: Perselos und Aaron.

Elvin geht entschlossen auf sie zu, Sander und ich folgen langsam. Ich kann kaum glauben, dass ich sie wirklich sehe – aber sie sind es. Tora kann es mal wieder nicht erwarten; sie schiebt Elvin beiseite und stürmt uns entgegen. Im nächsten Augenblick finde ich mich in ihren Armen wieder. Ich drücke sie fest an mich. Dann ist Sander an der Reihe. Perselos und Aaron kommen dazu, auch sie umarme ich.

»Perselos!« Ich strahle ihn an. Wie wunderbar, dass wir vier aus Nurnen zurückgekehrt sind! Ich schaue mich um. »Wo ist deine Seelenpartnerin?«

»Tamaya?« Er lächelt – ein ganz anderes Lächeln als das unsichere Verziehen des Mundes, das ich von ihm kenne, ruhig und selbstgewiss. »Sie wollte zu Hause bleiben. Sie ist etwas ängstlich.« Er lacht, ein tiefer, fröhlicher Laut. »Gut für mich. Sie zwingt mich, mutiger zu sein, als ich bin.«

Wirklich, er ist innerlich mindestens zwanzig Zentimeter gewachsen. Auch sein Blick hat sich verändert. Und wie er grinst, als er das sagt. Fast spitzbübisch.

Sander und ich würden gern hören, wie Perselos und Tora ihre Rückkehr nach Nurnen erlebt haben, aber Elvin wird unruhig, offenbar dürfen wir keine Zeit verlieren. »Auf Talymar ist alles vorbereitet?«, fragt er die drei.

»Morgen um zwölf im Tarla Theater«, meint Tora ernst. Er nickt. Es ist seltsam, sie so vertraulich mit ihm sprechen zu hören. Seit sie uns mit Aaron verlassen hat, muss viel passiert sein.

»Und?« Sie schaut von einem zum anderen, ihre Augen leuchten im Dunkeln. »Bereit für ein kleines Abenteuer?«

Sander lächelt schief. »Klar.« Seine Stimme zittert vor Anspannung.

Es ist Zeit, sich von Elvin zu verabschieden. »Wenn alles nach Plan läuft, sehen wir uns morgen wieder.« Er schiebt mich Richtung Boot. »Ab mit euch.«

Allein steht er auf dem Fels, auf dem er uns die Geschichte des Tors erzählt hat, kaum mehr als ein Schatten im Dunkeln. Ich hebe eine Hand. »Auf Wiedersehen«, sage ich leise. Stumm erwidert er meinen Gruß.

»Aufbrechen ist doch immer irgendwie toll.« Tora wendet das Boot, es geht hinaus aufs offene Meer. Als Aaron ihr helfen will, winkt sie ab.

Ich merke, dass meine schwitzigen Hände die Reling viel zu fest umklammern, und lockere meinen Griff. Perselos tritt neben mich. »Wenn alles glattgeht, erreichen wir Talymar in zwei Stunden.«

Tora justiert das Steuer. Dann ruft sie: »Picknick!«, während sie in einem Seesack wühlt. »Will jemand Fischklößchen?« Strahlend hält sie einen gewaltigen Klops empor.

Es ist gut, dass wir etwas essen, bevor wir ihnen erzählen, was in Nurnen und im Tempel geschehen ist; danach hat niemand mehr Appetit. Blass und elend sitzen sie da. Für Aaron ist es besonders schlimm. Auch wenn er sich weder an seine Familie noch an sein altes Zuhause erinnert – es muss schrecklich für ihn sein, zu hören, was mit Endorath und den Menschen dort geschehen ist und warum.

Schließlich unterbricht Tora die Stille und murmelt mit brüchiger Stimme: »Ich dachte, es geht nur um Gerechtigkeit für Xerax und die Sonderbaren. Aber das ist mehr, Mariel. Viel mehr. Und morgen werden es die Menschen von Amlon erfahren.«

Am Horizont tauchen die ersten Inseln auf. Die Lichter von Häusern und Dörfern huschen vorbei. Sander legt einen Arm um mich. Aaron und Perselos unterhalten sich flüsternd. Talymar, die größte von Amlons Inseln, kommt in Sicht – mein Zuhause.

Ich werde meine Eltern, Asta und Anneus wiedersehen, ihr Baby kennenlernen. Ich weiß nicht einmal, ob meine Schwester einen Jungen oder ein Mädchen geboren hat.

Es ist ein Junge.

Das Wiedersehen mit meiner Familie ist kurz. Zum ersten Mal sehe ich meinen Vater weinen. Asta hält mich lange im Arm und bittet mich, ihr zu verzeihen. »Ich konnte mich damals nicht von dir verabschieden, Mariel. Das konnte ich einfach nicht. Ich hatte solche Angst um Toljik«, flüstert sie. Ich schaue auf das winzige Wesen, das in Anneus' Armen schläft, und streiche mit einem Finger über seine Wange. Sie fühlt sich unfassbar weich an – so weich wie das Kugelwesen, das ich beim Tauchen auf Xerax traf, den fliegenden Wasserschmetterling. Ich weiß kaum, was ich empfinden soll. Seit ich zurück bin, stürmen so viele Gefühle auf mich ein, dass ich mich am liebsten irgendwo mit Sander verkriechen und erst wieder hervorkommen möchte, wenn alles vorüber ist. Aber das kommt nicht infrage.

Wir lernen auch die Gruppe um Tora kennen, Menschen, die Freiheit und gleiche Rechte für die Sonderbaren fordern. Viele sind es nicht, doch mit Anneus' Hilfe schaffen sie es, die Nachricht von Sanders und meiner Rückkehr in Windeseile über die Inseln zu verbreiten und unseren Auftritt im Tarla Theater zu organisieren. Tora ist zuversichtlich, dass sich danach vieles ändert. Mit dem Wissen, über das Sander und ich verfügen, kann es nicht mehr nur um die Sonderbaren gehen. Nichts darf in Amlon bleiben, wie es ist.

Nur noch wenige Stunden bis zu der Versammlung im Theater. Auch die Priester werden erwartet. Bei dem Gedanken wird mir mulmig zumute, doch Tora meint, es sei *die* Gelegenheit, die Macht des Ordens zu brechen.

»Kommen die Leute von Xerax auch?« Mir würde es leichterfallen zu sprechen, wenn Reno, Larena und Jolande dabei wären, selbst Mervis wäre mir willkommen, meinetwegen sogar mit Cassia an seiner Seite.

Tora schüttelt den Kopf. »So weit sind wir noch nicht. Dieses Scheiß-System ist über Jahrhunderte gewachsen, da stoßen unsere Ideen nicht nur auf Gegenliebe. Immerhin sieht es so aus, als würden wir die freie Einreise nach Xerax durchgesetzt bekommen, dann kann sich jeder ein Bild von der Insel machen.«

Bei meinem Auftritt möchte ich etwas Graues tragen. Alle sollen sehen, dass ich eine Sonderbare war.

Gegen Mittag begleitet uns Tora in die Katakomben des Tarla Theaters, zupft unsere grauen Gewänder zurecht und legt mir eine Kette aus Koronamuscheln um. »Die Leute sind ganz wild darauf, euch zu sehen. Schließlich seid ihr die Ersten, die ohne Seelenpartner aus Nurnen zurückgekommen sind und die sich an das Spiegelreich erinnern können. Sie werden euch zuhören – und ihr werdet ihnen alles erzählen.«

Sie lässt uns allein. Draußen lärmt die Menge. Das Tor, das in die Arena des Theaters führt, öffnet sich. Sander nimmt meine Hand. Musik erklingt – eine schräge, unheimliche Musik. Ich werfe ihm einen Blick zu. Er lächelt. »Dafür hat Tora gesorgt«, flüstert er. »Auf geht's.« Damit zieht er mich hinaus in die Arena.

Der Lärm ist ohrenbetäubend. Rufe erklingen, die Menschen um Tora und Anneus skandieren unsere Namen: *»Mariel! Sander!«* Zum ersten Mal spüre ich wirklich Hoffnung in mir aufkeimen. Heute werden Sander und ich dazu beitragen, dass der Wandel in Amlon beginnt.

Die Menschen werfen uns Kamelien und Rosen zu. Arme recken sich uns entgegen, als wir das Halbrund der Arena abschreiten. In der Menge erkenne ich Fiona, die mich auf meine große Nacht vorbereitet hat. Und da sind auch andere Bestimmte, die vor Jahren aus dem Spiegelreich gekommen sind. Mein Mut sinkt. Kann ich ihre Welt wirklich bis in die Grundfesten erschüttern?

Meine Eltern, die in der vordersten Reihe sitzen, lächeln uns zu, als wir vorbeigehen. Doch das Lächeln weicht schnell einem ängstlichen Ausdruck. Sie haben sich so viele Sorgen um mich gemacht; für sie werde ich immer das kleine Mädchen bleiben, das ihre Hilfe braucht. Kaum vier Monate sind vergangen, seit mich das Graue Schiff nach Xerax brachte und wir uns das letzte Mal gesehen haben, aber sie kommen mir viel älter vor; älter und verletzlicher. Als mein Vater sich vorbeugt und mir die Hand auf die Schulter legt, sehe ich die Kopfhaut unter seinem Haar durchschimmern. Und um die Augen meiner Mutter spannt sich ein zartes Faltennetz. Ein Leben lang haben sie auf mich aufgepasst, wollten das Dunkle von mir fernhalten. Ich habe das Dunkle trotzdem gesehen.

Vor dem purpurroten Baldachin, unter dem die Priester erhöht sitzen, bleiben Sander und ich stehen. Ich schaue zu Alban auf. Seine Miene ist unergründlich, ich kann nicht einmal raten, was in ihm vorgeht. Dann begegnet mein Blick dem von Elvin. Seine Mundwinkel zucken kurz nach oben; ich vermute, in Elvins Fall bedeutet das ein Lächeln. Ich lächele zurück.

Sander und ich stellen uns in die Mitte der Arena. Das Reden will Sander mir überlassen. »Im Geschichtenerzählen bist du besser als ich.«

Die Menschen verstummen. Alle, die bei unserem Eintreten aufgestanden sind, nehmen ihre Plätze ein. Niemand regt sich.

Niemand spricht. Wie viele sind hier? Es müssen Millionen sein, die Bankreihen nehmen kein Ende, die Menge der Zuschauer reicht bis in den Himmel. Fragen stehen in ihren Gesichtern.

Ich rücke die *Stimme* zurecht, eine Konstruktion aus Muschelhörnern, die dafür sorgt, dass man mich auch in der letzten Reihe hört. Sander nimmt meine Hand. Dann beginne ich zu erzählen.

Ich berichte, wie wir nach Nurnen gelangten, durch die Herberge Geminon und das Tal der Dunklen Spiegel reisten, die Bezirke Zadyr und Endorath besuchten; ich berichte, wie wir Tammo verloren. An dieser Stelle merke ich erst, dass mir stumme Tränen über das Gesicht strömen, als ich seine Familie im Publikum schluchzen höre.

Warum die Finsternis in die Bezirke eindringt? Ein Raunen erhebt sich, als ich von Tammos Verdacht erzähle und wie er sich bestätigte. Während wir in Amlon unseren Seelenpartner in die Arme schließen, verlieren die Menschen im Spiegelreich ihre Heimat, sterben, wenn sie nicht schnell genug fliehen. Mit entschlossener Stimme schildere ich, was wir gesehen haben, und obwohl nur ich es bin, die redet, spüre ich, dass ich mit der gemeinsamen Kraft von Sander und mir spreche. Ich erzähle von unserer Ankunft im Palast der Liebe und dem Innersten Ort; jenem Kerker, in dem die Gesandten in einem ewigen Traum lagen und das Tor offen hielten, das nun begonnen hat, sich zu schließen.

Als ich von der Gefangenschaft dieser Menschen berichte, beginnt der Tumult. Alban steht auf und hebt beschwichtigend die Hände – und zum ersten Mal erlebe ich, dass bei dieser Geste des Obersten Priesters kein Schweigen eintritt.

»Ich will hören, was Alban zu sagen hat!«, rufe ich. Erst jetzt beruhigt sich die Menge allmählich.

»Danke, Mariel.« Alban nickt mir zu. Er lächelt sogar. Was hat er vor? »Zunächst«, wendet er sich an das Publikum, »möchte ich mit euch, dem Volk von Amlon, ein Gebet sprechen. Wir wollen den Göttern danken, dass Sander und Mariel aus Nurnen heimgekehrt sind.«

»Nein.« Meine Stimme zittert vor Zorn. »Keine Gebete. Haben Sie verstanden, was passiert, wenn eine Spiegelseele ihrer Welt entrissen wird? Der Bezirk, in dem sie lebt, geht unter. Er hört auf zu existieren.«

Auch Sander kann nicht mehr an sich halten. »Menschen sterben! Nurnen stirbt! Wir haben es gesehen. Wir erinnern uns an alles.«

»Ihr erinnert euch nicht«, entgegnet Alban ruhig. »In Nurnen ist geschehen, wovor ich euch gewarnt habe. Ihr habt euch euren Ängsten und Zweifeln hingegeben. Eure Fantasie hat euch entsetzliche Bilder vorgegaukelt. Ihr seid einem Wahn erlegen. Jetzt müssen wir dafür sorgen, dass ihr von diesem Wahn genesen könnt.«

»Kein Wahn«, fährt Sander ihn an. »Wir haben die Wirklichkeit gesehen, wie sie in Nurnen gilt. Hier in Amlon wissen wir nur, was im Heiligen Gesetz steht, geschrieben von Leuten, die auch keine Ahnung hatten. Menschen haben sich vor langer Zeit eine Geschichte ausgedacht und jetzt glauben alle diese Geschichte. Sie wissen nicht, was der Tag der Verbindung in Nurnen anrichtet.« Er holt tief Luft. »Aber was Sie den Gesandten antun, wissen Sie genau.«

Wieder erheben sich Rufe, wieder dauert es eine Weile, bis Ruhe einkehrt.

»Wir sind nur Menschen und können den Willen der Götter nicht immer verstehen«, sagt Alban.

»Wir sollen nicht fragen, weil wir es sowieso nicht kapieren?« Meine Stimme bebt vor Empörung.

»Wo warst du, Mariel, als die Götter das Tor zwischen Amlon und Nurnen öffneten?«, donnert Alban; er braucht keine *Stimme,* die seine Worte verstärkt. »Wie kannst du hoffen, all ihre Absichten zu verstehen?«

Wieder werden Zornesrufe laut. Mit einem Mal bin ich mir nicht mehr sicher, dass sich dieser Zorn nur gegen Alban richtet.

»Die Gesandten träumen ihr Leben, wie es das Heilige Gesetz verlangt.« Der Donner weicht aus seiner Stimme. Weich und warm klingt sie jetzt. Und traurig. »Die Aufgabe der Priester war es, die Leiden der Gesandten in Liebe zu verwandeln. Es geschieht für ein größeres Wohl. Für ein Leben ohne Gier nach Besitz und Ruhm, ohne Krieg und Elend. Für ein Leben in Liebe. Es war unsere Pflicht, dass wir für alle den bestmöglichen Weg finden. Helft uns, den Weg weiterzugehen, Sander und Mariel. Gemeinsam können wir es besser machen.«

»Dieser raffinierte Mistkerl«, zischt Sander.

Ich darf die Wirkung, die Albans Worte auf das Publikum entfalten, nicht zulassen, doch ich höre selbst, wie schrill meine Stimme gegen seine klingt: »Wie denn? Wie können wir es besser machen?«

»Wir müssen das Tor offen halten. Wenn wir lernen, beide Welten zu verstehen, können wir in Zukunft dafür sorgen, dass niemand mehr Schaden nimmt.«

»Nurnen wird zerstört, wenn die Seelenpartner ihrer Welt entrissen werden. Solange Sie das nicht glauben, gibt es nichts mehr zu sagen.«

In vielen Blicken flackert Wut. Nein, sie wendet sich nicht nur gegen die Priester. Etwas geschieht in mir, das sich schlimmer anfühlt als der Zorn, der aus manchen Augen auf mich niedersprüht: Ich begreife, dass es Menschen in Amlon gibt, die eine Veränderung ablehnen, und es sind nicht nur einzelne.

»Warum hören wir uns das an?«, ruft jemand. »Wer glaubst du, dass du bist, Mariel? Kommst daher, ein Mädchen von achtzehn Jahren, und behauptest, unser Glaube sei ...«, die Stimme überschlägt sich, » ... falsch?«

Andere fallen ein*: »Beschuldigt die Priester ... redet gegen die Götter ... verrät Amlon ... verrückt ... wahnsinnig ...«*

Elvin und Tora erheben sich von ihren Plätzen, kommen eine Treppe zwischen den Sitzreihen herunter und betreten die Arena. Mit ein paar Schritten sind sie bei Sander und mir. Elvin legt mir eine Hand auf die Schulter. Diese Geste eines Priesters lässt alle verstummen.

»Wir müssen etwas ändern!«, ruft Tora. »Nurnen zuliebe – und um unseretwillen. Wir müssen aufhören, Menschen auszusortieren, die allein bleiben. Wir müssen aufhören, Menschen, die zu uns gehören, nach Xerax zu schicken.«

Nun lässt auch Elvin seine Stimme durch das Theater erschallen. Zu meinem Erstaunen klingt sie so klar und schön wie seine Singstimme: »Was Tora sagt, ist wahr. Und was euch Mariel über die Gesandten und den Inneren Ort erzählt hat, ebenfalls. Was mich betrifft, so glaube ich ihr jedes Wort über Nurnen. Heute werde ich mit dem Orden brechen. Mein Gelübde gilt nicht mehr. Ich sage mich von den Priestern los.«

Entsetzt schauen die Menschen zwischen Elvin, Sander und mir hin und her. Alban beugt sich vor.

»Ihr verlangt, dass wir ein ganzes Wertesystem, ein gesellschaftliches und göttliches Regelwerk über den Haufen werfen, weil *ihr* es so wollt?«

»Nicht weil wir es wollen, sondern weil dieses Wertesystem auf dem Leid anderer Menschen beruht. Das sollen alle wissen und dann müssen wir darüber reden!«, rufe ich. »In Amlon muss sich etwas ändern!«

Alban schüttelt den Kopf. »Wir haben Jahrhunderte gebraucht, um ein Leben voller Hass, Gewalt und Krieg zu überwinden, Jahrhunderte, um eine Welt aufzubauen, in der die Menschen in Liebe und Glück miteinander leben. Ich lasse nicht zu, dass ihr diese Welt zerstört. Ich werde unsere Werte verteidigen. Nehmt sie fest!«, ruft er den Waffenträgern zu.

In der Menge sehe ich ein goldenes Glitzern, als sich die ersten Waffenträger auf den Weg machen. Doch da sind andere, die sich ihnen in den Weg stellen. Überall springen Menschen auf. Chaos bricht aus. Schreie, Schüsse aus Betäubungswaffen, irgendwo auf der Tribüne schlagen Flammen empor. Leute dringen in die Arena ein, weitere Schüsse fallen, Menschen schlagen wahllos um sich, werden niedergetrampelt.

Noch nie habe ich so etwas erlebt.

Ist *das* die Veränderung?

Ist es das, was ich wollte?

Kurz nach Mitternacht sitzen wir im Innenhof des Strandpalasts: Tora und Aaron, Perselos, Sander und ich. Mir dröhnt der Schädel. Ein Stein hat mich an der Schläfe getroffen und außer Gefecht gesetzt, als der Aufstand begann. Sander hat mich aus dem Tarla Theater herausgetragen, Elvin und Tora haben uns im Strandpalast in Sicherheit gebracht, dem neuen Hauptquartier des Widerstands. Hier sitzen Sander und ich nun fest. Sogar Tora ist der Meinung, dass es für uns beide zu gefährlich ist, uns in Amlon zu zeigen.

So oder so, der Umbruch hat begonnen. Doch der Sturz der Priester hat einunddreißig Tote gefordert, eine Zahl, die sich unauslöschlich in mein Gehirn eingebrannt hat. Sander und ich wollten weiteres Leid verhindern – und nun sind einunddreißig Menschen tot.

»Der Tempel steht jetzt unter Elvins Aufsicht. Dashna hat sich uns auch angeschlossen«, erzählt Tora. »Sie kümmern sich um die Spiegelseelen, die nach Nurnen zurückkehren wollen. Einige fordern ihre Heimkehr ein, die wollen Elvin und Dashna ihnen morgen gewähren.«

Ich denke an Fiona, die ich im Tarla Theater gesehen habe, und an Toras Vater. Wird er seine Frau mit den rosa Kleidern verlassen? Wie hätte sich Sanders Mutter entschieden, würde sie noch leben? Was ist mit Anneus, dem Mann meiner Schwester?

Was ist mit den Familien, die zurückbleiben?

Nein, Veränderungen sind nicht nur angenehm.

Als Perselos meinen Blick bemerkt, lächelt er schwach. »Tamaya bleibt.«

»Wenn die Spiegelseelen nach Nurnen heimgekehrt sind, müsst ihr den Zugang zum Innersten Ort versperren.« Eindringlich schaut Sander von einem zum anderen. »Bis sich das Tor geschlossen hat, erhält niemand Zutritt.«

»Das war auch Elvins Idee und ihr habt ja recht, aber«, Tora schüttelt den Kopf, »zurzeit ist noch alles stark im Fluss.«

»Was soll das heißen?«

»Wir wurden überstimmt.«

Ich bin fassungslos. »Sogar der Widerstand will das Tor offen halten?«

»Sie sagen, falls es sich schließt, könne keiner die Folgen überblicken.«

»Was soll denn passieren?«, schnaubt Sander. »Glaubt irgendwer, Amlon könne untergehen oder was?«

»Das trifft es ziemlich genau«, seufzt Perselos. »Und mal ehrlich, wisst ihr es?«

Aaron hebt beschwichtigend die Hände. »Letztlich schließt

sich das Tor so oder so. Wer sollte es denn offen halten? Die Gesandten sind fort.«

»Nicht alle. Ich bin ein Gesandter«, Sander nimmt meine Hand, »und Mariel ist es auch. Die Priester haben es am Tag der Verbindung nicht erkannt, weil ihr Seelenpartner in Nurnen geblieben ist, aber wir beide verfügen über diese Kraft.«

In mir zieht sich alles zusammen. Die Wahrheit ist unausweichlich: Solange das Tor offen steht, und sei es nur einen Spalt, können unsere Kräfte missbraucht und das alte System wieder neu aufgebaut werden.

Ich möchte bei meinen Freunden bleiben. Bei meiner Familie. Ich möchte hier leben, an Sanders Seite. Doch wenn wir den anvisierten Umbruch nicht gefährden wollen, bleibt nur ein Weg: »Sander und ich müssen Amlon verlassen.« Ich kann selbst kaum fassen, was ich da sage.

Sander zieht mich an sich. »Die Außenwelt«, murmelt er.

Eine Gänsehaut kribbelt meine Arme hinauf. Aber so groß, wie man meinen sollte, ist meine Furcht gar nicht. Wir haben Nurnen überlebt, da sollte uns auch eine Reise übers Meer gelingen. Wie es in der Außenwelt wirklich zugeht, weiß ohnehin niemand. Was, wenn niemand zurückkehrt, weil sich dort vieles zum Guten gewendet hat und sie keine Notwendigkeit zur Rückkehr sehen? Schwerer wird es, meine Familie zu verlassen, die ich gerade erst wiedergefunden habe.

Und meine Freunde.

Veränderungen haben auch eine dunkle, schmerzliche Seite. In Nurnen habe ich das gelernt. Nie hätte ich gedacht, dass es sich in Amlon so schnell bestätigen würde.

Perselos starrt Sander und mich aus weiten Augen an. »Ihr wollt gehen?«

»Wollen wäre zu viel gesagt«, meint Sander mit einem verzweifelten Lächeln. »Von Xerax sind Menschen in die Außenwelt aufgebrochen ...« Er blickt mich an. »Wenn wir es tun, muss es bald geschehen.«

Lange ist es still.

»Noch heute Nacht?«, fragt Aaron schließlich.

Ich nicke.

Tora steht auf. »Gebt uns ein paar Stunden Zeit, alles vorzubereiten.« In ihren Augen schimmert es verdächtig.

Als wir zum Sternenhafen schleichen, zeigt sich im Osten noch kaum ein heller Streifen.

»Ihr wisst, wie man mit so was umgeht?« Tora deutet auf das Sonnenboot, das an der Mole vor Anker liegt und das schon eher einem kleinen Schiff gleicht.

»Ich schon.« Sander schaut mich an. »Und ich vermute, wir werden lange genug unterwegs sein, dass du es auch lernst.«

Wie lange? Das Boot ist jedenfalls voll bepackt. Als wir an Bord gehen, sehe ich mindestens ein Dutzend riesiger Seesäcke.

»Vorräte. Spezialausrüstung.« Perselos hält eine Jacke hoch. Soweit ich das im Mondlicht erkennen kann, hat sie eine scheußliche soßebraune Farbe und mindestens dreißig Taschen. Das Deck ist vollgestopft mit Schlafsackrollen, Gasbehältern, einem Kocher, Wasserkanistern, einer Werkzeugkiste und Proviant. »Im Laderaum ist noch mehr, der ist voll bis unter den Rand«, erklärt Perselos. »Damit kommt ihr Monate aus.«

Ich suche Sanders Blick. »Hurra, wir fahren in die Ferien.«

Sein verkrampftes Gesicht entspannt sich zu einem kleinen Lächeln.

Es ist Zeit, Abschied zu nehmen. Am liebsten würde ich Tora, Perselos und Aaron in die Außenwelt mitnehmen, und das nicht nur, weil ich mich dann sicherer fühlen würde. Was, wenn ihnen während der Revolution, die wir losgetreten haben, etwas passiert? Bei dem Gedanken, dass ich mich schon wieder von ihnen und besonders von Tora trennen muss, steigen mir Tränen in die Augen. Aber die drei haben in Amlon zu viel zu tun. Sobald die Luft wieder rein ist, das versprechen sie, werden sie uns suchen und nach Hause holen. Wie gern möchte ich glauben, dass wir einander wiedersehen, aber alles hängt davon ab, wie sich die Dinge in Amlon entwickeln und was Tora und Aaron, Perselos und Elvin bewirken können. Solange das Tor offen steht – und bis es sich vollständig geschlossen hat, können Monate vergehen –, ist Amlon zu gefährlich für Sander und mich.

»Was uns die Priester über die Außenwelt erzählt haben, ist garantiert dummes Zeug, die haben ja auch sonst gelogen wie blöd.« Tora lächelt munter, doch an ihrem Hals klopft eine Ader wie verrückt. »Jede Wette, dass es da draußen richtig nett ist.«

Sie zählt Dinge auf, die sie offenbar für lebensnotwendig hält, und prüft, ob sie alles eingepackt hat: Feuerzeuge, ein Rasiermesser für Sander, Schokolade für mich. Ich denke an die Tora vor dem Kamelienritual, wie verletzend sie damals war und wie sie jetzt für uns sorgt. Sogar an einen Verbandskasten und eine Reiseapotheke hat sie gedacht. Beides werden wir hoffentlich nicht brauchen.

In einem engen Kreis stehen wir zusammen. Die Traurigkeit tippt mir auf die Schulter und legt ihre Arme um mich.

»Sagt meiner Familie ...« Mühsam quetsche ich die Worte an dem Kloß in meiner Kehle vorbei. »Sagt ihnen, dass ich sie liebe.«

»Du siehst sie wieder.« Perselos blinzelt. »Ganz bestimmt.«

Seine Trostworte tun mir gut, seine Umarmung ebenso. Auch Aaron schließt Sander und mich in die Arme. »Alles Gute für euch. Und viel Glück.«

Tora ist so blass, dass die Sommersprossen aus ihrem Gesicht herauszuspringen scheinen. »Dann gehst du jetzt noch mal auf die Reise?«, fragt sie heiser.

»Vielleicht finde ich ja unterwegs eine Gelegenheit, nach Muscheln zu tauchen«, versuche ich zu scherzen.

»Du musst sie immer tragen.« Sie berührt die Muschelkette an meinem Hals, streicht über die eine mit dem Makel: dem kleinen, zu Kalk erstarrten Blutgerinnsel. Lange sehen wir uns an. »Das mit euch und Nurnen war für mich das Schrecklichste und das Beste in meinem Leben«, flüstert sie.

Ich ziehe Tora an mich. In meiner Kehle verkrampft sich etwas. Ich kann nicht schon wieder loslassen.

»Ich hab vergessen, was wir in Nurnen erlebt haben«, murmelt Tora an meinem Ohr. »Und trotzdem habe ich es in mir drin behalten. Das alles.«

Das alles. Ich drücke sie ein letztes Mal an mich. Und dann lasse ich doch los.

Aaron legt einen stützenden Arm um Tora. So gehen sie von Bord. Perselos folgt ihnen. Als wir ablegen, stehen sie eng beieinander und winken. Der Anblick tut so weh, dass ich es kaum schaffe, ihren Abschiedsgruß zu erwidern. Sie fehlen mir jetzt schon; sie fehlen mir wie verrückt.

Weiter und weiter bleibt Amlon hinter uns zurück, als das Boot im Morgenwind eine silbrige Spur durch die Wellen zieht. Fern im Osten dämmert ein neuer Tag. Die Luft ist klar und feucht. Die letzte Insel, die wir passieren, ist Xerax, verborgen in ihrem Felsenring. Wie Rauchwolken ziehen Nebelschwaden von dort herüber. Unter uns schlagen Wellen gegen den Bug. Dann verschwindet auch Xerax hinter uns.

»Auf Wiedersehen«, flüstere ich.

Außer einigen Positionsleuchten kann ich nichts erkennen. Dann lassen wir auch diese zurück. Was bleibt, ist der Wind, der an unseren Haaren zerrt.

Was bleibt, sind wir: Sander und ich.

Er legt den Kurs fest, fixiert das Steuer und kommt zu mir an die Reling. Ich lehne mich an ihn und schaue zum Horizont. »Wir finden einen neuen Ort«, sage ich und wende mich ihm zu. »Einen, an dem es keine Priester gibt, die uns erklären, wie die Welt zu funktionieren hat und was die Götter wollen.«

Sander drückt seine Lippen auf mein Haar. Die Luft ist frisch und angenehm weich. Es riecht nach Salz. Meer. Leben. In der Ferne höre ich den Ruf einer Möwe. In diesem Augenblick fühlt es sich an, als hätte ich ein neues Buch aus dem Regal gezogen und würde die erste Seite aufschlagen. Eine prickelnde Spannung durchflutet mich. Doch da ist noch ein anderes, stärkeres Gefühl – der Wunsch, festzuhalten, was Sander, ich und die anderen miteinander erlebt haben.

Lass los.

Muscheln sammeln werde ich wohl erst einmal keine. Und auch keine Bilder malen. Aber ich kann ein paar erste Skizzen zeichnen, kann notieren, was wir erlebt haben. Irgendwann wird die Zeit kommen, in der ich diese Skizzen und Notizen in Bilder verwandle, vielleicht sogar in eine Geschichte. Und auch für Sander und mich wird die Zeit kommen. Wir werden am richtigen Ort sein, inmitten von Wind, Wellen und Sternen.

EPILOG

Knapp über dem Grund ziehe ich eine Kurve und verharre, dann stoße ich mich mit den Füßen vom Boden ab und schieße nach oben. Mein Kopf durchbricht die Oberfläche und ich tauche aus dem schäumenden Wasser auf, das sich wie ein Tuch um meine Schultern legt.

»Ich dachte schon, du kommst gar nicht mehr hoch«!, ruft mir Sander vom Ufer aus zu.

Unwillkürlich muss ich grinsen und recke stolz einen nassen Arm empor. »Schau!«

Sie ist groß wie meine Faust, mit scharf gezacktem Rand, und über ihre silbergraue Schale ziehen sich schwarze Wellenlinien, zwischen denen rötliche Einsprengsel glitzern.

Mit weit ausholenden, ruhigen Stößen schwimme ich ans Ufer, wo mich Sander in eine Decke wickelt. Der Geruch von Meeresfeuchte und Wolle umhüllt mich zusammen mit seinem Duft. Als ich mich setze, kniet er sich hinter mich und rubbelt meine Arme und meinen Rücken, damit ich warm werde.

»Du bist komplett verrückt, bei diesen Temperaturen ins Wasser zu hüpfen.«

»Solltest du auch mal versuchen. Du glaubst gar nicht, wie schön es da unten ist«, bibbere ich. »Alles voller Muscheln und ich finde immer noch neue, die ich nicht kenne.«

Ob eine Muschel bunt oder vollkommen grau ist, ändert nicht das Geringste an meiner Freude. Ich schiebe meine Hände zwischen den Falten der Decke hervor und zeige ihm die silbergraue. Er berührt eine der roten Einschließungen und umfährt mit der Fingerspitze den Zackenrand.

»Die ist wirklich ungewöhnlich«, murmelt er. »Ihre Form erinnert mich an die Koronamuscheln.«

Am liebsten würde ich gleich wieder ins Wasser springen, einfach weil ich es kann. Weil ich mich traue. Aber Sander hat recht. Wenn ich mir keinen Schnupfen einhandeln will, sollte ich es für heute gut sein lassen.

Nach einer Reise von vier Monaten leben wir nun seit ebenso vielen Monaten hier. Abend für Abend sitzen wir eng umschlungen an dem Felsenufer, das *unser* Ufer geworden ist. Wie sehr es sich von allen Küsten und Stränden unterscheidet, die ich in Amlon kennengelernt habe! Die Luft schmeckt salziger, der Wind ist kälter, das Binnenland in unserem Rücken eine stille Ruinenlandschaft. Doch an dem Küstenstreifen, an dem wir angekommen sind, wohnen Menschen. Menschen, die uns herzlicher aufgenommen haben, als ich es mir je hätte vorstellen können. Sie haben uns mit warmen Kleidern versorgt, mit einem Zelt, mit Essen. Nur kein Fisch – den kann ich nach unserer Reise nicht mehr sehen.

Von den drei Abenteurern, die damals von Xerax aufgebrochen sind, haben wir nichts gehört. Oder überhaupt von irgendjemandem, der von der anderen Seite des Meeres gekommen wäre.

Die Außenwelt erscheint mir immer noch fremd: der Campingplatz mit seinen Hütten und Zelten, die Fabrikruinen mit ihren geborstenen Schornsteinen, der Taleinschnitt voller Geröll, in dem sich die Überreste einer jahrhundertealten Reaktorkuppel erheben. Sie haben versucht, uns zu erklären, was ein Reaktor ist; richtig begriffen haben wir es nicht. Sie sprechen dieselbe Sprache, aber sie ist von zahlreichen altertümlichen Ausdrücken durchsetzt, was das Verständnis nicht gerade fördert. Und alles ist viel primitiver als in Amlon. Kriege und Naturkatastrophen haben die Zivilisation weit zurückgeworfen. Unser Sonnenboot ist für die Menschen hier so etwas wie ein Wunderwerk. Aber Muscheln gibt es, Möwen und wilde Pferde, was mich tröstet, wenn das Heimweh zu stark wird.

Auch wenn Sander und ich uns gegenseitig haben, vermissen wir unsere Freunde, ich wohl noch stärker als er.

Was wir heute Abend hier tun? Auf sie warten – wie jeden Abend. Ob Tora und Aaron, Perselos und vielleicht sogar Tamaya je kommen?

Wieder einmal stellen wir uns vor, was sich seit unserer Abreise in Amlon ereignet haben mag. In vielen Punkten sind wir uns einig: Die Sonderbaren sind keine Sonderbaren mehr und dürfen wählen, ob sie in Amlon oder auf Xerax leben möchten.

»Ich wette, Reno rodet weiter«, lächele ich.

»Mervis ist nach Amlon heimgekehrt.« Sander verzieht das Gesicht. »Der Weichling. Wehe, er hat dein Bild vergessen.«

Ich muss lachen. Anderes ist weniger lustig. Wie viele Spiegelseelen sind nach Nurnen heimgekehrt? Wie geht es den Familien und Freunden, die sie zurückgelassen haben?

Und die wohl wichtigste Frage: Hat sich das Tor geschlossen? Beide glauben wir, dass es geschehen ist. »Ohne Weltuntergang«, meint Sander.

»Aber die neue Ordnung wird nicht allen gefallen. Glaubst du, Alban hat seine politische Macht vollständig eingebüßt?«

»Bestimmt. Trotzdem werden viele Leute noch immer auf ihn hören.«

Gibt es in Amlon weitere Unruhen? Tote? Verfluchen manche Sander und mich? Wie fühlt es sich für die Menschen an, dass ihr Leben jetzt anders ist, als wir alle es von klein auf kennengelernt haben? Nicht auf jeden wartet die große Liebe, das sehen wir hier in der Außenwelt. Nicht jeder begegnet einem anderen Menschen, mit dem er gemeinsam alle Höhen und Tiefen durchlebt; nicht jeder wird mit einem Partner alt. Manche bleiben allein – und nicht alle kommen damit gut zurecht.

Sicher ist das Leben in Amlon härter geworden und die Schatten tiefer. Aber vielleicht ist das Licht auch strahlender, weil es nicht mehr für einen so teuren Preis erkauft werden muss.

Sander, der einen Arm um mich gelegt hat, zieht mich fester an sich. »Weißt du, was für ein Tag heute ist?«

»Ein kalter.« Ich kuschele mich enger an ihn. »So kalt war es in Amlon nie.«

»Ja, aber das meine ich nicht. Heute ist es ein Jahr her, dass wir uns auf dem Kamelienritual begegnet sind.«

»Oh«, sage ich und denke: unser erster Kuss.

»Ist das alles? Oh?«

»Ist es wirklich ein Jahr her?«

Er lacht. »Keine Ahnung. Aber ich mag die Vorstellung.«

»Kann ich einen Kuss von dir bekommen?«, flüstere ich.

Lächelnd sieht er mich an. Der Silbersplitter in seiner Iris schimmert. »Einen ersten?«

Ich nicke.

Sein Mund legt sich sachte auf meinen. Es ist wie damals, als würden Schmetterlingsflügel meine Lippen streifen. Und wie damals versinke ich in diesem Gefühl.

Als wir wieder auftauchen, streicht mir Sander eine Haarsträhne aus der Stirn. »Es gab eine Zeit, in der ich mir nicht einmal mehr vorstellen konnte, dass wir lebendig aus Nurnen zurückkehren. Und jetzt sind wir hier.«

Ich berühre die zarte Falte zwischen seinen Augenbrauen, die sich im letzten Jahr unwiederbringlich in seine Haut eingegraben hat, eine Spur der Ängste und Sorgen, die wir miteinander geteilt haben.

»Wir sind am Leben«, flüstere ich.

»Ja. Am Leben.«

Das Boot, das sich am Horizont nähert, kann ich im Dämmerlicht noch kaum erkennen. Doch als es durch einen Streifen Mondlicht fährt, sehe ich etwas Silbernes aufblitzen.

Es könnte das Segel eines Sonnenboots sein.

»Da sind Leute an Bord.« Sander steht auf. Ich lasse mich von ihm auf die Füße ziehen. Der Wind trägt von dem Boot eine Stimme zu uns herüber. Was die Stimme ruft, verstehe ich nicht. Aber ihr Klang ist mir vertraut, dieser Klang, der mich nie verlassen hat. Ich höre Tora und ich bin sicher, Sander hört sie auch.

Es ist zu dunkel, um Genaueres zu erkennen. Doch das muss ich gar nicht. Ich weiß es auch so.

Sie kommen.

Beim Schreiben der Muschelsammlerin haben mir viele Menschen monatelang zur Seite gestanden. Um in einem Muschelbild zu bleiben: Durch ihre Unterstützung konnte sich ein Gedanken-Sandkorn in eine Perle verwandeln. Besonders danke ich:

Stefan Wendel, der den Grundstein legte.
Meiner Agentin Birgit Arteaga, die dafür sorgte, dass eine Idee in die richtigen Hände geriet.
Meinen Lektorinnen Anna Wörner und Julia Przeplaska, die mir so viel über die Muschelsammlerin beibrachten und unschätzbare Wachstumshilfe leisteten.
Dem Team vom Arena-Verlag, das – noch während ich dies schreibe – dafür sorgt, dass die Muschelsammlerin »geboren« wird.
Den Menschen, die hinter dem Writers' Room stehen und darin sitzen und gemeinsam dafür sorgen, dass ein wunderbarer Ort lebt und lebt.
Edith Dühl und Jörn Heinemeier, meinen beiden einmaligen und unermüdlichen Testlesern.
Meinen Eltern, deren Liebe und Begleitung mir so viel ermöglicht hat.
All den lieben Menschen, die mich umgeben und die mir immer wieder die Gewissheit schenken: Ich bin nicht allein.

Katja Brandis

Khyona

Im Bann des Silberfalken

Der Islandurlaub mit ihrer neuen Patchworkfamilie ist genauso anstrengend wie Kari sich das vorgestellt hat. Doch als ihr ein silberner Falke begegnet und sie ins Reich Isslar gebracht wird, verändert sich alles. Ehe Kari sich versieht, steckt sie mitten in einer magischen Welt voller Trolle, Eisdrachen und Elfen, in der Geysire über das Schicksal entscheiden und ein geheimnisvoller junger Mann über die Vulkane der Insel herrscht. Doch warum ist sie hier? Als Kari herausfindet, dass sie einer jungen Assassinin zum Verwechseln ähnlich sieht, die im Auftrag der Fürstin einen Mord begehen soll, steckt sie bereits in gewaltigen Schwierigkeiten ...

June Perry

White Maze
Du bist längst mittendrin

Mit einem Schlag endet Vivians sorgenfreies Leben: Ihre Mutter Sofia wurde ermordet! Die erfolgreiche Game-Entwicklerin stand kurz vor dem Release eines bahnbrechenden Computerspiels. »White Maze« wird mit neuartigen Lucent-Kontaktlinsen gespielt – dank ihnen erleben die Spieler virtuelle Game-Welten mit allen Sinnen. Aber warum zerstörte Vivians Mutter kurz vor ihrem Tod die Prototypen der Linsen? Zusammen mit dem schulbekannten Hacker Tom will Viv den Mord an Sofia aufklären. Dazu muss Viv selbst Lucent-Linsen einsetzen und tief in die virtuelle Welt eintauchen. Doch dort ist es für den Mörder ein Leichtes, die falsche Realität nach seinen Spielregeln zu manipulieren. Kann Vivian ihren eigenen Gefühlen vertrauen, wenn alles, was sie sieht, hört, riecht und schmeckt, bloße Lüge ist?

S.J. Kincaid

Diabolic

Vom Zorn geküsst

Als Nemesis und Tyrus sich am Imperialen Kaiserhof begegnen, prallen Welten aufeinander. Sie – eine Diabolic, die tödlichste Waffe des gesamten Universums. Liebe ist ihr völlig fremd. Er – der Thronfolger des Imperiums, der von allen für wahnsinnig gehalten wird. Liebe ist etwas, das ihn nur schwächen würde. Dass ausgerechnet diese beiden zusammenfinden, darf nicht sein. Denn an einem Ort voller Intrigen und Machtspiele ist ein Funke Menschlichkeit eine gefährliche Schwachstelle ...

Durch Wut entflammt

Mit Nemesis an seiner Seite hat Tyrus den Kaiserthron bestiegen. Endlich können sie nach vorne blicken. Endlich kann Frieden in der Galaxie herrschen. Doch Macht zu haben, ist nicht dasselbe, wie sie zu erlangen. Und wahre Veränderung stößt oft auf Widerstand. Als sich in den Riegen ihrer Untertanen eine Rebellion abzeichnet, die den jungen Kaiser stürzen will, weiß Nemesis, dass sie Tyrus um jeden Preis beschützen wird. Doch kann sie, um sich und ihre große Liebe zu retten, wirklich wieder zum seelenlosen Diabolic werden, der sie einst war?

Arena

488 Seiten • Gebunden
ISBN 978-3-401-60259-2
Beide Bände auch als E-Books erhältlich

456 Seiten • Gebunden
ISBN 978-3-401-60272-1
www.arena-verlag.de

David Arnold

Herzdenker

Früher dachte Victor, die Liebe wäre ein System aus Zahlen: der erste Kuss, der zweite Tanz, unendlich viele gebrochene Herzen. Er dachte, die Liebe wäre schwer und schmerzhaft. Das war früher. Als Victor auf Madeline trifft, ist er gerade dabei, die Asche seines Dads in den Hudson River zu streuen. Doch die Botschaft, die er in der Urne findet, ergibt keinen Sinn. Und nur Madeline kann ihm helfen, die Orte zu finden, zu denen sein Dad ihn führen will.

376 Seiten • Gebunden
ISBN 978-3-401-60371-1
Beide Bände auch als E-Books erhältlich

Carlie Sorosiak

Mein wildes blaues Wunder

Das Küstenstädtchen Winship in Maine ist ein magischer Ort. Quinn liebt die tosenden Wellen des Meeres und all seine Geheimnisse. Doch seit einem Unglück im letzten Sommer fühlt sie sich wie eine Insel inmitten ihrer Familie. Erst als der stille Alexander ins Haus nebenan einzieht und sich Stück für Stück ihrer Insel nähert, spürt Quinn: Das Leben und der Ozean sind neben all den beängstigenden Dingen voll von unerforschten blauen Wundern.

Arena

360 Seiten • Gebunden
ISBN 978-3-401-60352-0
www.arena-verlag.de